SO WEIT DAS MEER UNS TRENNT

Britt Reißmann, geboren 1963 in Naumburg/Saale, war Intarsienschneiderin und Sängerin, bevor sie nach Baden-Württemberg kam. Seit 1999 arbeitet sie bei der Mordkommission Stuttgart. Sie veröffentlichte zahlreiche Kurzgeschichten und Romane. Ihr Krimi »Der Traum vom Tod« wurde 2009 mit dem DELIA-Literaturpreis ausgezeichnet.
www.brittreissmann.de

Dieses Buch ist ein Roman. Teile der Handlung lehnen sich an die realen Ereignisse auf Giglio während und nach der Havarie eines Kreuzfahrtschiffes an. Alle anderen Handlungen und Personen sind frei erfunden.

BRITT REISSMANN

SO WEIT DAS MEER UNS TRENNT

Roman

emons:

Bibliografische Information der Deutschen Nationalbibliothek
Die Deutsche Nationalbibliothek verzeichnet diese Publikation in der Deutschen Nationalbibliografie; detaillierte bibliografische Daten sind im Internet über http://dnb.d-nb.de abrufbar.

FSC
www.fsc.org
MIX
Papier aus verantwortungsvollen Quellen
FSC® C083411

Umschlagmotiv: mauritius images/Giacomo Scandroglio/Stockimo/Alamy
Umschlaggestaltung: Nina Schäfer
Gestaltung Innenteil: DÜDE Satz und Grafik, Odenthal
Druck und Bindung: CPI – Clausen & Bosse, Leck
Printed in Germany 2021
ISBN 978-3-7408-1144-0
Roman
Originalausgabe

Unser Newsletter informiert Sie regelmäßig über Neues von emons:
Kostenlos bestellen unter
www.emons-verlag.de

Dieser Roman wurde vermittelt durch die Literaturagentur Bettina Querfurth, Frankfurt.

Für die Lebenden,
die übers Meer kamen.
Und die Toten,
die es sich nahm.

Als die tyrrhenische Venus aus dem Meer stieg, lösten sich sieben Juwelen aus ihrer Krone und fielen ins Wasser. Aus ihnen entstanden die Inseln des toskanischen Archipels: Elba, Giglio, Giannutri, Montecristo, Capraia, Pianosa und Gorgona.
Giglio, die zweitgrößte der Inseln, wurde im Laufe der Jahrhunderte immer wieder von Piraten heimgesucht, die übers Meer kamen und Hunger und Armut brachten. Dennoch erblühte sie zu einem Paradies von ungewöhnlicher Schönheit.

frei nach einer italienischen Legende

Wer übers Meer kommt, kommt, um zu stehlen.

altes sardisches Sprichwort

1
Nina

Das Wasser war nie mein Freund.

Wann immer in meinem Leben eine Katastrophe passierte, hatte sie mit Wasser zu tun. Im Grunde begann das schon in meiner Kindheit, aber die eigentliche Geschichte nimmt ihren Anfang an einem kalten Wintertag vor acht Jahren. Dem Tag, nach dem nichts mehr war wie zuvor. Dem Tag, als das Wasser zu meinem erbitterten Feind wurde.

Ich war zu dieser Zeit schon beinahe zwanzig Jahre lang verheiratet. Wir wohnten in München, hatten eine schöne Wohnung, ich mochte meine Arbeit und war im Großen und Ganzen zufrieden mit meinem Leben, als etwas passierte, das mich komplett aus der Bahn warf.

Karsten war auf einer Dienstreise, sein Architekturbüro hatte ihn zu »Klimahouse«, einer Fachmesse in Bozen, geschickt. Ich hatte seit seiner Abreise drei Tage zuvor nichts von ihm gehört, scheute mich aber noch, ihn auf dem Handy anzurufen. Ich wollte nicht nerven. Schließlich waren wir keine frisch verliebten Studenten mehr, und er hatte sicher viel zu tun.

Als endlich das Telefon klingelte, begann mein Herz vor Freunde zu rasen. Ich riss den Hörer ans Ohr.

»Karsten?«, rief ich. »Wie schön, dass du anrufst. Nicht dass ich darauf gewartet hätte.« Ich lachte. Doch es war nicht mein Mann, der mir antwortete.

Es habe ein Schiffsunglück gegeben, ein Kreuzfahrtschiff sei im Mittelmeer bei der Insel Giglio auf einen Felsen aufgelaufen, es gebe Tote, sagte eine Frau mit belegter Stimme.

Ich war verwirrt. Ja, ich hatte gestern von diesem schrecklichen Unglück in den Spätnachrichten gehört. Ja, viele Tote, ganz furchtbar, aber was hatte ich damit zu tun?

»Es tut mir sehr leid, Ihnen mitteilen zu müssen, dass Ihr Mann unter den Vermissten ist.«

Schweigen in der Leitung.

In meinen Ohren begann es zu summen. Karsten auf einem Kreuzfahrtschiff? Das konnte doch nur ein Irrtum sein.

»Sie haben sich sicher verwählt«, sagte ich erleichtert und fühlte, wie mein Herzschlag sich beruhigte. »Mein Mann kann nicht auf diesem Schiff gewesen sein, er ist gerade bei einer Messe –«

»Sie sind doch Nina Hoffmann?«, unterbrach mich die Stimme, immer noch voller Anteilnahme.

»Ja, schon.« In meinem Kopf überschlug ich schnell, wie viele Nina Hoffmanns es wohl in Deutschland gab. »Aber Sie meinen sicherlich eine andere.«

»Nina Hoffmann, wohnhaft in München. Schwedenstraße 2.«

Mir wurde heiß. In diesem Haus gab es definitiv keine andere Nina Hoffmann.

»Ja, das bin ich.« Meine Stimme hörte sich plötzlich völlig fremd an. »Aber es muss trotzdem ein Irrtum vorliegen, denn –«

»Und Ihr Mann heißt Karsten?«

»Stimmt, aber –«

»Frau Hoffmann, er steht auf der Passagierliste, er hat sich beim Einchecken ausgewiesen. Es tut mir sehr leid.«

»Es ist ein Irrtum!«, schrie ich.

»Ihr Mann wird noch vermisst«, redete sie stoisch weiter. »Er ist nicht unter den Geretteten und auch nicht unter den Toten, die bisher geborgen wurden. Aber das Wasser ist jetzt im Januar eiskalt. Wir müssen leider vom Schlimmsten ausgehen.«

Ich weiß nicht, wie lange die Frau auf mich einredete, bis ich begriff, dass Karsten nie zu dieser Messe gefahren war. Dass er mich angelogen hatte. Stattdessen auf Kreuzfahrt gegangen und verunglückt war.

Das Summen in meinen Ohren wurde lauter. Ich hörte nur noch von sehr weit weg, wie diese Frau, die gerade mein Leben zerstört hatte, fragte, ob ich allein zu Hause sei. Ob sie jemanden für mich anrufen oder das Kriseninterventionsteam vorbeischicken solle. Einen Pfarrer vielleicht? Doch ich wollte niemanden sehen. Ich war schon immer am besten allein mit allen Katastrophen fertiggeworden.

Warum hatte er mir nicht die Wahrheit gesagt? Das war die Frage, die mich die ganze Nacht wach hielt. Wir hatten uns doch immer alle Freiheiten gelassen. Wenn er unbedingt auf eine Kreuzfahrt gewollt hätte, wäre das für mich überhaupt kein Problem gewesen. Aber er hatte nicht einmal andeutungsweise den Wunsch danach geäußert.

Zwischen meinen Heulanfällen und den Phasen, in denen ich immer wieder in einen erschöpften Kurzschlaf fiel, um beim Erwachen jedes Mal grausam zu erkennen, dass ich keinen Alptraum gehabt hatte, hämmerte immer und immer wieder die Frage hinter meinen Schläfen: Warum hat Karsten mich angelogen?

Natürlich wäre ich nicht mitgekommen. Schließlich mied ich das Wasser seit meiner Kindheit, als würde die bloße Berührung damit mich zum Schmelzen bringen wie die böse Hexe des Westens im Zauberland Oz. Karsten, der passionierte Hobbytaucher, hatte seine Tauchreisen schon immer ohne mich machen müssen. Er hatte es klaglos hingenommen, er kannte mich ja lange genug. Deshalb hatte er wegen der Kreuzfahrt gar nicht erst gefragt, denn er wusste, ich hätte unter keinen Umständen ein Schiff betreten. Nicht für alles Geld der Welt. Und nun bekam ich die Quittung dafür.

Irgendwann in dieser Nacht, zwischen erschöpftem Schlaf und grausamen Wachphasen, wurde mir bewusst, dass ich ohne meine Angst vor dem Wasser jetzt womöglich auch tot wäre. Wahrscheinlich verdankte ich meiner Phobie vor dem Meer mein Leben. Aber was war das für ein Leben, allein, ohne Karsten? Begraben unter dieser großen, schweren Steinplatte, die auf meiner Brust lag und mich nicht atmen ließ? Eingeschnürt von der Panik, morgens immer wieder in dem Bewusstsein aufzuwachen, dass Karsten nicht mehr bei mir war?

Es dauerte einige Tage, bis ich mich in der Lage fühlte, Karstens Firma aufzusuchen, um seine Sachen und die unvermeidlichen

Beileidsbekundungen seiner Kollegen abzuholen. Da ich mich immer nur selbst getröstet hatte, fiel es mir schwer, mit Anteilnahme umzugehen. Ich stand geschlagene zehn Minuten unschlüssig vor dem großen Jugendstilhaus, bevor ich schließlich doch hineinging. Augen zu und durch, dachte ich. Ich musste mich nur schnell von allen verabschieden und dann für den Rest meines Lebens nie mehr herkommen.

Karsten hatte sich mit seinen Kollegen Hendrik, Sandra und der Sekretärin Sabine in einer zu einer Bürogemeinschaft umgebauten Altbauwohnung eingerichtet. Sandra öffnete mir die Tür und schloss mich sofort in die Arme, obwohl wir uns nur flüchtig kannten.

»Oh Nina, du weißt gar nicht, wie leid mir das tut. Es ist so schrecklich, wir können es noch gar nicht fassen! Wenn wir dir irgendwie helfen können, scheu dich nicht, uns anzurufen.« Sie hatte schon immer viel geredet, Karsten nannte sie scherzhaft den »verbalen Wasserfall«. Hatte sie genannt, berichtigte ich mich.

Hendrik empfing mich in der Kaffeeküche. »Ich habe dir Karstens private Sachen schon zusammengepackt«, sagte er, nachdem er mir ausgiebig sein Beileid bekundet hatte. Ich zuckte zusammen, als er einen großen Karton und zwei Plastiktüten auf den Tisch stellte.

»Wie geht es dir?«

»Wird schon wieder«, murmelte ich, ganz die tapfere Nina, die ich nach außen hin schon immer gewesen war.

Er sah mich zweifelnd an. »Du solltest dir professionelle Hilfe suchen. So was zu verarbeiten schafft man nicht allein.«

»Mal sehen«, erwiderte ich lahm. Zu mehr reichte meine Kraft nicht aus.

»Möchtest du einen Kaffee?«

»Nein danke, ich will gar nicht lange bleiben. Wollte mich nur von euch allen verabschieden. Wir sehen uns ja jetzt wohl nicht mehr. Wo ist eigentlich Sabine? Ist sie krank?«

Hendrik und Sandra sahen sich schweigend an. Hendrik zupfte nervös an seiner Krawatte, während Sandra ihre Kaffeetasse in den Händen drehte. Ich wartete.

»Wusstest du das denn nicht?«, fragte Sandra schließlich. »Ich dachte, man hätte es dir gesagt.«

»Was wusste ich nicht?«, fragte ich äußerlich ruhig, aber ich merkte, wie in meinem Inneren ein Sturm aufzog.

Sandra nestelte verlegen an ihrer Halskette aus roten Korallen, die sich schrecklich mit ihrer pinkfarbenen Bluse biss. Draußen durchbrach ein Flugzeug die Schallmauer.

»Sie war zusammen mit Karsten auf dem Schiff. Man hat sie tot aus dem Wasser geborgen. Ihr Leichnam wird morgen nach München überführt.«

Das Nächste, woran ich mich erinnerte, war, dass ich auf dem Boden der Kaffeeküche lag, mit einem nassen Geschirrtuch auf der Stirn. Ich hätte nicht herkommen sollen, war das Erste, was ich dachte. Und dann: ein Verhältnis mit der Sekretärin. Was für ein Klischee!

»Ich muss gehen«, stammelte ich und versuchte mich aufzurichten. Das nasse Tuch schleuderte ich von mir und traf damit Sandra, die sich gerade mit einem Glas Wasser zu mir herunterbeugte.

»'tschuldigung.«

»Du musst dich doch nicht entschuldigen. Wir waren so gedankenlos! Aber es konnte ja niemand ahnen, dass du nicht im Bilde warst, und ...« Der verbale Wasserfall brach über mich herein, und ich ertrank beinahe darin.

Ich stand auf. Meine Knie zitterten noch, aber sie trugen mich halbwegs. Suchend sah ich mich um.

»Wo hab ich denn meinen Autoschlüssel hingelegt?«

»Nina, du kannst dich jetzt unmöglich hinters Steuer setzen. Ich bringe dich nach Hause.« Hendrik war offenbar froh, etwas für mich tun zu können, und griff nach seiner Jacke. »Das Auto kannst du auch später abholen.«

Auf der Fahrt sprachen wir kein Wort. Das Schweigen hing wie eine schwere dunkle Wolke über uns. Als Hendrik schließlich vor unserem Haus hielt, entschloss ich mich zu fragen. Ich musste es einfach wissen.

»Wie lange lief das schon mit Karsten und Sabine?«

Hendrik fühlte sich sichtlich unwohl, zerrte an seinem Kragen.

»Keine Ahnung. Schon ziemlich lange.«

»Ihr habt es gewusst und mir nichts gesagt?«

»Nina, was sollten wir denn tun? Die beiden sind unsere Kollegen. Wir müssen schließlich mit ihnen zusammenarbeiten.«

»Waren. Sie waren eure Kollegen. Ihr müsst nicht mehr mit ihnen zusammenarbeiten«, brach es aus mir heraus. »Hättet ihr was gesagt, wäre Karsten vielleicht zur Vernunft gekommen. Sie hätten diese verdammte Kreuzfahrt nicht gebucht. Und würden heute noch leben.«

Ich öffnete den Sicherheitsgurt, sprang aus dem Wagen und knallte die Autotür zu, ohne mich zu verabschieden.

Die nächsten Tage erlebte ich wie in Trance. Ich saß von morgens bis abends in meinem Sessel am Fenster und starrte vor mich hin. Ich muss wohl zwischendurch auch mal zur Toilette gegangen sein und etwas gegessen haben, aber ich erinnere mich nicht daran. Ich schaute auf die Straße hinunter und sah zu, wie das Leben an mir vorbeilief, ich konnte und wollte nicht mehr daran teilhaben. Als ich irgendwann zu mir kam und mich dabei ertappte, wie ich mit einer von Karstens Rasierklingen versuchte, mir die Pulsader aufzuschneiden, rief ich die Notfallseelsorge an.

Ich kam in die psychiatrische Abteilung im Klinikum rechts der Isar. Mit meiner Therapeutin Anna, die sich wirklich große Mühe mit mir gab, versuchte ich mein Selbstbild wiederherzustellen, bis ich darauf kam, dass ich all die Jahre gar keins gehabt hatte. Ich hatte mich mit dem identifiziert, was Karsten in mir sah, und deshalb nach seinem Tod jede Existenzberechtigung verloren. In unzähligen Sitzungen versuchte Anna, meine Selbstachtung aufzubauen, mich dazu zu bringen, meine Verachtung und meinen Zorn nicht gegen mich zu richten, sondern gegen den Menschen, der sie verdient hatte. »Du musst doch unglaublich wütend sein«, sagte sie immer wieder. »Warum versteckst du diese Wut? Lass sie raus, es wird dich befreien.«

Doch ich konnte keine Wut empfinden. Nur Traurigkeit und grenzenlose bittere Enttäuschung. Ich hatte geglaubt, Karsten liebte mich so, wie ich war. Stattdessen hatte es ihm durchaus gefehlt, dass ich seine Leidenschaft für das Wasser nicht mit ihm teilen konnte, er hatte es nur nie gesagt. Und das war eindeutig meine Schuld, auch wenn Anna mir etwas anderes einreden wollte.

Die Zuwendung, die ich in der Klinik erfuhr, tat mir gut. Ich kam zur Ruhe. Der Schmerz war nicht mehr scharf und schneidend, nur noch dumpf und pochend. Karstens Betrug, sein heimliches Verhältnis mit Sabine, hatte ich gut verpackt in einem der hintersten Winkel meiner Erinnerung eingeschlossen. Als ich nicht mehr eigengefährdet war, wie man es in der Klinik nannte, durfte ich nach Hause. Ich vereinbarte mit Anna, die Therapie in ihrer kleinen Privatpraxis fortzuführen, die sie neben der Arbeit im Krankenhaus einige Stunden in der Woche zu Hause betrieb.

Die erste der Hausaufgaben, die Anna mir gab, war, Karstens persönliche Sachen zu entsorgen.

»Gib sie der Caritas«, sagte sie. »Bring sie zur Altkleidersammlung, verticke sie bei eBay, aber lass sie nicht im Haus. Fang ganz von vorn an, Karsten ist Vergangenheit, du brauchst ihn nicht mehr. Du bist auch ohne ihn eine liebenswerte Frau.«

Das mit der liebenswerten Frau überzeugte mich zwar nicht so ganz, aber ich war schon immer ein braves Mädchen gewesen. Also fing ich an, Karstens Schränke auszuräumen, Anzüge in Kleidersäcke zu verpacken und Schuhe zu bündeln.

Ich fand das Foto im Koffer mit seiner Tauchausrüstung, den er ganz unten in seinem Schrank aufbewahrte. Karsten wusste, dass ich diese Sachen nie angerührt hätte, deshalb hielt er diesen Koffer wohl für einen sicheren Ort. Es war ein professionelles Foto von der Sorte, wie sie Veranstalter bei Events von den Teilnehmern machen, um sie anschließend an sie zu verkaufen. Dieses hatte das Logo von »Schöner Tauchen, Natur- und Erlebnisreisen« in der rechten unteren Ecke und zeigte Karsten mit noch einer anderen Person, beide in Neoprenanzügen und mit Taucherbrillen, Arm in Arm auf einem Boot. Das musste die Tauchreise nach Ägypten gewesen sein, die Karsten letztes Jahr zusammen mit seinem Tauchkumpel Bodo gemacht hatte.

Aber das hier konnte nicht Bodo sein. Diese innige Umarmung war zu intim für eine Männerfreundschaft. Bodo war auch bestimmt nicht so viel kleiner als Karsten und legte ganz sicher nicht den Kopf an dessen Brust. Es war Sabine.

Ich vergaß zu atmen. Tröpfchenweise sickerte in mein Bewusstsein, dass »Bodo« wahrscheinlich all die Jahre nur ein Synonym für Sabine gewesen war. Karsten hatte einen Ersatz für mich gefunden. Mich einfach ausgetauscht. Wie viele Tauchreisen hatte er mit ihr unternommen, während ich im guten Glauben zu Hause saß, dass er mit Bodo unterwegs war? Phantom-Bodo aus Bad Tölz, den er angeblich in einem Taucherforum im Internet kennengelernt und mir nie vorgestellt hatte. Jetzt wusste ich auch, warum. Während ich mir Sorgen machte, Karsten könnte etwas passieren, Kerzen für seine wohlbehaltene Rückkehr anzündete und die Tage zählte, bis er wieder nach Hause kam, war er mit einer Frau unterwegs gewesen, die alles war, was ich nicht sein konnte.

Ich starrte das Foto an, bis es vor meinen Augen verschwamm. Entschlossen wischte ich mir die Tränen weg, ich wollte nicht schon wieder heulen. Doch plötzlich fiel mir auf, dass es gar keine Tränen der Trauer waren. Ich heulte vor Wut. Wut auf Karsten, der mich für so naiv gehalten hatte, dass er mir Sabine offenbar schon sehr oft als Bodo verkauft hatte. Wut auf mich selbst, dass ich so dämlich gewesen war und es geglaubt hatte. Die Wut, die Anna wochenlang vergeblich aus mir herauszukitzeln versucht hatte, plötzlich brach sie sich mit aller Gewalt einen Weg durch die Firewall, mit der ich mein Bewusstsein geschützt hatte.

Ich kramte ein Teppichmesser aus Karstens Werkzeugkasten und machte mich über seinen nagelneuen Taucheranzug her, den er gehütet hatte wie einen Topf Gold. Eigentlich hatte ich ihn bei eBay verkaufen wollen, er hätte sicher einiges eingebracht, doch in diesem Moment war Geld das Letzte, woran ich dachte. Ich tobte wie eine Wahnsinnige und musste dafür alle meine Kräfte mobilisieren, denn der zähe, sperrige Stoff war nicht leicht kaputt zu kriegen. Als ich nicht mehr konnte, stopfte ich die Fetzen in einen Müllsack, den ich nach draußen brachte. Dann machte ich Feuer im Kamin, warf das verdammte Foto von Karsten und Sabine hinein und sah zu, wie es in Flammen aufging. Aber ich hatte noch lange nicht genug. Ich ging zur Regalwand, zerrte unsere Fotoalben heraus und übergab sie den Flammen. Karstens vierzigster Geburtstag, der Ausflug mit seiner Firma ins Allgäu, unsere Hochzeit in Florenz – alle Erinnerungen verbrannten vor meinen Augen zu Asche. Ich wollte kein Andenken an ihn im Haus haben. Wirklich kein einziges.

Also löschte ich auch unsere digitalen Fotos von der Festplatte des Laptops, den er größtenteils beruflich genutzt hatte. Ich packte ihn in einen Karton und adressierte ihn an Hendrik. Er hatte eh der Firma gehört.

Als ich zurück ins Schlafzimmer kam, sah ich, dass ich etwas vergessen hatte. Das gerahmte Hochzeitsfoto hing noch über dem Bett. Wir beide, jung und voller Hoffnung, vor dem gotischen Portal der Kirche Santa Trinita. Unsere Vermieterin hatte sich mitten auf die Straße stellen müssen, um das Foto zu machen, und wäre um ein Haar von einem Taxi überfahren worden. Mir klingt heute noch das Geschrei des florentinischen Taxifahrers im Ohr, der sie aus dem offenen Autofenster lautstark beschimpfte.

Ich riss das Bild von der Wand und zerschlug den Rahmen am Bettgiebel. Scherben stoben durch die Luft und rieselten auf den Bettvorleger. Als ich das Foto in kleine Schnipsel zerfetzte, merkte ich, dass ich blutete. Ich hatte mir die Hand an einer Scherbe geschnitten. Der Schmerz tat gut. Er brachte mich wieder zur Besinnung.

Nachdem meine Zerstörungswut abgeebbt war, war ich völlig erschöpft. Aber ich fühlte mich etwas besser. Es war eine kleine Kostprobe davon gewesen, wozu ich fähig war, wenn ich mich zu meiner Wut bekannte, sie nicht mehr mit Trauer und Selbstvorwürfen kompensierte. Anna würde stolz auf mich sein.

Von diesem Tag an war ich wieder handlungsfähig. Leben

würde ich es nicht nennen, es war eher ein permanenter Versuch, den Alltag zu meistern. Ich funktionierte wie eine Maschine, die auf Essen, Schlafen und Arbeiten programmiert war. Zwischendurch hatte ich regelmäßige Sitzungen bei Anna, die sich redlich Mühe mit mir gab, der es aber nicht gelang, diese rasende Wut, durch die ich mich einige wenige Stunden wieder lebendig gefühlt hatte, noch einmal hervorzuzaubern. Ich war wieder gefangen in der Schuld der Überlebenden, weil ich für Karsten nicht die Frau hatte sein können, die er gebraucht hätte.

Sieben Jahre waren inzwischen vergangen. Hendrik und Sandra hatte ich seither nie wiedergesehen. Auch wenn es mir leidtat, dass ich zum Abschied so biestig gewesen war. Sie konnten ja nichts dafür. Aber ich war wohl in einer psychischen Ausnahmesituation gewesen, und in solch einer Situation neigt man dazu, jemandem die Schuld für sein Unglück zu geben. So hatte es mir Anna erklärt, die ich seither regelmäßig aufsuchte.

Anna war inzwischen eine gute Freundin geworden. Sieben Jahre waren eine lange Zeit. Es tat mir gut, mit ihr zu reden. Sie kannte mein komplettes verkorkstes Leben, hatte sich geduldig die kleinen und großen Dramen meiner Kindheit angehört und mir unzählige Taschentücher gereicht, wann immer ich versuchte, mich dem Untergang des Kreuzfahrtschiffes zu stellen. Meinen Wutanfall, bei dem ich alle Erinnerungen an mein Leben mit Karsten zerstört hatte, hatte sie als großen Erfolg bezeichnet. Leider hatte er mich nicht viel weitergebracht. Der Schmerz saß tief und war mir zu einem guten Vertrauten geworden. Ich hatte seither keinen Mann mehr in mein Herz gelassen und konnte mir auch nicht vorstellen, das jemals wieder zu tun.

Ich war Anna sehr dankbar dafür, dass ich von ihr nie diese Floskeln hören musste, die Freunde und Bekannte so gern benutzen, wenn einem ein Unglück geschieht. Du wirst es überstehen. Die Zeit heilt alle Wunden. Sogar meine Mutter kam mir mit diesen Sprüchen. Ausgerechnet sie, die seit dem Tod meines Vaters nur noch ein Schatten ihrer selbst war.

Ich weiß nicht, was ich all die lange Zeit, ganz besonders in den Monaten nach dem Unglück, ohne Anna gemacht hätte. Sie war meine Vertraute und beste Freundin. Und so war sie auch meine erste Anlaufstelle, als ich sieben Jahre später diesen Brief bekam, der mein Leben wiederum komplett verändern sollte.

Es war an einem warmen Sommerabend im August, ich kam verschwitzt von der Arbeit nach Hause und freute mich auf eine kühle Dusche. Als ich den Briefkasten aufschloss, fiel mir die Süddeutsche entgegen, eine Rechnung von den Stadtwerken sowie ein Brief mit italienischer Marke, ohne Absender. Die Handschrift, mit der meine Adresse geschrieben war, hatte ich noch nie gesehen. Ich ging unter das Oberlicht im Treppenhaus, um den Poststempel zu entziffern. Mein Herzschlag setzte einen Augenblick aus. Isola del Giglio.

Ich trug den Umschlag mit spitzen Fingern in meine Wohnung, als hätte ich es mit einer Briefbombe zu tun. Dort legte ich ihn auf den Küchentisch und starrte ihn an. Minuten vergingen, in denen ich nur das leise Ticken der Küchenuhr hörte, während sich die Gedanken in meinem Kopf überschlugen. Ich wollte diesen Brief nicht öffnen. Eine dunkle Vorahnung sagte mir, dass mein Leben erneut eine dramatische Wende nehmen würde, wenn ich es täte. Und doch war mir klar, dass ich ihn nicht ewig ungeöffnet so liegen lassen konnte. Genauer gesagt, keine Minute länger.

Ich nahm ein Messer aus der Schublade und schlitzte ihn auf. Ein sorgfältig zweifach gefalteter Briefbogen fiel heraus. Mit zitternden Fingern öffnete ich ihn.

Der Brief war in einer mir unbekannten Handschrift in Italienisch verfasst und nicht unterschrieben. Er bestand nur aus zwei Sätzen:

»Ihr Mann ist noch am Leben. Er hält sich seit sieben Jahren auf der Insel Giglio auf.«

2
Tonio

Im Hafen herrschte Hochbetrieb, als ich die Kiste mit den Einkäufen für Clemenza von der Fähre schleppte. Die Hauptsaison war zwar schon vorbei, aber trotzdem ergossen sich Ströme von Touristen von der »Toremar« in den kleinen Hafenort. Wahrscheinlich hatten wir es heute mit mehreren Reisegruppen zu tun, denn kaum hatten die Menschen einen Fuß auf festen Boden gesetzt, wurden die Kameras und Handys gezückt. Eine Reiseleiterin mit Dauerwelle in typischem Italienblond – ein künstlicher Farbton, der an dunklen Senf erinnerte, den man zu lange offen gelassen hatte – versuchte vergeblich, sich Gehör zu verschaffen. Dazu schwenkte sie einen Stab hoch über ihrem Kopf, an dem ein Wimpel mit dem Konterfei von Disneys Pinocchio fröhlich im Wind flatterte. Allerdings interessierte sich kaum jemand dafür; das Hafenpanorama war weit interessanter. Ich war auf Giglio aufgewachsen, und so waren die bunten Häuserfassaden, die Fischerboote, die auf dem Wasser schaukelten, und das rote und grüne Leuchtfeuer auf den beiden Molen nichts Besonderes für mich. Aber ich konnte nachvollziehen, dass jeder verzaubert war, der zum ersten Mal hierherkam.

Ich bahnte mir einen Weg in Richtung Bushaltestelle, wobei ich die Kiste mit den Einkäufen als Rammbock benutzte, und sah die Reisegruppe gerade noch in Richtung Scalettino verschwinden. Von den Felsen dort hatte man mehr als zwei Jahre lang die beste Aussicht auf das Wrack des Kreuzfahrtschiffes gehabt, das hier unmittelbar vor der Küste gelegen hatte. Schwärme von Tagestouristen waren auf die Insel gekommen, um die Attraktion zu bestaunen und Fotos davon zu schießen.

Das Schiff lag längst nicht mehr dort; es war schon vor fünf Jahren geborgen und zum Abwracken in den Hafen von Genua geschleppt worden, aber den makabren Sensationstourismus gab es immer noch und würde es sicherlich noch viele Jahre lang geben.

Auf dem Weg zum Bus wurde ich in der Via Provinciale beinahe von einer Ape überrollt. Der Fahrer hob entschuldigend eine Hand, aber ich brüllte ihm trotzdem pflichtschuldig das obligatorische »Stronzo!« hinterher. Man erwartete das hier, und wenn man als Einheimischer anerkannt werden wollte, tat man gut daran, sich an die Gepflogenheiten der Insel zu halten. Obwohl die Gigliesi weitgehend vom Tourismus lebten, begegnete man den Fremden, die im Sommer vom Festland kamen, mit gemischten Gefühlen. Kein Wunder, die Insel war klein, nicht einmal vierundzwanzig Quadratkilometer groß, und bestand nur aus drei Ortschaften und einigen Feriensiedlungen. Im Hochsommer überstieg die Zahl der Touristen, die hier einfielen wie einst die Sarazenen vom offenen Meer, oft die Einwohnerzahl. Der Großteil von ihnen kam nur für eine Stippvisite herüber. Morgens spuckten sie die Fähren der »Toremar« und »Maregiglio« auf unsere Hafenpromenade, es folgte ein Rundgang durch Porto mit Fotosession vor der Unglücksstelle, dann kam die Busfahrt hoch nach Castello, wo es im Schweinsgalopp über das Kopfsteinpflaster der mittelalterlichen Gassen ging. Nachmittags schließlich ein kurzes Bad am Strand von Campese und abends, auf der Fähre zurück zum Festland, konnte man sagen, dass man die Insel kannte. Tagestouristen waren eine Plage. Oft brachten sie ihren Proviant selbst im Rucksack mit und ließen daher kaum Geld auf der Insel, was die Abneigung der Einwohner gegenüber den Fremden noch verstärkte.

Der Bus nach Castello ließ auf sich warten. Das war nichts Besonderes, der Fahrplan hing eigentlich nur zum Schein da. Wer nach Giglio kam, musste Zeit mitbringen. Ich dachte ein wenig sehnsüchtig an mein Motorrad, eine feuerrote Ducati, die oben in Castello auf mich wartete. Ich flitzte gern mit ihr über die Insel, benutzte sie aber nur, wenn ich es wirklich eilig hatte. Der Inselbus fuhr im Sommer rund um die Uhr, und die Natur bekam durch die Autos und Mofas der Einheimischen schon genug Kohlendioxid ab.

Die Kiste wurde allmählich schwer, also stellte ich sie auf den Asphalt, der so heiß war, dass ich fürchtete, die Eier darin würden bei meiner Ankunft in Castello schon hart gekocht sein. Ich besorgte für Clemenza seit dem Tod ihres Sohnes regelmäßig Lebensmittel, wenn ich nach Porto Santo Stefano zum Einkaufen fuhr. Auf Giglio war alles viel teurer als auf dem Festland, und Clemenza bekam nur eine bescheidene Rente. Allerdings sparte sie durch mich auch die Handwerkerrechnungen, denn ich reparierte ihr alles, was kaputtging, und das war in ihrem mittelalterlichen Haus eine Menge. Sie bedankte sich, indem sie samstags für mich kochte. Als Junggeselle ernährte ich mich hauptsächlich von den Gerichten auf der Karte von »Zio Meino«, meinem Lieblingsrestaurant, das nur hundert Meter von unserer Tauchschule entfernt war. Manchmal schlenderte ich auch auf die andere Seite der Bucht, zur Pizzeria »Da Tony« am Hafen von Campese, wo es die besten Pizzen der Insel gab. Es sei denn, Clemenza lud mich zum Essen nach Castello ein. Wenn es ums Kochen ging, konnten weder »Tony« noch »Zio Meino« ihr das Wasser reichen.

Clemenza ist eine Seele von einer Frau, die den Tod ihres Sohnes nie überwunden hat. Aber ich vermisse Filippo auch schrecklich. Wir waren seit unserer Kindheit unzertrennlich und haben später zusammen mit unserem Freund Federico die Tauchschule gegründet. Beim Unglück dieses Kreuzfahrtschiffes vor unserer Hafeneinfahrt war Filippo als einer der Ersten vor Ort gewesen und hatte geholfen, die Überlebenden aus dem eiskalten Wasser zu ziehen. Ich fuhr die halbe Nacht lang zwischen Campese und Porto hin und her, brachte Rettungsdecken aus der Tauchschule und Schuhe für die überlebenden Opfer, die barfuß in die Rettungsboote steigen mussten und dann frierend am Kai standen. Als ich von meiner dritten Tour wiederkam, hörte ich, dass Filippo von seinem letzten Tauchgang nicht zurückgekommen war.

Wir suchten den Rest der Nacht nach ihm. Es war ein Alptraum, der mich manchmal heute noch verfolgt. In den Morgenstunden gaben wir die Suche auf. Ich fuhr nach Castello, um Clemenza die traurige Nachricht zu überbringen. Sie weinte in meinem Arm, und ich versprach ihr, immer für sie da zu sein, wenn sie mich brauchte.

Wenig später lief ihr ein streunender Kater zu. Sie benannte ihn nach ihrem Sohn und erzählte mir irgendwann, dass sie sicher sei, der Kater wäre der wiedergeborene Filippo. Ich war überrascht, dass sie plötzlich an Seelenwanderung glaubte, denn ich kannte sie nur als fromme Katholikin. Und natürlich machte ich mir auch ein bisschen Sorgen, dass sie vor Kummer vielleicht verrückt geworden wäre. Aber als ich Zweifel anmeldete, winkte sie nur ab.

»Schau ihn dir doch an!«, rief sie. »Er hat ein Muttermal an derselben Stelle wie mein Junge.« Das stimmte allerdings. Filippo hatte ein dunkles Mal oberhalb des rechten Auges gehabt. Genau dort hatte das Tier einen schwarzen Fleck im weißen Fell.

»Und er liebt Panficato!«, fuhr Clemenza fort. »Das war Filippos Lieblingsnachtisch. Hast du vielleicht schon mal einen Kater gekannt, der *Panficato* frisst?«

Genau genommen hatte ich noch gar keinen Kater näher gekannt, jedenfalls nicht so, dass ich mit seinen Leibgerichten vertraut war. Und ich konnte mir auch nicht vorstellen, dass Panficato ein gesundes Nahrungsmittel für Katzen war. Clemenza schaute auch etwas schuldbewusst, als ich sie daran erinnerte.

»Ich pule ja schon die Nüsse raus und gebe ihm gar nicht viel davon«, sagte sie kleinlaut. »Und er bekommt es auch nur am Wochenende. Isst du vielleicht nur gesunde Sachen?«

»Es ist ein Totenbrot«, versuchte ich von mir abzulenken, aber das gab ihr eher noch Wasser auf die Mühle.

»Eben.« Sie holte ein großes, dick mit Puderzucker bestäubtes Stück Feigenbrot aus dem Kühlschrank, schnitt eine dünne Scheibe ab und legte sie in den Napf, wo sich der Kater sofort darüber hermachte.

»Siehst du, das ist der beste Beweis, dass er der wiedergeborene Filippo ist!«

Ich stimmte ihr zu, das war am einfachsten. Ich konnte sie sowieso nicht von ihrer fixen Idee abbringen und war froh, dass sie wieder ein Lebewesen gefunden hatte, um das sie sich kümmern konnte.

Der blaue Inselbus hielt mit zischender Hydraulik und stieß einen Schwall Abgase aus. Als sich die Türen öffneten, ließ ich den Touristen den Vortritt, damit sie sich um die Fensterplätze auf der Meerseite prügeln konnten. Hinter ihnen hievte ich meine Kiste die Stufen hinauf ins Innere. Ich begrüßte Tommaso, den Fahrer, der seinen korpulenten Body heute in ein azurblaues Muskelshirt gequetscht hatte, mit einem freundschaftlichen Schlag auf die Schulter. Er grüßte seinerseits mit dem üblichen Spruch zurück:

»Ciao, Tonio, immer noch kein Auto?«

»Ciao, Tommaso, immer noch keinen Kat?«, antwortete ich wie gewöhnlich. Ich wusste, dass er mit einer steinalten Ape aus den achtziger Jahren auf dem Festland einkaufte, die noch fußbetriebene Scheibenwischer, nur einen Scheinwerfer und ein Rücklicht und natürlich noch keinen Katalysator hatte. Die Überfahrt kostete für eine Ape deutlich weniger als für ein Auto, und Kisten schleppen, wie ich es tat, kam für ihn nicht in Frage. Also nahm er die Ape, die eigentlich längst verschrottet gehörte. Sein massiger Körper in dem schmalen Fahrerhaus wirkte wie Humpty Dumpty, der sich in einen Eierkarton gequetscht hatte. Aber ich besaß genug Größe, ihm das nicht zu sagen, und ertrug seine Lästereien mit stoischer Gelassenheit. Als Grüner musste man in Italien hart im Nehmen sein.

Als der Bus den Ort verließ und hinauf in die Berge fuhr, zückten die Touristen Handys und Kameras, um Giglio Porto aus der Vogelperspektive einzufangen. Auch ich schaute zurück auf den Hafenort unter mir. Solange ich diese Strecke fuhr, genoss ich den Anblick dieses bunten Fleckchens Erde mit den weißen Booten im türkisblauen Meer.

Der Bus brauchte nach Castello nicht länger als eine Viertelstunde, überwand dabei aber rund vierhundert Höhenmeter. In jeder Kurve, und davon gab es auf der Strecke reichlich, öffneten sich neue Ausblicke auf Pinienwälder, Weinberge und natürlich das Meer mit den Inseln des Archipels: Montecristo, Giannutri, Pianosa – bei klarem Wetter konnte man auch Korsika sehen.

Kurz vor Castello passierten wir den Vaccarecce, einen antiken Leuchtturm, der auf einer Zunge des Vorgebirges über dem Meer schwebte. Wie auf Kommando stürzten alle mit den Handys im Anschlag zur rechten Fensterseite, dass ich schon fürchtete, der Bus würde umkippen. Die Touristen hatten ihre Hausaufgaben gemacht. Der Leuchtturm wurde auch »Leuchtturm der Verliebten« genannt und hatte den Schriftsteller Federico Moccia zu seinem berühmten Buch »Entschuldige, ich liebe dich« inspiriert. Nicht dass ich das Buch jemals gelesen hätte, aber wenn man Clemenza kannte, die nie ohne Schmöker ins Bett ging und einem das Gelesene ausführlich zum samstäglichen Mittagessen servierte, kam man an diesem Wissen nicht vorbei.

Als der Bus endlich auf der Piazza Gloriosa vor den Mauern Castellos hielt, atmete ich auf. Ich ließ zuerst die Touristenschar aussteigen, dann nahm ich meine Einkäufe und machte mich auf den Weg ins Innere der mittelalterlichen Stadt.

Verglichen mit dem quirligen Hafenstädtchen, aus dem ich gerade kam, schien hier oben die Zeit stehen geblieben zu sein. Der ganze Ort wirkte wie aus einem Felsen gemeißelt und war am frühen Nachmittag, wenn alle Siesta hielten, wie ausgestorben. Jeder Stein erzählte Geschichten aus längst vergangener Zeit. Nur der Junge mit dem roten Basecap und den Ohrstöpseln, der auf den ausgetretenen Stufen eines der alten Häuser saß und auf seinem Handy tippte, passte nicht ins Bild.

Clemenza empfing mich mit offenen Armen und ihrem breiten Lächeln. »Komm rein, mein Lieber, und stell die Sachen ab«, sagte sie. »Und dann setz dich erst mal, ich habe Pasta auf dem Herd.«

In der Tat roch es verführerisch nach ihrer Spezialsoße aus Tomaten und Ricotta, Knoblauch und Basilikum. »Pasta alla Norma« hieß das Gericht und kam eigentlich aus Sizilien, wo Clemenza die ersten Jahre ihrer Kindheit verbracht hatte. Aber ich nannte es nur noch »Pasta alla Clemenza«, weil keine Norma der Welt es besser hätte kochen können.

Ich betrat den Salotto und schaute mich um. Clemenza

hatte ihre samstägliche Putzorgie absolviert, aufgeräumt und den Boden gescheuert, der wie neu glänzte. Die Fenster waren poliert und mit Geranien geschmückt und alle Nippesfiguren auf der Anrichte entstaubt. Nur der Plastikweihnachtsbaum stand noch immer in voller Pracht in der Zimmerecke, obwohl sich der August dem Ende neigte. Genau genommen stand er seit siebeneinhalb Jahren dort. Filippo hatte ihn aufgestellt und beim Schmücken geholfen, und Clemenza brachte es nicht fertig, ihn abzubauen. Inzwischen nutzte der Kater ihn gern als Spielbaum. Er sprang nach den goldenen Glaskugeln, riss das Lametta herunter und rollte sich darin ein. Clemenza war manchmal stundenlang damit beschäftigt, den Baum wieder in seinen ursprünglichen Zustand zu versetzen.

»Ich habe mir etwas überlegt«, sagte sie, als sie einen Teller mit dampfender Pasta vor mir auf den Tisch stellte.

Ich sah sie fragend an.

»Ich möchte Filippos Zimmer vermieten. Es bricht mir das Herz, aber es kann nicht den Rest meines Lebens leer stehen und mir als Gedenkschrein dienen. Ich brauche das Geld.«

»Das ist eine gute Idee. Und du hättest dann auch wieder Gesellschaft. Soll ich für dich inserieren?«

»Das wäre lieb von dir. Vielleicht könntest du auch ein paar Zettel im Hafen aufhängen. An dem Anleger, wo die Touristen ankommen, weißt du?«

Und ob ich das wusste. Schließlich kam ich jeden Samstag mit ihnen gemeinsam an.

»Und da du ja ohnehin jede Woche zum Festland fährst«, Clemenza legte mir einen weiteren Löffel ihrer köstlichen Pasta auf den Teller, »könntest du auf der Fähre ja vielleicht auch ein bisschen – wie heißt das? – Akquise betreiben. Du kommst doch sicher problemlos mit Touristen ins Gespräch. Da kannst du ihnen auch gleich mein Fremdenzimmer anpreisen. Wenn du jemanden mit großem Koffer siehst, fragst du einfach: ›Brauchst du ein Zimmer? Clemenza hat genau, was du suchst. Dusche und Essen inklusive und gar nicht teuer. Oben in Castello, wo man in alle Richtungen das Meer sieht.‹ Sag mir, wer da Nein sagen kann! Filippo würde es sicher verstehen.«

Sie wischte sich die Hände an der Schürze ab und bekreuzigte sich.

Während ich langsam kaute und jeden Bissen genoss, dachte ich nach. Ich würde ein paar Handzettel ausdrucken und auf der Fähre auslegen. Wenn ich zwei, drei Fotos mit den malerischsten Winkeln von Castello einarbeitete und mit einem Kater warb, der ein wiedergeborener Tauchlehrer war, würden ihr die Touristen schon bald die Tür einrennen.

Dass sie Filippos Zimmer endlich freigab, wertete ich als ein gutes Zeichen. Sieben Jahre lang hatte es leer gestanden, als würde sie noch immer darauf warten, dass er eines Tages wieder zur Tür hereinkäme, als wäre er nur kurz im Urlaub gewesen. Sie hatte kein Detail darin verändert, sogar sein Fußballposter hing noch an der Wand. Jetzt würde sie wenigstens das Bett frisch beziehen.

Ich griff nach dem Löffel, um den letzten Rest Pasta vom Teller zu kratzen, und schrak zusammen, als der Kater auf meinen Schoß sprang und mich vorwurfsvoll anmauzte. Vermutlich hatte er verstanden, dass er für ein Werbemittel missbraucht werden sollte.

»Sorry, alter Junge, das hatte ich glatt vergessen. Bitte sehr: dein Teller.«

Filippo war mit einem Satz auf dem Tisch, um den Teller in Windeseile schrankfertig blank zu lecken. Er schaffte es jedes Mal, mir die letzten Reste abzuschnorren.

»Möchtest du noch Nachtisch?« Clemenza stand schon mit einer Schüssel Pannacotta hinter mir. Ich warf einen Blick auf die Uhr.

»Danke, nein«, sagte ich bedauernd, »ich muss weiter nach Campese. Heute Nachmittag kommt noch eine neue Gruppe Tauchschüler an, da sollte ich vor Ort sein.«

»Wie du willst«, erwiderte Clemenza, ließ es sich aber nicht nehmen, mir eine große Tupperschüssel mit dem köstlichen Sahnepudding vollzuschaufeln.

»Schau bald mal wieder bei mir rein, mein Junge«, sagte sie, als sie mich zur Tür brachte. »Ohne dich wäre mein Leben dunkel und mein Kühlschrank leer.«

Mit diesen Worten verabschiedete sie mich jedes Mal.

»Stets zu Diensten, junge Frau«, antwortete ich wie immer. Es war unser Ritual. Ich wusste, dass die »junge Frau« ihr schmeichelte. Und das Leben war bislang nicht gerade schmeichelhaft mit ihr umgegangen.

3
Nina

Der Tag, nachdem ich den Brief erhalten hatte, war ein Samstag. Das war mein Glück, denn ich hatte die ganze Nacht kein Auge zugetan und hing völlig in den Seilen. Die Möglichkeit, dass Karsten nach all den Jahren noch am Leben sein sollte, hatte eine Weile gebraucht, um in meinem Hirn anzukommen. Doch als sie einmal dort war, prügelten der Schmerz über seinen Verrat und die Demütigung erneut auf mich ein. Es hatte lange gedauert, halbwegs zu verwinden, dass er mich belogen und betrogen hatte. Dass er das Schiffsunglück aber überlebt und als Chance genutzt hatte, sich abzusetzen und auf der Insel neu anzufangen, setzte allem die Krone auf. Ich heulte bis zum Morgengrauen.

Als die Sonne über das Dach des Nachbarhauses blinzelte – was wagte die sich eigentlich, einfach wie immer aufzugehen und so zu tun, als wäre heute ein ganz normaler Tag? –, schleppte ich mich ins Bad, um meine verstopfte Nase zu putzen und die Gelmaske für meine geschwollenen Augen zu suchen. Aus dem Spiegel über dem Waschbecken blickte mich eine gebrochene Frau an. Wie ich es hasste, ein Opfer zu sein!

Hass ist ein guter Anfang, hatte Anna einmal zu mir gesagt. Hass setzt Energie frei und zeigt, dass du noch am Leben bist. Ich las den Brief noch einmal, und allmählich sickerte es in mein Bewusstsein: Wenn das hier kein übler Scherz war, wenn es wirklich stimmte, dass Karsten das Unglück überlebt hatte und sich seit sieben Jahren auf einer Insel im Mittelmeer versteckte, dann hatte er mich in voller Absicht verlassen. Er hatte sich feige aus dem Staub gemacht, ohne unsere Beziehung zu klären, im Gegenteil, er hatte mir zugemutet, dass ich ihn all die Jahre für tot gehalten und um ihn getrauert hatte. Dafür hasste ich ihn, und zum vielleicht ersten Mal in meinem Leben empfand ich den Wunsch nach Rache.

Während ich mir die Gelmaske gegen die Augen drückte, lief ich ruhelos im Wohnzimmer hin und her. Ich musste etwas tun. Kurz spielte ich mit dem Gedanken, Anna anzurufen, aber es war noch zu früh, sie war gestern sicherlich aus gewesen, wie an den meisten Freitagabenden. Immer wieder nahm ich den Brief in die Hand, was eigentlich unnötig war, denn ich kannte ihn inzwischen auswendig, aber jedes Mal war es wie ein erneuter Faustschlag in die Magengrube. Einen Hinweis auf den Absender fand ich nicht, abgesehen vom Poststempel. Isola del Giglio. Urlaub auf Lebenszeit.

Die Kühlmaske hatte mich nicht schöner gemacht und auch nicht wesentlich wacher, aber immerhin kreiste das Adrenalin in meinen Adern und hielt mich auf den Beinen. Als es halb zehn war, hatte ich mir die verschiedensten Szenarien ausgemalt, wie ich Karsten auf der Insel ausfindig machen würde, und ebenso viele Mordmethoden überlegt. Doch diese Phantasien brachten mich keinen Schritt weiter. Ich würde nicht nach Giglio reisen, denn dazu müsste ich über das Meer, und ich würde ihn selbstverständlich auch nicht umbringen, weil ich dazu ja erst mal hinkommen müsste. Stattdessen würde ich jetzt endlich Anna anrufen, ich brauchte jemanden zum Ausheulen. Nein, ich wollte ja nicht mehr heulen. Heulen war etwas für Opfer. Und mit der Opferrolle war jetzt endlich Schluss!

Während das Freizeichen tutete, trommelte ich ungeduldig mit den Fingern auf die Tischplatte.

Als Anna sich meldete, hörte sie sich ebenso müde an, wie ich mich fühlte. Ich wusste nicht, wo ich anfangen sollte, und stammelte einen wahrscheinlich unverständlichen Wirrwarr von einem anonymen Brief, Giglio und Karsten, der wahrscheinlich noch am Leben war, wenn sich nicht gerade jemand einen üblen Scherz mit mir erlaubte.

Anna räusperte sich. »Nina, ich versteh kein Wort. Sortier dich erst mal, ich hole mir inzwischen einen Kaffee.«

Ich hörte, wie der Hörer hingelegt wurde, und fing wieder an, entnervt auf die Tischplatte zu trommeln, während das Mahlwerk ihrer Kaffeemaschine in meinen Ohren kreischte.

»So, jetzt bin ich aufnahmefähig«, sagte sie endlich. Also fing ich an zu erzählen, doch schon nach zwei Sätzen unterbrach sie mich wieder.

»Ein anonymer Brief? Komm her und bring ihn mit. Dann können wir in Ruhe drüber reden.«

Eine halbe Stunde später läutete ich an dem dreistöckigen Wohnhaus in der Nähe der Münchner Freiheit, wo Anna wohnte und arbeitete. Sie hatte eine Vier-Zimmer-Wohnung in Arbeits- und Wohnbereich aufgeteilt. Zwei der Zimmer nutzte sie als Praxisräume, in den anderen beiden wohnte sie. Sie empfing mich in ihrem ganz im Ikea-Stil eingerichteten Wohnzimmer. Eigentlich sah die ganze Wohnung aus, als hätte das schwedische Möbelhaus hier ein Außenlager aufgemacht, und anfangs hatte ich geglaubt, dass Anna den Kaufpreis der Wohnung in dieser exponierten Lage vielleicht mit der günstigen Einrichtung ausgleichen wollte. Doch als ich sie besser kennenlernte, begriff ich, dass es ihr einfach gefiel.

Nun saß ich also auf ihrem Klippan-Sofa und knetete eines ihrer karierten Hässlebrodd-Kissen in meinem Schoß. Anna war noch ungeschminkt, trug einen verschlissenen türkisfarbenen Hausanzug aus Nickistoff und hatte die rotblonden Locken mit einem Tuch aus dem Gesicht gebunden. So leger bekam ich sie selten zu Gesicht. Es tat mir schon leid, dass ich sie an ihrem freien Tag aus dem Bett geklingelt hatte, aber ich hätte unmöglich noch länger warten können. Gespannt sah ich zu, wie sie mit kritischen Blicken den Brief musterte, ihn gegen das Licht hielt, als würde der Absender dann als Wasserzeichen erscheinen, den Umschlag von beiden Seiten untersuchte und sich schließlich seufzend im Sessel zurücklehnte.

»Hm. Keine Hinweise auf den Absender.« Das hatte ich ihr zwar schon zweimal gesagt, aber wahrscheinlich glaubte sie, ich hätte das in meiner Hysterie übersehen. »Was willst du jetzt tun?«

»Ich hatte gehofft, das könntest du mir sagen.« Das hatte ich wirklich. Denn ich selbst hatte nicht die geringste Idee.

Anna schwieg. Musterte mich nur mit ihren wasserblauen Augen, ohne einmal zu blinzeln. Bestimmt kam gleich wieder dieser Spruch mit dem Selbst-Verantwortung-Übernehmen. Den hatte ich schon oft gehört, wenn ich sie um Rat gebeten hatte.

»Nina, für dein Leben mit all seinen Entscheidungen bist du selbst verantwortlich.«

Na also, ich hatte es doch gewusst.

»Ich weiß«, seufzte ich. »Und du hilfst mir nur, anschließend die Scherben zusammenzufegen. Formulieren wir es so: Was würdest du denn an meiner Stelle tun?«

»Ich würde natürlich nach Giglio fahren und die Spur des Briefes verfolgen. So groß ist die Insel ja nicht. Über kurz oder lang müsstest du Karsten über den Weg laufen, wenn er wirklich dort lebt. Oder du findest den anonymen Briefschreiber. Dann wäre es auch nur noch ein kurzes Stück bis zu Karsten. Vorausgesetzt, dieser Brief ist kein übler Scherz. Damit musst du natürlich auch rechnen.«

»Nach Giglio fahren?«, rief ich entsetzt. »Da muss man mit der Fähre übersetzen, das dauert eine Stunde! Ich würde sterben vor Angst.«

Anna grinste mich an. »Du hast gefragt, was *ich* machen würde. Und das habe ich dir gesagt. Nicht zu verwechseln mit dem, was *du* tun wirst. Aber wenn du mich schon so fragst, dich dem Wasser zu stellen wäre eine gute Therapie.«

»Nein, das ist noch zu früh, das schaffe ich nicht«, sagte ich resigniert.

»Noch zu früh? Nach sieben Jahren? Das kann doch nicht dein Ernst sein!«

»Ich habe Angst«, sagte ich.

»Klar hast du Angst. Aber nicht nur vor dem Wasser. Und mal ganz ehrlich, Nina: Willst du ihn wirklich damit durchkommen lassen? Er hat dich mit seiner Sekretärin betrogen und – wenn es stimmt, was in diesem Brief steht – eine Schiffskatastrophe zum Anlass genommen, sich auf eine italienische Sonneninsel abzusetzen, ohne dir auch nur ein Lebenszeichen zukommen zu lassen, geschweige denn eure Beziehung zu klären. Er hat dich um ihn trauern lassen. Lässt du dir das gefallen? Du musst doch saumäßig wütend auf ihn sein!«

Umständlich erklärte ich ihr, dass ich mir vorhin noch fest vorgenommen hatte, aus der Opferrolle auszubrechen, die Praxis hinter der Theorie aber noch weit zurückstand.

»Im Grunde versteckst du dich immer noch hinter deiner Trauer und deiner vermeintlichen Machtlosigkeit«, sagte Anna. »Damit kompensierst du deine Wut und dein Rachebedürfnis. Wenn du dir die Wut wirklich erlauben würdest, müsstest du nämlich handeln.«

Verdammt, hätte ich mir nicht eine ganz normale Freundin ohne Diplom in Psychologie zulegen können? Eine, die meine Hand hielt, mich heulen ließ, mir Taschentücher reichte und mich in meinem Elend bestärkte? Die mich nicht ständig aufforderte, über meinen Schatten zu springen und selbst Verantwortung zu übernehmen? Frustriert starrte ich auf die gerahmten modernen Gemälde an der Wand, die mich irgendwie an Rorschachtests erinnerten, und wusste nichts zu entgegnen.

»Wenn er dort ist, findest du ihn auch. Diese Insel hat nicht mal anderthalbtausend Einwohner. Wenn er wirklich seit Jahren dort lebt, wäre es ein Unding, wenn ihn nicht jemand kennen würde. Wenn er nicht dort ist, dann bist du wenigstens mal rausgekommen. Wann hast du denn zum letzten Mal Urlaub gemacht?«

Als ich nicht antwortete, griff Anna in die Ablage unter ihrem Malmsta-Couchtisch und zog eine Ansichtskarte heraus.

»Eine Freundin von mir ist gerade auf Segeltörn im Mittelmeer. Schau mal, sieht das nicht traumhaft aus?« Sie hielt mir die Postkarte unter die Nase. Eine Luftaufnahme über tiefblauem Wasser, in dem sieben Inseln verstreut waren. »Le isole dell'arcipelago toscano«, las ich.

»Eine davon ist Giglio«, sagte sie. »Also, ich würde mir das überlegen.«

Anna hatte natürlich geschafft, was sie vorgehabt hatte. Sie hatte sehr geschickt einen Samen in meinen Kopf gepflanzt. Einen Samen, der die wildesten Blüten trieb. Wie würde es sein, endlich wieder nach Italien zu reisen? Ich war so lange nicht mehr dort gewesen, dass mir meine Studentenjahre in Florenz wie ein anderes Leben erschienen.

Isola del Giglio. Die Insel lag im Mittelmeer südlich von Elba und musste wunderschön sein. Natürlich hatte ich sie gegoogelt, damals, gleich nach dem Unglück, und seitdem immer wieder. Ein Juwel im Tyrrhenischen Meer, unerreichbar für mich, durch zwanzig Kilometer Wasser vom Festland abgeschnitten. Aber meine aktuelle Hausaufgabe, die Anna mir mit auf den Weg gegeben hatte, hieß: Raus aus der Opferrolle!

Die erste Herausforderung würde sein, mich der Überfahrt zu stellen. Die nächste, den Ort zu besuchen, wo Karsten gestorben war. Oder vielleicht doch nicht gestorben war? Wenn Sabines Leichnam wirklich identifiziert und nach Deutschland überführt worden war, musste er sich ja allein dort aufhalten. Warum war er geblieben, ohne sie? Ich musste es unbedingt herausfinden, kein anderer würde das für mich tun. Ich musste die Reise selbst wagen. Aber ich brachte es nicht über mich. Wann immer ich an das Wasser dachte, das zwischen dem Festland und der Insel lag, stieg Panik in mir auf.

Ich grübelte mehrere Tage, entschied mich hin und her. Dann wurde mir klar, dass ich das bis ans Ende meines Lebens tun würde, wenn ich nicht endlich handelte.

An einem sonnigen Spätsommertag im August packte ich meinen Koffer.

Ich nahm das Flugzeug bis Rom und stieg dort in den Zug, der wieder Richtung Norden fuhr. Ab und zu erhaschte ich aus dem linken Zugfenster einen Blick auf das Meer, das sich tiefblau und im Sonnenlicht silbern gesprenkelt bis zum Horizont zog, wo die Grenze zum Himmel kaum zu erkennen war. Es sah so friedlich aus, aber ich wusste, dass der Frieden trügerisch war. Unzählige Tote bedeckten den Meeresboden, von waghalsigen Schwimmern bis hin zu Schiffbrüchigen. Nicht zu vergessen die vielen Flüchtlinge, die von Nordafrika aus versuchten, mit seeuntüchtigen Schlauchbooten über das Mittelmeer Europa zu erreichen.

Wer die Gefahr sucht, kommt darin um, hatte meine Mutter immer gesagt. Sie hatte in ständiger Sorge um meinen Vater gelebt, der auf einer Bohrinsel in der Nordsee arbeitete. Tiefe Wasser waren ihr nicht geheuer gewesen. Und seit meiner frühen Kindheit hatte ich genug Erfahrungen gesammelt, die ihre

These bestätigten. Immer war es das Wasser gewesen, das mir Unglück brachte.

Das erste Desaster, an das ich mich erinnere, passierte an meinem fünften Geburtstag. Mein Onkel Gerhard, seit jeher der Tollpatsch unserer Familie, traf mit einem querschlagenden Sektkorken den Sprinklerkopf der Löschanlage des Restaurants, in dem wir feierten, und verwandelte meinen Geburtstagskuchen in einen Haufen aus Biskuit, Schlagsahne und abgestandenem Dreckwasser. Die Gäste fanden das nicht im Mindesten witzig und suchten hysterisch kreischend das Weite. Meine Freundinnen wurden noch vor dem Auspacken der Geschenke von ihren Eltern abgeholt, und ich verbrachte den Rest des Tages heulend auf meinem Bett. Für eine Fünfjährige ist so etwas das Ende der Welt. Damals dachte ich, es könnte nicht mehr schlimmer kommen. Aber es war nur ein Vorgeschmack dessen gewesen, was das Leben noch für mich in petto hatte.

Die nächste Station auf dem Weg meiner Wasserphobie war der Schwimmunterricht.

Schwimmen ist lebenswichtig, meinte mein Vater. Als Arbeiter auf einer Nordsee-Bohrinsel musste er das schließlich wissen. Wenn er hin und wieder für einige Tage zu Hause war, versuchte er binnen kurzer Zeit alle Versäumnisse in meiner Erziehung nachzuholen. Zum Beispiel war er der Meinung, dass ich noch vor meiner Einschulung schwimmen lernen müsse, und sein Wort war Gesetz.

Kurze Zeit später fand ich mich – mit einem nagelneuen rosafarbenen Rüschenbadeanzug gefügig gemacht – inmitten einer Horde Vorschulkinder in der örtlichen Schwimmhalle wieder. Um die Angst vor dem Wasser gar nicht erst aufkommen zu lassen, meinte die Lehrerin, es wäre spaßig, uns vom Beckenrand ins Nichtschwimmerbecken springen zu lassen. Auch die anderen Kinder fanden das und hüpften los. Alle außer mir. Ich stand zitternd da in meinem rosa Schwimmdress, die Zehen um den Beckenrand geklammert, als könnte ich mich damit festhalten wie unser Wellensittich auf seiner Stange. Ich hasse die Lehrerin noch heute dafür, dass sie mich in den Rücken stupste. Das Wasser war nicht tief, vielleicht brusthoch, aber vor Schreck schnappte ich nach Luft, gerade als ich auf der Oberfläche aufschlug. Unfähig zu atmen, Nase und Mund voller Wasser, schlug ich panisch um mich. Ich fühle noch heute die Todesangst, spüre den Chlorgeschmack im Mund und den Druck auf meinen Ohren, als ich begriff, dass ich sterben würde.

Natürlich starb ich nicht. Ich fand mich heftig hustend am Beckenrand wieder, unter den besorgten Gesichtern des Bademeisters und der Lehrerin. Einer der Jungs, die schon ganz passabel schwimmen konnten, lachte mich aus, und zwei Mädchen, die ich bis dahin für meine Freundinnen gehalten hatte, kicherten. An diesem Tag schwor ich mir, in meinem Leben nie wieder zum Schwimmunterricht zu gehen.

Es war nur wenig später in meinem ersten Grundschuljahr, und ich kämpfte gerade mit dem Alphabet und dem kleinen Einmaleins, als eine Bohrinsel dreihundertfünfundachtzig Kilometer vor der norwegischen Küste während eines Orkans kenterte. Mein Vater war eines der hundertdreiundzwanzig Todesopfer.

Später erfuhr ich, dass er zum Zeitpunkt des Unglücks gerade mit Kollegen im Kinoraum gesessen und sich »Die Flut bricht los« mit Leif Garrett und Ann Doran angesehen hatte. Als hätte er sein Schicksal damit herausgefordert.

Der Tod meines Vaters traf mich als gerade Siebenjährige mit der Wucht einer Monsterwelle und veränderte mein Leben von Grund auf. Die Welt, wie ich sie kannte, hörte auf zu existieren. Meine Mutter, unfähig, mich zu trösten, vergrub sich in ihrem Leid und verhärmte zusehends. Schulfreundinnen zogen sich zurück, als wäre das Unglück eine ansteckende Krankheit. Heute weiß ich, dass sie einfach befangen waren und mit dem Tod in ihrer unmittelbaren Umgebung nicht umgehen konnten. Damals empfand ich es nur als Verrat.

Mit der Zeit machte ich aus der Not eine Tugend, indem ich mir meine Isolation schönredete. Wenn mich niemand fragte, ob ich mit ins Schwimmbad kommen wollte, müsste ich wenigstens nicht ablehnen. Ich konnte gemütlich zu Hause bleiben und mich mit einem Buch in den Garten verziehen. Irgendwann hatte ich mich fast überzeugt, dass meine Einsamkeit selbst gewählt war. Und doch erinnere ich mich an Situationen, in denen ich wissentlich litt. Zum Beispiel an einen Spätnachmittag Ende März, als ich am Fenster meines Zimmers saß und in die Dämmerung hinausstarrte. Menschen gingen vorbei, vielleicht von der Arbeit nach Hause, vielleicht zum Einkaufen, vielleicht unterwegs zu Freunden. Ich beneidete jeden Einzelnen von ihnen, sogar diejenigen, die auf dem Weg zum Zahnarzt waren. Und dann kam diese Familie, Mutter und Vater Hand in Hand, der vielleicht fünfjährige Junge fuhr mit dem Roller voraus, das jüngere Mädchen saß auf der Schulter des Vaters und lachte so laut über irgendetwas, dass ich es bis tief hinein in meine Einsamkeit hören konnte. Ich verging fast vor Neid. Ich glaubte, niemals wieder lachen zu können.

Seither habe ich mich vom Wasser ferngehalten, so gut es ging. Urlaub am Meer? Niemals. Bootsfahrten oder Schiffsreisen? Keine Chance.

Was das Meer aber nicht daran hinderte, mir Karsten zu nehmen, auf die grausamste Weise, die man sich vorstellen kann. Man kann das Wasser meiden, wie man will, es schlägt heimtückisch aus dem Hinterhalt zu. Deshalb blieb mir nur die Flucht nach vorn. Wenn es eine Chance gab, Karsten zu finden, wollte ich sie nicht ungenutzt lassen. Wir waren noch nicht fertig miteinander. Ich würde es zu Ende bringen, auch wenn ich dafür meine Phobie überwinden musste. Endlich war ich bereit, meinem Feind die Stirn zu bieten.

Ich schrak aus meinen Gedanken, als der Zug mit quietschenden Bremsen in den Bahnhof von Orbetello einfuhr. Hier musste ich in den Bus umsteigen.

Orbetello liegt auf dem mittleren von drei Dünenstreifen, mit denen die Halbinsel Monte Argentario mit dem Festland verbunden ist. Bis Porto Santo Stefano, der Hafenstadt, wo die Fähren nach Giglio ablegten, war es nun nicht mehr weit.

Im Barbanera-Café am Bahnhofsvorplatz trank ich schnell

einen Espresso an der Theke und zog dann meinen Koffer die kurze Strecke zur Bushaltestelle am Kreisverkehr der Via della Stazione. Der Bus stand schon bereit. Ich suchte mir einen Fensterplatz und starrte durch die schmutzige Scheibe auf die Straße, wo ein junges Pärchen auf einer Vespa vorbeisauste. Die langen Haare des Mädchens flatterten im Fahrtwind. Ich erhaschte nur einen kurzen Blick auf die beiden, aber sie sahen so unbekümmert und glücklich aus, dass es mir einen Stich versetzte. Die Erinnerungen kamen ungerufen und mit einer Heftigkeit, dass ich kaum bemerkte, wie der Bus losfuhr, die Autobrücke zum Monte Argentario überquerte und sich unaufhaltsam dem Ziel meiner Reise näherte.

Meine Liebe zu Italien wurzelt in meiner Jugend, als ich stundenlang in meinem Zimmer Schallplatten von Gianna Nannini und Eros Ramazzotti hörte. Es war nicht nur die Musik, es war vor allem diese weiche, melodische Sprache, die mein Herz eroberte. Von meinem Taschengeld kaufte ich Selbstlern-Kassetten von Langenscheidt und vergrub mich in einer Welt, in der ich zunächst die Schönheit der Sprache entdeckte, um wenig später festzustellen, dass diese Sprache, das Land, die Leute und die Lebensart untrennbar miteinander verbunden sind. Italien wurde zu einer Zuflucht, einem Ort, an den ich mich zurückziehen konnte, wenn ich meine Mutter in ihrem Schlafzimmer weinen hörte.

Als ich älter war, stöberte ich in Antiquariaten nach italienischen Büchern und las alles, was mir in die Finger kam, von Boccaccio bis zu Dantes »Divina Commedia«, im Original. Auch wenn ich kaum verstand, worum es eigentlich ging, war der Klang dieser Worte Balsam für meine Seele. Damals wuchs in mir der Wunsch heran, die italienische Sprache und Literatur zu studieren.

Nach dem Abi schrieb ich mich an der Universität von Florenz ein, packte meinen Koffer und verließ ohne eine Spur des Bedauerns meine Heimatstadt. Ich fühlte mich wie befreit, als ich im Zug Richtung Süden saß. Über eine Studentenvermittlung fand ich ein WG-Zimmer in der Via della Colonna. Der

Dom und die Piazza della Signoria waren nur einen Steinwurf entfernt. Na ja, wenn man gut werfen konnte.

Die Wohnung lag im vierten Stock, ohne Aufzug, und war eine Zweier-WG. Mein Mitbewohner war ein schlaksiger Junge in meinem Alter mit aschblondem, ewig verstrubbeltem Haar und verschlafenem Blick. Er sprach wenig, sodass ich eine Weile brauchte, um zu begreifen, dass er ebenfalls Deutscher war. Mir erschloss sich auch nicht gleich, was er eigentlich studierte, denn die meiste Zeit saß er am Küchentisch und las die Gazzetta dello Sport oder irgendein Magazin über das Tauchen, das er abonniert hatte. Aber er machte mir jeden Morgen Kaffee, weil ich mit diesem eisernen Ungetüm von Cafetiere nicht zurechtkam, und trug mir die Einkäufe die halsbrecherischen Treppen hoch. Als er mitbekam, dass Spaghetti alla genovese mein Lieblingsessen war, kochte er es für mich, wobei er Basilikum und Pinienkerne für das Pesto sogar selbst im Mörser zerrieb. Ich war noch nie im Leben von einem Mann umsorgt worden, immerhin hatte mein Vater den größten Teil meiner Kindheit durch Abwesenheit geglänzt, um mich schließlich ganz zu verlassen. Karsten war rührend in seinem Eifer, mich zu verwöhnen. Binnen kürzester Zeit verliebte ich mich in ihn.

Dabei verliefen unsere ersten Gespräche zunächst gar nicht so vielversprechend. Karsten erzählte mir mit einer Begeisterung, die ich nur selten bei diesem stillen Jungen erlebte, von seiner großen Leidenschaft, dem Tauchen.

Schlagartig wurde mir die Kehle eng. Ich wich instinktiv einen Schritt zurück.

»Was ist los?«, fragte er irritiert.

»Ich hasse das Meer«, brach es aus mir heraus. Im selben Augenblick wurde mir klar, wie dämlich sich das anhören musste, aber ich konnte die Worte nicht mehr zurücknehmen.

»Du hasst das Meer?«, wiederholte er, als meinte er sich verhört zu haben.

Ich konnte nur nicken. So was Verrücktes konnte man unmöglich ein zweites Mal sagen.

»Nina«, sagte er, »du weißt gar nicht, wie toll es dort unten ist. Hast du jemals ›Arielle, die Meerjungfrau‹ gesehen? Ich bin meiner kleinen Schwester heute noch dankbar, dass ich mir den Film ständig mit ihr anschauen musste. Durch ihn bin ich zum Tauchen gekommen, so sehr hat mich diese Unterwasserwelt fasziniert. Nicht die blöde Liebesgeschichte natürlich. Aber die Tiefsee! Okay, den Palast von König Triton habe ich noch nicht gefunden, aber ich arbeite daran.«

Ich nickte verlegen. Der Palast von König Triton reizte mich kein bisschen.

Karsten machte ein paar ungelenke Tanzschritte und begann zu singen:

»Unter dem Meer, unter dem Meer
Wo wär das Wasser besser und nasser, als es hier wär?«

Er tänzelte auf mich zu, fasste mich an den Händen und schwenkte mich herum.

»Die droben schuften wie verrückt
Drum wirken sie auch so bedrückt
Wo hasst man streben?
Wo lebt man eben?
Unter dem Meer!«

Er war plötzlich wie verwandelt, und ich begriff, wie gegensätzlich wir waren. Ich hasste das Meer, er dagegen schien es wie nichts anderes auf der Welt zu lieben.

Ich machte mich los, die Situation wurde allmählich peinlich.

»Ich kenne den Film, den kennt schließlich jeder«, sagte ich. »Aber ich kann verstehen, warum Arielle zu den Menschen wollte.«

»Also ich nicht. Und überhaupt, wie passt das denn zusammen?« Karsten lachte. »Du hasst das Meer. Aber du liebst doch Italien, ein Land, das an drei Seiten von Meer umgeben ist!«

»Na ja«, meine Stimme war fast nur ein Flüstern, »man kann sich ja von den Küsten fernhalten. Hier in Florenz zum Beispiel ist es sicher.«

»Sicher«, echote er und sah mich eine Weile schweigend an.

Dann drehte er sich zum Herd, um einen Espresso aufzusetzen. Ich konnte sogar seinem Hinterkopf ansehen, wie bescheuert er mich fand.

Ich staunte, dass er trotzdem einen Großteil seiner Zeit mit mir verbrachte. Wahrscheinlich aus Mangel an Alternativen. Jedes Wochenende fuhr er nach Livorno, wo er einem guten Freund in dessen Tauchbase aushalf und so sein Studium finanzierte, doch unter der Woche gab es kaum einen Tag, an dem wir nichts zusammen unternahmen. Ich hatte schnell gemerkt, dass Karsten ebenso ein Einzelgänger war wie ich. An schönen Tagen schlenderten wir durch die Boboli-Gärten oder hockten auf den Stufen der Basilica della Santissima Annunziata unweit von unserer Wohnung und beobachteten die Touristen, die über die Piazza schlenderten. Bei schlechtem Wetter saßen wir in einem der unzähligen Cafés der Altstadt und klammerten uns stundenlang an ein Glas Wasser, damit wir uns ein Stück der köstlichen Schiacciata alla fiorentina leisten konnten. Dabei diskutierten wir über Gott und die Welt. Für mich war es eine komplett neue Erfahrung, nach meiner einsamen Kindheit und Jugend jemanden zu haben, mit dem ich mich austauschen konnte. Karsten studierte Architektur und eröffnete mir die faszinierende Welt der Kunstgeschichte. Wenn er mir die Baustile der Kirchen und Palazzi der Stadt erklärte, leuchteten seine Augen, und der sonst so schweigsame Junge konnte plötzlich ohne Punkt und Komma reden.

Karsten hatte eine seltsame Marotte, sich für kleine Vergehen selbst zu bestrafen. Das würde ihm helfen, ein besserer Mensch zu werden, sagte er. Für verhauene Klausuren bestrafte er sich mit einer Joggingrunde entlang des Arno – was ich nicht zwingend für eine Strafe hielt, aber gut, da konnte man unterschiedlicher Ansicht sein. Karsten jedenfalls behauptete, man könne im Rhythmus der Schritte besser lernen. Ich stellte mir das sehr originell vor, wie er sich etwa für Kunstgeschichte im Schritttempo die Merkmale des Barocks einpaukte: »Dop-pel-säu-len – Kol-lo-na-den – Stuck-ar-bei-ten – Au-ßen-trep-pen – Fres-ken …«

Ich mochte diese konsequente Einstellung und bewunderte ihn dafür. Ich glaube nicht, dass ich so viel Selbstdisziplin aufgebracht hätte.

Sein Italienisch war nicht so gut wie meins, also gab ich ihm Nachhilfe. An einem trüben Wintertag saßen wir in seinem Zimmer und übten die Verwendung der Konjunktionen. Mir fiel auf, dass er nicht bei der Sache war, und ich folgte seinem Blick zu der alten Hängematte, die zwischen den beiden gegenüberliegenden Zimmerwänden gespannt war und die er als Bett benutzte.

»Woran denkst du?«, fragte ich.

»Ich überlege, wie es wohl wäre, Sex in einer Hängematte zu haben«, antwortete er und küsste mich.

Jeder, der schon mal Sex in einer Hängematte hatte, weiß, dass es gemütlichere Orte dafür gibt. Es war umständlich und sehr, sehr unbequem. Natürlich gab diese wackelige Konstruktion bei jeder Bewegung nach, und ich hatte das Gefühl, durchgeschüttelt zu werden, während mir die Seile ein Karomuster in den Hintern drückten. Unser Liebesspiel nahm ein jähes Ende, als plötzlich die Halterung aus der morschen Wand riss und wir unsanft auf den Dielenboden knallten, wo wir uns nach dem ersten Schreck vor Lachen kugelten.

Bevor wir nach Ende des Studiums nach Deutschland zurückkehrten, um uns in München eine gemeinsame Wohnung zu suchen, heirateten wir in der Kirche Santa Trinita im Herzen der Altstadt, unweit des Arno. Als der Pfarrer uns fragte, wo denn die Hochzeitsgesellschaft bliebe, und wir gestanden, dass es keine gab, traf ihn fast der Schlag. Wir wollten ganz für uns sein und hatten niemanden eingeladen außer unserer Vermieterin, die als Trauzeugin fungierte. Und das auch nur, weil wir eine brauchten.

Zurück in Deutschland bezogen wir eine große, helle Wohnung am Englischen Garten. Karsten arbeitete in einem Architekturbüro, ich an der Volkshochschule als Dozentin für Englisch und Italienisch. Es ging uns gut. Wir hatten keine finanziellen Sorgen und waren zufrieden in unseren Jobs. Nur Kinder bekamen wir keine, was mir einige Jahre lang schwer zusetzte, aber irgendwann glaubte ich, damit leben zu können. Man konnte ja Abstriche machen, solange sonst alles stimmte. Tatsächlich stimmte aber längst nicht alles, nur wollte ich das sehr lange nicht wahrhaben.

In Florenz war unsere gemeinsame Basis das Studium gewesen. Doch im Laufe der Jahre traten unsere unterschiedlichen Interessen immer deutlicher zutage. Ich war noch immer italophil, für ihn war die Bindung zum Land der Zitronen mit Ende seines Studiums erledigt. Er wollte Urlaub am Meer, ich in den Bergen. Er wollte tauchen, ich verabscheute das Wasser. So kam es, dass er immer öfter ohne mich Urlaub machte, und ich redete mir das schön, indem ich stolz auf die Freiheiten war, die wir uns ließen. Tatsächlich vermisste ich ihn, konnte mich aber nicht überwinden, ihn auf seinen Tauchabenteuern zu begleiten. Ich bewunderte ihn für seine Eigenständigkeit und den Mut, sich nur mit einem Neoprenanzug und einer Tauchausrüstung den Gefahren der Meere zu stellen. Gleichzeitig starb ich jedes Mal tausend Tode vor Angst, wenn er zum Tauchen ging. Und dankte Gott, indem ich in St. Sylvester eine Kerze anzündete, wenn er wohlbehalten wieder nach Hause kam.

Heute habe ich begriffen, dass in den letzten Jahren unserer Ehe außer unserer selbst gewählten Einsamkeit eigentlich nicht mehr viel übrig war, was uns verband. Und dass diese selbst gewählte Einsamkeit inzwischen auch den jeweils anderen miteinschloss.

Hatte ich ihn deshalb so heftig geliebt, weil er all das verkörperte, was ich nicht war?

Nun, er schien mich jedenfalls nicht annähernd so heftig geliebt zu haben. Er hatte es vorgezogen, gemeinsam mit seiner Sekretärin auf Kreuzfahrt zu gehen und dabei entweder zu sterben oder für immer und ewig aus unserer Ehe auszubrechen.

Ich hoffte wirklich für ihn, dass er tot war. Denn wenn er es nicht war, wenn er mich verlassen hatte auf die denkbar feigste Art, die man sich vorstellen kann, dann würde ich es ihm heimzahlen.

Porto Santo Stefano empfing mich mit tropischen Temperaturen, Palmen und Hibiskushecken, dem Knattern der Mofas und den unvermeidlichen Ape 50, die sich auf ihren drei Rädern tapfer zwischen Lastwagen und Reisebussen durch die Straßen kämpften. Schon während meiner Jahre in Florenz hatte ich mich gefragt, wie man in diesem winzigen Fahrerhaus Platz finden konnte, wenn man größer als einen Meter achtzig war.

Kein Italiener ist größer als einen Meter achtzig, hatte Karsten mir daraufhin versichert, und wir hatten uns über dieses Klischee scheckiggelacht. Ich spürte einen kurzen, heftigen Schmerz und schüttelte die Erinnerung ab. Dann nahm ich meinen Koffer und machte mich auf den Weg zum Hafen. Allmählich kam die Angst vor dem eigenen Mut. Mit jedem Schritt in Richtung Fähranleger schlug mein Herz heftiger und dennoch: Alles um mich herum fühlte sich seltsam vertraut an, als wäre ich nach Hause gekommen.

4
Tonio

Der allsamstägliche Wahnsinn auf dem Markt von Porto Santo Stefano erreichte seinen Höhepunkt, als der Händler, mit dem ich um ein Kilo Tomaten gefeilscht hatte, mir eine davon im Gesicht zerdrückte. Sie war schon überreif, eine frische hätte er sicher nicht geopfert, umso prächtiger verteilte sie sich am Kragen meines hellen Poloshirts. Vielleicht hatte ich es zu weit getrieben. Manchmal schoss ich einfach über das Ziel hinaus. Fluchend säuberte ich mein Gesicht notdürftig mit einem Taschentuch. Dann spuckte ich dem Händler in die Kasse und ging weiter, um die Tomaten an einem anderen Stand zu kaufen. Zu einem weitaus höheren Preis als dem, welchen ich zuvor gezahlt hätte, aber nach Feilschen stand mir nicht mehr der Sinn.

Zum Schluss kaufte ich noch ein paar Flaschen Cidre, den Clemenza so liebte, und ein kleines Panficato für Filippo (mochten der Katzengott und sein Gesundheitsminister mir gnädig sein). Dann schleppte ich alles zur Fähre.

In der Schlange zum Anleger stand ich hinter einer Frau, die altersmäßig in mein Beuteschema fiel. Sie war sehr schlank und hatte ihre dunkelblonden halblangen Haare zu einem Pferdeschwanz gebunden. Ihr rotes T-Shirt endete knapp über dem Bund der hautengen Hüftjeans, und als sie sich nach ihrer Tasche bückte, die ihr von der Schulter gerutscht war, konnte ich ein Stück ihres unteren Rückens sehen. Kein Arschgeweih, schoss es mir durch den Kopf. Dieser Zwangsgedanke war ein Relikt aus der Zeit, als Filippo, Federico und ich noch Wetten abgeschlossen hatten, welche von den Grazien, die sich am Strand entblätterten, diese Art Tattoo über dem Steißbein trug, die um die Jahrtausendwende in Mode gekommen war. Wir waren jung und vulgär und glaubten an ein verheißungsvolles, nie enden wollendes Leben voller schöner Frauen. Jetzt war Filippo schon viele Jahre tot, und Federico hatte die Insel verlassen und war mit einem Seenotrettungsschiff im südlichen Mittelmeer unterwegs, aber unsere Wette um das Arschgeweih holte mich immer noch ein, wenn ich einen Streifen nackter Haut über dem Hosenbund einer Frau sah.

Die Schlange vor uns machte einen Schritt vorwärts, und die Frau zog ihren Koffer ein Stück weiter. Ein Aufkleber der Universität Florenz prangte darauf, klug schien sie also auch zu sein. Ich überlegte, ob ich sie ansprechen sollte. Zum einen, falls sie ein Zimmer auf der Insel suchte, zum anderen, um ihr einen Tauchkurs anzubieten. Schließlich musste man ans Geschäft denken. Ich räusperte mich. Sie drehte sich zu mir um, und ich schaute in ein blasses Gesicht mit einem breiten Mund und zwei stahlgrauen Augen, die wie hypnotisiert auf einen Punkt unter meiner Nase starrten.

»Ist irgendwas?«, fragte ich irritiert.

Sie wurde rot, als hätte ich sie bei etwas Unanständigem ertappt.

»Sie haben da was kleben.« Sie zeigte auf eine Stelle, die knapp über meiner Oberlippe liegen musste.

Heilige Madonna, lass es keinen Popel sein, flehte ich im Stillen und suchte mein Gesicht ab.

Ein angetrockneter Tomatenkern. Mir fiel ein Stein vom Herzen. Aber es war noch nicht vorbei.

»Was haben Sie denn mit Ihrem Shirt gemacht?«, fragte sie neugierig. Ich folgte ihrem Blick zum Kragen meines Polohemdes, der sich rotbraun von getrocknetem Tomatensaft vom Rest des Shirts abhob.

»Oh, ich hab mich beim Rasieren geschnitten«, sagte ich und schenkte ihr ein strahlendes Lächeln. Sie sah mich nur prüfend an und lachte nicht über meinen lahmen Scherz. Dumm gelaufen. Lass es gut sein, Tonio, dachte ich. Die Zeiten, als du mit deinen Sparwitzen noch Mädchen rumgekriegt hast, sind vorbei.

Auf der Fähre verlor ich sie aus den Augen. Ich stellte die Kiste mit meinen Einkäufen im Innenraum ab, damit die Lebensmittel während der einstündigen Überfahrt nicht in der Sonne verdarben, und gönnte mir ein Bier. Ich hatte es noch nicht ganz ausgetrunken, als die Tür der Damentoilette aufsprang und eine Frau herauswankte, die sich mit einem Papiertuch aus dem Handtuchspender den Mund abwischte. Ich erkannte sie, als sie das Tuch vom Gesicht nahm und in meine Richtung schaute. Als sie mich sah, blieb sie abrupt stehen und schaute zurück zur Toilette, als würde sie überlegen zurückzugehen, entschied sich aber, an mir vorbei nach draußen zu laufen. Ich wäre jede Wette eingegangen, dass sie ihren Mageninhalt im Klo gelassen hatte und ihr das saupeinlich war. Mein Beschützerinstinkt sprang an. Ich ließ ein paar von Clemenzas Handzetteln auf dem Tisch liegen und folgte ihr aufs Deck.

Ich sah sie am Bug stehen, wo sie sich an die Reling klammerte und sich die Seele aus dem Leib spuckte, denn Essen konnte ja kaum noch drin sein. Zeit für Superman, einzuschreiten. Ich eilte ihr zur Seite.

»Kann ich Ihnen behilflich sein?«, fragte ich in bester Rittermanier.

»Danke, kotzen kann ich alleine«, würgte sie hervor. Dann drehte sie sich zu mir um. Sie war noch blasser als vorhin. »Sie schon wieder.«

Ich hatte mich geirrt, was den Mageninhalt betraf, denn sie legte noch einen Schwapp nach. Ich zog meinen Fuß zurück, aber eine halbe Sekunde zu spät. Na gut, diese Schuhe wollte ich sowieso schon längst entsorgen.

»Mein Gott, wie peinlich! Tut mir schrecklich leid! Ich werde natürlich für Ihre Schuhe aufkommen.« Sie machte Anstalten, mir die Hand zu reichen, zog sie aber gleich wieder weg. Vermutlich war ihr gerade noch rechtzeitig eingefallen, dass sie sich vorhin damit den Mund abgewischt hatte. »Nina.«

»Tonio«, sagte ich. »Und vergessen Sie die Schuhe, die wollte ich eh wegschmeißen. Ich fahre diese Strecke ja öfter, genauer gesagt, jeden Samstag. Aber ich hab noch nie jemanden getroffen, der wenige Minuten nach dem Ablegen schon seekrank wird. Noch dazu, wenn das Meer spiegelglatt und völlig ruhig ist.« Wir fuhren noch in Ufernähe der Halbinsel entlang, links zog gerade der Torre della Cacciarella vorbei. Dann kam mir eine Idee, wie ich herausfinden konnte, ob sie vergeben war, und mein Mund war mal wieder schneller als mein Hirn: »Oder sind Sie etwa schwanger?«

Sie versuchte etwas, das vielleicht ein verschmitztes Lächeln werden sollte, aber gründlich misslang.

»Bin ich für eine Schwangerschaft nicht schon ein bisschen zu alt?«

»Ach was, viele Frauen bekommen doch noch Kinder mit …« Ich überlegte. Bloß nicht schon wieder einen Fauxpas landen. »… mit Mitte dreißig.«

»Mitte vierzig«, korrigierte sie mich, aber ich sah, dass meine Fehleinschätzung ihr schmeichelte. Sie sah tatsächlich jünger aus, als sie war. Vielleicht nicht gleich zehn Jahre, aber ich hatte schließlich einen Höflichkeitspuffer einbauen müssen.

Ich hörte an ihrer Aussprache, dass sie keine Italienerin war, obwohl sie unsere Sprache sehr gut beherrschte. Aber sie sprach mit einem ganz leichten nordeuropäischen Akzent, wie jemand, der lange nicht im Land gewesen war. Ich tippte auf Deutschland, Holland oder Skandinavien, wollte aber nicht fragen, um mir die nächste Blamage zu ersparen.

»Geht es Ihnen etwas besser?«, erkundigte ich mich. Damit war ich zumindest auf der sicheren Seite.

»Nicht wirklich«, gab sie zu. »Aber falls es Sie beruhigt, ich glaube, mein Magen ist jetzt leer. Tut mir wirklich leid wegen Ihrer Schuhe.«

»Es gibt Schlimmeres. Ich hoffe nur, Sie sind nicht krank. Es geht gerade eine fiese Magen-Darm-Grippe um.«

»Nein, nein, ich bin nicht krank«, beeilte sie sich zu sagen. »Es ist nur – ich mag das Meer nicht besonders.« Als ich sie überrascht anschaute, setzte sie schnell nach: »Ich weiß, das klingt unglaublich, wo doch jeder das Meer liebt. Aber ich habe eine …« Sie zögerte. »Eine Wasserphobie.«

»Eine Wasserphobie?« Davon hatte ich noch nie gehört. Aber dann fiel mir etwas ein. »Sie meinen, so wie die grüne Hexe des Westens aus Oz?«

Jetzt zupfte ein Lächeln an ihren Mundwinkeln.

»Ich mag ja gerade etwas grün im Gesicht sein, aber wie eine Hexe sehe ich doch hoffentlich nicht aus.«

Na wunderbar, wieder beidbeinig mitten rein in den Fettnapf!

»Ich habe auch eine ungewöhnliche Phobie«, erwiderte ich.

Sie sah mich fragend an.

»Ich habe eine Höllenangst davor, in Fettnäpfchen zu treten. Und trotzdem – oder vielleicht gerade deshalb – lasse ich kein einziges davon aus.«

Jetzt lachte sie. Der Madonna sei Dank! Das war aber wirklich Schwerstarbeit gewesen.

»Es ist wirklich schön hier.« Sie blinzelte in die Sonne. »Wenn ich es nur genießen könnte.«

»Sie mögen das Meer nicht, aber trotzdem fahren Sie auf eine Insel. Muss ich das verstehen?«

»Müssen Sie nicht. Ich verstehe es selbst nicht ganz.« Sie verstummte. Es war klar, dass sie nicht weiter darüber sprechen wollte. Und diesmal, vielleicht zum ersten Mal in meinem Leben, hielt ich es für klüger, mich zurückzuhalten und nicht weiter nachzubohren. Fürs Erste jedenfalls. Diese Frau interessierte mich. Nicht nur weil sie meinen Beschützerinstinkt weckte, sondern weil eine geheimnisvolle Aura sie umgab. Auch war sie auf eine unaufdringliche Art hübsch. Nicht so eine klassische Schönheit wie meine Kollegin Circe, eher auf den zweiten Blick. Ich hatte Lust, noch ein wenig mit ihr zu plaudern.

»Für jemanden, der unter einer Wasserphobie leidet, wäre es sicher angenehmer, nicht direkt an der Reling zu stehen«, sagte ich. »Drinnen kann man ganz prima sitzen.«

Sie klammerte sich weiter an der Reling fest. »Meine Therapeutin meinte, es wäre eine gute Konfrontationstherapie. Aber Ihr Vorschlag hat was.«

»Therapeuten werden überschätzt. Darf ich Sie zu einem Getränk einladen? Ich glaube ja nicht, dass die da drin Kamillentee haben, aber einen Kaffee vielleicht?«

Ich sah, wie sie schauderte.

»Oh, nicht so gut für den Magen, was? Sehen Sie, schon wieder ein Fauxpas.« Ich seufzte.

»Ein stilles Mineralwasser wäre gut. Gegen den blöden Geschmack im Mund.«

»Na, das ist doch ein Wort.« Ich bot ihr meinen Arm an, und

sie hängte sich tatsächlich bei mir ein. Sicher nur deshalb, weil das Schiff ein wenig schwankte. Ich wollte mir nicht allzu viel darauf einbilden. Trotzdem fühlten sich ihre schmalen Finger in meiner Armbeuge verdammt gut an.

»Machen Sie Urlaub auf Giglio?«, fragte ich, als wir uns mit unseren Getränken an einen Tisch gesetzt hatten.

Sie zögerte. »Man könnte es so nennen.«

»Und bleiben Sie länger?«

»Ich weiß es noch nicht genau«, wich sie aus und starrte auf die Fensterscheibe, durch die man das Meer hätte sehen können, wenn sie sauber gewesen wäre.

Man musste ihr wirklich alles aus der Nase ziehen.

»Und Sie? Sind Sie Urlauber?«

Sehr geschickter Schachzug. Wer fragt, muss nicht antworten.

»Nein, ich lebe auf der Insel«, sagte ich wahrheitsgemäß.

Sie sah mich interessiert an. »Wovon lebt man denn dort so?«

»Ich habe eine Tauchschule in Campese. Das ist der Urlaubsort an der Westseite. Der mit dem größten Strand und den meisten Ferienhäusern. Der Ballermann von Giglio sozusagen.«

Einen Augenblick lang schaute sie mich an, als würde ich kleine Kinder am Spieß braten und zum Frühstück verzehren. Logisch, Tauchschulen konnten bei ihr nicht allzu hoch im Kurs stehen.

»Tauchschule, ah ja. Ich bin ja eher der Typ für die Berge. Die Insel hat doch auch Wanderwege, oder?«

»Mehr als genug. Auf jeden Fall mehr als Straßen. Da werden Sie voll und ganz auf Ihre Kosten kommen.« Ich ertappte mich dabei, wie ich überlegte, in meiner Freizeit wieder ein bisschen mehr in der Macchia umherzustreifen. Diese Frau hatte Klasse. Und irgendein Geheimnis, das mich neugierig machte.

Als wir in Porto anlegten, bedankte sie sich brav und griff nach ihrem Koffer. Ich überlegte, ob ich nach ihrer Handynummer fragen sollte, aber ich zögerte einen Moment zu lange. Sicher hatte sie einen Mann oder Freund, so attraktiv, wie sie war. Ich hatte mir genug Ausrutscher bei ihr geleistet. Trotzdem fragte ich mich, wieso sie allein reiste.

Ihr Koffer legte nahe, dass sie zumindest keine Tagestouristin war. Sollte das Schicksal etwas mit uns vorhaben, würden wir uns auf dieser kleinen Insel schon noch mal über den Weg laufen.

Ich sah ihr nach, wie sie von Bord ging, an der Promenade stehen blieb und zur Unglücksstelle hinüberschaute, wie alle Touristen es seit Jahren tun, wenn sie hier ankommen. Jetzt presste sie die Hand auf ihr Herz. Ich wollte schon loslaufen und ihr wieder zu Hilfe eilen, als sie ihren Koffer nahm und weiterging. Was hatte ich eigentlich geglaubt? Dass sie beim Anblick des pittoresken Hafenortes einen Herzanfall bekam? Ich schüttelte über mich selbst den Kopf. Erst als sie in die Hauptstraße einbog, fiel mir ein, dass ich ihr weder Clemenzas Zimmer noch einen Tauchkurs aufgeschwatzt hatte. Na ja, Letzteres zumindest hätte sie mit Sicherheit sowieso abgelehnt.

Ich griff nach der Einkaufskiste und wollte mich gerade auf den Weg zu Clemenza machen, als mir klar wurde, dass ich den Aceto balsamico vergessen hatte. Verdammt, daran war nur dieser unselige Tomatenhändler schuld, der hatte mich völlig aus der Spur geworfen. Jetzt musste ich noch mal bei Pepe vorbei, der den kleinen, aber teuren Alimentari in der Via Provinciale führte. Seufzend schulterte ich die Einkäufe und machte mich auf den Weg.

5
Nina

Ich hatte es geschafft! Ich hatte es tatsächlich geschafft, lebendig auf der Insel anzukommen. Sicherlich hatte ich es vor allem diesem seltsamen Fremden zu verdanken, der mich während der einstündigen Überfahrt ganz wunderbar abgelenkt hatte. Aber es fühlte sich so an, als hätte ich diesen Sieg über mich selbst ganz allein errungen.

Ein komischer Typ war das gewesen, mit seinem bekleckerten T-Shirt und dem Tomatenkern unter der Nase. Ein bisschen tollpatschig, mit der Feinmotorik offenbar genauso wie mit der Rhetorik. Ich musste lächeln, als ich an seinen missglückten Fettnapf-Parcours dachte.

Dennoch war er charmant und auf eine eigentümliche Weise attraktiv gewesen. So leuchtend blaue Augen und dunkelblondes Haar fand man nicht allzu oft bei Italienern, jedenfalls nicht in diesen Breiten. Vielleicht stammte er oder zumindest seine Familie von irgendwo aus dem Norden. Die Kleidung war eher lässig, so, als sei er sich seiner Attraktivität durchaus bewusst und habe es nicht nötig, sie durch Markenklamotten aufzupolieren. Aber was dachte ich überhaupt über diesen Mann nach, den ich wahrscheinlich im Leben nie wiedersehen würde? Es wurde Zeit, mich um eine Bleibe zu kümmern.

Ich zog meinen Koffer die Rampe hinunter und schaute mich um. Da war ich also. Irgendwo da draußen hinter dem grünen der beiden Leuchttürme war die Stelle, wo das Schiff auf der Seite gelegen hatte. Ich hatte unzählige Bilder davon im Fernsehen und im Internet gesehen. Inzwischen erinnerte dort nichts mehr an die Katastrophe, nur an der Mauer der Mole gab es eine Gedenktafel und eine schneeweiße Madonnenfigur, die hinüber zum Unglücksort schaute. Ich würde sie mir später ansehen, im Moment fühlte ich mich noch nicht in der Lage dazu. Vor mir lag eine Hafenpromenade mit farbenfrohen Häuserfassaden und kleinen Geschäften, und ich fragte mich, ob Karsten, sollte er wirklich überlebt haben, hier entlanggelaufen war, eingekauft, in einem der Cafés gesessen und die Gazzetta dello Sport gelesen hatte. Wie früher in Florenz. Nein, bloß nicht an Florenz denken, sonst würde ich mitten auf der Promenade in Tränen ausbrechen. Ich war so jung und verliebt und voller Hoffnung gewesen. Inzwischen war ich desillusioniert, betrogen und verraten.

Ich konnte mir immer noch nicht vorstellen, dass er das wirklich durchgezogen hatte. Er hätte doch wenigstens anrufen können. »Hör zu, ich hab das Unglück überlebt, aber ich bleibe hier.« *Auf einer Insel, wo ich sicher vor dir bin, weil ich weiß, dass du nie hierherkommen würdest*, setzte ich hinzu, und mein Herz tat plötzlich so weh, dass ich die Hand daraufpresste. Oder er hätte eine E-Mail schreiben können, wenn er zu feige zum Telefonieren war. Aber ohne ein Wort einfach unterzutauchen und mich in dem Glauben zu lassen, er sei tot – nein, so etwas tat man einfach nicht. Jedenfalls nicht, wenn man noch Herr seiner Sinne war und einen Hauch von Moral besaß. Plötzlich kam mir der Gedanke, dass er bei dem Unglück vielleicht das Gedächtnis verloren und keine Erinnerung mehr an sein früheres Leben hatte. Dann wären meine Vorwürfe völlig ungerechtfertigt. Vielleicht wusste er nicht mal mehr, wer er war. So was sollte es ja geben. Hatte bei der Havarie seine Papiere verloren und irrte nun auf dieser Insel umher.

»Seit sieben Jahren? Ohne identifiziert zu werden? Mach dich nicht lächerlich!«, schimpfte Anna in meinem Kopf. »Du suchst nur wieder Gründe, nicht wütend auf ihn sein zu müssen. Aber die Antwort ist: Er will nicht gefunden werden, glaub es endlich!«

Genau genommen reiste ich gar nicht allein. Anna war ständig bei mir und kommentierte alles, was ich dachte oder tat.

Ich holte tief Luft und hustete von den Abgasen der Autos, die mit laufenden Motoren an der Rampe zur Fähre warteten. Ich musste mich um eine Unterkunft kümmern. Über alles andere würde ich später nachdenken.

Im Innenraum der Fähre hatte ich auf einem Tisch einen Handzettel gesehen und kurzerhand mitgenommen, mit der Adresse einer Frau, die ein Zimmer auf der Insel vermietete.

Gar nicht so teuer. Clemenza di Carlo in Giglio Castello. Eine Telefonnummer stand auch dabei. Ich verließ den belebten Hafen und bog in eine Gasse ein. Dort setzte ich mich an den Tisch eines Straßencafés, zog mein Handy aus der Tasche und tippte die Nummer ein.

Es war eine gute Wahl, in Giglio Castello zu wohnen. Das wurde mir klar, als ich nach der Fahrt durch eine atemberaubende Landschaft vor den Stadtmauern einer mittelalterlichen Festung aus dem Bus stieg. Das malerische Bergdorf, das hier oben auf dem Felsen klebte wie ein Adlerhorst, war nicht nur nahezu der höchste Punkt der Insel, sondern auch der Ort, der am weitesten vom Meer entfernt war. Natürlich war es von hier oben gut zu sehen, und das in jede Richtung, aber es war weit genug weg, um es nur als Kulisse wahrnehmen zu können. Zugegeben eine wundervolle Kulisse.

Mit der Vermieterin war ich mir am Telefon schnell einig geworden. Ich war mit der Miete einverstanden, ohne das Zimmer überhaupt gesehen zu haben, und sie freute sich auf mich. Jetzt zerrte ich meinen Koffer durch das Stadttor, das so uralt aussah, dass ich mich wunderte, wieso es nicht längst zusammengefallen war, und sorgte mich um meine Kofferrollen, die auf dem holperigen Kopfsteinpflaster ihr Letztes gaben. Der krasse Wechsel von der sonnenbeschienenen Piazza in die kühlen Mauern des Borgo ließ mich frösteln.

Als sich meine Augen an das Dämmerlicht der engen Gassen gewöhnt hatten, hielt ich inne. Was für ein Steinhaufen! Konnten in den schmalen Häusern tatsächlich noch Menschen wohnen? Ich war noch nie in einer mittelalterlichen Festungsstadt gewesen, und wären die Plastikstühle vor dem Restaurant »L'Isolana« und die beeindruckende Auswahl an Gummibadeschuhen in der Auslage des Krämerladens »Il Rivellino« nicht gewesen, hätte ich geglaubt, in eine Zeitschleife geraten zu sein. Mir fiel auf, dass die Bewohner sich alle Mühe gegeben hatten, das steinerne Dorf mit unzähligen Pflanzen zum Leben zu erwecken. Jede – auch die allerschmalste – Haustreppe war von Blumentöpfen gesäumt, sodass man mitunter geradezu hindurchbalancieren musste. Über vielen der bunt gestrichenen Türen, die ohnehin extrem niedrig waren, hingen Blumenampeln. Ich wollte gar nicht wissen, wie viele Touristen sich hier schon Beulen geschlagen hatten. Überall sah ich Katzen auf den Fensterbrettern dösen oder sich auf den Treppen und Wegen aalen.

Ich setzte mich auf eine der abgetretenen Steinstufen, die zu einem windschiefen Häuschen hinaufführten, und faltete die Inselkarte auf. Wo war jetzt die Via Garibaldi? Sie musste ganz in der Nähe sein. Ich schaute mich nach einem Straßenschild um. Eine schwarz-weiße Katze mit einer dunklen Fellzeichnung auf der Stirn kam auf mich zu und strich um mich herum. Der vordere Teil des Tieres war weiß und der hintere schwarz, sodass es aussah, als hätte es Hosen an.

»Weißt du, wo die Via Garibaldi ist?«, fragte ich die Katze scherzhaft.

»Genau hier!«, ertönte eine Stimme hinter mir.

Ich fuhr herum. Natürlich war es nicht die Katze, die geantwortet hatte, sondern eine betagte Frau mit einem freundlichen breiten Gesicht und straff zurückgesteckten grauen Haaren. Sie schaute aus dem Fenster des Hauses, auf dessen Stufen ich gerade saß. »Suchen Sie vielleicht mich? Und ist es möglich, dass ich Ihre Stimme schon mal gehört habe? Wir haben doch vorhin telefoniert, nicht wahr?«

Ich musste lachen. Hatte ich tatsächlich instinktiv das richtige Haus gefunden? »Clemenza di Carlo?«, fragte ich.

»Die bin ich. Kommen Sie, die Tür ist offen. Und bringen Sie Filippo gleich mit. Ich habe gerade seinen Napf gefüllt. Kommen Sie nur, kommen Sie!«

Es dauerte ein paar Sekunden, bis ich begriff, dass sie mit »Filippo« die Katze meinte. Die offenbar ein Kater war, der mir brav auf dem Fuß folgte, als hätte er genau verstanden, was die alte Frau gesagt hatte. Ich kämpfte mich durch den raschelnden Fliegenvorhang aus mintgrünen Plastikstreifen und betrat Clemenzas Reich.

Wie es in italienischen Häusern üblich ist, gab es keinen Flur, sondern man stand nach dem Betreten der Wohnung sofort im Salotto. Das Erste, was mir ins Auge fiel, war ein reich geschmückter Weihnachtsbaum, der das Zimmer dominierte. Offenbar stand der das ganze Jahr über hier, was den Vorteil hatte, dass man ihn nicht immer wieder auf- und abbauen musste. Die übrige Einrichtung war ganz im Stil der siebziger Jahre des letzten Jahrhunderts gehalten, aber sehr sauber und ordentlich. Die Anrichte aus dunklem Mahagoni war auf Hochglanz poliert. Die obligatorische Madonnenfigur darauf schmückte ein Lichterkranz. Über allem hing ein köstlicher Duft nach irgendetwas Gebratenem, der vermutlich aus der Küche kam. Mein Magen knurrte vernehmlich.

»Das Essen ist gleich fertig«, hörte ich Clemenza di Carlo wieder, die jetzt hinter einem Stapel Bettwäsche hervorkam, den sie vor sich hertrug. »Es gibt Scaloppine al limone. Aber vorher zeige ich dir erst mal dein Zimmer – ich darf doch Du sagen, cara mia?« Sie legte die Laken ab und hielt mir mit einem breiten Lächeln ihre schwielige Hand hin. »Ich bin Clemenza. Jeder hier nennt mich so, und alle sagen Du. Sogar die Kinder. Also machst du das am besten auch gleich, damit ich auch merke, dass ich gemeint bin.«

Clemenza bedeutete mir, ihr zu folgen, und öffnete die niedrige Tür zu ihrem Gästezimmer. Ich bückte mich und trat auf einen handgewebten Teppich, der auf den knarrenden Holzdielen lag. Man konnte das Zimmer mit einem Blick erfassen. Auch hier war alles blitzsauber, als wäre gerade erst geputzt worden. Ein Bett, ein Schrank, ein Tischchen mit einem Holzstuhl am schmalen Fenster, das zur Gasse hinauszeigte. Durch die Lamellen der grünen Fensterläden konnte man ein kleines Stück blauen Himmel sehen. Über dem Bett mit schmiedeeisernen Giebeln klebte ein verblichenes Poster der Squadra Azzurra von der WM 1990. Auf dem Foto standen die Jungs Arm in Arm auf dem Stadionrasen, mit einem strahlenden Lächeln im Gesicht.

»Es ist das Zimmer meines Sohnes«, erklärte Clemenza, die meinem Blick gefolgt war.

Ich wuchtete meinen Koffer aufs Bett und öffnete den Reißverschluss. »Braucht er es denn nicht mehr?«

Ich rechnete damit zu hören, dass er längst ausgezogen und verheiratet war, und so verschlug die Antwort mir kurzzeitig den Atem.

»Nein, er braucht es nicht mehr. Er ist seit sieben Jahren tot.«

Schockiert drehte ich mich zu Clemenza um, doch sie hatte das Zimmer bereits verlassen.

Draußen hörte ich sie mit jemandem reden.

»Da bist du ja endlich, ich versuche seit einer Ewigkeit, das Fleisch warm zu halten.«

Ach herrje, war da etwa noch jemand zum Essen eingeladen?

»Tut mir leid, Clemenza, ich hatte den Essig vergessen und musste noch mal bei Pepe vorbeigehen. Und dann haben wir uns festgequatscht.«

Moment, diese Stimme kannte ich doch!

»Dann komm, setz dich. Wir haben Gesellschaft beim Essen. Du wirst staunen, die erste Mieterin für Filippos Zimmer ist schon angekommen. Du hast gute Arbeit geleistet, mein Junge!«

»Gute Arbeit? Ich hab doch noch gar nichts gemacht, außer ein paar Handzettel auf der Fähre ausgelegt.«

Ich hielt mitten in der Bewegung inne. Als von den Handzetteln auf der Fähre die Rede war, wusste ich wieder, woher ich die Stimme kannte. Er war das also gewesen, dem ich das Zimmer zu verdanken hatte!

Nervös fuhr ich mir über die Haare, während ich die Wände absuchte. Kein Spiegel. Wie auch, hier hatte ein Mann gewohnt. Aber wieso machte ich mir überhaupt Sorgen um mein Äußeres? Ich hatte wahrlich andere Probleme.

Als ich den Salotto betrat, saß Tonio bereits am Tisch. Als er mich sah, huschte ein Strahlen über sein Gesicht.

»Na, das ist ja eine Überraschung! Können Sie schon wieder essen? Der Magen müsste ja leer sein.« Er ignorierte Clemenzas fragende Miene, stand auf und schob mir den Stuhl unter, als ich mich setzte. Clemenza verschwand achselzuckend in der Küche, gefolgt von ihrem mauzenden Kater.

Nach der Suppe, einer wunderbaren Minestrone, war ich schon fast satt. Aber als der Hauptgang auf den Tisch kam, bekam ich sofort wieder Appetit. Wenn Clemenza mich täglich bekochte, würde ich spätestens zu Weihnachten die nächste Kleidergröße brauchen.

Tonio aß mit großem Appetit. Wo schaufelte er das nur alles hin, so schlank und durchtrainiert, wie er war? Als ich ihn das fragte, lachte er gutmütig.

»Ich habe viel Bewegung. Tauchen verbraucht eine Menge Kalorien. Vielleicht sollten Sie es doch mal versuchen. Nicht dass Sie es nötig hätten«, setzte er hastig hinzu.

Ich musste grinsen. Dieser Mann ließ wirklich keinen Fettnapf aus. Aber lieber würde ich wie ein Hefekloß aufgehen, als meinen Kopf je noch einmal unter Wasser zu tauchen.

»Nun sagt doch Du zueinander, Kinder!«, mischte sich Clemenza ein. »Die Insel ist klein, jeder kennt hier jeden, und kein Mensch siezt sich.«

Tonio und ich sahen uns an, und er zwinkerte mir zu. »Dann also du. Clemenzas Wünschen sollte man sich nicht widersetzen.«

Noch bevor ich reagieren konnte, klingelte sein Handy. Er warf einen Blick auf das Display. Dann entschuldigte er sich, stand auf und ging zur Gasse hinaus.

Er hätte ebenso gut hierbleiben können, denn die Tür stand offen, und jedes Wort war klar und deutlich bis ins Wohnzimmer zu vernehmen.

»Ciao, Federico! Wie schön, dass du dich meldest. Wo bist du? – Ihr liegt vor Lampedusa? Und dürft nicht anlegen? Das hätte ich dir gleich sagen können. Wie lange schon? Heilige Jungfrau Maria!«

Clemenza stand auf und schloss die Haustür. Ich sah sie überrascht an.

»Er kann läuten, wenn er fertig ist«, sagte sie nur und kam zurück zum Tisch. Sie griff nach der Fleischgabel und legte mir nach, obwohl ich noch genug auf dem Teller hatte. Schnell stopfte ich mir den Mund voll, so musste ich wenigstens nichts sagen. Aus den Augenwinkeln beobachtete ich Clemenza, die

die Lippen zusammenpresste und vor sich hin starrte. Sie schien plötzlich wie ausgewechselt.

Es dauerte noch einige Minuten, bis Tonio zurückkam. Mein Magen war inzwischen so voll, dass ich kaum noch Luft bekam, und ich überlegte gerade, ob ich den Hosenknopf öffnen sollte, als er sich wieder an den Tisch setzte.

Clemenza schaute ihn missbilligend an, sagte aber nichts. Schlagartig war die Temperatur im Zimmer um einige Grad gesunken.

»Das war Federico«, sagte Tonio betont fröhlich, aber völlig unnötigerweise. Wir hatten es alle gehört, auch wenn Clemenza so tat, als sei sie plötzlich taub geworden. Also ignorierte er sie und wandte sich an mich.

»Er ist ein guter Freund von mir, wir haben zusammen die Tauchschule gegründet und lange zusammengearbeitet. Jetzt engagiert er sich aber schon einige Jahre für die Mediterranea im südlichen Mittelmeer.« Als ich ihn fragend ansah, fügte er hinzu: »Mediterranea Saving Humans. Seenotrettung unter italienischer Flagge. Wird von Sea-Watch unterstützt.«

Clemenza sagte immer noch nichts. Dieses Schweigen wurde allmählich richtig unangenehm.

»Er hätte auf der Insel bleiben sollen«, presste sie schließlich hervor. »In deiner Tauchschule war er besser aufgehoben als in dieser Nussschale vor Lampedusa inmitten von Fremden.«

»Er tut wenigstens etwas, wo andere die Hände in den Schoß legen. Wir könnten viel mehr Menschen von Federicos Schlag gebrauchen. Dann wäre die Welt ein besserer Ort.«

»Er fordert sein Schicksal heraus! Einmal ist er davongekommen, beim nächsten Mal vielleicht nicht mehr. Er hätte hierbleiben und dankbar sein sollen, überlebt zu haben. Aber statt sich um seine alte Mutter zu kümmern, hilft er Menschen, die er nicht mal kennt. Die sich selbst in vollem Bewusstsein in Gefahr bringen. Er ist nicht für sie verantwortlich.«

Ich schaute von einem zum anderen. Ich hatte keine Ahnung, worum es ging, aber irgendwie hatte ich es geschafft, gleich am ersten Tag zwischen die Fronten zu geraten.

»Wir sind durchaus verantwortlich, wenn Menschen in Not

geraten«, sagte Tonio gleichmütig und schob sich ein Stück Kalbsschnitzel in den Mund. »Auch dann, wenn man sie nicht persönlich kennt. Sonst hätten wir damals, als das Schiff vor unserer Haustür gesunken ist, ganz entspannt die Hände in den Schoß legen können.«

»Das war doch etwas ganz anderes. Und Verantwortung hin oder her – man kann nun mal nicht jeden retten. Nicht mal die, die man persönlich kennt. Nicht mal die, die einem nahestehen. Das haben wir ja gesehen.«

Das darauffolgende Schweigen lastete wie Blei auf dem Esstisch. Ich wagte kaum zu atmen und überlegte, ob ich nicht lieber meinen Koffer nehmen und gleich wieder ausziehen sollte.

»Es ist so lange her«, sagte Tonio schließlich. »Willst du nicht endlich mal Gnade walten lassen?«

»Es ist nicht lange her. Es ist, als wäre es gestern gewesen. Jeden Morgen, wenn ich aufwache, denke ich ein paar glückselige Sekunden, dass alles nur ein böser Traum war. Bis ich begreife, dass es real ist. Jeden Tag aufs Neue.«

Clemenza stand auf, nahm ihren noch halb vollen Teller und verschwand damit in der Küche.

Ich lauschte dem Klang ihrer Worte nach und hatte plötzlich das Gefühl, eine Leidensgefährtin gefunden zu haben.

6
Tonio

Nachdem Clemenza die Küchentür hinter sich zugeknallt hatte, sah Nina mich fragend an. Ich war ihr wohl eine Erklärung schuldig.

»Sie hat so ihre wunden Punkte«, sagte ich entschuldigend. »Aber sonst ist sie ganz in Ordnung, wirklich.«

Nina stocherte in ihrem Gemüse. »Ich habe nicht alles verstanden, aber ich hatte das Gefühl, dass sie entweder deinen Freund oder das, was er tut, nicht sonderlich schätzt.« Sie schob die Reste auf ihrem Teller hin und her und schaute dann zu mir auf. »Oder beides.«

»Das ist eine lange Geschichte. Und sie ist sehr persönlich.«

»Ich möchte wirklich nicht neugierig sein, und es geht mich ja auch nichts an. Es war nur ein wenig unangenehm.«

»Ja, sie stört sich nicht an Publikum, wenn ihr Temperament mit ihr durchgeht.«

Wir schwiegen eine Weile. Es war kein peinliches Schweigen, es war einvernehmlich, selbstverständlich, wie bei zwei Menschen, zwischen denen die Chemie stimmt.

»Was ist eigentlich mit ihrem Sohn passiert?«, fragte Nina schließlich.

Ich erzählte ihr von der Winternacht vor sieben Jahren, als das Kreuzfahrtschiff vor Porto auf Grund gelaufen war, und hörte, wie sie nach Luft schnappte.

»Was ist los?«

»Mein Mann war auch auf diesem Schiff«, sagte sie leise. »Er hat es nicht geschafft.«

Das hatte ich nicht erwartet. Einen Moment lang fehlten mir die Worte.

»Und deshalb bist du jetzt hierhergekommen?«, fragte ich. »Nach so langer Zeit?«

Sie zögerte, als müsste sie überlegen, wie viel sie mir anvertrauen sollte.

»Ich habe einen Brief bekommen«, sagte sie dann. »Anonym,

auf der Insel abgestempelt. Darin stand, dass Karsten noch leben würde. Und dass er hier wäre.«

»Ernsthaft? Kein Witz?«

Sie schüttelte nur stumm den Kopf.

»Und mehr stand nicht in dem Brief?«

»Nein. Aber ich kann das nicht einfach auf sich beruhen lassen. Ich muss herausfinden, wer den Brief geschrieben hat. Und ob der Absender recht hat mit dem, was er behauptet.«

»Wenn es wirklich stimmt, also wenn er noch am Leben und hier auf der Insel ist«, sagte ich vorsichtig und überlegte, wie ich es formulieren konnte, ohne mich schon wieder in die Nesseln zu setzen. Aber es gab keine schonenden Worte. Sei's drum. »Meinst du nicht, dass er dann gute Gründe hat, sich zu verstecken? Vielleicht will er gar nicht gefunden werden.«

»Davon gehe ich aus«, sagte sie gefasst. »Ich bin mir sogar sehr sicher. Aber ich muss es trotzdem versuchen. Und sei es nur, um damit abzuschließen.«

»Wo willst du anfangen zu suchen?«

»Ich dachte tatsächlich zunächst an die Tauchschulen der Insel. Kannst du für mich rauskriegen, ob er hier vielleicht mal irgendwo angemeldet war? Sich vielleicht Ausrüstung geliehen hat? Er war ein begeisterter Sporttaucher.«

»Tatsächlich?«, staunte ich. »Du hast schon ein seltsames Karma. Angst vor dem Wasser, aber einen Taucher heiraten.«

»Ja, weiß der Herrgott, das war auch ein ständiges Konfliktthema in unserer Ehe. Ich hatte jedes Mal Angst um ihn, wenn er tauchen war. Hätte nie gedacht, dass ausgerechnet eine harmlose Kreuzfahrt gefährlich für ihn werden könnte.« Sie schrieb mir seinen Namen auf ein Streichholzheftchen, das auf dem Tisch lag. Ihre Schrift war klein, mit zierlichen runden Buchstaben, und rührte mich aus irgendeinem Grund.

»Warst du eigentlich dabei, als es passiert ist?«

Nina schüttelte den Kopf. »Natürlich nicht.«

»Dein Mann war allein auf einer Kreuzfahrt?«

»Du weißt doch, meine Wasserphobie …« Sie zögerte. Es war ihr anscheinend unangenehm, darüber zu reden. Schließlich sprach sie doch weiter. »Nein, er war nicht allein auf der

Kreuzfahrt. Er war zusammen mit seiner Geliebten auf dem Schiff. Seiner Sekretärin. Ich hatte keine Ahnung, dass da was lief. Sie war auch unter den Toten.«

»Das tut mir leid. Ich meine, das mit deinem Mann. Nicht, dass die Sekretärin ertrunken ist, sie hatte es sicher verdient, wenn sie ihn dir ausgespannt hat – ich meine natürlich – äh …« Was redete ich da eigentlich schon wieder für einen pietätlosen Unsinn?

Nina lächelte. »Schon gut. Ich finde auch, dass sie es verdient hatte. Auch wenn man das eigentlich nicht laut sagen darf.«

»Danke!«

»Danke wofür?«

»Dass du mich aus dem Fettnapf gezogen hast.«

»Gern geschehen.«

Ich gestattete mir, sie einen Augenblick lang schweigend anzuschauen. Vor mir saß eine schöne, aber tief verletzte Frau, die sich ihrer Attraktivität nicht bewusst zu sein schien. Wahrscheinlich hatte der Verrat ihres Mannes sie kleingemacht und ihr Selbstwertgefühl untergraben. Es wurde Zeit, dass ich dem wieder auf die Sprünge half. Aber nicht jetzt, ich war schon viel zu spät dran. Solange sie bei Clemenza wohnte, würde ich sie regelmäßig sehen, und ich stellte fest, dass mich das freute.

»Ich muss los, die Arbeit ruft. Vielleicht beruhigt sich Clemenza schneller wieder, wenn ich weg bin. Wenn ich dazu komme, schaue ich mal, ob ich in unseren Büchern den Namen deines Mannes finde. Wir sehen uns jetzt ja bestimmt öfter.«

Als ich zur Piazza Gloriosa lief, wo ich meine Ducati geparkt hatte, dachte ich darüber nach, was ich von Nina erfahren hatte. Es war völlig verrückt, dass ihr Mann sich seit sieben Jahren auf dieser Insel versteckt halten sollte. Fremde, die länger als für die Dauer eines Urlaubs hier waren, fielen über kurz oder lang auf. Aber wenn es so war und sie ihn tatsächlich fand?

Sosehr ich es ihr wünschen würde, dass sie ihr Trauma bewältigen konnte, irgendein egoistisches kleines Teufelchen in mir wollte, dass dieser Karsten auf ewig verschollen blieb. Oder besser noch, dass sich herausstellte, dass er tatsächlich tot war. Nicht dass sie am Ende noch zu ihm zurückkehren wollte.

Moment mal, was war denn plötzlich mit mir los? Hatte ich so schnell Feuer gefangen? Ich hatte sie doch erst vor wenigen Stunden kennengelernt! Sie sucht ihren Mann, sie ist tabu, beschwor ich mich. Und viel zu schade für eine flüchtige Bettgeschichte.

Ich schwang mich auf mein Maschinchen, von mir auch liebevoll »Rote Zora« genannt. Eigentlich war es gar nicht meine Maschine, ich hatte sie von Filippo ausgeliehen, quasi auf Lebenszeit, denn er brauchte sie ja leider nicht mehr. Ich selbst wäre nie auf die Idee gekommen, mir ein Motorrad oder gar ein Auto zuzulegen, und mir war völlig egal, dass außer mir nur Touristen und alte Mütterchen den Bus nahmen und alle anderen mich belächelten, während sie mit ihren Dreckschleudern weiterhin unsere schöne Natur verpesteten. Mir war klar, dass der Umweltschutz in Italien nicht gerade eine große Lobby hatte – die Federazione dei Verdi hatte es bei den letzten Wahlen auf beschämende zwei Komma drei Prozent gebracht –, aber irgendjemand musste ja schließlich mal anfangen, Zeichen zu setzen.

Natürlich war ich selbst inkonsequent, wenn ich hin und wieder die Ducati fuhr. Aber was sollte ich tun, ich hatte sie schließlich geerbt. Clemenza hatte darauf bestanden, dass ich sie nahm, und geschworen, dass Filippo es so gewollt hätte. Sie nannte mich einen versponnenen Öko, der mit seiner militanten Haltung auch nicht viel ausrichten könne, und versuchte mich zu überzeugen, dass ein Stück von Filippo weiterleben würde, wenn ich diese Maschine fuhr. Sie hatte so lange auf mich eingeredet, bis ich schließlich nicht mehr widerstehen konnte. Ja, ich weiß, Ausreden, alles Ausreden, mit denen ich mein schlechtes Gewissen beschwichtigte, wann immer ich das Motorrad benutzte. Ich zog den Helm über den Kopf, ließ den Motor an und fuhr hinunter nach Campese.

Als ich durch die Serpentinen bei Villaggio Grotte fegte, musste ich wieder an Clemenza denken. Dumm gelaufen, dass

Nina gleich an ihrem ersten Tag auf der Insel unseren ewigen Disput mitbekommen hatte. Natürlich hatte Clemenza ihre Gründe für ihr Verhalten, und ein Stück weit konnte ich die sogar nachvollziehen, auch wenn sie es sich zu einfach machte. Aber Menschen, die ähnliche Dinge wie sie durchgemacht hatten, brauchten einfache Formeln, um mit dem Leben klarzukommen.

Dass sie das aber alles an Federico festmachte, brachte mich regelmäßig auf die Palme. Clemenza kannte ihn von klein auf; Filippo, Federico und ich waren schon seit unserer Schulzeit unzertrennliche Freunde gewesen. Das »Dreigestirn« hatte sie uns liebevoll genannt. Wenn wir hungrig von unseren wilden Abenteuern bei ihr einfielen, hatte sie uns Leckerbissen zugesteckt und, wenn unsere Streiche zu heftig waren, uns auch die eine oder andere Ohrfeige verpasst. Dabei machte sie keinen Unterschied, sie behandelte uns, als wären wir alle drei ihre Söhne. Die Frau mit dem großen Herzen spielte schon damals eine wichtige Rolle in meinem Leben. Ich hatte früh meine Mutter verloren und sah in ihr so etwas wie eine Ersatzmutter. Irgendwie war das bis heute so geblieben.

Filippo war der Jüngste von uns gewesen, und Federico, der Älteste, gefiel sich in der Rolle, seinen Beschützer zu spielen. Er hatte schon immer ein Helfersyndrom gehabt und Filippo das Schwimmen und später auch das Tauchen beigebracht. Filippo hatte ihn stolz seinen »großen Bruder« genannt. Es war rührend, wie Federico manche Standpauke auf sich nahm, die eigentlich Filippo gegolten hätte, und auch mal die eine oder andere Backpfeife für ihn einsteckte. Manchmal hatte ich Filippo um seinen Bodyguard beneidet, denn für mich legte sich Federico nicht so ins Zeug. Ich glaube, Clemenza ahnte damals schon, dass er einiges für ihren Kleinen ausbadete, und es gefiel ihr, denn sie vergaß nie, ihm nach jeder Schelte noch einmal verstohlen über den Kopf zu streichen. Sicher war sie froh gewesen, dass jemand da war, der auf Filippo aufpasste.

Aber das war alles schon lange her, so viel war seitdem passiert, was man nicht mehr rückgängig machen konnte.

Ich verscheuchte die trüben Gedanken und konzentrierte

mich auf das, was heute vor mir lag. Die Ausrüstungen mussten auf Mängel geprüft und Tauchflaschen befüllt werden. Die Aufgabe, in unseren Archiven nach dem Namen von Ninas Mann zu suchen, würde ich an meine Mitarbeiterin delegieren.

Als ich in Campese einfuhr, hob sich meine Stimmung. Ich mochte die von Felsen eingerahmte Bucht mit dem langen Sandstrand, dem Sarazenenturm am Naturhafen und den allabendlichen Sonnenuntergängen. Für mich war das der schönste Ort der Welt zum Leben und zum Arbeiten.

Das Meer war glatt wie ein Spiegel. Optimale Bedingungen für den Kurs im Boottauchen, der heute auf der Tagesordnung stand.

Der große Ansturm der Urlauber war um diese Jahreszeit schon vorbei. In der zweiten Augusthälfte wurde der Strand von Tag zu Tag leerer. Giglio war als Urlaubsparadies hauptsächlich bei Italienern beliebt, und war Ferragosto erst einmal gelaufen, verschwanden sie nach und nach wieder in Richtung Festland. Allmählich eroberten die Möwen sich den Strand zurück. Sie hüpften und watschelten furchtlos im groben ockerfarbenen Sand zwischen den verbliebenen Badegästen umher und ließen sich den einen oder anderen Leckerbissen zuwerfen.

Auf dem Weg zur Tauchschule kamen mir meine Kollegen Ruben und Matteo mit einem Trupp Tauchschüler entgegen, die mit vereinten Kräften ein Schlauchboot Richtung Wasser schleppten.

»Wohin geht's denn?«, fragte ich.

»Wir fahren zum Scoglio del Corvo rüber«, antwortete Ruben. »Das ist schon sehr schön für den ersten Bootstauchgang.«

Der Ansicht war ich auch. Man musste nicht zu tief runtergehen und konnte an einem kleinen mit Schwämmen und Korallen bedeckten Felsen hinabtauchen. Mit ein wenig Glück konnte man neben Schwärmen von Zackenbarschen und Goldstriemen auch auf Muränen, Langusten und Skorpionfische treffen.

»Ich soll euch von Federico grüßen«, sagte ich. »Er liegt vor Lampedusa und darf nicht in den Hafen.«

Matteo verdrehte die Augen. »Den Typen von der Lega soll

der Blitz treffen! Man schämt sich, denselben Vornamen zu haben.«

»Ich mag dich trotzdem«, sagte ich augenzwinkernd, nahm die Nachmittagspost aus dem Kasten und betrat die Schule.

Den dicken Umschlag mit der englischen Marke öffnete ich gleich. Stammgäste aus Bristol, die jeden Sommer mit uns auf Tauchfahrt gingen, hatten großformatige Unterwasserfotos von unserer Exkursion zu den Giannutri-Wracks geschickt. Ich heftete sie an die Pinnwand am Empfang und trat einen Schritt zurück, um mein Werk zu begutachten. Einmal mehr wurde mir bewusst, dass wir den schönsten Job der Welt hatten.

Im Büro fand ich Circe allein über irgendwelche Papiere gebeugt, die sich auf ihrem Schreibtisch stapelten. Ihr glattes Haar hing wie ein tiefschwarzer Seidenvorhang vor ihrem Gesicht. Über ihrem Kopf schwebte, von Angelschnüren gehalten, ihr ausgestopfter Schwertfisch von der Zimmerdecke. Bei seinem Anblick musste ich immer an Damokles denken, auch wenn das Schwert hier waagerecht hing. Einer ihrer Brüder hatte ihn angeblich selbst gefangen und präpariert und ihr zum letzten Geburtstag geschenkt. Allerdings war ich nicht sicher, inwieweit ich das unter Anglerlatein verbuchen musste. Man konnte diese Kolosse auch in jeder gut sortierten Pescaria kaufen.

Circe war das fünfte Kind griechischer Eltern, die vor mehr als dreißig Jahren nach Italien gekommen waren. Da sie insgesamt zwölf Kinder hatten, wurden diese der Einfachheit halber irgendwann einfach durchnummeriert. Vermutlich hatten sie immer wieder die Namen verwechselt. So wurde Circe nicht nur von ihrer Familie, sondern inzwischen auch von uns kurzerhand *Cinque* genannt. Der Schwertfisch stammte von ihrem jüngeren Bruder *Otto*, der eigentlich Christos hieß und seinen Rufnamen deshalb bekommen hatte, weil er der Achte in der Geschwisterfolge war.

»Alles Neuanmeldungen?«, fragte ich, als ich ihr die Post auf den Schreibtisch legte.

Der schwarze Seidenvorhang teilte sich, und kohlschwarze Augen blickten zu mir auf.

»Leider nein. Sind ’ne Menge unbezahlter Rechnungen dabei.«

»Können die noch ein Weilchen unbezahlt bleiben?«

Sie sah mich fragend an.

Ich legte das Streichholzheftchen mit dem Namen von Ninas Mann vor ihr auf den Tisch.

»Ich möchte, dass du mal nachschaust, ob wir über diesen Typen irgendwas in unseren Büchern haben. Ob er hier mal Kurse absolviert oder Ausrüstung ausgeliehen hat oder so was in der Richtung. Die letzten sieben Jahre sind relevant.«

»Sieben Jahre! Damit bin ich ja eine Ewigkeit beschäftigt.« Seufzend griff sie nach dem Streichholzheft, warf einen Blick darauf und runzelte die Stirn. »Wieso suchst du den Kerl?«

»Ich suche ihn eigentlich gar nicht. Seine Frau sucht ihn. Sie wohnt oben in Castello in Clemenzas Fremdenzimmer.«

Einen Moment lang starrte Cinque mich nur an. Dann lehnte sie sich in ihrem Stuhl zurück und verschränkte die Arme vor der Brust.

»Sind wir eine Tauchschule oder eine Touristeninformation?«, zischte sie. »Wie kommst du dazu, ihr zu helfen?«

Überrascht sah ich sie an. Was war das denn für eine Frage?

»Wie ich schon sagte, sie wohnt bei Clemenza. Wie du weißt, bin ich regelmäßig dort, und so ließ es sich kaum vermeiden, auch mal mit ihr ins Gespräch zu kommen. Also kann ich mich jetzt auf dich verlassen oder nicht?«

»Warum muss ausgerechnet ich das machen?«

Madonna, war das Mädel heute biestig drauf!

»Weil Ruben und Matteo mit den Schülern draußen sind und ich zu den beiden anderen Tauchschulen gehe und dasselbe dort veranlasse«, gab ich betont ruhig zurück, drehte mich um und ging zur Tür.

»Hast du nichts anderes zu tun? Wieso tust du das überhaupt?«, rief sie mir nach.

»Weil ich ein netter Mensch bin.« Ich zwinkerte ihr über die Schulter zu und ließ sie allein.

»Kann aber dauern!«, rief sie mir hinterher. »Stand nämlich nicht in meiner Stellenbeschreibung.«

Während ich zu meinem Büro ging, dachte ich über Cinques miese Laune nach. Hatte ich ihr irgendetwas getan? Ich konnte mich nicht erinnern. Ihre Reaktion auf meine Bitte kam mir fast ein bisschen eifersüchtig vor. Beinahe hätte ich mich geschmeichelt gefühlt, aber das konnte nun wirklich nicht sein. Wir kannten uns schon zu lange und waren viel zu gute Freunde. Wahrscheinlich war sie einfach nur überarbeitet.

7
Nina

Als Clemenza aus der Küche kam, tat sie so, als sei Tonio niemals da gewesen. Sie brachte mir einen Kaffee und ein Stück Tiramisu, für das beim besten Willen kein Platz mehr in meinem Magen war, also bat ich sie, es wieder kalt zu stellen, damit ich es später essen konnte. Doch sie setzte sich neben mich und schaute mich prüfend an.

»Was führt dich auf die Insel?«, fragte sie. »Du siehst nicht nach einer Urlauberin aus.«

Überrascht blickte ich auf. War das so offensichtlich?

»Die wenigsten Touristen kommen allein«, fuhr sie fort. »Und du hast so einen ernsten Zug um den Mund. Ich würde es fast verbittert nennen. So etwas sieht man selten bei Menschen, die hier nur Urlaub machen.«

Ihre Worte trieben mir plötzlich die Tränen in die Augen. Es tat mir gut, dass da jemand war, der sich für mich interessierte, und das nicht nur, weil er mich vielleicht für eine halbwegs attraktive Frau hielt. Also erzählte ich Clemenza die komplette Geschichte. Sie hörte aufmerksam zu und unterbrach mich kein einziges Mal, reichte mir nur hin und wieder ein Taschentuch, wenn die Tränen kamen. Und als ich geendet hatte, nahm sie meine Hände in ihre.

»Wenn ich dir irgendwie helfen kann, dann sag es einfach.«

»Sie haben mir gerade schon sehr geholfen«, schniefte ich. »Sie sind eine gute Zuhörerin.«

Clemenza lächelte traurig. »Menschen, die so schmerzliche Verluste erlitten haben, erkennen einander und verstehen sich ohne Worte. Und jetzt sag endlich Du zu mir, Mädchen. Wenn das Meer dein Feind ist, brauchst du ein paar sehr gute Freunde.«

Die nächsten Tage verbrachte ich damit, nach Karsten zu suchen. Clemenza hatte mir den Rat gegeben, bei Pepe vorbeizuschauen, der einen Lebensmittelladen in Porto betrieb. »Die ganze Insel kauft bei ihm ein«, hatte sie gesagt. »Wenn sich jemand an deinen Mann erinnert, dann er.«

Inzwischen bedauerte ich es, alle Fotos von Karsten vernichtet zu haben, das erschwerte die Suche erheblich. Selbst im Internet fand ich ihn nicht mehr, von der Website des Architekturbüros war er längst verschwunden. Fast war es, als hätte er nie existiert.

Pepes Supermercato war ein schlauchartiger Raum von weniger als drei Metern Breite, an dessen hinterer Schmalseite der Kassentisch lag. So musste man sich, um ihn zu erreichen, zuerst an deckenhohen, mit Mehl, Zucker, Gemüsekonserven und anderen Lebensmitteln vollgestopften Regalen vorbeikämpfen und dabei aufpassen, dass man sich nicht an einem der gigantischen Schinken, die wie Punchingbälle von der Decke hingen, den Kopf einschlug oder sich mit einer der Ketten von getrockneten Steinpilzen erdrosselte. War man lebendig hinten angekommen, stieß man auf Pepe höchstselbst, der hinter seinem Kassentisch und vor dem hohen Weinregal thronte wie Bacchus in Person. Er hatte ein freundliches rundes Gesicht mit kaffeebraunen Augen. Sein graues Haar war lockig und reichte fast bis auf die Schultern, allerdings lichtete es sich auf dem Kopf bereits bedenklich. Ich kaufte als Alibi eine Flasche des berühmten Inselrotweins Scelto di Giglio und fragte ihn beim Bezahlen nach Karstens Namen. Doch Pepe hob nur die Schultern und breitete bedauernd die Arme aus.

»Signora, ich mag ja die Gesichter der Leute kennen, die bei mir einkaufen, aber ich frage sie doch nicht nach ihren Namen. Gut, ich kenne natürlich sehr viele, aber das sind alles Gigliesi. Um die Touristen, die nur ein-, zweimal hier hereinschauen, habe ich mich nie weiter gekümmert.«

Enttäuscht bedankte ich mich, stolperte im Hinausgehen über eine Tüte grüner Nudeln, die aus einem Regal gefallen war, und peilte mein nächstes Ziel an.

Ich klapperte alle Geschäfte in der Ladenzeile am Hafen ab, und das waren nicht wenige, futterte mich durch sämtliche Restaurants und sprach jeden an, der mir unterkam. Ich glaube, ich habe in meinem ganzen Leben noch nie mit so vielen Menschen geredet wie in diesen ersten Tagen auf der Insel. Was war nur aus der introvertierten, ruhigen Nina geworden, die am liebsten für sich allein war? Wenn ich auch auf meiner Suche nach Karsten keinen Schritt weiterkam, so hatte ich doch jede Menge Leute kennengelernt.

Ich hatte es bislang vermieden, die Gedenktafel an der Molo di Levante, der östlichen der beiden Molen, zu besuchen, die an die Opfer des Schiffsunglücks erinnerte. Hin und wieder schaute ich hinüber zu der lebensgroßen Madonna aus schneeweißem Marmor, die über der Tafel auf der Mauer stand und zum Ort der Havarie blickte. Ich wusste, dass auf der Tafel die Namen der Toten standen, und ich hatte Angst davor, Karstens Namen dort zu lesen. Nein, ich wollte ihn nicht zurückhaben, das war mir inzwischen klar geworden. Dazu hatte er mich zu tief verletzt. Aber ich befürchtete, den Mut und die Energie, die mich bei meiner Suche antrieben, wieder zu verlieren, wenn ich glaubte, was dort geschrieben stand. Ich wollte glauben, dass er lebte. Ich wollte einen richtigen Abschied haben, einen, den ich akzeptieren konnte. Einen Abschied, bei dem ich Schluss machte und nicht er. Mir gefiel das Gefühl, mein Leben ganz allmählich wieder in der eigenen Hand zu halten, etwas zu tun, anstatt passiv vor mich hin zu leiden. Ich hatte mir mein Bedürfnis nach Rache eingestanden. Und dafür brauchte ich ihn lebendig.

Eines Mittags aß ich im »La Margherita« am Hafen von Porto, einem mit grünem Spalier verkleideten Holzbau, an dem sich Wein rankte. Das Schild über der Tür zierte eine Krabbe, die sich auch auf den Speisekarten wiederfand. Das Lokal war auf Pfählen an den schmalen Strand gebaut, die vorderen davon standen schon im Wasser. Unter ihm lagen bunte Fischerboote im Sand und warteten auf die nächste Ausfahrt.

Ich hatte einen Platz an der Fensterfront, die drei Wände dominierte, und kam mir mächtig mutig vor. Wenn ich hinausschaute, schien es, als würde ich auf einer Insel im Wasser sitzen, was ich ja streng genommen auch tat. Ich hatte in meinem ganzen Leben noch nicht so viel Meer gesehen wie in den letzten paar Tagen.

Der Hafen war fast menschenleer, weil wahrscheinlich alle beim Pranzo waren. So hatte ich, nachdem die Autofähre zum Festland abgelegt hatte, die Mole mit dem roten Leuchtturm im Blick. Dort stand schon seit einiger Zeit ein Taucher in voller Montur, es schien, als würde er auf das Boot warten, das ihn zum Tauchplatz bringen sollte. Zunächst wandte er mir den Rücken zu, doch als er sich umdrehte, sah ich, dass er einen großen Blumenstrauß im Arm hielt.

Es war ein wirklich bizarres Bild, fast surreal. Wollte er zu einem Rendezvous? Im Taucheranzug? Ich musste lächeln bei dieser Vorstellung.

Als die Bedienung kam und mir meine Pizza al tonno brachte, sprach ich sie darauf an:

»Haben Sie den gesehen?« Ich wies zum Fenster hinaus zur Mole hinüber. »Irgendwie scheint es, als könnte er sich nicht entscheiden, ob er zum Tauchen oder zu seiner Geliebten will.«

Das junge Mädchen, dessen Namensschild am Revers sie als Chiara auswies, folgte meiner Geste mit ihrem Blick.

»Er will beides«, sagte sie, als wäre es die selbstverständlichste Sache der Welt, die Geliebte im Neoprenanzug zu treffen. Als sie meinen verständnislosen Blick sah, sprach sie weiter:

»Enzo kommt jedes Jahr her. Immer im Spätsommer. Für die Stammgäste ist er schon eine Touristenattraktion. Er kommt aus einem kleinen Ort bei Genua, um hier seine Frau zu besuchen.«

Ich begriff immer noch nicht. »Seine Frau? Aber wo ist sie denn?«

»Das weiß keiner.« Chiara seufzte. »Sie gehört zu den Opfern des Kreuzfahrtschiffs, die bis heute vermisst werden. Dort draußen«, sie wies auf einen Punkt rechts der Hafeneinfahrt, »da liegen die Scole, eine Formation aus kleinen Felsinseln, die meisten davon unter Wasser. Auf einen dieser Felsen, die Scola piccola, ist das Schiff aufgelaufen und leckgeschlagen, bevor es noch weiterfuhr und schließlich bis vor unseren Hafen getrieben wurde. Im Jahr nach dem Unglück haben Taucher dort unten eine Gedenktafel angebracht. Das ist sozusagen für Enzo das Grab seiner Frau, da es ja kein anderes gibt. Und jedes Jahr an ihrem Geburtstag kommt er von Genua hierher und bringt ihr rote Rosen.«

Ich hatte plötzlich keinen Hunger mehr. Mein Hals war wie zugeschnürt.

»Können Sie mir die Pizza einpacken? Ich muss gehen.«

»Certo.« Sie eilte mit dem Teller in Richtung Küche.

Während ich wartete, ließ ich Enzo nicht aus den Augen. Von einem Boot war weit und breit noch nichts zu sehen, als Chiara zurückkam und mir einen Pizzakarton in die Hand drückte. Ich zahlte am Kassentisch neben der Tür, der das Modell eines Fischerbootes mit einer Tischplatte darauf darstellte, gab ihr reichlich Trinkgeld und rannte los.

»Mi scusi«, rief ich schon von Weitem, als würde ich befürchten, dass Enzo sich in Luft auflöste, bevor ich ihn erreichte. »Entschuldigen Sie, dass ich Sie belästige, aber darf ich Sie etwas fragen?«

Er schaute mich ruhig an und sah dabei gar nicht überrascht aus. Er war nicht mehr ganz jung, vielleicht in den Fünfzigern, vielleicht auch um die sechzig, mit Fältchen um die tief liegenden Augen und einem grau melierten Schnauzbart.

»Lassen Sie mich raten. Sie wollen wissen, wohin ich mit den Blumen will, wo ich doch eine Tauchausrüstung trage. Richtig?«

Ich schüttelte den Kopf. »Nein, das weiß ich bereits. Die Kellnerin in dem Restaurant da drüben hat es mir verraten.«

»Damit habe ich nicht gerechnet. Jeder, der mich anspricht, will das nämlich wissen. Von Urlaubern bis hin zu Journalisten, die schon wegen mir hierhergekommen sind. Was wollen Sie dann fragen?«

Ich schaute mich um. Spaziergänger schauten tuschelnd zu uns herüber, einer machte mit seinem Handy sogar ein Foto von dem Rosenkavalier im Neoprenanzug, ganz ohne um Erlaubnis zu bitten.

Ich senkte meine Stimme, weil wirklich nicht jeder hören sollte, worüber wir sprachen.

»Wie ist es dort unten?«

»An den Scole, meinen Sie? Oh, es ist wunderbar.« Sein

Gesicht entspannte sich, und wenn es nicht so unpassend gewesen wäre, hätte ich gesagt, er sah fast glücklich aus. »Es ist wie eine andere Welt. So still und friedlich. Kein Friedhof, den ich kenne, ist so schön. Es gibt Seesterne und rote Korallen, einen alten moosbewachsenen Anker, und ganz nahe der Stelle mit der Gedenktafel steht eine Madonna auf dem Meeresgrund, die ihre Hände in den Himmel reckt. Also natürlich nicht in den Himmel, da ist ja nur Wasser, aber eben der Sonne entgegen. Man kann sie sehen, die Sonne, von dort unten. Eine helle, leuchtende Scheibe, die von einer türkisgrünen Korona umgeben ist.«

Eine Welle heftigen Neids erfasste mich. Dieser Mann hatte seinen Frieden gefunden, obwohl seine Frau – genau wie Karsten – seit sieben Jahren vermisst wurde. Aber sie hatte ihn vermutlich auch nicht betrogen und war nicht mit ihrem Geliebten auf dem Schiff gewesen.

»Ich wünschte, ich könnte das auch, was Sie tun«, seufzte ich. Das stimmte. Nicht weil ich Karsten Blumen bringen wollte, dazu hatte er mich viel zu sehr verletzt. Nein, ich verspürte plötzlich den verrückten Wunsch, in die Tiefen des Meeres hinabzutauchen, die Angst vor dem Wasser, die mein ganzes bisheriges Leben dominiert und eingeschränkt hatte, endlich abzustreifen. Es musste großartig sein, zusammen mit einem Partner tauchen zu gehen, so wie Sabine es mit Karsten getan hatte. Wäre diese verdammte Wasserphobie nicht gewesen, wäre mir Karsten niemals so entglitten. Er hätte keine Sabine gebraucht, um seinen Traum zu teilen.

»Warum denn?«, fragte Enzo ehrlich erstaunt.

»Warum was?« Ich hatte mich in meinen Gedanken verloren und wusste nicht mehr, was er meinte.

»Warum wünschen Sie sich, auch da hinunterzutauchen?«

Ich überlegte, wie viel ich ihm anvertrauen wollte. Dieser Gedanke, den ich eben gehabt hatte, war für mich selbst noch so neu und erschreckend, dass ich ihn auf keinen Fall laut aussprechen konnte. Ich entschied mich für die Kurzversion.

»Mein Mann war auch unter den Opfern. Und auch sein Leichnam wurde nie gefunden.«

Enzo sah mich einige Sekunden lang mitfühlend an. Dann legte er mir eine Hand auf die Schulter.

»Warum tun Sie es nicht einfach? Machen Sie einen Tauchkurs, das ist nicht schwer. Ich hatte vorher auch keine Ahnung vom Tauchen, ich habe das alles nur für Rosalia gemacht.«

»Das ist nicht so einfach.« Ich seufzte. »Ich habe Panik vor dem Wasser. Vor tiefem Wasser ganz besonders.«

Er nickte. »Ich verstehe das. Mir war das am Anfang auch nicht ganz geheuer. Ich war nie ein guter Schwimmer und bin einmal bei hohem Wellengang an der ligurischen Küste fast ertrunken. Jahrelang habe ich das Wasser gemieden, weil ich immerzu Panik bekam, wenn ich mich ihm näherte. Deshalb bin ich auch nicht mitgegangen auf diese Kreuzfahrt. Rosalia ging mit ein paar Freundinnen. Heute wünschte ich, ich wäre dabei gewesen und mit ihr gemeinsam gestorben.«

»Dazu hätten Sie Ihre Angst vor dem Meer nur einige Jahre früher überwinden müssen.«

»Ja, genau.« Er nickte. »Ich fühle mich immer noch schuldig deswegen.«

»Nein, das dürfen Sie nicht«, sagte ich schnell. »Am Ende haben Sie es ja geschafft. Wie haben Sie das nur gemacht?«

»Es half ja nichts. Ich wollte nun mal zu Rosalia. Bei meinem ersten Tauchgang habe ich richtig Panik bekommen. Aber es lohnt sich, durchzuhalten. Irgendwann kann man es sogar genießen.«

»Ich weiß wirklich nicht, ob ich die Kraft dazu habe«, sagte ich leise.

»Die Kraft, die gibt einem die Liebe.« Er legte in einer innigen Geste die Hand auf sein Herz. »Wenn sie stark genug ist, dann schafft man einfach alles.«

Ich schwieg. Enzos Worte beschämten mich. War meine Liebe zu Karsten jemals so stark gewesen, dass ich das für ihn auf mich genommen hätte? Wenn es so wäre, hätte ich mich dann nicht schon viel früher überwunden und wäre mit ihm zum Tauchen gegangen, anstatt zu Hause in meiner Komfortzone zu bleiben? Hätte ich es nicht wenigstens versucht? Ich wollte lieber nicht zu genau darüber nachdenken.

»Diese Rosen«, sagte ich stattdessen, »sie sind wirklich wunderschön.«

Er lächelte. »Sie sind aus unserem Garten. Rosalia hat sie gepflanzt. Sie hat sich so darauf gefreut, dass sie endlich blühen. Aber sie hat es nicht mehr erlebt.«

»Wie machen Sie es denn, dass sie unten am Grund bleiben? Schwimmen die nicht wieder zur Oberfläche rauf, wenn man sie loslässt?«

»Schauen Sie mal.« Er hielt mir den Strauß hin, und ich erkannte kleine Bleigewichte an dem Draht, der die Blumen zusammenhielt. »Die sind genau austariert. So bleiben sie genau da, wo ich sie ablege. Da kommt übrigens mein Boot. War nett, Sie kennenzulernen. Und versuchen Sie es einfach mal. Sie werden sehen, auf einmal werden Sie Ihrem Mann wieder nahe sein.«

Nachdem Enzo mit seinem Tauchboot abgelegt hatte und ich mich umwandte, um zurückzugehen, wurde mir bewusst, dass ich nur wenige Meter von der Gedenktafel entfernt war. Vorhin war ich in meiner Eile gedankenlos daran vorbeigerannt, weil ich ganz auf diesen Taucher mit dem Blumenstrauß konzentriert war. Nun stand ich plötzlich vor der weißen Madonna, die über mir ihre Arme ausbreitete. Ich schluckte und ging darauf zu, während mein Puls mit jedem Schritt schneller wurde.

Als ich schließlich davorstand, zitterten meine Knie, und hinter meinen Augen brannten die Tränen. Ich wusste ja, was dort stand, aber es nun selbst zu sehen war etwas ganz anderes. Dadurch wurde alles, was ich jahrelang verdrängt hatte, wieder so gegenwärtig, als wäre es gestern geschehen. Die Sonne spiegelte sich auf der golden glänzenden Oberfläche. In der oberen linken Ecke stand »Zur ewigen Erinnerung« auf Latein. Dann kamen die Namen.

Viele Italiener. Karstens Name stand in der dritten Zeile und war der erste deutsche. Hier stand es in deutlichen Buchstaben – nicht in Stein gemeißelt, aber in Metall graviert –: Karsten Hoffmann war ums Leben gekommen. Wer wagte es zu behaupten, dass das nicht stimmte? Wer brachte mich dazu, die ganze Insel abzulaufen und nach ihm zu suchen? Eine Stimme in mir sagte, dass sich jemand einen Scherz mit mir erlaubte. Dass die Wahrheit hier in großen Lettern stand und ich es einfach glauben und nach Hause fahren sollte. Aber ich wusste, dass ich für den Rest meines Lebens keine Ruhe finden würde, wenn ich das hier nicht durchzog.

Der Name hinter Karstens war der von Sabine. Ihren Leichnam hatte man identifiziert und nach Deutschland überführt, während der von Karsten nie gefunden worden war.

Ich starrte auf die beiden Namen, die in derselben Zeile standen. Es sah aus, als ob sie zusammengehörten. Wie ein Ehepaar. Als hätten sie das Recht dazu gehabt, gemeinsam, Seite an Seite, auf dieser Tafel zu stehen.

Ich konnte es nicht mehr ertragen, hier zu sein. Ich kehrte um und lief, immer schneller werdend, zurück zum Land, ohne mich noch einmal umzuschauen.

Als ich nach Castello zurückkam, lag Filippo im Schatten der Hauswand unter einer gigantischen Bougainvillea und betrieb Krallenpflege. Clemenza hockte auf den Stufen ihres Hauses und drückte Erbsen aus den Schoten.

»Heute Abend gibt es Risi e bisi«, empfing sie mich.

Ich dachte an die Pizza in meiner Tasche und überlegte, ob ich die wohl an Filippo verfüttern konnte. Wenn er Panficato überlebte, dann doch sicher auch Pizza al tonno. Er war ohnehin der dickste Kater des Dorfes, worüber man sich nicht wundern musste, wenn man bedachte, was Clemenza ihm zu fressen gab. Da würde es auf ein paar Gramm mehr auf den Rippen auch nicht ankommen.

Im Haus war es angenehm kühl im Vergleich zu draußen. Clemenza hatte die Fensterläden geschlossen, durch die Lamellen fielen helle Lichtstreifen auf die Dielen. Es duftete nach den Lavendelbüscheln, die über der Tür hingen, um Spinnen und Ameisen fernzuhalten; wahrscheinlich auch die bösen Geister und was sonst noch alles in diesen alten Gemäuern sein Unwesen trieb.

Ich musste mich umziehen, meine Kleidung war völlig

durchgeschwitzt. Unter der Dusche dachte ich über das nach, was Enzo mir erzählt hatte.

Kann Liebe Ängste überwinden?

Ich bewunderte diesen Mann, der für seine Frau jedes Jahr nicht nur eine lange Reise, sondern auch diesen Tauchgang auf sich nahm. Wenn es einen Beweis für eine große Liebe gab, dann war das ganz sicher einer.

Was mich wieder zu der Frage führte: Hatte ich Karsten wirklich so heftig geliebt, wie ich immer geglaubt hatte? Oder hatte ich mir das all die Jahre nur eingeredet, weil er der erste Mensch in meinem Leben gewesen war, der wirklich für mich da war und mir zuhörte? Mein Vater hatte die meiste Zeit meiner Kindheit auf seiner Bohrinsel gearbeitet und nur auf Kurzbesuchen zu Hause vorbeigeschaut. Meine Mutter war immer mit sich selbst beschäftigt und nach dem Tod meines Vaters sowieso zu nichts mehr zu gebrauchen gewesen. Freunde hatte ich seit der Havarie in der Nordsee nie wirklich gehabt, weil alle Kinder plötzlich zu glauben schienen, dass das Unglück wie Pech an mir klebte. Und dann war Karsten in mein Leben getreten, hatte sich um mich gekümmert, mich angebetet, und ich hatte mich geschmeichelt gefühlt. Ich wurde abhängig von seiner Zuwendung, weil er der Einzige war, von dem ich sie bekam. Aber weder Geschmeicheltsein noch Abhängigkeit waren dasselbe wie Liebe.

Enzo hatte es nicht nur geschafft, dass ich erstmals ernsthaft darüber nachdachte, sondern es war ihm auch gelungen, auf dieser Hafenmole von Giglio Porto meinen Ehrgeiz zu wecken. Ich war nicht sicher, ob ich meine Panik vor dem Wasser wirklich überwinden konnte. Aber ich wollte es zumindest versuchen. Auch wenn ich das längst nicht mehr für Karsten tun würde, sondern einzig und allein für mich.

Als sich die Mittagshitze gelegt hatte, fuhr ich mit dem Inselbus hinunter nach Campese. Obwohl ich schon einige Tage auf der Insel war, hatte ich mir diesen Ferienort in der Bucht, die von einem langen Sandstrand gesäumt war, bisher nur aus sicherem Abstand von hier oben aus angesehen. Dort unten lauerte schließlich die Gefahr oder jedenfalls das, was ich mir immer unter Gefahr vorgestellt hatte. Und dort unten war Tonio.

Seltsam, dass er mir einfiel, als ich an Gefahr dachte. Konnte er mir gefährlich werden? Wenn ich ehrlich zu mir selbst war, musste ich mir eingestehen, dass ich ihm gefallen wollte. Bei allen Männern, die mir in den letzten Jahren begegnet waren, war es mir komplett egal gewesen, ob sie mich attraktiv fanden oder nicht. Ich hatte nicht das Bedürfnis gehabt, sie jemals wiederzusehen. Diesmal war es anders.

War es möglich, dass er keinen geringen Anteil an meinem Entschluss hatte, meiner Wasserphobie den Kampf anzusagen? Dass ich bereit war, seinetwegen etwas zu tun, was mir bei Karsten nicht im Traum eingefallen wäre? Um ihn zu beeindrucken? Ich mochte diesen Gedanken gar nicht zu Ende denken. Eigentlich war der Grund auch völlig egal, Hauptsache, ich unternahm etwas. Anna wäre stolz auf mich. Und Karsten würde Augen machen, wenn ich ihn fände. Und ich würde ihn finden, tot oder lebendig. Auch wenn ich nicht die geringste Ahnung hatte, wie ich reagieren würde, wenn es so weit war. Wie würde sich das anfühlen, nach so langer Zeit? Alles war möglich, von platzen vor Wut bis heulend zusammenbrechen. Nein, heulen durfte ich auf gar keinen Fall, er sollte kein Mitleid mit mir haben, im Gegenteil, er sollte mich kennenlernen! Entschlossen nahm ich meine Strandtasche und stieg am Torre del Campese aus dem Bus.

Den Ballermann von Giglio hatte Tonio diesen Ort scherzhaft genannt. Das war natürlich maßlos übertrieben, dennoch gab es hier definitiv mehr Touristen als in den beiden anderen Ortschaften, was sicher an dem langen Sandstrand lag. Campese war wirklich ein Urlaubsort, mit allem, was man von einem solchen erwartet: Restaurants, Bars, Bootsverleihe, Tauchschulen und natürlich den dazugehörigen Touristen. Ich schaute in jedes Gesicht, und mehr als einmal meinte ich für den Bruchteil einer Sekunde, Karsten zu erkennen, besonders wenn ich die Männer von hinten oder von der Seite sah. Aber wenn sie sich dann umdrehten, stellte ich jedes Mal fest, dass ich mich geirrt hatte.

Der Torre del Campese ist ein alter Wachturm aus dem 17. Jahrhundert, der auf einem Felsen im Meer steht und mit der Insel nur durch eine schmale Fußgängerbrücke verbunden ist. Unterhalb der alten Mauern, die den Turm umgeben, liegt ein winziger Hafen, in dem Fischerboote und kleine Segelyachten dümpelten. Ich setzte mich auf die Brückenmauer, um meine Schuhe auszuziehen, und schaute auf das Wasser hinunter.

Auf einem der Segelboote entdeckte ich einen blonden Mann, der mir den Rücken zuwandte, sein nackter Oberkörper war athletisch und braun gebrannt. Schon wieder stolperte mein Herz, denn irgendetwas in seinen Bewegungen erinnerte mich an Karsten, auch wenn er viel schmächtiger und blasser gewesen war. Ich kniff die Augen zusammen und sah genauer hin. Jetzt drehte er sich zum Strand, und ich sah ihn im Profil. Er sah ihm wirklich ziemlich ähnlich, auch wenn seine Haare länger und heller waren als Karstens und er einen Bart trug. Für einen Moment schaute er zum Turm herüber, und unsere Blicke trafen sich. Ich hielt die Luft an. Die Ähnlichkeit war auf diese Entfernung so verblüffend, dass ich einen Augenblick glaubte, ich hätte Karsten gefunden. Doch eine Sekunde später wandte er sich ab, duckte sich und verschwand in der Kajüte. Dabei sah ich etwas auf seiner rechten Schulter, das wie ein großes Tattoo aussah. Nein, Karsten würde sich nie tätowieren lassen, er hatte das immer total blöd gefunden. Und so eine verspiegelte Mantafahrer-Sonnenbrille würde er auch niemals tragen. Über diese Typen hatte er sich immer lustig gemacht. Ich sah Gespenster, natürlich war er es nicht.

Sei nicht dumm, Nina, schalt ich mich. Ich musste aufhören, in jedem blonden Mann, der mir begegnete, Karsten zu sehen. Es gab sicher jede Menge blonde Touristen hier, Schweden, Holländer, Briten und Deutsche. Ja, es gab sogar blonde Italiener. Tonio war das beste Beispiel. Ich war paranoid geworden bei meiner Suche nach Karsten. Damit musste jetzt Schluss sein.

Entschlossen stopfte ich meine Turnschuhe in die Strandtasche und machte mich auf den Weg, um mir ein gemütliches Plätzchen zu suchen, das möglichst weit vom Wasser entfernt war.

Während ich die Küstenstraße entlanglief, hielt ich Ausschau nach Tonios Tauchschule. Doch ich musste schnell feststellen, dass es hier einige davon gab, wenn man den Wegweisern glauben wollte. Ich erinnerte mich, in den Reiseführern gelesen zu haben, dass Giglio ein wahres Eldorado für Taucher sein sollte.

Ein Stück die Straße hinauf, direkt rechts von mir, lag die Tauchschule »Sotto il Mare«, wie mir das breite blaue Schild über der Tür verriet. Neben den weißen Buchstaben auf meerblauem Grund prangte eine große orangefarbene Krabbe, ganz ähnlich wie die vom »La Margherita«.

Das gibt es doch nicht, dachte ich amüsiert. Unter dem Meer! Diese Schule heißt genauso wie Karstens Lieblingslied aus »Arielle«. Und die Krabbe Sebastian, die das Lied im Film sang, fehlte auch nicht. Ich zog mein Handy aus der Tasche und schoss ein Foto davon. Wozu eigentlich, fragte ich mich im selben Moment. Ich würde es Karsten ja nicht mehr zeigen können. Und wenn er wirklich seit sieben Jahren auf dieser Insel lebte, dann kannte er die Schule mit Sicherheit.

Ich ging weiter, vorbei an Restaurants, aus denen unwiderstehliche Düfte kamen, Souvenirläden mit den unvermeidlichen Postkartenständern auf dem Gehweg und den Auslagen mit Sandspielzeug, Schwimmtieren und Schnorchelzubehör. Wo der Strand am breitesten war, blieb ich stehen. Hier war er von der Straße durch eine Reihe von Palmen abgegrenzt.

Der Strand war ockerfarben und von einem grobkörnigen Sand, der, wie ich erfreut feststellte, nicht in sämtlichen Körperfalten hängen blieb. Ich ließ mich im Schatten einer der Palmen nieder, mit dem Rücken zur Straße und zu den Ferienwohnungen, die sich wie die Waben eines Bienenstockes die Hügel hinaufzogen. Das Meer war nur ungefähr zwanzig Meter entfernt.

Ich setzte die Sonnenbrille auf und fasste meinen Feind ins Auge. Durch die getönten Gläser sah er fast harmlos aus. Es war ein ruhiger Tag ohne Wellengang, und ich beobachtete eine Gruppe Sechs- oder Siebenjähriger, die am Saum des Meeres Kleckerburgen bauten, indem sie einen Brei aus Sand und Wasser durch die Finger rieseln ließen. Ich spürte einen Anflug von

Neid. Als ich in ihrem Alter war, hatte ich gerade meinen Vater verloren. Niemals war ich in all den Jahren meiner Schulzeit durch das flache Wasser am Meeresufer gesprungen, hatte Sandburgen gebaut und sie mit Muschelschalen verziert. Niemals war ich auf einem aufblasbaren Plastikdelphin geritten, wie dieses Mädchen mit den blonden Zöpfen, das gerade von dessen glattem Rücken ins Wasser rutschte und ausgelassen kreischte. Ich fühlte mich um einen Teil meiner Kindheit betrogen.

Aber es war ja noch nicht zu spät. Okay, auf einen aufgeblasenen Delphin würde ich mich mit meinen vierundvierzig Jahren wohl nicht mehr setzen. Höchstens vielleicht heimlich spät am Abend, wenn es dunkel und der Strand leer war. Doch bei dem Gedanken an das tiefschwarze Meer in der Finsternis kroch schon wieder die Panik in mir hoch. Lass es langsam angehen, Nina, sagte ich mir. Wenn du das Meer erst bei Tageslicht aushältst, kommt alles andere vielleicht auch noch.

8
Tonio

Ich hatte mir bei »Zio Meino« den Bauch vollgeschlagen und war auf dem Rückweg zur Tauchschule, als ich sie am Strand sitzen sah. Ich traute meinen Augen nicht. Nina am Strand. Nur zwanzig Meter vom Meer entfernt. War sie das wirklich?

Ich trat ein Stück näher heran und beschattete meine Augen mit der Hand. Ja, sie war es tatsächlich. Ich zögerte, ob ich mich zu ihr setzen sollte, aber mit meiner Arbeitsmoral war es zurzeit ohnehin nicht weit her, also ließ ich mich neben ihr im Sand nieder. Überrascht sah sie mich an. Dabei hätte sie damit rechnen müssen, dass wir uns hier über den Weg laufen. So groß war Campese schließlich nicht.

»Der Sicherheitsabstand ist ja noch beträchtlich, aber immerhin, du bist am Wasser«, sagte ich statt einer Begrüßung.

»Von arbeiten hältst du wohl nicht allzu viel?«

»Ich habe noch zehn Minuten Siesta. Außerdem habe ich durchaus gearbeitet, wenn auch in eigener Sache. Ich war bei den anderen Tauchschulen und habe mich dort nach deinem Mann erkundigt. Zugegeben, danach war ich noch essen. Aber essen muss der Mensch schließlich auch.«

»Und was gab's?«

»Fegato alla romana. Sehr lecker.«

»Nein, ich meine, was gab es bei den Tauchschulen an Erkenntnissen?«

»Leider nichts. Hoffmanns gab es einige, aber kein Karsten dabei.«

»Und wenn er sich unter falschem Vornamen eingeschrieben hat?«

»Warum sollte er das tun? Dann würde er doch eher den Nachnamen ändern. Nina, sieh den Tatsachen ins Auge. Er ist nicht hier.«

War ich wirklich so überzeugt davon? Oder wollte ich nur, dass Nina diese fixe Idee, ihren Mann zu finden, so schnell wie möglich begrub?

»Na ja, bei unserer Schule sind wir noch nicht ganz durch«, gab ich zu. Dass Cinque sich nicht gerade mit Feuereifer auf die Suche gestürzt hatte, musste ich Nina ja nicht erzählen. »Und es gibt natürlich auch noch Tauchschulen in Porto. Dort müsste man auch nachfragen, wenn du ganz sichergehen willst«, sagte ich, um mein Gewissen zu beruhigen.

»Ich hab mich hier schon ein wenig umgeschaut. Ihr habt ja einige Tauchschulen, allein hier im Ort. Welche davon ist denn deine?«

»Sie heißt ›Sotto il Mare‹, gleich da drüben am Strand in der Nähe des Sarazenenturms«, antwortete ich nicht ohne Stolz. »Die mit der großen orangenen Krabbe auf dem Schild.«

»Die habe ich gesehen.« Sie lächelte, warum auch immer. »Ich bin vorhin daran vorbeigekommen.«

»Du kannst jederzeit mal bei uns reinschauen, wenn du magst. Irgendjemand ist eigentlich immer da. Vielleicht nicht gerade während der Siesta, aber sonst schon. In der Saison auch am Wochenende.«

»Wie viele Mitarbeiter hast du denn?«

»Im Moment sind wir zu viert, aber ich denke darüber nach, noch jemanden einzustellen. Matteo ist mein Partner, seit Filippo tot und Federico bei der Seenotrettung ist. Mit den beiden habe ich die Schule gegründet. Es war so eine Art Kindheitstraum von uns. Und jetzt bin ich der Letzte, der noch übrig geblieben ist.«

»Sind die neuen Kollegen denn ein würdiger Ersatz?«

»Schon. Inzwischen sind wir ein eingespieltes Team. Matteo ist der beste Lehrer, den man sich vorstellen kann. Er hat ein Gemüt wie ein Schaukelpferd und ist wohl der Geduldigste von uns allen. Ruben ist Holländer und vor einigen Jahren zu uns gekommen. Ich habe ihn als Ersatz für Filippo eingestellt. Er ist der Ruhigste von uns, der Besonnenste. Dann gibt es da noch Circe. Sie ist Griechin und kümmert sich vor allem um das Organisatorische und die Büroarbeiten. Unser Mädchen für alles, unverzichtbar. Und außerdem die Schönste von uns allen.« Und die Launischste, hätte ich beinahe ergänzt, aber ich wollte sie nicht vor Nina schlechtmachen.

»Und welchen Superlativ erfüllst du?«, fragte sie.

Oh, das war eine Gewissensfrage. Der Charmanteste? Der Unwiderstehlichste? Nein, das klang zu angeberisch.

»Keine Ahnung«, sagte ich schließlich und dachte an die Ausrutscher, die ich mir bei ihr schon geleistet hatte. »Vielleicht der Taktloseste? Der Ungeschickteste?«

Sie lächelte. »Jedenfalls seid ihr ein internationales Team.«

»Wir haben ja auch internationales Publikum. Da ist es von Vorteil, wenn man mehrere Sprachen spricht. Hey, eine Deutsche fehlt uns noch. Willst du nicht hierbleiben und bei uns mitarbeiten?« Einen Versuch war es allemal wert.

»Das soll wohl ein Witz sein?« Nina lachte hysterisch auf. »Ich trau mich nicht mal mit den Füßen ins Wasser und soll in einer Tauchschule arbeiten?«

»Wer weiß, was noch kommt«, sagte ich. »Man soll niemals nie sagen.«

Sie ging nicht mehr darauf ein, schien stattdessen in Gedanken zu sein.

»Ich habe mir überlegt, auch in den Immobilienbüros nachzufragen«, sagte sie schließlich. »Irgendwo muss er ja untergekommen sein.«

Der plötzliche Themenwechsel kam so überraschend, dass ich mich erst darauf einstellen musste. Schon wieder dieser Karsten. Ich bremste ihren Optimismus nur ungern aus, wollte ihr aber auch keine falschen Hoffnungen machen.

»Namen wirst du da sicher nicht bekommen. Der Datenschutz wird auch hier auf der Insel nicht ganz ignoriert.«

Ich sah an ihrer Enttäuschung, dass sie das nicht bedacht hatte.

»Ach, und für Tauchschulen gilt der Datenschutz wohl nicht?«, begehrte sie auf.

»Doch, sicher. Aber ich kenne die Leute, die da arbeiten. Wenn ich sie darum bitte, drücken sie schon mal ein Auge zu. Leider habe ich allerdings keine Beziehungen zu den Immobilienbüros.«

»Aber vielleicht verraten die mir ja, welche Objekte in den letzten sieben Jahren den Besitzer oder Mieter gewechselt haben.«

»Du kannst es ja versuchen. Aber viel Hoffnung solltest du dir nicht machen.«

Diese Frau war wirklich zu allem entschlossen. Das bedeutete aber auch, dass sie sicher noch eine Zeit lang auf der Insel bleiben würde, was mich wiederum freute.

Ich blieb noch eine Weile neben ihr im Sand sitzen, so dicht, dass ich das Sonnenöl auf ihrer Haut riechen konnte, beobachtete die Möwen am Strand und die schaukelnden Fischerboote in dem kleinen Naturhafen am Torre. Luigi vom Souvenirladen winkte herüber. Er hatte den Ständer mit den Ansichtskarten und Heftromanen hineingeschoben und das Türgitter heruntergelassen. Jetzt saß er mit einem Bier draußen und döste im Schatten seiner Markise. Auch die Touristen hielten Siesta, waren beim Essen oder in ihren kühlen Hotelzimmern, und so war der Blick aufs Meer völlig unversperrt. Es rollte in trägen kleinen Wellen an den Strand, zog sich zurück, um wieder zurückzukehren. Ein endloser Kreislauf, der mich völlig entspannte. Ich genoss Ninas Nähe und hatte plötzlich den Wunsch, auf immer und ewig hier sitzen zu bleiben.

»Ich mag diese Insel«, sagte Nina, ohne den Blick vom Meer zu nehmen. »Ist sie nach den wilden Strandlilien benannt, die hier überall an der Küste wachsen?«

»Eine schöne Idee.« Und viel schöner als die Wirklichkeit, dachte ich. »Aber der wahre Grund ist längst nicht so romantisch. Eigentlich kommt der Name der Insel von der lateinischen Version des griechischen Wortes für Ziege, *Aegilium.*«

»Wie langweilig«, sagte Nina. »Ich werde das ganz schnell wieder vergessen. Für mich ist und bleibt es einfach die Insel der Lilien. Das passt doch viel besser, oder nicht?«

Ich musste lächeln. Sie war tatsächlich eine Romantikerin.

»Du musst zum Jahrestag des Schiffsunglücks herkommen, da ist das Meer voll von Lilien. Sie schwimmen auf dem Wasser, draußen bei den Scole, wo das Schiff mit dem Felsen kollidiert ist. Am ersten Jahrestag haben die Überlebenden und die Angehörigen der Opfer sie ins Wasser geworfen. Inzwischen habe ich Pater Lorenzo im Verdacht, denn die meisten der Betroffenen kommen ja nicht jedes Jahr her. Vielleicht plündert er die Kollekte dafür.«

»Was für ein schöner Brauch«, seufzte Nina, und dann verfielen wir wieder in einvernehmliches Schweigen.

Natürlich kam ich zu spät in die Schule zurück und erntete einen giftigen Blick von Cinque, die seit Tagen ungewöhnlich reizbar war. Sie war im Moment nicht nur die Schönste, sondern zweifellos auch die Grantigste von uns. Als ich sie fragte, wie weit sie mit ihrer Recherche nach Ninas Mann gekommen sei, hob das ihre Laune nicht im Geringsten.

»Die Arbeit für die Schule ist wichtiger als dieser Unsinn«, fauchte sie mich an. »Während ich nach einem Phantom suche, bleiben Mails unbeantwortet und dringende Rechnungen unbezahlt.«

»Mach es einfach, wie du dazu kommst«, seufzte ich.

»Ja, ja. Es kann aber dauern. Das ist eine Sisyphusarbeit!«

»Nummer 5 gibt nicht auf«, sagte ich in Anspielung auf die amerikanischen Filmkomödien über den kleinen Roboter aus den achtziger Jahren. Es war ein Running Gag bei uns im Team, Cinque mit Zitaten daraus zu foppen. Alle fanden das ungeheuer witzig bis auf Cinque selbst.

Ich duckte mich, als sie das Stempelkissen nach mir warf. Es hinterließ einen dunklen Fleck an der Wand neben der Tür, knapp neben Rubens Kopf, der gerade hereinkam.

»Hier wird ja scharf geschossen«, sagte er und bückte sich, um die Munition an ihren Platz zurückzulegen.

»Ich überlasse es dir, das griechische Temperament zu zügeln«, rief ich ihm zu und suchte das Weite.

In meinem Büro nahm ich einige unbezahlte Rechnungen von meinem Schreibtisch, die eigentlich auf Cinques Tisch gehörten und die offenbar jemand falsch abgelegt hatte. Ich schob sie zur Seite. Auf der frei gewordenen Tischplatte war ein Spruch eingeritzt: »Solange dein Herz schlägt, schlag zurück!« Ich weiß nicht, wer der Urheber dieser Worte war, ich hatte den Schreibtisch gebraucht gekauft, unter anderem weil mir dieser Spruch gefiel. Er gab meine damalige Lebenseinstellung wieder.

Jetzt zog ich mein Tauchermesser hervor, strich mit ein paar tiefen, kräftigen Schnitten die letzten beiden Wörter durch und ersetzte sie durch ein neues. Zufrieden lehnte ich mich zurück und betrachtete mein Werk. Es war optisch nicht mehr ganz so schön, aber zutreffender: »Solange dein Herz schlägt, liebe!«

9
Nina

Die Recherche in den Tauchschulen in Porto war im wahrsten Sinne des Wortes ein Schlag ins Wasser gewesen. Das musste ich Tonio und seinen guten Beziehungen überlassen. Aber aufgeben kam nicht in Frage. Jetzt nahm ich mir die Immobilienbüros vor.

Es würde ihr sehr leidtun, aber sie dürfe weder Informationen über Mietobjekte noch deren Mieter herausgeben, sagte mir die grell geschminkte Dame hinter dem Schreibtisch des Immobilienbüros Brandaglia am Hafen. Wenn ich selbst etwas mieten oder kaufen wollte, sei sie aber gern bereit, mir ein Angebot zu machen.

Das war es dann also. Tonio hatte es mir ja gleich gesagt. Ich muss wohl ziemlich niedergeschlagen ausgesehen haben, denn die Angestellte schaute mich mitleidig an und fragte, ob sie mir einen Kaffee anbieten dürfe, damit ich nicht ganz umsonst gekommen wäre.

»Danke, sehr gerne«, sagte ich und bemühte mich um ein freundliches Lächeln. Sie konnte ja nichts für ihre Vorschriften. Bei einer Tasse Kaffee konnte ich mir mein weiteres Vorgehen überlegen.

Ich nahm meine Tasse und setzte mich in einen bequemen Sessel im Wartebereich. Dort saß bereits ein Mann in meinem Alter, blätterte in Prospekten und nippte an einem Cappuccino.

»Suchen Sie auch eine Wohnung auf der Insel?«, fragte er auf Englisch.

»Nein, nein«, beeilte ich mich zu sagen.

»Was denn dann? Ein Haus?« So schnell gab er wohl nicht auf.

Ich musterte ihn von seinem Sonnenhut hinab über sein Poloshirt bis hin zu den weißen Leinenschuhen. Ein typischer Golfplatztourist. Soweit ich wusste, hatte Giglio keinen Golfplatz. Was wollte er hier?

Ich überlegte. Wahrscheinlich würde ich diesen Mann nie

wiedersehen. Also warum nicht die Wahrheit sagen? Vielleicht konnte er mir ja sogar weiterhelfen.

»Nein, ich möchte kein Haus kaufen. Ich bin auf der Suche nach meinem Mann. Es ist möglich, dass er sich hier auf der Insel eingemietet oder eine Wohnung gekauft hat.«

Er beugte sich interessiert vor. »Das ist interessant. Ich liebe Detektivgeschichten. Erzählen Sie!«

Also fing ich ganz von vorn an. Ich begann beim Schiffsunglück und endete bei dem anonymen Brief, in dem stand, dass Karsten hier leben würde.

Ich merkte, wie mein Gegenüber von Minute zu Minute ernster wurde. So viel Anteilnahme hatte ich nicht erwartet.

»Das ist erstaunlich«, sagte er, als ich fertig war. »Ich habe eine Schicksalsgenossin gefunden.« Und weil von der Angestellten weit und breit nichts zu sehen war, erzählte er mir seine Geschichte.

»Ich hatte einen Zwillingsbruder, er hieß Phil«, begann er. »Wir sind in Manchester geboren, waren eineiige Zwillinge, und man sollte meinen, dass wir absolut identisch waren. Äußerlich war das auch so. Aber im Wesen waren wir grundverschieden. Ich bin ein eher ernsthafter Mensch, der die Sicherheit liebt. Phil war unbekümmert und fröhlich, und manchmal forderte er das Schicksal geradezu heraus. ›No risk, no fun‹, das war sein Lebensmotto.«

Mir war sofort aufgefallen, dass er in der Vergangenheit von seinem Bruder sprach, und ich ahnte, weshalb.

»War er auch auf dem Schiff?«, fragte ich.

»Wir beide«, antwortete er gepresst. »Phil war der Meinung, dass ich mein Leben damit verschwendete, über Büchern zu hocken und Tag für Tag ins Büro zu gehen. ›Du musst endlich mal rauskommen und was erleben‹, hat er eines Tages zu mir gesagt. ›Ich habe für uns eine Kreuzfahrt gebucht.‹ Ich war kein Freund von Kreuzfahrten, Sie wissen schon, die Umwelt und all das. Und dann dauernd diese peinlichen Animationen an Bord. Aber er war so voller Energie und Vorfreude, also ließ ich mich breitschlagen.«

Er starrte eine Weile schweigend vor sich hin und drehte

seine Kaffeetasse in den Händen. Ich wagte kaum zu atmen. Ich ahnte ja im Groben, wie es weiterging.

»An diesem Abend saßen wir im Restaurant auf dem vierten Deck und waren gerade mit dem Essen fertig. Es muss so zwischen neun und zehn Uhr gewesen sein. Plötzlich fielen die Gläser auf unserem Tisch um, und gleichzeitig gab es ein markerschütterndes Geräusch, das sich wie ein lang gezogenes Kreischen anhörte. Heute weiß ich, das war der Todesschrei des Schiffes, dessen Bauch in diesem Moment von dem Felsen aufgeschlitzt wurde. Das Schiff bekam ziemlich schnell Schräglage. Ich sehe noch den Rotwein über die weißen Tischdecken laufen und Teller über den Boden schlittern.«

Seine Hände zitterten leicht, als er seine Tasse zum Mund führte, um einen Schluck zu trinken. Ich sah, wie er bei der Erinnerung an diese Nacht um Fassung rang.

»Dann ging das Licht aus, man sah die Hand vor Augen nicht mehr. Über die Lautsprecher kam eine Durchsage in mehreren Sprachen, dass wir Ruhe bewahren sollten, es wäre nur ein technisches Problem mit der Elektrizität. Aber an ein technisches Problem glaubte da sicher schon keiner mehr. Davon legt sich ein Schiff nicht auf die Seite. Irgendwie wussten wir, dass wir aufgelaufen waren.«

»Die haben wirklich gesagt, es sei nur ein technisches Problem?« Ich hatte damals schon so etwas in der Zeitung gelesen, es aber nicht glauben können. Heute hörte ich es zum ersten Mal von einem der Überlebenden selbst.

»Ja, haben sie, und nicht nur ein Mal. Ich weiß nicht, wie lange die uns vorgaukeln wollten, dass es alles ganz harmlos sei. Zunächst wollten sie uns sogar zurück in die Kabinen schicken, aber dahin hätten mich keine zehn Pferde gekriegt, unsere Kabine lag in einem der unteren Decks. Wir hielten uns an diejenigen, die nach oben zu den Rettungswesten liefen. Natürlich gab es zu wenige Rettungswesten auf dem Oberdeck, weil ja jeder eine in der Kabine hatte, und als dann endlich der Befehl zur Evakuierung kam, bekamen die Letzten keine mehr ab. Ich hatte eine erwischt, aber meine Hände zitterten so sehr, dass ich es kaum schaffte, sie mir anzulegen. Als die ersten Rettungsboote zu Wasser gelassen wurden, war mir klar, dass es viel zu wenige Boote für viel zu viele Menschen waren. Eine unglaubliche Panik brach aus, jeder wollte der Erste sein. Wir drängten uns dicht an dicht an der Außenkante des Schiffes, wo man eine Strickleiter zu den Booten hinuntergelassen hatte. Wir hatten keine Ahnung, wo wir waren. Vom Schiff aus konnte man die Lichter des Hafens nicht sehen, wir wussten nicht, dass die Insel so nahe war, und dachten, wir seien auf dem offenen Meer. Ich habe noch nie in meinem Leben solche Angst gehabt.«

Obwohl die Sonne durch die hohen Schaufensterscheiben warm in meinen Nacken schien, bekam ich eine Gänsehaut. Mir wurde klar, dass die Todesangst dieses Mannes auch Karstens Todesangst gewesen sein musste. In diesem Augenblick spürte ich sie wie meine eigene.

»Sie sind ganz blass«, sagte er. »Soll ich wirklich weitererzählen?«

Ich konnte nur nicken. Jetzt wollte ich den Rest auch noch hören. Vielleicht konnte ich das Unglück dann endlich verarbeiten und endgültig Abschied nehmen.

»Allmählich gingen die Boote zur Neige, und man forderte uns über Lautsprecher auf, zur anderen Seite des Schiffes zu laufen. Dazu hätten wir noch einmal das Schiffsinnere durchqueren müssen, und das war mir zu riskant. Wir hatten auch einen relativ günstigen Platz, und ich rechnete damit, im nächsten oder übernächsten Boot mitgenommen zu werden. Plötzlich stand Phil wieder auf.

›Gordon‹, sagte er zu mir, ›ich muss noch mal runter in die Kabine. Peggys Ring liegt noch im Safe.‹

Er hatte am Nachmittag in Rom für seine Freundin einen Verlobungsring von Pomellato gekauft. Gold mit Brillanten, das Ding hatte fast viertausend Euro gekostet, und er wollte ihr damit nach unserer Rückkehr einen Antrag machen.

›Bist du wahnsinnig?‹, rief ich. ›Willst du, dass das Rettungsboot ohne dich ablegt? Es kann jeden Moment so weit sein.‹

Also setzte er sich wieder hin, aber er saß wie auf Reißnägeln. Sprang immer wieder auf, und ich musste ihn aufhalten. Hatte der Kerl überhaupt keine Angst vor dem Tod? Die ganze Zeit redete er davon, wie er sich darauf gefreut hatte, nach Hause zu kommen und Peggy den Ring an den Finger zu stecken. Als ob wir in diesem Moment keine größeren Probleme gehabt hätten!«

Ich dachte an Peggy und fragte mich, ob sie sich die Schuld am Tod ihres Verlobten gab. An dieser Stelle war mir längst klar, dass Phil es nicht geschafft hatte, rechtzeitig wieder an Deck zu kommen, und Peggy tat mir fast mehr leid als Gordon. Wäre sie nicht gewesen, wäre Phil nicht zurück in die Kabine gegangen, um den Ring zu holen.

Gordon wischte sich verstohlen eine Träne vom Gesicht und seufzte.

»So ging das eine Weile hin und her. Er wollte runtergehen, ich hielt ihn zurück. Ich hoffte, jeden Moment würden wir in ein Rettungsboot steigen dürfen, aber es dauerte noch eine gefühlte Ewigkeit. Er schimpfte, dass er schon längst wieder zurück wäre, wenn ich ihn gleich hätte gehen lassen.

Irgendwann konnte ich ihn nicht mehr aufhalten.

›Hör zu, Gordon‹, sagte er. ›Wenn ich das hier überlebe, werde ich mich den Rest meines Lebens ärgern, dass der Ring mit dem Schiff untergegangen ist.‹

›Vielleicht überlebst du es gerade deshalb nicht, weil du da runtergegangen bist!‹, schrie ich ihn an.

›Dann kann ich mich aber auch nicht mehr darüber ärgern‹, sagte er und lief auf bloßen Socken los. ›Bin sofort wieder da!‹

Das waren die letzten Worte, die ich von ihm hörte. Phil war schon immer ein Zocker gewesen, und als ein solcher hatte er auch immer einkalkulieren müssen zu verlieren.«

Inzwischen standen auch mir die Tränen in den Augen. Gordons Traurigkeit war so greifbar, dass es mir den Atem nahm.

»Das Schiff geriet immer mehr in Schräglage. Endlich war ein Rettungsboot für uns bereit. Ich rief nach Phil, immer und immer wieder. Aber er kam nicht. Er kam nie mehr wieder. Später erfuhr ich, dass auch einige von denen, die versucht hatten, die Rettungsboote auf der anderen Seite zu erreichen, unterwegs in den überfluteten Teil des Schiffes gestürzt und ertrunken waren. Man hätte die Menschen auf keinen Fall wieder da reinschicken dürfen.«

Lange Zeit sprachen wir beide kein Wort. Ich hätte nichts zu sagen gewusst, was in dieser Situation angemessen gewesen wäre. Die Kaffeereste in unseren Tassen waren kalt geworden. Die Mitarbeiterin war hinter ihrem Computermonitor abgetaucht, als wollte sie uns vermitteln, sie hätte sich in Luft aufgelöst.

»Seitdem mache ich mir schwere Vorwürfe«, redete er schließlich weiter. »Hätte ich ihn nicht so lange zurückgehalten, sondern ihn gleich gehen lassen, hätte er es vielleicht geschafft. Er hätte den verdammten Ring holen können und wäre mit Peggy glücklich geworden.«

»So dürfen Sie nicht denken!«, sagte ich schnell. Doch ich kannte diese Art von Schuldgefühlen nur zu gut. Hätte ich Karsten nicht immerzu allein losziehen lassen, hätte ich mehr mit ihm gemeinsam gemacht, wäre vielleicht auch alles ganz anders gekommen. Jetzt, nach Gordons Bericht, stand mir das Geschehen ganz deutlich vor Augen. Ich hatte das Gefühl, mittendrin zu sein in diesem Chaos, spürte die Panik der Passagiere, als wäre sie meine eigene. Ich sah Karsten mit der Rettungsweste auf der Reling sitzen und auf ein Boot warten. Hatte er eins bekommen und es wirklich bis auf die Insel geschafft? Oder war er in dem eiskalten Wasser ertrunken, wie die Gedenktafel auf der Mole mir glauben machen wollte? Mich schauderte, und ich schlang unwillkürlich die Arme um meinen Oberkörper.

»Ich hatte jahrelang Alpträume, bin mitten in der Nacht schweißgebadet aufgewacht. Mit Hilfe einer Psychotherapie habe ich es schließlich nach und nach geschafft, aber es hat Jahre gedauert. Mein Therapeut riet mir damals, den Unglücksort noch einmal zu besuchen, um mit allem abzuschließen. Konfrontationstherapie nannte er es, die Flucht nach vorn antreten. Also fuhr ich am Jahrestag des Unglücks her, als an der Unfallstelle der Felsbrocken mit der Gedenktafel im Meer versenkt wurde. Es waren viele andere Überlebende und Angehörige da, und mir wurde klar, dass ich mit diesem Trauma nicht allein bin. Wir fuhren mit dem Schiff hinaus zu den Scole und sahen zu, wie sie den Felsen mit Stahlseilen zum Meeresgrund hinabließen. Der Pfarrer der Kirche in Porto hatte weiße Lilien mitgebracht, die wir an der Unglücksstelle ins Meer warfen. Danach gab es eine wunderschöne Trauerfeier in der Kirche, und abends, zur Unglückszeit, tutete zweiunddreißig Mal das Schiffshorn. Einmal für jedes Opfer. Das war sehr berührend.«

Mir wurde das Herz schwer. Ich erinnerte mich, dass Anna mich damals gefragt hatte, ob ich zum ersten Jahrestag nicht auch hierherfahren wollte. Es wäre eine gute Möglichkeit, mit allem abzuschließen und Leidensgefährten zu treffen, hatte sie gesagt. Aber ich war viel zu sehr mit mir und meinem Elend beschäftigt gewesen, und eine Stunde mit der Fähre übers Meer zu fahren, war für mich überhaupt nicht in Frage gekommen. Jetzt saß ich hier und beneidete Gordon um diese Erfahrung. Es musste gutgetan haben zu sehen, dass man mit seinem Schmerz nicht allein war.

»An diesem Tag habe ich erst wahrgenommen, wie schön die Insel ist«, sprach Gordon weiter. »In der Nacht des Unfalls war es ja stockdunkel gewesen, und wir sind noch vor Tagesanbruch zum Festland transportiert worden. Jetzt sah ich diese traumhafte Hafeneinfahrt mit den beiden Leuchttürmen auf den Molen zum ersten Mal bewusst. Wir hatten damals gar keine Ahnung gehabt, dass wir quasi vor dem Tor zum Paradies auf Grund gelaufen waren. Ich nahm mir vor, im Frühjahr wiederzukommen, wenn die Insel blüht. Ja, und seither komme ich jedes Jahr wieder, egal zu welcher Jahreszeit. Nun habe ich mich entschlossen, auf der Insel sesshaft zu werden. An diesem Ort fühle ich mich meinem Bruder nah. Deshalb bin ich hier.«

»Ohne Phil wären Sie nicht hier«, sagte ich leise. »Durch ihn haben Sie eine neue Wahlheimat gefunden. Das ist sein Vermächtnis an Sie.«

»Das muss wohl so sein«, stimmte Gordon mir zu. »Irgendein winziges Körnchen Gutes steckt ja in jeder Katastrophe, auch wenn man es zunächst natürlich nicht sehen kann.«

10
Tonio

Ich kam mit Ruben von einem Tauchgang zurück. Wir waren mit einer Gruppe Fortgeschrittener am Scoglio di Pietrabona bis auf fünfunddreißig Meter runtergegangen. Der Elefantenfelsen, wie er von uns genannt wird, weil seine Form des aus dem Wasser ragenden Teils an einen Elefanten erinnert, birgt unterhalb der Wasseroberfläche eine faszinierende Flora und Fauna. Hier ist der Felsen mit gelben Gorgonien, Schraubensabellen und Manteltieren übersät. In den Spalten und Höhlen wimmelt es von Langusten und farbenprächtigen Fischen. Ich verspürte plötzlich den brennenden Wunsch, diese Schönheit mit Nina zu teilen. Die Hoffnungslosigkeit dieses Wunsches deprimierte mich derart, dass ich beim Aufstieg nicht bei der Sache war und beinahe den letzten Dekostopp vergessen hätte. Das war mir noch nie passiert, und es war megapeinlich in der Gegenwart von Tauchschülern, denen wir ständig einschärfen, dass die Dekompressionsstopps beim Aufsteigen lebenswichtig sind. Was war nur mit mir los? Warum bekam ich diese Frau nicht aus dem Kopf, wo sie doch ganz offensichtlich gar nicht an mir interessiert, sondern vollkommen auf die Suche nach ihrem Ehemann fixiert war?

Während ich zusammen mit Ruben die Anzüge zum Trocknen aufhängte, sprach er mich darauf an.

»Was hast du, Tonio? Du bist nicht bei der Sache. Du weißt, wie gefährlich das ist.«

Ich schwieg und prüfte scheinbar hochkonzentriert die Ventile meines Jackets. Aber Ruben gab nicht auf.

»Eine Frau, hab ich recht? Wenn du so durch den Wind bist, ist es immer eine Frau.«

Dieses Schlitzohr kannte mich einfach zu gut! Was kein Wunder war, schließlich arbeiteten wir seit Jahren täglich zusammen.

»Diesmal ist es anders«, sagte ich. »Mich hat noch nie eine Frau derart aus der Bahn geworfen, dass ich beinahe einen

Dekostopp vergessen hätte. Dabei ist es absolut hoffnungslos.«

»Wir begehren immer das am meisten, was wir nicht haben können«, predigte dieser alte Klugscheißer. »Aber wieso ist es hoffnungslos? Du hast doch bisher noch jede rumgekriegt, Signor Blauauge. Also, wer ist sie?«

Ich zögerte. Es drängte mich, jemanden ins Vertrauen zu ziehen, und Ruben war absolut verschwiegen.

»Sie ist Deutsche und nur auf der Insel, um ihren Mann zu suchen. Er soll sich angeblich bei der Havarie des Kreuzfahrtschiffs hier abgesetzt haben. Was absolut unverständlich ist, so eine Klassefrau lässt man nicht einfach sitzen, wenn man so ein Unglück überlebt.«

Ruben ließ den Taucheranzug sinken, den er eben aufhängen wollte, und starrte mich ungläubig an.

»Ein Überlebender hier auf der Insel? Und das seit sieben Jahren? Meinst du nicht, dass der aufgefallen wäre? Wie kommt sie da plötzlich drauf?«

»Sie hat wohl vor Kurzem einen anonymen Brief bekommen, in dem steht, ihr Mann sei noch am Leben.«

»Einen anonymen Brief? Das kann doch nur ein Scherz sein! Wer sollte denn so etwas schreiben?« Er begann das Salzwasser aus seiner Tarierweste zu spülen.

»Wüsste ich auch gern. Ebenso gern wüsste ich, wie ich bei ihr landen kann. Ich bin Tauchlehrer, und sie hat Angst vor dem Meer. Außerdem scheint sie noch nicht ganz mit ihrem Mann fertig zu sein.«

»Wie meinst du das?«, fragte Ruben und drehte das Wasser ab.

»So, wie ich es sage. Irgendwie ist sie noch immer auf ihn fixiert.«

»Du glaubst, sie liebt ihn noch? Nach sieben Jahren? Obwohl er sich auf die Insel abgesetzt hat?«

Ich zuckte die Schultern. »Schon möglich. Sie lässt sich da nicht so richtig in die Karten gucken. Vielleicht will sie ihm auch den Kopf abreißen. Das würde ich jedenfalls an ihrer Stelle tun. Aber wer weiß, vielleicht möchte sie ihn tatsächlich zurück. Frauen sind ja manchmal masochistisch veranlagt und im Allgemeinen sowieso unergründliche Wesen.«

»Das sagst ausgerechnet du, der sie jahrzehntelang studiert hat?«

»Na ja, aber nur im Fernstudium.« Ich war bei keiner von ihnen auch nur zum Frühstück geblieben. War immer mit der Ausrede, dass ich zur Arbeit musste, davongeschlichen. Ich achtete auch darauf, für einen One-Night-Stand keines der einheimischen Mädchen abzuschleppen, man lief sich auf dieser Insel immer wieder über den Weg. Und die wenigen kurzen Beziehungen meines Lebens hatte ich so oberflächlich gehalten, wie es nur ging. Als Tauchlehrer wäre man ja blöd, wenn man seine Chancen nicht nutzen würde. Aber plötzlich waren die schnellen Abenteuer nicht mehr interessant für mich. Ich wusste auch nicht, was auf einmal in mich gefahren war.

»Diesmal ist irgendwie alles anders. Aber es kann ja eh nichts draus werden, irgendwann verschwindet sie wieder nach Deutschland, egal ob mit oder ohne ihren Mann. Ich helfe ihr sogar bei der Suche nach ihm. Kann natürlich sein, dass das nur meine Masche ist, mich bei ihr einzuschleimen.«

»Du hilfst ihr suchen? Obwohl du sie für dich gewinnen willst? Wie stellst du das denn an?« Ruben öffnete seinen Schrank, um den Atemregler einzuschließen.

»Na ja, ihr Mann war wohl auch Taucher. Jetzt meint sie, er könnte bei unserer Schule aufgelaufen sein. Ich lasse Cinque gerade das Archiv nach seinem Namen durchkämmen. Was ihr allerdings überhaupt nicht gefällt. Wieso schließt du eigentlich den Regler weg, wolltest du heute Abend nicht noch mit Matteo zum Nachttauchen raus?«

Ruben hielt inne und sah mich irritiert an. »Du hast recht, hatte ich völlig vergessen. Aber dafür, dass es sich hier um einen Konkurrenten handelt, bist du ganz schön hartnäckig bei der Suche nach ihm.«

»Wenn sie ihn nicht findet, kann sie nicht mit ihm abschließen. Und wenn sie nicht mit ihm abschließen kann, wird sie nie frei für mich sein.«

Ruben musterte mich skeptisch. Diese Form von Paarpsychologie war ihm wahrscheinlich zu hoch.

»Dann hat es dich wohl ziemlich erwischt, oder?«

Hatte es das? Es sah ganz danach aus. Wieso brauchte es überhaupt erst Ruben, um mir das klarzumachen? Schließlich hatte ich nicht in geistiger Umnachtung, sondern in vollem Bewusstsein den Spruch auf meiner Schreibtischplatte verändert.

»Kann man so sagen«, gab ich schließlich zu. »Aber ich versuche mich zurückzuhalten, bis sie mit ihrem Mann fertig ist. Wenn es denn jemals so weit kommt.«

Ruben sah mich mit schmalen Augen an und schien zu überlegen.

»Seid ihr euch eigentlich schon nähergekommen? Ich meine, habt ihr schon mal … du weißt schon … Körpersäfte ausgetauscht?«

»Na ja, sie hat mir auf die Schuhe gekotzt.«

»Wie romantisch.« Ruben grinste schief. »Wenn du sie dann immer noch willst, ist es wirklich ernst. Halt mich auf dem Laufenden, ja?«

»Ich geb mein Bestes. Aber bis dahin –« Ich kreuzte die Zeige- und Mittelfinger beider Hände, was das Tauchzeichen für »nicht anfassen« war, nickte Ruben zu und machte mich auf den Weg zu »Zio Meino«, denn Essen war schließlich der Sex des Alters.

11
Nina

Am Abend saß ich am Strand von Campese und fütterte die Möwen mit den Randstücken meiner Pizza, die ich mir bei »Da Tony« zum Abendessen gekauft hatte. Die Sonne näherte sich allmählich dem Horizont. Ich hatte meinen Sicherheitsabstand zum Meer inzwischen auf zwei Meter verringert und war nicht wenig stolz, als eine etwas größere Welle das Wasser fast bis zu meinen Füßen spülte. Es ist kein Tsunami, redete ich mir zu. Es ist überhaupt nicht gefährlich. Im Gegenteil – es ist wunderschön.

Von der Tauchschule kam eine Gruppe Menschen, die ein Schlauchboot zum Wasser trugen. Ob Tonio dabei war? Ich bedeckte meine Augen mit der Hand gegen die Strahlen der untergehenden Sonne, konnte aber im Gegenlicht nur die Silhouetten erkennen. Auch wenn ich es mir noch immer nicht wirklich eingestehen wollte, dieser Mann mit den tiefblauen Augen schlich sich immer öfter in meine Gedanken. Ich hatte keine Ahnung, was mich an ihm so faszinierte. Dass er Tauchlehrer war? Wohl kaum. Dass er zielsicher jedes Fettnäpfchen traf? Das sicher auch nicht. Mich rührte, wie er sich um Clemenza kümmerte, auch wenn die beiden ihre Differenzen hatten. Wie er versuchte, ihr den verlorenen Sohn zu ersetzen, der einer seiner besten Freunde gewesen war. Und wie er mich ansah, wenn er glaubte, ich würde es nicht bemerken. Er hatte zweifellos ein großes Herz. Und er sah verdammt gut aus.

Nachdem die Gruppe das Boot zu Wasser gelassen hatte, drehte sich einer von ihnen in meine Richtung und ging auf mich zu. Als er näher kam, erkannte ich ihn.

»Schon so nah am Wasser?«, fragte er erstaunt.

Ich nickte. »Jeden Tag ein paar Zentimeter näher. Du wirst sehen, bald bin ich mutig genug, die Zehen einzutauchen.«

Tonio ließ sich neben mich in den Sand fallen. »Ich darf doch?«

Na ja, jetzt war es eh zu spät.

»Fährst du heute nicht mit raus?«

»Nicht wenn es an Land so nette Gesellschaft gibt.« Er hob die Hand zum Gruß in Richtung seiner Kollegen, und sie winkten zurück, bevor sie den Motor anließen und aufs Meer hinausfuhren.

»Ich wusste nicht, dass ihr abends auch noch Unterricht gebt.«

»Ja, wir haben auch Kurse im Nachttauchen«, erklärte Tonio. »Das übernehmen meistens Ruben und Matteo. Die beiden lieben es, im Dunkeln runterzugehen.«

»Was lernt man denn beim Nachttauchen?«, wollte ich wissen. »Kann man da überhaupt was sehen?«

Er lachte gutmütig, und ich kam mir für jemanden, dessen Ehemann passionierter Taucher gewesen war, ziemlich unwissend vor. Zugegeben, ich hätte ein wenig mehr Interesse an Karstens Leidenschaft vortäuschen können. Warum ich mich jetzt plötzlich dafür interessierte und Tonio ein Loch in den Bauch fragte, war mir schleierhaft.

»Es gibt Tauchlampen. Gerade bei Nachttauchgängen kann man die Handhabung der Lampen wunderbar trainieren. Und die Lichtzeichen lernen, die man sich damit gibt. Man lernt das Navigieren unter Wasser bei Dunkelheit. Und kann beobachten, wie Tiere und Pflanzen ihr Verhalten bei Nacht ändern. Aber mich wundert, dass du dich plötzlich dafür interessierst. Bisher bist du diesem Thema doch immer ausgewichen.«

»Ich staune selbst«, sagte ich wahrheitsgemäß. »Diese Insel verändert mich. Offenbar scheint die Konfrontationstherapie etwas zu bewirken.«

»Das ist gut«, sagte Tonio. »Nur wenn man an seine Grenzen geht, erfährt man, wozu man fähig ist.«

Eine Weile schauten wir schweigend in die Sonne, die jetzt hinter dem Faraglione unterging und eine breite goldene Spur über das Meer zog. Es war so schön, dass es wehtat. Kaum vorstellbar, dass es dort hinten, wo das Wasser den Himmel berührte, noch immer nicht endete, sondern weiterging, bis es irgendwann wieder auf Land traf, das man wegen der Erdkrümmung nur nicht mehr sehen konnte. Die Insulaner lebten

Tag für Tag mit diesem Wasser, und sie lebten gut damit. Wenn ich noch ein wenig länger hierbliebe, würde mir das vielleicht auch noch gelingen. Hier zu leben musste wundervoll sein.

Hatte ich das wirklich gerade selbst gedacht, oder hatte Tonio mich hypnotisiert? In diesem Augenblick hatte das Meer überhaupt nichts Bedrohliches, es war einfach nur wundervoll. Der Tod und alles Elend, was ich immer mit dem Meer verbunden hatte, waren in diesem Moment ganz weit weg.

»Woher kommt eigentlich dieses Credo, dass die Menschen, die übers Meer kommen, nichts Gutes bringen?«, fragte ich.

Falls Tonio mein plötzlicher Themenwechsel überraschte, zeigte er es nicht.

»Früher waren alle, die übers Meer kamen, Diebe und Eindringlinge. Die italienischen Inseln haben sehr unter den Sarazenen gelitten, die im Mittelalter auf ihren Raubzügen hier vorbeikamen. Sizilien war damals besonders heftig betroffen, aber Giglio hat es auch ziemlich erwischt. Das steckt in den Alten drin. Es gibt ein altes sardisches Sprichwort: ›Wer übers Meer kommt, kommt, um zu stehlen.‹«

»Aber das ist doch schon so lange her«, wandte ich ein.

»Falls du auf Clemenza anspielst, ihre Generation ist in diesem Sinne erzogen worden und mit dem Spruch aufgewachsen. Es ist nicht leicht, sie in ihrem Alter noch umzupolen.«

»Kommt sie denn von Sardinien?«

»Nein, aus Sizilien, aber dort war es auch nicht anders. Sie stammt aus der Nähe von Catania und ist als Kind hierhergekommen. Sizilien hat es nicht besonders gut mit ihr gemeint. Sie musste mitansehen, wie ihr Vater 1943 von einem amerikanischen GI erschossen wurde, damals war sie noch nicht mal in der Schule. Ihre Mutter hat sich mit Clemenza mehr schlecht als recht durch die Kriegsjahre geschlagen. Ein paar Jahre später ist sie an Schwindsucht gestorben. Ihre Tante aus Castello, die ältere Schwester ihrer Mutter, hat sie dann zu sich geholt. Sie lebten damals schon in der Wohnung, die jetzt Clemenza gehört. Sie hat spät geheiratet, weil die Tante sie an der kurzen Leine gehalten hat. Ihren Mann Eduardo hat sie erst kennengelernt, als die Tante gestorben war. Da war sie schon fast dreißig. Eine alte Jungfer aus damaliger Sicht. Filippo wurde geboren, aber das Familienglück hat nicht lange gehalten. Noch ehe Filippo in die Schule kam, ist Eduardo bei einem Verkehrsunfall in den Serpentinen bei Villaggio Grotte gestorben.«

Ich wusste nicht, was ich sagen sollte. Hatte ich wirklich geglaubt, ich wäre die Einzige, der das Schicksal übel mitgespielt hatte?

»Und ihre Ablehnung gegenüber Fremden hat sie all die Jahre nicht überwunden?«

»Du findest diese Haltung bei vielen älteren Leuten. Die Berichterstattung in den Medien ist ja entsprechend. Und man kann es nicht mal leugnen – natürlich lässt die EU uns mit dem Flüchtlingsproblem allein. Dass dadurch viele den Fremden ablehnend gegenüberstehen, muss niemanden wundern. Italien hat nun mal das Pech, eine Außengrenze der EU zu haben. Und Menschen mit einem schlichten Gemüt neigen dann dazu, die Migranten für alles verantwortlich zu machen: die marode Wirtschaft, die Staatsverschuldung, die Jugendarbeitslosigkeit.«

Ich nickte. Schuldzuweisungen waren oft die einfachste Lösung, das kannte ich auch von einigen Mitmenschen aus Deutschland.

»Geh nicht zu hart mit ihr ins Gericht«, sagte Tonio. »Wenn man vom Schicksal so gebeutelt wurde wie sie, braucht man einfach jemanden, dem man die Verantwortung für alles geben kann, um das Leben auszuhalten.«

Ich schluckte. Wie kam ich dazu, Clemenza zu verurteilen? Ich sollte erst einmal vor meiner eigenen Tür kehren. Im Grunde war ich genauso verbittert, wenn auch aus anderen Gründen.

»Sie ist ein herzensguter Mensch, der zu viele Verluste erlitten hat«, sagte Tonio. »Sie ist die Letzte ihrer Familie, alle anderen sind schon tot. Ich mag mir gar nicht vorstellen, welche Kraft es sie kostet, immer wieder aufzustehen und weiterzumachen.«

»Ich glaube, es ist der Kater, der ihr die Kraft gibt«, antwortete ich. »Manchmal glaube ich fast wirklich, dass Filippo ihn geschickt hat, um seiner Mutter wieder einen Lebenssinn zu geben.«

»Lebenssinn ist das richtige Wort. Sie verwöhnt ihn wie einen Pascha.« Tonio lachte. »Weißt du, dass sie ihm Panficato zu fressen gibt? Ich glaube, das ist das teuerste Katzenfutter, das ein Inselkater je bekommen hat. Dabei ist sie finanziell gar nicht so gut gestellt. Aber für Filippo tut sie alles.«

»Ja, ich weiß. Ich habe mal beobachtet, wie sie sein Katzenklo richtet«, erinnerte ich mich. »Mit einer Andacht, als würde sie einen Zengarten harken. Ich glaube, sie meditiert tatsächlich dabei.«

In diesem Augenblick versank die Sonne hinter dem Meer. Es war eine Orgie aus Rot und Gold. Ich hatte noch nie so etwas Schönes gesehen.

Plötzlich spürte ich, dass Tonio den Arm um meine Schultern legte.

»Siehst du das Schiff dort hinten?« Er zeigte mit der freien Hand zum Horizont. »Das ist die Abendfähre nach Sardinien. Sie bringt Tag für Tag massenhaft Menschen übers Meer, in diesem Fall hauptsächlich Touristen. Und weißt du auch, warum sie willkommen sind und die Migranten nicht? Weil die Touristen im Gegensatz zu den Migranten Geld ins Land bringen. Die Migranten dagegen verursachen Kosten. Der Mensch ist in seinem Wesen ein Egoist. Er gibt nicht gern von seinem Wohlstand ab. Deshalb lassen wir jede Menge Reiche ins Land, die Armen aber sollen draußen bleiben. Das gibt natürlich niemand zu, deshalb verstecken wir uns hinter Angst vor fremder Kultur, Angst vor Kriminalität, Angst vor Übervölkerung. Im Grunde wollen wir aber einfach nur nicht teilen.«

Er hatte sicher recht mit allem, was er sagte, aber ich konnte mich nicht auf seine Worte konzentrieren. Ich spürte nur seine Hand auf meiner Schulter und sein Gesicht, das meinem so nahe war, dass zwischen uns Funken zu fliegen schienen. Meine Haut kribbelte, und mein Herz flatterte wie ein kleiner Vogel, der hinter meinem Brustbein eingesperrt war. Der Impuls wegzulaufen war so stark, dass sich meine Beinmuskeln anspannten, aber sie setzten sich nicht in Bewegung. Ich war wie festgeschmiedet in dieser Umarmung, die ganz sicher nichts anderes war als eine freundschaftliche Geste, auf die mein Körper völlig unangemessen reagierte. Tonio konnte kein ernsthaftes Interesse an mir haben, natürlich nicht, schließlich half er mir, meinen Mann zu suchen. Und ihm musste klar sein, dass ich irgendwann nach Deutschland zurückgehen würde. Er war maximal auf einen Urlaubsflirt aus. Und da war er bei mir definitiv an der falschen Adresse.

»Dabei müssten wir nur unsere Herzen ein Stück weit öffnen, und alles wäre kein Problem, oder?« Er wandte sich mir zu, als würde er eine Antwort erwarten, aber ich hatte nicht richtig zugehört und nur den letzten Satz mitbekommen. Verwirrt schaute ich ihn an und wollte gerade eine Entschuldigung stammeln, aber er war mir so nahe, dass unsere Nasenspitzen sich beinahe berührten, und mir blieben die Worte im Hals stecken. Einige Atemzüge lang hörte ich nur das Rauschen des Meeres und den Wind, der die Fahne am Hochsitz des Bagnino blähte. Plötzlich legte er seine Hand an meine Wange und strich mit dem Daumen ganz sanft über meine Lippen.

»Da war ein Sandkörnchen«, sagte er lächelnd, und die Welt hielt den Atem an. Minutenlang, wie mir schien. Dabei konnte es sich nur um Sekunden gehandelt haben, bis meine Reflexe wieder funktionierten.

»Ich muss gehen«, sagte ich hastig und sprang auf. »Sonst verpasse ich noch den Bus.« Ich hatte keine Ahnung, wann der Bus fuhr, der kam sowieso, wann er wollte, aber plappern war jetzt besser als nachdenken. »Ciao, Tonio, man sieht sich.«

Ich schnappte meine Schuhe, warf die Tasche über die Schulter und ergriff die Flucht.

Im Bus nach Castello war ich völlig aufgewühlt. Ich konnte es nicht glauben: Ich hatte es zugelassen, dass Tonio mich an sich gezogen hatte und mir so nahe gekommen war, dass ich seinen Duft nach Wind und Meer und einen Hauch seines Aftershaves wahrgenommen hatte. Ich, die ich mir geschworen hatte, nie wieder einen Mann an mich heranzulassen. Was mich am allermeisten erschreckte: Einen wahnwitzigen Augenblick lang, bevor mein Verstand wieder einsetzte, hatte ich gewünscht, er würde mich küssen. Ein Tauchlehrer, für den das Anbaggern von Touristinnen quasi eine Sportart war, mit der er sein Ego fit hielt! Meine Gedanken wirbelten wie in einer Zentrifuge durch meinen Kopf. Wie ging es jetzt weiter? Wie sollte ich mich verhalten, wenn ich Tonio das nächste Mal traf? Spätestens am nächsten Samstag saß er wieder bei Clemenza am Esstisch.

Vielleicht sollte ich samstags zur Mittagszeit nach Porto hinunterfahren und irgendwo am Hafen essen. Ich könnte meine Suche nach Karsten als Ausrede benutzen. Aber natürlich war mir klar, dass das alles nur einen kurzen Aufschub bedeutete. Und wenn ich ganz ehrlich war, musste ich mir eingestehen, dass ich mich eigentlich darauf freute, ihn wiederzusehen. Doch das war ganz und gar unmöglich. Diese schulmädchenhaften Gefühle musste ich wieder in den Griff kriegen, und zwar sofort. Ich war nicht der Mensch für einen Sommerflirt und würde es niemals sein. Notfalls musste ich bei Clemenza ausziehen und mir eine andere Bleibe suchen. Dann würden diese Hirngespinste von ganz allein aufhören.

Aber würden sie das wirklich? Konnte ich diesen kleinen Kolibri, der gerade seine Fesseln gesprengt hatte und in mir aufgeregt mit den Flügeln schlug, wirklich wieder zur Ruhe bringen? Und vor allem: Konnte ich Tonio auf dieser kleinen Insel wirklich dauerhaft konsequent aus dem Weg gehen? Und wollte ich das überhaupt?

Ich beschloss, später darüber nachzudenken oder am besten gar nicht mehr. Die Suche nach Karsten würde mich ablenken. Gleich morgen früh würde ich weitermachen und bei anderen Maklerbüros der Insel vorsprechen. Vielleicht hatte ich woanders mehr Glück als bei »Brandaglia«.

Als ich das Haus betrat, war Clemenza gerade dabei, Staub zu wischen.

»Clemenza, es ist fast zehn Uhr abends. Wie kommst du jetzt dazu, die Möbel abzustauben?«

»Ich kann noch nicht schlafen«, antwortete sie. »Das Fernsehen bringt nur Unfug, und zum Lesen sind meine Augen zu schwach. Bleibt nur putzen.«

Gar nicht schlecht. Vielleicht sollte ich zu Hause dazu übergehen, jedes Mal zu putzen, wenn ich nicht schlafen konnte. Meine Wohnung würde glänzen wie ein Spiegelpalast.

Ich warf meine Tasche auf einen Stuhl und erstarrte mitten in der Bewegung. Da lag eine Holztafel auf dem Wohnzimmertisch, auf die das Alphabet eingebrannt war, auch die Zahlen von eins bis zehn sowie die Wörter »ja« und »nein«. Ich hatte so etwas schon mal irgendwo gesehen. Kein Zweifel, es war ein Ouija-Brett. Man benutzte es, um mit Geistern zu kommunizieren.

»Clemenza?«, fragte ich verwirrt. »Was soll dieses Ding hier auf dem Tisch?«

Sie schaute zu mir herüber, während sie weiter den Weihnachtsbaum abstaubte. Eine Glaskugel fiel zu Boden. Der Kater, der nur darauf gewartet hatte, stürzte sich darauf, rollte sich mit ihr durchs Zimmer und verschwand damit unter dem Sofa.

»Ach, ich habe mit Filippo telefoniert. Mache ich manchmal. Hab nur vergessen, das Telefon wegzuräumen.«

»Moment.« Ich war so verdattert, dass ich mich setzen musste. »Du hast über dieses Brett mit Filippo kommuniziert? Aber ich denke, Filippos Seele ist in dem Kater? Wie soll das funktionieren? Der kann doch nur miauen.«

Clemenza schaute mich nachsichtig an und lächelte. »Die kleine Seele, die zur Erde zurückkehrt, ist im Kater«, erklärte sie mir, als hätte sie es mit einem begriffsstutzigen Kind zu tun. »Die große Seele, sein höheres Selbst, bleibt bei Gott, immer. Auch wenn er hier ist.« Sie bekreuzigte sich.

Ich schaute ratlos zu der Madonna, die im Schein der Lichterkette auf der Anrichte stand und offenbar genauso erschüttert zu Clemenza aufblickte.

»Ich dachte, du bist Katholikin. Seit wann glaubst du an diese spiritistischen Dinge? An diesen« – ich zögerte, sprach es dann aber trotzdem aus – »diesen Aberglauben?«

»Ach Nina.« Sie legte den Putzlappen zur Seite und setzte

sich zu mir an den Tisch. »Das eine schließt das andere doch nicht aus. Die Heilige Jungfrau Maria, die verehre ich nach wie vor. Aber ich habe begriffen, dass es mehr Dinge auf dieser Welt gibt, als die Kirche uns erzählt.«

»Was denn zum Beispiel?«

»Zum Beispiel, dass es keine Zufälle gibt. Und dass die Zeit eine gewisse Qualität besitzt. Es gibt gute Tage, und es gibt schlechte Tage für bestimmte Vorhaben.«

»Das ist Astrologie«, warf ich ein.

»Das ist Wahrheit«, sagte Clemenza. »Ich kann es beweisen.«

»So?« Jetzt war ich wirklich gespannt. »Wie denn?«

»Der Tag, als das Kreuzfahrtschiff hier auf Grund lief, der Tag, als Filippo starb« – sie sah mir fest in die Augen und zuckte mit keiner Wimper, als sie weitersprach – »dieser Tag war ein Freitag, der 13.«

Das war mir bis zu diesem Moment nicht klar gewesen. Aber jetzt fiel es mir wieder ein: Ich hatte diesen schrecklichen Anruf an einem Samstag bekommen. Schlagartig begriff ich, wieso Clemenza zum Aberglauben konvertiert war und ein Ouija-Brett als Telefon benutzte.

»Aber das war doch Zufall«, hielt ich dagegen.

»Das war kein Zufall. Es gibt keinen Zufall. Alles hat eine Bedeutung, die Menschen sind nur zu dumm und können nicht weit genug vorausschauen, um das auch zu sehen.«

Ich gab mich geschlagen. Heute Abend hatte ich keine Nerven mehr für eine Grundsatzdiskussion über Weltanschauungen.

»Was hat Filippo denn so erzählt?«, fragte ich in der Absicht, das Thema zu wechseln.

»Er sagte, er freut sich, dass ich nicht mehr allein bin. Dass ich jetzt Gesellschaft habe. Er ist überhaupt nicht böse, dass ich sein Zimmer vermiete. Und er sagte noch, dass es ihn sehr glücklich macht, dass sein Freund Tonio sich endlich mal richtig verliebt hat.«

Mir stockte der Atem. Hatte ich richtig gehört? Noch einmal nachzufragen traute ich mich nicht. Doch ich musste so verdattert ausgesehen haben, dass Clemenza von selbst darauf zurückkam.

»Ich hätte ihn ja gern gefragt, in wen er sich verliebt hat. Leider ist dann die Verbindung abgerissen.« Sie sah mich bedauernd an und zwinkerte mir plötzlich fast unmerklich zu.

Das war zu viel des Unfugs. Mehr konnte ich heute nicht mehr verkraften. Ich stand auf, wünschte Clemenza eine gute Nacht und verschwand in meinem Zimmer.

An Schlaf war in dieser Nacht nicht zu denken. Von der Sache am Strand einmal abgesehen, hatte mir Clemenza den Rest gegeben. Natürlich war das »Telefonat« mit Filippo mittels Ouija-Brett hanebüchener Unsinn, aber woher wusste sie, dass Tonio verliebt war? Sprach er mit ihr über solche Dinge? Was mich noch viel mehr umtrieb: In wen war Tonio verliebt? War es jemand aus der Tauchschule? Eine Schülerin vielleicht oder seine Mitarbeiterin? Oder eine Kellnerin bei »Zio Meino«? Eine Kollegin von einer anderen Tauchschule? Er hatte sie die letzten Tage ja alle abgelaufen, um sich nach Karsten zu erkundigen.

Ich grübelte bis zum frühen Morgen, und mir war klar, dass das, was mich verzehrte, blanke Eifersucht war. Ich war sauer auf Tonio, weil er mich mit seinem aus seiner Sicht sicher völlig harmlosen Flirt total aus der Fassung gebracht hatte, noch saurer war ich auf Clemenza, die mir mit ihrer Eröffnung den Nachtschlaf geraubt hatte, und am allersauersten war ich auf mich selbst, weil mir diese Sache so zusetzte. Dass ich so heftig reagierte, konnte nur an meiner siebenjährigen Männerabstinenz und irgendwelchen außer Kontrolle geratenen Hormonen liegen. Und die musste ich schleunigst wieder in den Griff bekommen.

Warum hatte mir Clemenza das überhaupt erzählt? Sicher, ich hatte sie gefragt, was Filippo gesagt hatte. Aber hätte sie nicht ein bisschen diskreter sein können? Wobei sie natürlich nicht wissen konnte, was sie damit bei mir anrichten würde. Oder vielleicht doch? Allmählich glaubte ich ja fast selbst daran, dass sie eine Glaskugel besaß, mit der sie Tonio und mich am Strand heimlich beobachtet hatte, während die Madonna auf der Anrichte ihr dabei zusah. Wollte sie mich vielleicht warnen, bevor ich mich noch mehr in diese Sache mit Tonio hineinritt?

Überhaupt war Clemenza die widersprüchlichste Person, die ich je kennengelernt hatte. Sie war einerseits katholisch, andererseits abergläubisch. Einerseits hatte sie ein riesengroßes Herz, andererseits verhielt sie sich abweisend gegenüber Menschen, die in Booten über das Meer kamen und Hilfe brauchten. Das war eigentlich die Eigenschaft, die am wenigsten zu ihr passte. Ich grübelte so lange über Clemenzas ambivalentes Wesen nach, bis ich schließlich einschlief.

Am nächsten Morgen begann ich, andere Maklerbüros aufzusuchen und sie um Informationen zu Objekten zu bitten, die in den letzten sieben Jahren vermietet oder verkauft worden waren. Ich begann in Porto und war bereits nach kurzer Zeit völlig desillusioniert. Natürlich hatte Tonio recht gehabt. Alle waren nur zu gern bereit, über ihre aktuellen Immobilienangebote Auskunft zu geben, aber niemand gab Adressen von bereits vermieteten Wohnungen oder die Namen seiner Klienten preis. Was konnte ich tun? Auf Verdacht die Insel abklappern und hoffen, dass ich zufällig über Karsten stolperte? Was, wenn er sich in irgendeiner Hütte in den Bergen versteckt hielt? Wenn ich sämtliche Wanderwege und die verstreuten Gehöfte dort oben ablaufen wollte, wäre ich lange unterwegs. Vielleicht sollte ich mich zunächst einmal darauf konzentrieren, den Verfasser des anonymen Briefes zu finden. Denn ich konnte es drehen und wenden, wie ich wollte: Der Weg zu Karsten führte über diesen Brief. Natürlich würde niemand zugeben, ihn geschrieben zu haben, sonst wäre er ja nicht anonym verschickt worden.

Ich überlegte. Giglio hatte rund tausendvierhundert Einwohner, Touristen nicht mitgezählt. Ich würde einige Zeit brauchen und wahrscheinlich auch nicht jeden antreffen, aber wenn ich systematisch vorginge, Alte und Kinder ausklammerte, blieben vielleicht rund fünfhundert Leute übrig, die in Frage kamen. Ich würde nur eine Probe ihrer Handschrift brauchen, um sie mit der auf dem Brief zu vergleichen. Aber wie sollte ich an die kommen, ohne zu verraten, wofür ich sie brauchte?

Am Hafen kaufte ich mir eine La Repubblica und setzte mich damit ins Café Ferraro. Draußen legte gerade eine Fähre zum Festland ab. An der Bar standen ein paar Hafenarbeiter und tranken Kaffee, in den sie süße Cornetti tunkten, und spekulierten lautstark über die anstehenden Neuwahlen. Die Barista diskutierte emotionsgeladen mit, während sie die Espressomaschine putzte. Ich schlürfte meinen Cappuccino, drehte den unvermeidlichen Amarettokeks zwischen den Fingern und versuchte mich zu entspannen und den gestrigen Abend aus meinem Kopf zu verbannen, denn solange Tonio meine Gedanken beherrschte, war Nachdenken unmöglich. Die Zeitung würde mich ablenken, also begann ich, die Schlagzeilen zu überfliegen.

Die Regierungskrise in Rom füllte die Titelseite. Ich blätterte mich durch das aktuelle Tagesgeschehen, den Sportteil und die Todesanzeigen. Dann entdeckte ich einen Artikel, der von einem Seenotrettungsschiff berichtete, das seit mehreren Tagen vor Lampedusa lag und nicht anlegen durfte, da die Crew vom italienischen Innenministerium keine Genehmigung bekam. Die Situation an Bord wurde als prekär geschildert. Tonios Freund Federico fiel mir ein, um dessen Schiff es hierbei sehr wahrscheinlich ging, auch wenn er namentlich nicht erwähnt wurde. Ich bewunderte ihn und alle anderen, die sich Gefahren und Repressalien aussetzten, um Menschen in Not zu helfen. Wie gern hätte ich auch etwas dazu beigetragen, diese unerträgliche Situation zu beenden. Aber was konnte ich allein schon ausrichten?

»Wenn jeder so denken würde, wäre die Welt ein trostloser Ort«, hörte ich Anna in meinem Kopf. »Jeder kann etwas tun, und sei es noch so wenig. Und manchmal reichen wenige Schneeflocken, um eine ganze Lawine auszulösen.«

Natürlich hatte sie recht. Nichts tun zu können war nur eine bequeme Ausrede. Ich las den Zeitungsartikel noch einmal. Plötzlich wusste ich, wie mein Beitrag aussehen könnte. Und gleich darauf fiel mir ein, was das Genialste daran war: Meine Idee würde die Bewohner der Insel dazu bringen, mir nicht nur ihre Türen zu öffnen, sondern auch eine Probe ihrer Handschrift zu geben.

12
Tonio

Die vergangenen beiden Tage hatte ich befreundete Kollegen der Tauchschulen in Porto gebeten, in ihren Archiven nach einem Karsten Hoffmann zu schauen, doch genau wie bei den Kollegen in Campese gab es keine Spur von ihm. Nur in unserer Tauchschule hatte ich noch kein Ergebnis, offen gestanden machte ich in letzter Zeit einen großen Bogen um meine bei jeder Kleinigkeit aufbrausende Bürofee, als wäre ihre miese Laune ansteckend. Aber jetzt war es an der Zeit, Cinque nach dem Fortgang ihrer Recherchen zu fragen.

Ich fand sie an ihrem Schreibtisch sitzend, wo sie die Computertastatur malträtierte, als wollte sie sie für irgendetwas bestrafen.

»Es gibt keinen Karsten Hoffmann in unserem Archiv. Nicht die Spur von ihm. Nie hier gewesen«, sagte sie, ohne aufzuschauen.

Nina würde enttäuscht sein, ich dagegen ertappte mich dabei, wie ich aufatmete.

»Okay«, sagte ich leichthin. »Dann wäre das auch geklärt. Danke für deine Hilfe.«

»Gern geschehen.« Cinque schlug mit einer Wucht auf die Entertaste, die ihre Worte Lügen strafte.

Ich kam nicht dazu, mir über ihre Launen Gedanken zu machen, denn in diesem Moment klingelte das Handy in meiner Tasche. Ich zog mich in mein Büro zurück und ging ran.

»Ciao, Tonio, Federico hier.«

»Ciao, Federico, schön, dass du anrufst. Hat sich denn was bewegt vor Lampedusa?«

»Ja, aber nicht zum Guten«, antwortete mein Freund. Er war nicht besonders deutlich zu verstehen, im Hintergrund waren lautes Geschrei und Wehklagen zu vernehmen.

»Kannst du irgendwo anders hingehen? Ich versteh kaum ein Wort. Was heißt das im Klartext, nicht zum Guten?« Ich hörte, wie Federico sich mit seinem Telefonino von der Lärmquelle entfernte, dafür brummte jetzt irgendein Motor in der Nähe. Ach, egal.

»Irgendwo anders hingehen ist ein frommer Wunsch auf diesem kleinen Schiff. Ist es jetzt besser mit dem Empfang? Wir haben einen Todesfall. Das hat das ganze Schiff in Aufruhr versetzt. Unsere Nerven sind eh schon nur noch bis zum Zerreißen gespannte Seidenfäden, und jetzt haben wir auch noch die Fiamme Gialle am Hals.«

»Le Fiamme Gialle« war der umgangssprachliche Name für die Guardia di Finanza, die italienische Finanzpolizei, die an den Küstenlinien auch für den Grenzschutz zuständig war.

»Was ist passiert?«

»Ein Fünfzehnjähriger ist über Bord gegangen. Ein sogenannter ›unbegleiteter Minderjähriger‹. In voller Absicht, das vermuten wir jedenfalls. Aber erklär das mal den Gelben Flammen.«

»In voller Absicht?« Ich glaubte, mich verhört zu haben.

»Ja, er hatte schon gestern den ganzen Abend davon gesprochen, ins Wasser zu springen und rüber nach Lampedusa zu schwimmen. Wir haben ihm erklärt, dass der Landstreifen nur so nahe scheint, aber die zwölf Seemeilen bis zum Land fast zwanzig Kilometer sind und dass er das niemals schaffen würde. Er gab dann auch irgendwann scheinbar nach. Aber heute Morgen war er plötzlich weg. Er muss ganz früh über Bord gegangen sein. Ein Patrouillenboot der Guardia hat seinen Leichnam aus dem Wasser gezogen. Er war schon in den italienischen Hoheitsgewässern.«

»Heilige Muttergottes! Und was bedeutet das für euch?«

»Polizeiliche Ermittlungen auf dem Schiff«, seufzte Federico. »Die Menschen sind nervlich sowieso schon am Ende. Sie trauern natürlich um Tayo. Er war ein guter Junge, und alle fühlten sich für ihn verantwortlich, weil er ohne Eltern unterwegs war. Demoralisiert sind sie ja ohnehin schon. Ich habe keine Ahnung, wie lange das noch gut geht, bis die Stimmung endgültig kippt und ich für nichts mehr garantieren kann. Sie sehen diesen Landstrich von Weitem, der für sie das Paradies ist, es scheint zum Greifen nah, aber sie dürfen nicht rüber.

Sie hatten so viel Hoffnung, weißt du? Und jetzt haben sie das Gefühl, vor dem Nichts zu stehen. Europa will sie nicht.«

Das Gespräch mit Federico ging mir lange nach. Als er sich freiwillig für die Seenotrettung gemeldet hatte, hatte er wohl kaum geahnt, wie sehr die Fronten sich noch verhärten, dass die Rettung von Menschenleben unter eine so harte Strafe gestellt werden würde und man damit rechnen musste, nicht nur tage-, sondern wochenlang außerhalb der Hoheitsgewässer auf dem Meer ausharren zu müssen. Wir müssen das ändern, wir alle, dachte ich.

Meine Gedanken wanderten zu Nina. Leider hatte ich sie seit der Begegnung am Strand nicht mehr gesehen. Wann immer ich zu Clemenza kam, war Nina gerade irgendwo unterwegs. Ich konnte das Gefühl nicht abschütteln, dass sie mir auswich. Vielleicht bereute sie längst, was geschehen war. Oder sie dachte schon gar nicht mehr daran. Dabei kreisten meine Gedanken ständig um diesen Abend am Strand und ihren überstürzten Aufbruch. Ich war tatsächlich kurz davor gewesen, sie zu küssen. Obwohl ich gerade noch Ruben gegenüber getönt hatte, dass ich sie nicht anfassen würde. Aber es war einfach über mich gekommen. Keine Ahnung, ob das klug gewesen war. Wahrscheinlich nicht.

Ich schaute auf die Uhr. Ruben und Matteo mussten mit dem Anfängerkurs bald vom Strandtauchen zurück sein. Ich hatte Matteo versprochen, am Abend mit zu ihm nach Castello zu kommen. Er wohnte im Ortsteil Cisterna und sollte beim Fest des San Mamiliano, des Schutzpatrons von Castello, für sein Quartiere beim »Palio degli Asini« antreten, dem traditionellen Eselrennen zwischen den Reitern der vier Ortsteile. Es sei nur noch eine knappe Woche Zeit, jammerte er, und er habe noch nicht trainiert. Ich bezweifelte, dass ein paar Trainingsstunden aus seinem Esel ein Rennpferd machen würden. Der Sieg beim Palio war reine Glückssache. Entweder lief der Esel, oder er blieb stehen. Manche drehten sich auch im Kreis und liefen anschließend in die Gegenrichtung. Das machte ja den Spaß an der Sache aus. Aber ich hatte zugesagt. Matteo wohnte nicht weit von Clemenza. Vielleicht konnte ich ja auf dem Rückweg noch mal dort vorbeischauen. Mit ein wenig Glück würde ich vielleicht sogar Nina wiedersehen. Dann konnte ich ihr gleich schonend beibringen, dass die Suche nach ihrem Mann auch in unserer Schule ergebnislos geblieben war. Ich würde mich bemühen, eine teilnahmsvolle Miene aufzusetzen und ihr nicht zu zeigen, wie froh ich darüber war. Ich würde sie vielleicht sogar trösten dürfen. Ach Tonio, du hoffnungsloser Träumer!

Draußen schlug eine Tür zu, ich hörte Stimmengewirr und Lachen. Ruben, Matteo und die Schüler waren zurück.

Ich ging hinaus, um Matteo wegen heute Abend anzusprechen, fand ihn aber nicht in all dem Gewusel. Alle redeten laut durcheinander. Sie seien bei den alten Fördertürmen gewesen und hätten Seepferdchen gesehen, erzählte ein Mädchen, und ihre Stimme überschlug sich fast vor Begeisterung. Ich nickte ihr flüchtig zu und schaute mich suchend nach Matteo um.

Hinter dem Empfangstresen sah ich Cinque und Ruben in einer heftigen Auseinandersetzung. Ich verstand nicht, worüber sie stritten, die Geräuschkulisse war zu laut. Eigentlich wollte ich auch diskret wegschauen, wer wird schon gern beim Streiten beobachtet, aber noch bevor ich mich umdrehen konnte, sah ich aus den Augenwinkeln, wie Ruben nach Cinques Händen griff, mit denen sie vor seiner Nase gestikulierte, sie sich aber losriss, ausholte und ihm eine schallende Ohrfeige gab. Ich glaubte das einfach nicht. Was lief da zwischen den beiden?

Ich tat, als hätte ich nichts gesehen, als Ruben herüberkam, um die Ausrüstung zu holen. Aber natürlich war er nicht blöd, ich konnte genauso gut zugeben, ihn und Cinque beobachtet zu haben.

»Ciao, Ruben, wie geht's deiner Schulter?«, fragte ich diplomatisch, schaute dabei aber auf seine gut durchblutete Wange, auf der sich deutlich Cinques Finger abzeichneten.

»Besser«, antwortete er, ohne mich anzusehen.

»Ist alles in Ordnung?«

Ruben verdrehte die Augen. »Ich könnte sie manchmal an die Wand nageln«, sagte er nur.

Ich wusste, dass er damit nicht seine Schulter meinte, und konnte ihm nur beipflichten. Mit dieser Ohrfeige hatte sich Cinque zu viel herausgenommen. Solche Entgleisungen zwischen meinen Mitarbeitern konnte ich nicht hinnehmen. Ich würde sie zur Rede stellen müssen. Nur nicht hier, vor den ganzen Fremden, die noch im Raum waren. Und so sauer ich auf Cinque war, ich machte mir auch Sorgen um sie. Irgendwas war los mit dem Mädchen.

»Ich weiß, ich bin der Letzte, der dir gute Ratschläge geben dürfte, wo ich doch gerade selbst nicht mit ihr klarkomme«, sagte ich. »Aber ich würde mich hüten, sie zu reizen. Beim nächsten Mal erdolcht sie dich mit ihrem Schwertfisch. Was war denn los?«

Ruben antwortete noch immer nicht, sondern beschäftigte sich eingehend mit seiner Ausrüstung. Er wollte nicht darüber reden, so viel war klar. Na gut, dann würde ich Cinque fragen, sobald ich sie allein erwischte. Vielleicht war sie mitteilsamer.

»Möchtest du vielleicht mit nach Castello kommen, um Matteo und seinen Esel zu trainieren?«, fragte ich aus einem spontanen Impuls heraus, ihn auf andere Gedanken zu bringen. »Das wird bestimmt ein Heidenspaß.«

Ruben schaute flüchtig auf, senkte aber sofort wieder den Blick. »Nein. Nein, tut mir leid, keine Zeit.«

Keine Zeit? Er hatte Feierabend, war frei und ungebunden. So schnell gab ich nicht auf.

»Komm schon, du bewegst dich ja nur noch zwischen der Tauchschule, deiner Einraumhöhle und dem Schlauchboot hin und her, wenn du dich nicht gerade unter Wasser befindest. Du kommst überhaupt nicht mehr raus aus Campese. Es würde dir guttun.«

»Ich sagte doch Nein!« Er stieß es so heftig aus, dass ich zusammenfuhr. Ich hatte Ruben noch nie so gereizt erlebt. War Cinques Gemütsverfassung vielleicht ansteckend? Ach, die konnten mich doch alle mal gernhaben!

Matteo kam herüber und begrüßte mich mit einem Schlag auf die Schulter. Wenigstens einer, der noch normal war.

»Können wir?«

Ich nickte. Von einem Esel zum nächsten, dachte ich und folgte Matteo nach draußen.

In der Tür drehte ich mich noch einmal zu Ruben um, der reglos dastand und ins Leere starrte.

»Hey, Ruben!«, rief ich. »Was schreibt man einem Taucher auf den Grabstein, der bei einer Hai-Attacke getötet wurde?«

Er hob den Kopf und schaute mich fragend an.

»Rest in pieces!«

Er verzog keine Miene. Waren meine Witze wirklich so schlecht geworden? Oder war es Ruben, dem es so schlecht ging, dass er nicht mal über einen meiner Lieblingswitze lachen konnte? Vielleicht kannte er ihn ja schon. Vielleicht hatte Cinque ihm aber auch so zugesetzt, dass ihm nicht mehr nach Lachen zumute war.

»Bin ich als Chef zu lasch?«, fragte ich Matteo, als wir in die Sonne traten.

Er zuckte vage die Schultern. »Ich komm gut damit klar. Aber ich hab auch nicht ihr Temperament. Mit Cinque solltest du vielleicht mal ein paar Takte reden.«

Ich nickte. Ich musste andere Saiten aufziehen, bevor das Klima im Team unserer Arbeit schadete.

»Lass uns die Ducati nehmen«, schlug ich spontan vor. Ich brauchte jetzt Geschwindigkeit und Wind um die Nase.

Matteo schaute mich verblüfft an. »Ist es so eilig, dass du unsere wertvolle Inselluft verpesten musst?«, zog er mich auf.

»Nein, ich brauche jetzt nur ein Ventil, um Dampf abzulassen. Oder Abgase im übertragenen Sinn, ganz wie du willst.« Den Anflug von schlechtem Gewissen kämpfte ich nieder. Andere zündeten Mülleimer an oder schlugen Autoscheiben ein, um Druck abzubauen. Dagegen war ich mit meiner Ducati doch richtig harmlos. Die Konzentration auf den Straßenverkehr würde mich auf andere Gedanken bringen. Entschlossen schob ich die Rote Zora aus dem Unterstand neben dem Gebäude. »Steig auf!«

Ich ließ den Motor aufheulen wie Peter Fonda in »Easy Rider«, sodass das Vorderrad einen Moment in der Luft durchdrehte. Matteo klammerte sich erschrocken an mir fest.

»Jetzt übertreibst du aber«, japste er, aber es kümmerte mich nicht, ich gab einfach Gas. Bald lagen die Tauchschule und meine durchgeknallten Mitarbeiter weit hinter uns.

13
Nina

Es war schon kurz vor zehn, und ich dachte gerade darüber nach, ins Bett zu gehen. Clemenza hatte wieder einen ihrer abendlichen Putzanfälle und bearbeitete die Lamellen der Fensterläden mit einer Zahnbürste, als gälte es, einen Wettbewerb in Tiefenreinigung zu gewinnen. Filippo saß in der Küche und bewachte den Kühlschrank. Er war überzeugt, dass darin eine gigantische Seezunge darauf wartete, von ihm gefressen zu werden. Was die Seezunge betraf, hatte er recht. Die lag tatsächlich im Kühlschrank. Allerdings glaubte ich eher, dass sie nicht für Filippo, sondern für unser nächstes Mittagessen bestimmt war. Aber ganz sicher konnte man sich bei Clemenza natürlich nie sein.

Ich war auf dem Weg ins Bad, hatte schon die Klinke in der Hand, als es plötzlich an der Tür klopfte. Ich erstarrte mitten in der Bewegung. Es gab nur einen, der so klopfte. Alle Welt klingelte, Tonio klopfte – wahrscheinlich, um Energie zu sparen. Einen Augenblick lang spielte ich mit dem Gedanken, im Bad zu verschwinden und mich einzuschließen, bis er wieder gegangen war. Das fand ich dann aber doch zu albern. Ich hätte nicht gewusst, wie ich das Clemenza erklären sollte. Also blieb ich stehen.

»Ich war gerade in der Nähe«, sagte er, nachdem Clemenza die Tür hinter ihm geschlossen hatte, »und ich hab Licht gesehen und dachte, dass ihr noch wach seid.«

»Du weißt aber schon, dass sich Männerbesuch bei zwei alleinstehenden Damen um diese Uhrzeit nicht schickt?« Clemenza schüttelte in gespielter Strenge den Kopf. »Wir hätten schließlich schon im Negligé sein können.«

Täuschte ich mich, oder wurde Tonio tatsächlich ein wenig rot? Möglicherweise stellte er sich Clemenza gerade im Negligé vor.

»Ich wollte Nina nur kurz sagen, dass die Tauchschulen in Porto auch negativ sind. Keine Spur von deinem Mann, tut mir leid.«

»Und deshalb kommst du extra zu dieser späten Stunde hierher?«, fragte Clemenza. »Das hatte wirklich keine Zeit bis morgen?«

Ich konnte immer noch nichts sagen, mein Hals war seit Tonios überraschendem Erscheinen wie zugeschnürt.

»Wie gesagt, ich war den ganzen Abend bei Matteo. Er trainiert für den Eselwettlauf, und ich hab mich bereit erklärt, sein Compagno zu sein.«

Ich muss ziemlich verwirrt ausgesehen haben, denn ich brauchte eine Weile, um zu verstehen, dass mit dem Esel nicht Matteo gemeint war. Die beiden lachten, und dann warf Clemenza sich eine Strickjacke über und stellte eine Flasche Ansonaco auf den Tisch.

»Setzen wir uns noch ein paar Minuten, wenn du nun schon mal da bist«, sagte sie. »Mein Bett läuft mir nicht weg. Und wenn ich erst mal tot bin, kann ich noch lange genug schlafen.«

Ich war sehr froh, mich setzen zu können, denn meine Knie waren weich wie Zabaione. Die ganze Zeit hatte ich Angst gehabt, dass sie anfangen würden zu zittern und Tonio das sehen könnte. Seltsamerweise war ich im Moment gar nicht so sehr enttäuscht, dass die Suche nach Karsten erfolglos geblieben war. Ich wollte lieber gar nicht darüber nachdenken, was das zu bedeuten hatte.

Clemenza füllte unsere Gläser mit dem bernsteinfarbenen Wein, und ich nahm einen großen Schluck zur Beruhigung. Er war kräftig und schmeckte ein wenig nach Sherry.

»Gut, nicht wahr?«, fragte Clemenza lächelnd. »Der hat vierzehn Prozent Alkohol, danach wirst du schlafen wie ein Baby.«

Das glaubte ich zwar nicht, stimmte ihr aber zu.

»Wächst der auch auf der Insel?«, fragte ich und dachte an die Weinterrassen, die man auf dem Weg nach Castello vom Bus aus sehen konnte.

»Natürlich. Dieser Wein wird seit Hunderten von Jahren hier angebaut. Er hat uns sogar schon das Leben gerettet.«

Ich schaute sie skeptisch an. »Jetzt übertreibst du aber.«

»Nein, wirklich. Er hat uns geholfen, die sarazenischen Piraten zu besiegen. Die Gigliesi haben sie mit Ansonaco angelockt, und die Sarazenen haben getrunken, bis sie nicht mehr stehen konnten und ihre Waffen und Rüstungen nicht mehr fanden.« Clemenza nickte so heftig, als wäre sie damals dabei gewesen. Konnte es sein, dass sie flunkerte? Ich schaute zweifelnd zu Tonio, aber er zwinkerte mir nur zu.

»Es ist eine Legende«, sagte er. »Aber in Legenden steckt ja meistens ein Körnchen Wahrheit.«

Inzwischen war Clemenza in ihrem Element, und während wir an unserem Wein nippten, erzählte sie mir vom Palio degli Asini, einer Tradition beim Fest des heiligen Mamiliano, bei dem alljährlich die vier Ortsteile Castellos gegeneinander antreten. Jeder Ortsteil musste einen Esel samt Reiter stellen. Matteo würde für den Ortsteil Cisterna reiten, und Tonio sei sein Compagno.

»Wofür braucht man den Compagno?«, fragte ich, um endlich auch mal etwas zu sagen.

»Er trainiert den Reiter und ist natürlich fürs Anfeuern zuständig. In Wirklichkeit sieht es aber meistens so aus, dass er mitläuft und den Esel entweder am Zaumzeug vorwärtszieht oder am hinteren Ende schiebt. Oder ihn wieder einfängt, wenn er droht ins Publikum zu laufen. Ich habe in meinem Leben schon so viele Pali gesehen, dass ich wirklich schon alles erlebt habe. Einmal ist sogar eine Bühne zusammengebrochen, weil der Esel mitten in sie reingelaufen ist. Ein anderer hat die Gemüseauslage des Alimentari leer gefressen, während seine Kollegen fleißig ihre Runden gedreht haben. Der Reiter hat es schließlich aufgegeben und die Rechnung bezahlt. Alles nur, weil der Compagno nicht aufgepasst hat.«

Tonio lachte. »Du bringst es auf den Punkt, Clemenza. In Wirklichkeit ist der Compagno der wichtigste Mann des ganzen Palio. Der Reiter muss nur obendrauf sitzen und hat nichts weiter zu tun, als nicht runterzufallen. Der Esel muss bemannt ins Ziel, sonst zählt es nicht.«

Ich wünschte, ich könnte so lachen wie er. Ich wünschte wirklich, ich würde das alles nicht so ernst nehmen. Diesen Abend am Strand als das sehen, was er gewesen war: ein harmloser Urlaubsflirt. Aber ich hatte seit so vielen Jahren nicht mehr geflirtet. Und noch viel länger waren meine Gefühle nicht mehr so in Aufruhr gewesen – wann hatte ich Ähnliches zum letzten Mal bei Karsten empfunden? Überhaupt jemals? Ich wollte gar nicht darüber nachdenken.

Ich hätte es genießen und anschließend abhaken sollen. Und ich verfluchte mich, weil mir das einfach nicht gelingen wollte. Stattdessen stand ich so unter Strom, dass ich glaubte, jeden Moment aufzuleuchten wie eine Warnblinkanlage.

»Jetzt muss ich aber wirklich ins Bett«, riss Clemenza mich aus meinen Gedanken. »Morgen früh möchte Filippo pünktlich sein Frühstück. Bis dahin brauche ich noch ein paar Stunden Schlaf.«

Instinktiv erhob ich mich auch von meinem Stuhl, aber Clemenza legte mir ihre Hand auf die Schulter. »Bleibt doch noch sitzen und trinkt die Flasche aus. Es wäre schade um den Wein. Ich kann ihn nicht mehr verschließen, habe vorhin aus Versehen den Korken weggeworfen.«

Was redete sie da? Ich hatte genau gesehen, wie sie den Korken kurz zuvor in ihrer Schürzentasche verschwinden lassen hatte. Doch bevor ich sie daran erinnern konnte, schaltete sich Tonio ein.

»Ja, bleib noch ein bisschen und erzähl mir von deinem Tag. Der Abend ist noch jung, und du kannst morgen ausschlafen im Gegensatz zu unserer Frühstücksfee.«

Er schenkte mir nach und sah mich mit so viel Wärme in den Augen an, dass ich kapitulierte und mich wieder setzte. Wenn ich ganz ehrlich war, wollte ich noch gar nicht ins Bett. Es war nur die Angst gewesen, die mich vom Stuhl gezogen hatte.

14
Tonio

»Also sag, was hast du heute gemacht?«, fragte ich, nachdem Clemenza in ihrem Schlafzimmer verschwunden war, nicht ohne mir vorher hinter Ninas Rücken verschwörerisch zuzuzwinkern. Ich hätte sie küssen können.

»Ich bin die Maklerbüros abgelaufen«, antwortete Nina. »Aber du hattest natürlich recht. Die dürfen keine Auskunft geben. Ich stehe also wieder am Anfang.«

»Willst du die Sache nicht auf sich beruhen lassen? Ich glaube einfach nicht, dass er hier ist. Ein Fremder, der so lange Zeit auf der Insel lebt, wäre doch längst jemandem aufgefallen.«

Sie zupfte am Etikett der Weinflasche, das sich an einer Ecke ablöste, und seufzte. »Würde ich ja gern. Aber ich werde erst Ruhe finden, wenn ich Gewissheit habe. Ich will jetzt bei diesem Brief ansetzen, nach demjenigen suchen, der ihn geschrieben hat, und herausfinden, warum. Dann erfahre ich auch, ob Karsten wirklich noch lebt und wo er ist.«

»Ich hoffe wirklich, dass du irgendwann loslassen und Ruhe finden kannst.«

Sie hob den Kopf und schaute mich entschlossen an. »Wenn ich ihn finde – egal ob tot oder lebendig –, werde ich das können.«

Ich wusste nichts zu erwidern. Nahm die Flasche, um mir nachzuschenken, und stellte sie sofort wieder hin, weil mir klar wurde, dass mein Glas noch voll war.

»Und was gibt es bei dir Neues?«

Guter Versuch, um von sich selbst abzulenken, aber ich ließ es ihr durchgehen.

»Federico hat angerufen. Du weißt schon, mein Freund von der Seenotrettung.« Keine Ahnung, warum ich ihr ausgerechnet das jetzt erzählte, es war das Erste, was mir einfiel. »Einer seiner Schützlinge ist ertrunken, ein Jugendlicher. Ist ins Wasser gesprungen und wollte rüberschwimmen nach Lampedusa. Einfach so. Er hat's natürlich nicht geschafft.«

Nina stellte ihr Glas ab, aus dem sie gerade trinken wollte, und wandte mir ihr Gesicht zu. Sie sah traurig aus.

»Ich habe davon gelesen. In der La Repubblica.«

»Die haben schon davon berichtet? Das ging aber schnell!«

»Nein, nicht vom Tod dieses Jungen. Aber dass die Lage vor Lampedusa allmählich eskaliert. Das kann doch nicht so weitergehen! Warum tut denn niemand was?«

»Weil der Innenminister am längeren Hebel sitzt. Noch«, fügte ich hoffnungsvoll hinzu.

»Glaubst du, wenn er weg ist, wird sich schlagartig alles ändern?« Nina schnaubte abfällig.

Ich wusste nichts zu entgegnen. Eine Weile schwiegen wir uns an.

»Ich habe eine Petition gestartet«, sagte sie plötzlich.

Mir blieb der Mund offen stehen. »Du hast was?«

»Ich sammle Unterschriften für sichere Häfen und Straffreiheit für die Crew der Rettungsschiffe. Morgen fange ich an. Und ich habe vor, die ganze Insel unterschreiben zu lassen. Du kannst gern der Erste sein.«

Mir fehlten die Worte. Sekundenlang starrte ich sie nur verblüfft an.

»Ich bin beeindruckt«, sagte ich schließlich wahrheitsgemäß. »Was hast du damit vor? Willst du sie beim Innenministerium einreichen?«

»Damit die sich den Hintern damit putzen? Nein, ich dachte an den Europäischen Gerichtshof für Menschenrechte. Aber bevor du jetzt völlig in Ehrfurcht verfällst, muss ich gestehen – ich tue es nicht ganz uneigennützig.«

»Nicht?« Jetzt war ich wirklich neugierig. Wie konnte Nina aus einer Flüchtlingspetition Nutzen für sich selbst ziehen? Aber wie auch immer, sie imponierte mir immer mehr. Was sie in Angriff nahm, verfolgte sie mit aller Konsequenz.

»Na ja, ich kann die Unterschriften auf der Petition mit der Handschrift in dem anonymen Brief vergleichen, den ich bekommen habe. Wenn ich so viele Inselbewohner wie möglich unterschreiben lasse, finde ich auf diese Weise vielleicht den Verfasser oder die Verfasserin des Briefes.«

Ich musste grinsen. »Clever, wirklich. So schlägst du zwei Fliegen mit einer Klappe. Aber meinst du nicht, dass es wirkungsvoller wäre, wenn mehr Menschen unterschreiben würden, als Giglio Einwohner hat? Das sind nun mal nicht sehr viele.«

Zweifelnd schaute sie mich an. »Wie soll das gehen? Soll ich ganz Italien ablaufen?«

»Natürlich nicht. Aber wozu gibt es das Internet? Wir könnten eine Onlinepetition starten. Zusätzlich zu deiner handschriftlichen. Wenn wir fünfzigtausend schaffen, stehen die Chancen, ernst genommen zu werden, wesentlich besser.« Ich sah, dass ich ihr Interesse hatte, und zog mein Handy hervor. »Eine der bekanntesten Plattformen ist change.org«, sagte ich und versuchte, eine Verbindung herzustellen, doch die Seite lud sich zu Tode.

»Ich fürchte, wir müssen vor die Tür gehen, in diesen dicken Mauern hab ich keinen Empfang.«

Der Vollmond stand über der Chiesa di San Pietro Apostolo und warf die Schatten streunender Katzen an die Häuserwände. Die alten Mauern speicherten die Hitze des Tages, und es war noch warm wie in einem Backofen. Wir hockten uns auf die Steinstufen vor Clemenzas Haus, die so schmal waren, dass wir eng beieinandersitzen mussten, und beugten uns über mein Telefonino.

Schweigend starrten wir auf das Display, wo der Ladebalken im Schneckentempo vorwärtskroch. Ich fühlte Ninas Schulter dicht an meiner und wünschte, ich könnte ewig hier sitzen bleiben. Wenn mein Handy so weiterlud, würde dieser Wunsch sicher in Erfüllung gehen.

»Hoffen wir mal, dass sich die Seite bis zum Sonnenaufgang aufgebaut hat«, sagte Nina.

»Ich fürchte, innerhalb dieser Festungsmauern hat das Internet keine Chance«, gab ich zu.

»Wollen wir raus auf die Piazza gehen?« Nina stand auf und wandte sich Richtung Stadttor.

»Ich habe eine bessere Idee«, sagte ich, einer göttlichen Eingebung folgend. »Am Handy ist das Tippen sowieso viel zu mühsam. Lass es uns morgen an einem richtigen PC versuchen.«

»Gibt es denn ein Internetcafé auf der Insel?«

Manchmal stand sie wirklich auf der Leitung. »Klar. Aber ich würde es lieber in der Tauchschule machen. Da haben wir mehr Ruhe.«

Ich sah, wie sie sich versteifte.

»Mehr Ruhe?« War das ein Zittern in ihrer Stimme? »Womöglich wuseln da massenhaft Tauchschüler rum. Von deinen Kollegen gar nicht zu reden.«

»Keine Sorge. Matteo und Ruben sind vormittags mit den Schülern draußen. Und Circe hat morgen frei. Wir werden den Laden ganz für uns allein haben.«

Sie nickte zögernd. »Wann soll ich da sein?«

»Ich hole dich nach dem Frühstück ab. Sagen wir, so gegen halb zehn?«

»Okay«, sagte sie gedehnt.

»Pack den Text ein, den du für die Petition geschrieben hast, dann brauchen wir ihn nur abzutippen.«

»Okay«, sagte sie wieder, als wären ihr sämtliche anderen Worte abhandengekommen.

Ich stand auch auf, und plötzlich war mir ihr Gesicht ganz nahe. »Bis morgen«, flüsterte ich und glaubte schon, sie würde wieder »Okay« sagen. Ich hätte sie gern geküsst, fürchtete aber, damit mehr kaputt zu machen, als zu gewinnen. Da nahm mir Nina die Entscheidung schon ab.

»Bis morgen, Tonio«, sagte sie leise, drehte sich um und verschwand in Clemenzas Haus.

Nachdenklich starrte ich auf die türkis gestrichene Holztür, die sich hinter ihr geschlossen hatte. In der kurzen Zeit, die Nina erst auf der Insel war, hatte sie mein Gefühlsleben gehörig durcheinandergebracht. Andauernd musste ich an sie denken, und selbst jetzt überlegte ich schon wieder, wie ich sie für mich gewinnen könnte.

Wenn ich an den nächsten Morgen dachte, spürte ich ein freudiges Kribbeln im Bauch. In wenigen Stunden schon würde ich sie wiedersehen. Ich würde Schulter an Schulter mit ihr am Schreibtisch sitzen, ihren Duft einatmen und ihr nahe sein.

Und ich würde sie mit der Ducati abholen. Ein bisschen Eindruck schinden konnte schließlich nicht schaden.

15
Nina

Der Vollmond war sicherlich nicht allein daran schuld, dass ich mich wieder die halbe Nacht schlaflos in meinen Laken wälzte. So dicht neben Tonio zu sitzen, Schulter an Schulter, Kopf an Kopf über sein Handy gebeugt, hatte mich emotional zurückkatapultiert zu dem Abend am Strand. Als wir uns dann gegenüberstanden und er sagte, dass er mich abholen würde, hatte ich einen Moment lang geglaubt, er wollte mich küssen. Er hatte es nicht getan. Wie auch, er war ja verliebt! Und ganz sicher nicht in mich. Sonst hätte er mich in diesem Moment doch geküsst, oder nicht? Ich war völlig verwirrt gewesen und hatte wie eine Idiotin immer nur »Okay« gestammelt. Er musste mich für total schwachsinnig halten.

Vermutlich war es seine Kollegin, der sein Herz gehörte. Das war einfach am wahrscheinlichsten. Als er gesagt hatte, dass sie die Schönste von ihnen sei, hatte da nicht ein schwärmerischer Unterton in seiner Stimme gelegen? Ich war mir sicher, dass er mich nicht in seine Tauchschule eingeladen hätte, wenn morgen nicht ihr freier Tag gewesen wäre. Und ich hätte in diesem Fall auch ganz bestimmt nicht zugesagt.

Trotz der ausgiebigen Dusche fühlte ich mich wie durch den Wolf gedreht, als ich mich zu Clemenza an den Frühstückstisch setzte. Gleichzeitig war ich wie elektrisiert bei dem Gedanken, dass Tonio gleich kommen würde. Wenn Clemenza sich über meine Einsilbigkeit wunderte, so zeigte sie es zumindest nicht. Alte italienische Schlager summend legte sie mir kleine frisch gebackene Panini auf den Teller und schenkte mir Kaffee ein, und ich stopfte mir den Mund voll, weil ich so nicht reden musste.

Pünktlich um halb zehn klopfte Tonio. Mit einem verschmitzten Lächeln schlurfte Clemenza zur Tür und ließ ihn rein, als hätte sie ihn bereits erwartet.

»Willst du mit uns frühstücken, mein Junge?«

»Danke, Clemenza, ich hab schon. Nein, ich möchte nur Nina abholen. Ich will ihr die Tauchschule zeigen.«

Kein Ton von der Petition, was sicherlich sehr klug war. Ohne Worte waren wir uns einig, dieses Thema in ihrer Gegenwart großräumig zu umschiffen.

Als wir durch das Stadttor auf die Piazza Gloriosa hinaustraten und ich gerade auf die Bushaltestelle zusteuern wollte, hielt Tonio mich zurück.

»Der Bus fährt erst in einer Viertelstunde. Bis dahin sind wir längst unten.«

Verblüfft sah ich ihn an. »Willst du den Berg runterrollen?«

»Sozusagen. Mit Hilfe von ein paar PS.« Er führte mich zu einem knallroten Motorrad, das im Schatten der Stadtmauer parkte.

Einen Augenblick lang war ich sprachlos. Ich schaute zwischen Tonio und dem Feuerstuhl hin und her. »Du und eine Benzinschleuder?«, fragte ich schließlich. »Wie geht denn das zusammen?«

»Jetzt kennst du meine dunkle Seite.« Er seufzte gespielt. »Aber genau genommen kann ich gar nichts dafür. Clemenza besteht darauf, dass ich die Ducati fahre, weil sie Filippo gehört hat.«

»Ach so, und du hasst es natürlich, sie zu benutzen, und machst das nur ihr zuliebe.«

»Genau. Alles in mir sträubt sich dagegen. Es bereitet mir geradezu körperliche Schmerzen. Aber was soll ich tun?« Er legte verschwörerisch die Hand an den Mund und raunte: »Nach jeder Fahrt gehe ich heimlich in mein Büro und peitsche mich aus. Und dann besuche ich Pater Lorenzo und lege die Beichte ab.« Er reichte mir einen der beiden Helme, die am Sozius festgemacht waren, doch ich zuckte zurück, als hätte ich mich verbrannt.

»Nein, danke, vielen Dank. Du kannst ja gern deine wöchentliche Sünde begehen, damit du am Sonntag was zu beichten hast, aber ich ziehe es vor, den Bus zu nehmen.«

»Ach, komm schon, Nina!« Er ließ den Helm sinken und sah mich verzweifelt an. »Wie lange willst du noch die Angst über dich bestimmen lassen? Weißt du eigentlich, wie viel Spaß und Lebensfreude dir dadurch entgeht? Ich fahre auch ganz langsam und vorsichtig, Ehrenwort. Du kannst mir vertrauen.«

Vertrauen. Das verlangte er ausgerechnet von mir! Als hätte er gemerkt, dass er einen wunden Punkt erwischt hatte, lenkte er ein: »Welches Interesse sollte ich haben, mit dir vor einen Baum zu fahren oder den Hang runterzustürzen? Ich finde das Leben gerade ziemlich schön und aufregend und bin überhaupt nicht scharf darauf, mich umzubringen.«

Er hatte ja recht. Allmählich war es mir peinlich, immer nur ängstlich zu sein. Was sollte er von mir denken? Dass ich ein hoffnungsloser Schisser war? Ein wenig Mut würde mich in seinen Augen sicherlich attraktiver machen.

»Also gut.« Zögerlich ging ich einen Schritt auf das Motorrad zu. »Wo kann ich mich festhalten?«

Tonio grinste verlegen. »Die Haltegriffe sind ein bisschen ungünstig unterhalb vom Sozius angebracht. Das ist für ungeübte Beifahrer nicht so der Knaller. Halt dich einfach an mir fest. Dann kannst du dich auch ganz leicht mit mir in die Kurven legen.«

Auch das noch! Als ob er es darauf angelegt hätte, mich in Verlegenheit zu bringen. Mir stieg die Hitze ins Gesicht, und ich setzte schnell den Helm auf und klappte das Visier herunter, damit er nicht sehen konnte, wie rot ich vermutlich geworden war. Als ich mich auf den Sozius schwang, fühlte es sich ein bisschen so an, als würde ich aufs Schafott steigen.

»Ganz locker und aufrecht sitzen«, sagte Tonio, bevor er losfuhr. »Und trotzdem gut festhalten, die Strecke ist kurvig, das merkt man auf dem Motorrad noch mehr als im Bus.«

Tonio hielt Wort und fuhr wirklich langsam. Er fuhr so langsam, dass wir vermutlich sogar mit dem Bus schneller da gewesen wären. Wahrscheinlich sogar mit dem Fahrrad. So wurde mein Herzschlag allmählich wieder gemäßigter, auch wenn ich nicht den Ruhepuls erreichte, denn Tonios muskulöser Oberkörper unter meinen Händen wirkte sich schon etwas auf meinen Blutdruck aus. Aber ich hatte einen kleinen Sieg über mich selbst errungen, und als wir aus dem Ort hinausrollten und sich vor meinen Augen bis zum Horizont das Mittelmeer erstreckte, begann ich die Fahrt sogar zu genießen.

Die Panoramastraße hinunter nach Campese war schon durch schmutzige Busfenster betrachtet ein Erlebnis, auf zwei Rädern und mit dem warmen Fahrtwind, der meine Tunika blähte, aber noch viel eindrucksvoller. Ginsterbüsche am Wegrand zogen vorbei, Weinterrassen und der Poggio delle Serre mit dem Vaccarecce-Leuchtturm. Und immer wieder der Ausblick auf das Meer und das silberige Flimmern der Sonne auf den Wellen.

»Jetzt kommen recht enge Serpentinen«, rief Tonio, als ein Schild am Straßenrand auf die Feriensiedlung Villaggio Grotte hinwies. »Geh in den Kurven einfach mit mir mit und fass mich ruhig ein bisschen fester an, ich bin nicht aus Glas.«

Mein Zögern dauerte nur eine Sekunde, bevor ich begriff, dass es die perfekte Gelegenheit war, ihm nahe zu sein, ohne mich dafür rechtfertigen zu müssen. Ich verstärkte meinen Klammergriff und presste mich fester an seinen Rücken, legte mich mit ihm in die Kurven, bis ich das Gefühl hatte, wir wären eine Einheit, ein einziger Körper, der genau wusste, was er zu tun hatte. Hätte ich nicht diesen sperrigen Helm aufgehabt, wäre ich versucht gewesen, meinen Kopf an seine Schulter zu lehnen. Da war ein Anflug von Geborgenheit, von dem ich mich fragte, woher er auf einmal kam. Wann hatte ich mich das letzte Mal so gut aufgehoben gefühlt? Plötzlich wünschte ich, diese Fahrt würde nie zu Ende sein. Aber kurz darauf tauchte schon das Ortseingangsschild von Campese vor uns auf, und wenig später hielt Tonio vor der Tauchschule und half mir beim Absteigen.

Er schob das Motorrad in einen Unterstand, schloss die Tür auf und ließ mir den Vortritt.

Ich stand in einem weitläufigen Raum mit Unmengen von Unterwasserfotos an den Wänden, von dem mehrere Türen abgingen. An einer mit der Aufschrift »Capo« prangte ein Bild von Tonio, auf dem er sich zwei große Schneckenmuscheln an die Ohren hielt. Das musste sein Büro sein. Eine weitere hinter einer Art Empfangstresen war mit hölzernen Seepferdchen geschmückt. An der dritten und größten Tür klebte ein Poster von Jacques Cousteau. Wenn meine Orientierung mich nicht trog, ging sie zum Strand hinaus.

»Siehst du, niemand da.« Tonio führte mich zu einem Schreibtisch, über dem ein riesiger ausgestopfter Schwertfisch hing. »Wir haben den Laden heute ganz für uns allein.«

Mit leichtem Unbehagen schaute ich nach oben. »Habt ihr nicht Angst, dass diese Mordwaffe irgendwann mal runterkommt?«

Tonio folgte meinem Blick. »Der tut dir nichts mehr, keine Sorge. Er hat seine besten Tage schon hinter sich.«

»Und die Angelschnüre können wirklich nicht reißen?«

»Bisher haben sie gehalten«, sagte Tonio leichthin und fuhr den Computer hoch. »Setz dich doch.«

Ich nahm am Schreibtisch Platz, und einen kurzen Moment dachte ich darüber nach, wie es wäre, hier zu arbeiten. Jeden Tag in seiner Nähe zu sein.

Tonio stand über mich gebeugt und wartete darauf, dass sich die Icons auf dem Desktop aufbauten. Er war mir so nahe, dass ich fühlte, wie mir eine Gänsehaut die Arme hinaufkroch. Der Duft seines Rasierwassers raubte mir fast die Sinne.

»Hast du den Text dabei?«

»Logisch.« Als ich mich gerade bücken wollte, um ihn aus der Tasche zu ziehen, flog plötzlich die Strandtür auf, und Jacques Cousteau knallte gegen die Wand. Mit eiligen Schritten stürzte eine junge Frau in den Raum. Als sie uns sah, blieb sie wie angewurzelt stehen. Ich verharrte zu Tode erschrocken mitten in der Bewegung. Nicht weil die Tür an die Wand gekracht war, sondern weil mir sofort klar war, wer vor mir stand. Einige Sekunden lang starrten wir uns wie paralysiert an.

»Was machst du denn hier?«, fragte Tonio schließlich. »Du hast doch heute frei!«

»Danke für den herzlichen Empfang! Ich wünsche dir auch einen guten Morgen.« Die Frau, die keine andere als seine Mitarbeiterin Circe sein konnte, machte ein paar Schritte auf uns zu. »Was suchst du eigentlich an meinem Schreibtisch, verdammt noch mal? Und was macht sie hier?«

Tonio stand auf und stützte seine Hände auf die Tischplatte, sodass er mit ihr auf Augenhöhe war.

»Nina, das ist Circe, die heute nicht nur die Schönste, sondern auch die Unhöflichste von uns ist. Circe, das ist Nina, die bei Clemenza wohnt und ihren Mann auf der Insel sucht.«

»Und dazu braucht ihr meinen Rechner, oder was? Hast du keinen eigenen? Und seit wann bringst du Fremde mit in die Schule? Und schnüffelst in meinen Sachen rum!«

»Sie ist keine Fremde! Und niemand schnüffelt hier rum. Jetzt krieg dich mal wieder ein, man muss sich ja für dich schämen.«

Immer noch unfähig, mich zu rühren, starrte ich sie an. Diese Frau war wirklich bildschön. Und locker zehn Jahre jünger als ich. Offenbar war sie eifersüchtig, anders konnte ich mir ihr Benehmen nicht erklären. Natürlich war mein Verdacht richtig gewesen. In wen sonst konnte Tonio wohl verliebt sein als in diese langbeinige Grazie mit dem schwarzen Seidenhaar? Ich hätte mich am liebsten in Luft aufgelöst.

»Ich muss an meinen Arbeitsplatz«, zischte sie jetzt. »Bring sie hier weg, sie kann auch woanders recherchieren. Wozu gibt es Internetcafés?«

»Jetzt reicht es aber! Wo hast du denn deine gute Erziehung gelassen?« Tonio bemühte sich rührend, vor mir sein Gesicht nicht zu verlieren, was sie aber überhaupt nicht zu beeindrucken schien.

Ich wich instinktiv einen Schritt zurück, als sie um den Schreibtisch herumkam und Tonio zur Seite schob. Sie griff in ihre Ablage und zog einen Briefumschlag heraus, den sie in ihrer Handtasche verschwinden ließ.

»Bist du deswegen gekommen?«, fragte Tonio. »Was kann das für ein Brief sein, der so wichtig ist, dass du deswegen so ein Theater aufführst?«

»Ist privat. Geht dich nichts an«, gab Circe zurück. »Und jetzt raus mit euch!«

»Moment mal«, erhob Tonio jetzt die Stimme. »Ich mach das wirklich ungern, aber heute ist es wohl nötig, dich mal zu erinnern, wer hier der Chef ist.«

»Lass gut sein, ich geh ja schon.« Endlich hatte ich die Sprache wiedergefunden. Auf keinen Fall wollte ich der Grund für diese Eifersuchtsszene sein. Ich war einfach nur tieftraurig. Der Tag hatte so schön angefangen, aber vielleicht war es ja gut, dass diese Furie mich auf den Boden der Tatsachen zurückgeholt hatte, bevor ich noch weiter in meine Traumwelt abtauchen konnte.

»Bitte, Nina, bleib da! Wir können das auch in meinem Büro machen. Es ist nur schrecklich unordentlich da, vermutlich dauert es eine Weile, bis ich den PC ausgegraben habe.« Er versuchte witzig zu sein, aber sein Lächeln war bemüht.

»Nein, Tonio, sie hat ja recht. Das ist eine Privatangelegenheit, und ein Internetcafé wäre wirklich der passendere Ort dafür.« Ich griff nach meiner Tasche, denn Circe hielt mir schon die Tür auf, die zur Straße führte. Ich ging, ohne mich noch einmal nach ihm umzudrehen.

16
Tonio

»Sag mal, spinnst du eigentlich? Was fällt dir ein, meine Gäste zu vergraulen?«

»Was fällt dir ein, deine Gäste an meinen Arbeitsplatz zu lassen? Ich kann es nicht haben, wenn Fremde in meinen Sachen wühlen.«

»Niemand hat irgendwo gewühlt. Tut mir leid, wenn wir dein Heiligstes entweiht haben, aber du hättest das alles auch etwas freundlicher sagen können!«

So war es eine Weile zwischen Cinque und mir hin und her gegangen, bis ich es schließlich aufgab und zur Haltestelle lief, um Nina einzuholen. Aber als ich um die Ecke bog, sah ich gerade, wie sie in den Bus stieg, der gleich darauf losfuhr. Ausgerechnet heute war dieses verdammte Ding pünktlich! Niedergeschlagen zottelte ich zur Tauchschule zurück. Es hätte so ein schöner Tag werden können, aber Cinque hatte ihn gründlich versaut. Ich hätte sie in Stücke reißen können.

Als ich die Schule betrat, war Cinque verschwunden. Was ihr gutes Recht war, schließlich war heute ihr freier Tag. Welcher Dämon war nur in sie gefahren, dass sie ausgerechnet jetzt herkommen musste, nur um einen verfluchten Brief zu holen?

Die Strandtür ging auf, und Matteo kam rein.

»Hi, Cinque hat mich gerade fast über den Haufen gerannt. Was war denn los?«

»Erzähle ich dir später. Du wirst es eh nicht glauben.« Ich nahm Cinques Kugelschreiber, den ich mir ausgeliehen hatte, und legte ihn in die Stiftablage zurück, um nicht den nächsten Wutanfall zu provozieren. Jetzt sah ihr Schreibtisch wieder genauso aus wie vorher. Bis auf den fehlenden Brief in der Ablage natürlich, den ich überhaupt nicht wahrgenommen hatte, bevor sie sich wie eine Furie daraufstürzte. War sie deswegen so aufgebracht gewesen, weil ihn niemand sehen sollte? Und wenn ja, warum?

»Du machst es aber spannend.« Matteo schaute mich prüfend an. »Ist sie wieder ausgerastet?«

»Sie hat sich aufgeführt wie ein weiblicher Trapattoni auf Speed. Nur weil ich an ihrem Schreibtisch war.« Von Nina sagte ich kein Wort, das hätte nur noch mehr Fragen nach sich gezogen. »Sie meinte, ich würde bei ihr rumschnüffeln. Hast du vielleicht eine Ahnung, was das für ein wichtiger Brief gewesen sein könnte, wegen dem sie extra an ihrem freien Tag hergekommen ist?«

Matteo zog überrascht die Augenbrauen hoch. »Du hast also wirklich bei ihr herumgeschnüffelt?«

»Nein, ich wollte nur was im Netz recherchieren. Auf den Brief bin ich überhaupt erst aufmerksam geworden, als sie ihn an sich gerissen hat wie Gollum den Ring. Wo ist denn eigentlich Ruben?« Ich musste schnell das Thema wechseln, bevor Matteo auf die Idee kam zu fragen, warum ich nicht an meinem eigenen Rechner recherchiert hatte. Und es wäre mir schwergefallen zu gestehen, dass die abgeänderte Inschrift auf der Tischplatte mir vor Nina ein bisschen peinlich war.

»Der ist noch am Strand und macht mit den Schülern Rettungsübungen. Lass übrigens Cinque bloß diese Vergleiche nicht hören. Nicht den mit Trapattoni und schon gar nicht den mit Gollum. Die macht Pesto aus dir!«

Wir sahen uns an und prusteten los. Für einen Moment vergaß ich das Desaster mit Nina und die rätselhafte Cinque und konnte wieder frei atmen. Ich würde mich bei Nina für Cinque entschuldigen. Sicher würde sie verstehen, dass ich das nicht hatte voraussehen können. Vielleicht konnte ich später noch einmal rein zufällig bei Clemenza vorbeigehen. Abends, wenn ich sicher sein konnte, dass Nina auch da war.

»Ruben geht es nicht so gut«, riss Matteo mich aus meinen Gedanken.

»Ist das mit seiner Schulter wieder schlimmer geworden?«, fragte ich besorgt.

Matteo verzog das Gesicht und zuckte die Achseln. »Er sagt, er hätte wieder Schmerzen. Aber ich weiß nicht. Seit gestern ist er irgendwie komisch.«

»Seit Cinque ihn geohrfeigt hat?«

»Kann schon sein.«

»Soll ich den Tauchgang heute Nachmittag für ihn übernehmen?«, überlegte ich laut.

»Frag ihn doch am besten selber.« Matteo wies mit dem Kopf Richtung Strandtür, durch die gerade Ruben und eine Traube von Tauchschülern hereinkamen, die lautstark durcheinanderschnatterten. An ein ruhiges Gespräch war ab jetzt jedenfalls nicht mehr zu denken.

An der Tür zur Toilette bekam ich ihn zu fassen.

»Ruben, wenn du heute Nachmittag nicht tauchen möchtest …«

Er schaute mich groß an. »Wieso?«

»Matteo sagte, du hättest wieder Probleme mit der Schulter.«

»Nein, nein, geht schon, nicht so schlimm.« Er blickte zu Boden.

Ich versuchte es ein letztes Mal. »Du kannst dir freinehmen, wenn du möchtest, dann fahr ich mit Matteo und den Schülern raus.«

»Nein, schon okay, ich mach das selber.«

»Wie du willst.« Mehr konnte ich wirklich nicht für ihn tun. »Dann geh ich jetzt zum Mittagessen. Und anschließend fahre ich nach Porto und hole die Neuankömmlinge ab. Die bringe ich dann gleich zur Unterkunft. Wir sehen uns gegen Abend.«

Ich ging zu »Zio Meino«, aß eine Seezunge und dachte an Nina. Nach dem Essen fuhr ich nach Porto, um eine Familie aus Deutschland abzuholen, die einen einwöchigen Kurs und eine Unterkunft über die Schule gebucht hatte. Auf der Fahrt zurück nach Campese dachte ich an Nina. Nachdem ich die Gäste zu ihrem Bungalow gebracht hatte, ging ich zur Schule zurück und dachte an Nina. Ich setzte mich in mein Büro, wo ich eigentlich Rechnungen abheften wollte, aber ich legte die Füße auf den Tisch und dachte an Nina.

Dann flog die Tür auf, und Matteo stürzte herein. Und plötzlich war nichts mehr so, wie es vorher war.

17
Nina

Ich stieg nicht in Castello aus, weil ich mich Clemenzas Fragen nicht gewachsen fühlte, stattdessen blieb ich im Bus sitzen, bis er in Porto hielt. Die ganze Fahrt über hatte ich um Fassung gerungen. Eine kurze Zeit lang hatte ich mir erlaubt zu träumen, und die harte Landung auf dem Boden der Tatsachen hatte wehgetan, aber vielleicht war es gut so. Aus Tonio und mir konnte sowieso nie etwas werden. In wenigen Wochen wäre ich zurück in Deutschland und würde ihn nie wiedersehen. Und Tonio würde sich hüten, für einen Urlaubsflirt mit mir seine Beziehung zu riskieren.

Ich würde jetzt aufhören zu grübeln und mich am besten damit ablenken, Unterschriften zu sammeln.

Der Erste, bei dem ich wenig später klingelte, ein Signor Scattini, öffnete in einem gerippten Baumwollunterhemd und Boxershorts. Er schaute nicht sehr freundlich aus seiner Unterwäsche, wahrscheinlich hatte ich ihn aus seiner Fernsehtalkshow gerissen. Sei's drum, ich musste es versuchen.

»Buon giorno, Signor Scattini. Ich habe hier eine Petition, die Sie vielleicht unterzeichnen möchten. Sicher haben Sie von dem Flüchtlingsschiff gehört, das seit Tagen vor Lampedusa liegt und nicht anlegen darf. Bitte helfen Sie durch Ihre Unterschrift, dass …«

Weiter kam ich nicht.

»Die Bimbos sollen bleiben, wo sie sind!« Ohne ein weiteres Wort schlug er mir die Tür vor der Nase zu.

Dass Scattini der Urheber des Briefes gewesen war, konnte ich nach dem ersten Kennenlernen ohnehin mit ziemlicher Sicherheit ausschließen. Mit solchen Menschen gab sich Karsten nicht ab, wenn er sich nicht sehr stark verändert hatte. Wie sehr konnte man sich verändern in sieben Jahren? Hatte ich meinen Mann überhaupt wirklich gekannt oder ihn nur so gesehen, wie ich ihn sehen wollte? Weil ich mir in fast zwanzig Ehejahren nicht eingestehen konnte, dass ich nicht fähig war, ihn glücklich zu machen? Vielleicht war es ja gar kein Wunder, dass er hier untergetaucht war.

Andererseits, hatte er mich denn glücklich gemacht? Er hatte konsequent sein Leben durchgezogen, an dem ich schon nach kurzer Zeit nicht mehr teilgenommen hatte. Wann war sein Beschützerinstinkt für die ängstliche kleine Nina in Überdruss umgeschlagen? Wann hatte er aufgehört, nach meinen Bedürfnissen zu fragen? Auf einmal wurde mir klar, dass ich mir diese Frage noch nie gestellt hatte.

An der nächsten Tür hatte ich mehr Glück. Signora Zorzi öffnete mir mit einem Kleinkind auf dem Arm. Ein zweites hing an ihrem Bein.

Ich sagte mein Sprüchlein auf, und sie lächelte mich tatsächlich freundlich an.

»Kommen Sie doch herein! Ich mache uns einen Kaffee. Ich würde wirklich gern mal wieder mit jemandem reden, der älter als drei Jahre ist.«

Im Flur manövrierte ich mich durch einen Parcours aus Spielzeugautos und Bauernhoftieren aus Holz und folgte Signora Zorzi in die geräumige Wohnküche. Sie parkte die Knirpse vor dem Fernseher und legte eine Winnie-the-Pooh-DVD ein. Dann räumte sie schnell eine Schüssel Kartoffeln und die dazugehörigen Schalen vom Tisch und stellte stattdessen zwei Kaffeetassen hin. Gleich darauf erscholl der Titelsong vom Puuh-Bär in Harmonie mit dem Mahlwerk der Kaffeemaschine.

»Die Bürger der Isola del Giglio fordern sichere Häfen für Seenotrettungsschiffe und Straffreiheit für Kapitäne und Crew«, las sie vor, als wir schließlich am Tisch saßen. »Natürlich unterschreibe ich das gern. Diese armen Menschen! Da muss man einfach helfen. Ich war damals hier am Hafen, in der Nacht, als das Kreuzfahrtschiff gekentert ist. Ich habe gesehen, wie vollkommen erschöpfte und unterkühlte Menschen aus dem Wasser gezogen wurden. Und natürlich auch die Toten. So was darf man nicht zulassen, wenn man es verhindern kann. Egal, woher die Menschen stammen.«

»Mein Mann war auch auf dem Schiff«, sagte ich aus einem plötzlichen Mitteilungsbedürfnis heraus.

»Das erklärt, warum Sie sich für Rettungsaktionen einsetzen. Hat er überlebt?«

»Er wird seitdem vermisst«, antwortete ich vage. »Ich gehe also davon aus, dass er es nicht geschafft hat.«

Ich beobachtete sie scharf, ob ich irgendeine verräterische Regung in ihrem Gesicht wahrnehmen konnte. Doch alles, was ich sah, war Bedauern.

»Das tut mir leid. Es war so schrecklich. Die ganze Insel war auf den Beinen. Die Menschen haben Decken, Schuhe und warme Kleidung gebracht. Auch Kaffee, Tee und Panini. Hotels, die im Winter geschlossen waren, wurden geöffnet und die Betten bezogen. Einige Gigliesi haben ihre Wohnungen zur Verfügung gestellt. Eine Bäckerin hat um Mitternacht ihre Backstube aufgeschlossen und Brot und Pizza für die Schiffbrüchigen gebacken.«

»Die Inselbewohner haben die Goldmedaille für bürgerliche Verdienste vom Präsidenten sicher nicht zufällig bekommen«, sagte ich.

»Sicher nicht.« Sie lächelte. »Aber man muss doch helfen, wenn andere in Not sind. Genau wie jetzt den Schiffbrüchigen auf dem Mittelmeer. Ich verstehe diese Feindseligkeit nicht. Als wir die Überlebenden des Kreuzfahrtschiffs auf der Insel hatten, hat Pater Lorenzo die Kirche geöffnet. Sie haben in Schlafsäcken auf den Kirchenbänken gelegen, manche mit Messgewändern zugedeckt, Christen lagen neben Muslimen. Da ging es doch auch! Ein Menschenleben ist ein Menschenleben, egal ob man mit einem Kreuzfahrtschiff oder einem seeuntüchtigen Schlauchboot kentert. Egal, ob es sich um gut betuchte Europäer oder um afrikanische Flüchtlinge handelt.«

Dem hatte ich nichts hinzuzufügen. Wir sahen uns an und schwiegen. Und verstanden uns.

Ihre Handschrift auf der Petition war vollkommen anders als die auf meinem Brief. Sie war es nicht.

An der Tür drehte ich mich noch einmal um.

»Eine Frage noch, Signora Zorzi. In dieser Nacht am Hafen,

als Sie den Passagieren geholfen haben, da ist Ihnen nicht zufällig ein Karsten Hoffmann begegnet?«

Sie schüttelte bedauernd den Kopf. »Glauben Sie mir, ich habe niemanden nach seinem Namen gefragt. Wir hatten in dieser Nacht ganz andere Probleme, als uns einander vorzustellen.«

Bis zum Nachmittag bekam ich vierundzwanzig Unterschriften. Keine davon glich der Handschrift im Brief. Wenn ich daran dachte, wie viel Arbeit noch vor mir lag, wurde mir klar, dass ich meinen Urlaub verlängern musste. Das machte mir nichts aus, im Gegenteil, es war ja für einen guten Zweck. Selbst wenn ich Karsten nicht finden würde, hatte ich etwas für die Seenotrettung getan. Und wenn ich ganz ehrlich war, gefiel es mir hier. Ich hatte überhaupt keine Lust, wieder abzureisen.

Als die Sonne den Zenit schon längst überschritten hatte, setzte ich mich in das Strandrestaurant »La Margherita« und bestellte Spaghetti alle vongole. Ich liebte dieses kleine Speiselokal. Nicht etwa, weil es so nah am Wasser lag, sondern wegen der netten Bedienung und des gemütlichen Ambientes und natürlich wegen des guten Essens. Ich dachte über Karsten nach, wo er wohl untergeschlüpft sein mochte, gesetzt den Fall, dass er wirklich noch lebte. Aber immer wieder wanderten meine Gedanken zu Tonio. Schlag ihn dir aus dem Kopf, es hat doch überhaupt keinen Sinn, befahl ich mir zum wiederholten Mal. Aber wenn ich nicht aufpasste, drängte sich sein Bild vor mein inneres Auge, und irgendwann schob sich das Gesicht dieser Cinque davor. Ich begriff, dass es unmöglich war, ihm auf dieser kleinen Insel konsequent auszuweichen, und dass ich damit leben musste, ihm immer wieder zu begegnen. Wollte ich meine Angst vor dem Wasser überwinden, musste ich zum Strand. Wollte ich Tonio überwinden, musste ich seine Gegenwart aushalten. In dem vollen Bewusstsein, dass ich ihn niemals haben konnte.

Es wurde Zeit. Ich bezahlte und machte mich auf den Weg, um weitere Unterschriften zu sammeln.

Ich sah den Rettungshubschrauber vom Festland kommen, als ich gerade in Arenella, einer kleinen Siedlung nördlich von Porto, einige Wohnungen abarbeitete. Mein Unterbewusstsein hatte sicher registriert, dass er über den Bergrücken in Richtung Campese geflogen war, aber ich war in Gedanken so bei meiner Petition gewesen, dass ich zunächst nicht weiter darüber nachgedacht hatte. Erst auf dem Rückweg nach Porto, als ich den Hubschrauber von der Rückseite der Insel kommend wieder in Richtung Festland fliegen sah, begann mein Herz zu rasen. Dort drüben lag Campese. Dort drüben konnten Tauchunfälle passieren. Und dort drüben war Tonio.

Ich wusste, dass Tonio als Leiter der Schule seltener mit den Schülern auf Tauchgang ging als seine Mitarbeiter, aber ausschließen konnte ich es nicht, hin und wieder tat er es ja doch. Eine heiße Welle der Angst stieg in mir auf. Es war wie ein Flashback in alte Zeiten, als ich mich um Karsten gesorgt hatte, wenn er im Tauchurlaub war.

Ich beschleunigte meine Schritte, ohne noch einen Blick an die wundervolle Natur zu verschwenden, wie ich es sonst immer tat. Mit wund gescheuerten Füßen quälte ich mich die Straße zum Hotel Castello Monticello hinauf, wo der Bus nach Campese hielt. Um Blasenpflaster aus meinem Rucksack zu holen, war keine Zeit. Als ich oben ankam, hatte ich Seitenstechen. Natürlich war der Bus verspätet. Ich war umsonst gerannt.

Die grausigsten Bilder jagten durch meinen Kopf, während ich mir mit einem Papiertaschentuch den Schweiß vom Gesicht wischte. Tonio, wie er auf einer Trage von Sanitätern in den Hubschrauber geschoben wird. Tonio kreidebleich mit Sauerstoffmaske. Tonio in der Druckkammer. Tonio in der Leichen… – nein, so weit durfte ich nicht denken!

Als der Bus endlich kam und ich mich auf einen Fensterplatz fallen ließ, war ich völlig fertig. Vergeblich versuchte ich mich mit dem Gedanken zu beruhigen, dass Tonio ein erfahrener Taucher war, ganz sicher umsichtig und besonnen. Aber Unfälle passierten auch den fähigsten Profis. Ungeduldig trommelte ich auf die Rückenlehne des Sitzes vor mir. Ginster- und Heidekrautbüsche flogen vorbei, der Leuchtturm der Verliebten, verdammt! Und überall das Meer. Dieses verfluchte, heimtückische, gefährliche Meer. Beinahe hätte ich mich von ihm einlullen lassen.

Als der Bus um die Kurve bog, von wo aus man unten den Strand von Campese liegen sah, hielt es mich kaum noch auf meinem Sitz. Ich atmete auf, als wir endlich am Torre hielten.

Den Weg von der Haltestelle zum Strand nahm ich im Laufschritt. Außer Atem kam ich an der Tauchschule an.

Sie lag wie ausgestorben da. Nur hinter der Rezeption saß Matteo. Als er aufschaute, huschte ein Ausdruck des Erkennens über sein Gesicht. Wir hatten uns nur ein- oder zweimal am Strand gesehen, aber er wusste mich einzuordnen.

»Was ist passiert?«, rief ich schon von Weitem.

»Es gab einen Tauchunfall«, antwortete er. »Ich musste für heute alle Kurse absagen.«

»Wer?«, stieß ich hervor.

»Keiner der Schüler, es betrifft einen Kollegen. Er kam mit dem Hubschrauber in die Klinik auf dem Festland.«

»Tonio?« Ich musste es fast geschrien haben.

Einen Moment lang sah er mich verblüfft an. Dann schienen in seinem Hirn die Synapsen ineinanderzugreifen.

»Nein, nicht Tonio. Ein Kollege namens Ruben.«

Die Erleichterung kam mit solcher Wucht, dass mir die Knie weich wurden. Ich klammerte mich am Tresen der Rezeption fest.

»Heilige Madonna, du bist ja kreidebleich. Setz dich doch. Willst du einen Kaffee?«

Ich schüttelte den Kopf. »Ein Amaro wäre mir lieber.«

Matteo runzelte die Stirn. »Eigentlich hat die Bar ja noch nicht geöffnet, aber besondere Umstände erfordern besondere Maßnahmen.« Er verschwand einen Augenblick nach hinten und kam mit einer Flasche Ramazzotti und zwei Wassergläsern zurück.

»Wie konnte das passieren?«, fragte ich. »Dieser Unfall. Ihr seid doch alle erfahrene Taucher.«

»Wir wissen es noch nicht genau. Er hat wohl den Bleigürtel

verloren, ist viel zu schnell aufgestiegen. So hat es mir jedenfalls ein Schüler erzählt, ich selbst hab das gar nicht gesehen. Ein routinierter Taucher kriegt so was normalerweise in den Griff, da muss noch was anderes passiert sein, vielleicht klemmte noch das Inflatorventil seiner Tarierweste und blies permanent Luft ins Jacket.« Matteo breitete in einer ratlosen Geste die Arme aus. »Jedenfalls kam es zu einem unkontrollierten Aufstieg. Aus mehr als dreißig Metern Tiefe in fünfzehn Sekunden an die Oberfläche, das ist lebensgefährlich.«

Ich hatte keine Ahnung von Inflatorventilen oder Tarierwesten, aber Matteo sah aus, als würde er selbst an seinen Worten zweifeln. Entweder hatte er wirklich keine Ahnung, was passiert war, oder er verschwieg mir etwas. Einmal mehr wurde mir klar, wie gefährlich dieser Sport war. Warum tat man sich so etwas an?

»Ich schließe gleich ab«, sagte er, als er uns einschenkte. Dann verschwand er in Richtung Haupteingang.

Ich stürzte den Amaro in einem Zug hinunter und spürte augenblicklich, wie die Anspannung in mir nachließ.

»Wo ist eigentlich Tonio?«, fragte ich wie nebenbei, als Matteo zurückkam.

»Er ist zusammen mit Circe zum Festland gefahren, zu der Klinik in Orbetello, wohin sie Ruben gebracht haben.«

Zusammen mit Circe. Mein Verdacht war also richtig gewesen. Ich schenkte mir noch einmal nach.

»Wann wollen sie denn zurückkommen?«, fragte ich so unbeteiligt wie nur möglich.

»Ich denke, irgendwann heute Abend. Morgen müssen wir schließlich wieder Unterricht geben. Obwohl einige Schüler den Kurs sofort abgebrochen haben, nachdem sie mitansehen mussten, wie ihr Lehrer verunglückte. Die sind total traumatisiert. Aber wir können die Schule nicht tagelang geschlossen lassen.«

»Ja, das verstehe ich.« Ich trank den zweiten Amaro aus und redete mir ein, dass ich mich besser fühlte. Ich schwankte auch nur ganz wenig, als ich aufstand. »Jetzt muss ich aber gehen«, sagte ich mit schwerer Zunge. Ich war einfach keinen Alkohol gewohnt. »Ich wünsche eurem Freund alles Gute.«

»Soll ich Tonio von dir grüßen? Irgendwas ausrichten?«

Das Herz rutschte mir in die Hose.

»Nein, sag ihm bitte nicht, dass ich hier war!«

Matteo sah mich erstaunt an. »Okaaaay«, sagte er schließlich gedehnt. Wahrscheinlich wunderte er sich, warum ich überhaupt gekommen war. Sicher nicht, um über Tarierwesten zu reden und ihm seinen Schnaps wegzutrinken. Zudem hatte ich gleich zu Beginn nach Tonio gefragt. Und jetzt durfte er ihn nicht mal von mir grüßen.

Egal, ich hatte keine Zeit, mir darüber den Kopf zu zerbrechen. Ich musste schleunigst zurück nach Porto und die Anlegestelle der »Toremar« im Auge behalten.

18
Tonio

Das Ospedale San Giovanni di Dio weckte keine guten Erinnerungen in mir. Als Kind hatte ich hier einige Wochen mit einem komplizierten Schlüsselbeinbruch verbracht, ein paar Jahre später war meine Mutter in diesem Krankenhaus an Krebs gestorben.

Ich saß mit Cinque im Wartebereich der Inneren Medizin und starrte schon eine gefühlte Ewigkeit die gelbstichigen Renoir-Reproduktionen an der Wand an. Ich glaube, ich hätte sie inzwischen im Schlaf nachzeichnen können. Bis auf das Summen der Neonröhre über uns war es totenstill. Die Schwestern von heute Nachmittag hatten bereits Feierabend gemacht, neue Schwestern waren gekommen. Wer sich nicht blicken ließ, waren die Ärzte.

Ich schaute auf das heulende Häufchen Elend neben mir, das bis heute Vormittag noch die toughe Mitarbeiterin unserer Tauchschule gewesen war. Ich hatte sie angerufen, nachdem Matteo mit der Hiobsbotschaft in mein Büro geplatzt war, und sie war fast schneller da gewesen, als ich den Hörer auflegen konnte. Kein Wort war mehr zu unserem Clinch am Vormittag gefallen. Es war fast, als hätte er nicht stattgefunden.

»Möchtest du einen Kaffee?«

Cinque schüttelte den Kopf und zog ein neues Papiertaschentuch aus dem Spender, den uns eine aufmerksame Krankenschwester dagelassen hatte.

Ich konnte es ihr nicht verdenken und verzichtete darauf, den Weg zum Kaffeeautomaten noch einmal zurückzulegen. Ich hatte nicht gezählt, wie oft ich ihn heute schon gegangen war, um uns mit Pappbechern voll Kaffee oder dem, was man hier so nannte, zu versorgen. Einfach, um irgendetwas zu tun. Mein Magen fühlte sich nicht besonders gut an, aber das lag nicht an diesem Gebräu. Auch nicht an den beiden gummiartigen Panini, die ich vor ein paar Stunden in der Cafeteria gegessen hatte. Ich wünschte, ich hätte einfach nur einen schrecklichen Alptraum und jeden Moment würde der Wecker klingeln.

Ausgerechnet der umsichtige und korrekte Ruben, der mich gerade erst noch gewarnt hatte, wie gefährlich unkontrollierte Aufstiege sind. Konnte ihn der Streit mit Cinque so aus der Fassung gebracht haben, dass er unkonzentriert war? Ich begriff nicht, wie das hatte passieren können. Ich hatte Matteo, der mit Ruben unten gewesen war, immer wieder gefragt und immer wieder das Gleiche zu hören bekommen. Der verlorene Bleigürtel. Das voll aufgeblasene Jacket. Und das anscheinend kaputte Inflatorventil. Ich konnte es nicht glauben. Ruben war jemand, der seine Ausrüstung peinlichst wartete und pflegte. Ein defektes Ventil hätte er bemerken müssen. Und selbst wenn das Jacket sich aus irgendeinem Grund ungewollt aufgeblasen hätte, wäre da immer noch der Schnellablass gewesen, um die Luft wieder loszuwerden. Blieb nur noch die Möglichkeit, dass er dazu nicht mehr in der Lage gewesen war.

Es war jedenfalls kaum möglich, dass das alles gleichzeitig passierte: der Verlust des Bleis und das defekte Ventil, dazu noch ein Herzanfall oder Hirnschlag, der ihn daran gehindert hatte, den Schnellablass zu betätigen. Das war, wie wenn man über Bord ging und beim Ertrinken noch in die Schiffsschraube geriet, um anschließend klein gehackt von einem Hai gefressen zu werden. Mehr als unwahrscheinlich. Das war Matteo natürlich auch klar und erklärte seine Hilflosigkeit.

Cinque hatte dafür eine einfache Erklärung.

»Es war kein Unfall«, hatte sie immer wieder geschluchzt. »Es war Absicht. Er wollte sich umbringen.«

Mehr war aus ihr nicht herauszuholen. Sie machte sich Vorwürfe, weil sie gestern mit ihm gestritten hatte, aber deswegen brachte sich doch kein Mensch um. Schon gar nicht der ewig ausgeglichene und besonnene Ruben. Und was war das überhaupt für eine Art, sich umzubringen? Da gab es doch deutlich sicherere Methoden und weniger schmerzhafte. Von der Gefahr lebenslanger neurologischer Ausfälle ganz abgesehen, falls man überlebte. Um sicherzugehen, hätte er beim schnellen Aufstieg die Luft anhalten müssen, um einen

Lungenriss zu provozieren, aber war Ruben wirklich zu so etwas fähig? Wenn er unbedingt hätte sterben wollen, warum hatte er sich nicht einfach mit dem Tauchermesser die Pulsadern aufgeschnitten?

Aber auch dafür hatte Cinque eine Erklärung parat:

»Es sollte wie ein Unfall aussehen. Damit ich mir nicht die Schuld gebe. Aber ich bin ja nicht doof!«

Jetzt nahm sie sich aber zu wichtig. Was immer zwischen ihr und Ruben vorgefallen war, wegen eines einzigen Streites beging doch niemand Selbstmord. Wir waren alle erwachsene Menschen, die vernünftig miteinander reden konnten.

Waren wir das wirklich? Gestern Abend hatte ich meine Kollegen noch für durchgeknallt gehalten. Und heute Morgen hätte ich Cinque am liebsten in eine Zwangsjacke gesteckt. Ich hatte so ein ganz blödes Gefühl, als hätte die Katastrophe sich angekündigt und ich hatte es nur nicht bemerkt.

»Er hatte depressive Schübe«, hatte Cinque gesagt. »Er hat nicht darüber gesprochen, vielleicht hatte er Angst, seinen Job zu verlieren, aber ist dir nicht aufgefallen, wie still er manchmal war und wie selten er gelacht hat? Und dass er kaum noch rausgegangen ist? Und ich mach ihm noch eine Szene, wo es ihm schon so schlecht ging!«

Ich schämte mich, nicht selbst darauf gekommen zu sein. Ich hatte zu viel um die Ohren und war mit meinen Gedanken immerzu woanders, nur nicht bei meinen Mitarbeitern. Dabei hatte mir Matteo erst heute noch gesagt, dass es Ruben schlecht gehen würde. Ich hätte mich mehr um ihn kümmern, auf ihn eingehen sollen.

»Warum habt ihr eigentlich gestritten?«

Cinque schüttelte abwehrend den Kopf. »Das ist mir einfach zu peinlich. Es war vollkommen unnötig. Und er konnte nicht mal was dafür. Ich weiß auch nicht, warum ich in letzter Zeit so empfindlich bin.«

»Ich bin sicher, was passiert ist, hat nichts mit eurem Streit zu tun«, versuchte ich sie zu trösten. »Weißt du, wie viele Ohrfeigen ich in meinem Leben schon von Frauen einstecken musste? Und schau, ich lebe immer noch.«

Sie versuchte ein zaghaftes Lächeln. »Na ja, du hattest sie aber sicher auch verdient.«

»Egal ob verdient oder unverdient. Wegen so was bringt sich kein Mann um. Wenn er depressiv war, ist das schon eher ein Grund, an Selbstmord zu denken.«

»Ja, und ich hab ihm den Rest gegeben!«

Ich seufzte. Es war hoffnungslos. Sie wollte sich einfach schuldig fühlen.

Wir wussten, dass es ernst um Ruben stand. Uns war beiden klar, was ein unkontrolliertes Auftauchen ohne Dekostopps aus mehr als dreißig Metern Tiefe bedeutete. Wer das zweifelhafte Glück hatte, die Sache zu überleben, bei dem waren Folgeschäden nicht nur wahrscheinlich, sondern mit Sicherheit zu erwarten. Ruben für den Rest seines Lebens schwerbehindert im Rollstuhl? Ich konnte es mir nicht vorstellen.

Noch lebte er. Zumindest hatten wir nichts Gegenteiliges gehört. Alles, was man für ihn tun konnte, waren Druckkammer und Beatmung mit reinem Sauerstoff. Und abwarten. Wie ich dieses Abwarten hasste!

Ich schaute auf die Uhr. Mitternacht war längst vorbei. Die letzte Fähre zur Insel hatte schon vor Stunden abgelegt. Und wir hatten uns noch nicht einmal um eine Übernachtungsmöglichkeit gekümmert.

»Wir sollten uns auf eine lange Nacht auf harten Stühlen einrichten«, sagte ich zu Cinque.

»Wir müssen Matteo anrufen.« Cinque kramte in ihrer Handtasche und zog ihr Handy heraus.

Richtig – Matteo! Ich hatte völlig vergessen, ihm Bescheid zu geben, dass wir heute nicht mehr auf die Insel zurückkommen würden. Die Tauchschule würde auch morgen zumindest am Vormittag geschlossen bleiben müssen.

Doch Cinque kam nicht mehr dazu, anzurufen. Als ich den Kopf hob, stand ein Mann in weißem Kittel vor mir. Sein Gesichtsausdruck ließ nichts Gutes ahnen.

In meinen Ohren begann es zu summen. Ich hörte etwas Zusammenhangloses von Barotrauma, Lungenriss und Gasembolie und dass es vielleicht ein Segen war, nicht als Schwerbehinderter weiterleben zu müssen, besonders wenn man, wie Ruben, keine Angehörigen hatte, die einen pflegen konnten. Ich sah Cinque an meiner Seite zusammenbrechen und begriff nur schwerfällig, dass Ruben es nicht geschafft hatte.

19
Nina

Ich saß den ganzen Abend im »La Margherita«. Längst hatte der Wirt die kupfernen Fischerlampen eingeschaltet und die Speisekarten eingesammelt. Die beiden Leuchttürme draußen auf den Molen schickten geduldig wieder und immer wieder ihre Strahlen über die Bucht. Chiara brachte mir noch ein Glas vom roten Inselwein. Ich hatte irgendwann aufgehört mitzuzählen. Schließlich war ich voll und ganz damit beschäftigt, die Fähren zu beobachten, die vom Festland kamen und hier anlegten. Jetzt war nur noch eine übrig. Mit dieser mussten sie kommen. Von Clemenza hatte ich mir ein Fernglas ausgeliehen. Ich war sehr froh gewesen, dass sie nicht gefragt hatte, wozu ich es brauchte. Ich wäre in Erklärungsnot gekommen. Nun fühlte ich mich wie eine Stalkerin. Ich wollte wissen, ob Tonio und Circe ein Paar waren, und bildete mir ein, das an ihrem Verhalten zueinander erkennen zu können, wenn sie sich unbeobachtet fühlten. Verliebte gehen Hand in Hand oder Arm in Arm. Freunde gehen Seite an Seite, ohne sich zu berühren.

Die Gäste vom Nebentisch schauten ab und zu neugierig zu mir herüber. Ich hatte mir wirklich Mühe gegeben, nicht allzu sehr aufzufallen. So ließ ich meine Augen hinter dem Fernglas immer erst eine Runde über das Meer schweifen, bevor ich auf den Passagieren verweilte, die die Autofähre verließen. Ziemlich lange verweilte, zugegeben. Aber aus Alibigründen schaute ich auch zwischendurch, in der Stunde zwischen den Fähren, immer mal wieder aufs Meer hinaus und zum Festland hinüber. Dem Festland, wo Ruben vermutlich in einer Druckkammer lag. Wie schwer es ihn erwischt hatte, konnte ich nicht einschätzen. Ich hatte zu wenig Ahnung von den konkreten Gefahren, hatte nie richtig zugehört, wenn Karsten von der Berechnung der Dekostopps gesprochen hatte. Ich wusste nur, dass es gefährlich werden konnte, je nachdem, wie tief man getaucht und wie schnell man zur Oberfläche aufgestiegen war. So tragisch diese ganze Geschichte war, ich war froh und erleichtert, dass es nicht Tonio erwischt hatte.

Ruben tat mir leid, sicher tat er mir leid, aber meine Gedanken beherrschten trotz allem Tonio und sein Verhältnis zu Circe, und ich hatte ein schlechtes Gewissen deswegen, weil die Tauchschule gerade wirklich größere Probleme hatte als ich. Ich schämte mich für mein kindisches Verhalten. Wie peinlich, sich den ganzen Abend mit einem Fernglas hierherzusetzen. Wahrscheinlich waren nach der langjährigen Männerabstinenz einfach die Hormone mit mir durchgegangen.

Es war inzwischen stockdunkel draußen, aber die Anlegestelle war von Laternen beleuchtet. Ich fieberte der Ankunft der letzten Fähre entgegen und hatte gleichzeitig eine Heidenangst davor, die beiden zusammen zu sehen. Irgendwo in mir glomm noch dieses Fünkchen Hoffnung, dass Clemenza einfach gesponnen hatte, als sie sagte, Tonio sei verliebt. Es ließ mir keine Ruhe, ich musste Gewissheit haben, um mir Tonio ein für alle Mal aus dem Kopf schlagen zu können.

Mein Weinglas war beinahe leer, als ich die Fähre in den Hafen einlaufen sah. Als die Passagiere von Bord gingen, presste ich das Fernglas so fest an mein Gesicht, dass mir die Augen wehtaten. Ich wagte kaum zu blinzeln. Dass die Leute vom Nebentisch mich anstarrten und tuschelten, war mir egal. Irgendwann wurde mir die Luft knapp, und ich registrierte, dass ich vergessen hatte zu atmen.

Die letzten Passagiere waren längst im Gewirr der Gassen verschwunden, das letzte Auto war über die Rampe gefahren, und die Bugklappe der Fähre hatte sich bereits wieder geschlossen, als ich das Fernglas endlich sinken ließ. Sie waren nicht mitgekommen.

Minutenlang starrte ich auf den verlassenen Pier und versuchte, nicht darüber nachzudenken, dass die beiden jetzt die Nacht zusammen auf dem Festland verbrachten. Ich winkte Chiara heran und zahlte. Erhob mich schwerfällig und wankte zur Tür. Die polierten Holzdielen schwankten unter meinen Füßen wie das Deck eines Schiffes bei Seegang.

Ich schlief bis zum späten Vormittag und beschloss, meine Inselrunde mit der Petition heute ausfallen zu lassen. Nach einem leichten Mittagessen bei Clemenza – mehr als Brühe hatte ich nicht hinunterbekommen – saß ich in stoischer Jetzt-erst-recht-Haltung am Strand von Campese und ließ mir die salzige Meeresluft um den Kopf blasen, der sich anfühlte, als wäre er mit Blei ausgegossen. Insgeheim beneidete ich die Menschen, die im Meer schwammen. Das kalte Wasser musste wunderbar sein, wenn man verkatert war.

Ich stutzte. Hatte ich das wirklich gerade gedacht? Wasser musste wunderbar sein? Offenbar war mir der Wein gestern Abend nicht bekommen und hatte einen Teil meines Gehirns lahmgelegt.

»Ciao, Nina, was für eine nette Überraschung!«

Diese Stimme in meinem Rücken legte augenblicklich den restlichen Teil meines Gehirns auch noch lahm. Dafür klopfte mein Herz umso heftiger. Es arbeitete sich beim Schlagen fast bis in den Hals hinauf.

»Hast du noch einen Platz frei?« Tonio ließ sich neben mich in den Sand fallen. »Ich bin eben erst vom Festland zurückgekommen und kann mich nicht mehr auf den Beinen halten. Hab die ganze Nacht kein Auge zugetan. Und wie geht es dir?«

Fieberhaft suchte ich nach Worten, die mein desolates Aussehen erklären konnten.

»Ich hatte ein bisschen viel Wein gestern Abend«, sagte ich vage und vermied es, ihn anzusehen. Den Grund für mein exzessives Besäufnis würde ich schön für mich behalten.

»Gab es was zu feiern?«

»Nein. Nein, es gab nichts zu feiern. Vermutlich war der Wein einfach zu gut.«

Tonio schaute mich prüfend an. Ich war schon immer eine schlechte Lügnerin gewesen.

»Wie geht es denn deinem Kollegen?«, versuchte ich von mir abzulenken und biss mir gleich darauf auf die Zunge. Hoffentlich fragte er jetzt nicht, wie ich von dem Unfall erfahren hatte.

»Du hast davon gehört?«

Ich nickte nur. Dass ich in heller Aufregung zur Tauchschule gefahren war und mit Matteo gesprochen hatte, wollte ich um keinen Preis verraten.

Tonio seufzte tief. »Er hat es nicht geschafft. Er ist heute Nacht gestorben. Circe und ich waren die ganze Nacht in der Klinik, bis ein Arzt mit der Todesnachricht kam.«

Schockiert wandte ich mich zu ihm um, und eine heiße Welle der Scham schlug über mir zusammen. Er hatte seinen Freund und Kollegen verloren, während ich über nichts anderes als sein Verhältnis zu seiner Mitarbeiterin nachgegrübelt hatte.

»Das … das tut mir sehr leid«, stotterte ich.

»Heute Morgen kam dann auch noch die Polizei ins Krankenhaus. Bei einem tödlichen Unfall müssen die das wohl. Sie haben uns befragt und Rubens Tauchausrüstung zur Untersuchung mitgenommen. Matteo soll auch noch vernommen werden. Als ob das nicht alles schon schwierig genug für uns wäre.«

Ich konnte ihn nur anstarren. Worte hatte ich gerade nicht parat. Tonio schwieg mit mir.

»Wann soll er denn beerdigt werden?«, fragte ich, als mir die Stille zu lange andauerte.

»Sobald die Untersuchungen abgeschlossen sind. Sie haben eine Sektion angeordnet, um herauszufinden, ob der Unfall eine innere Ursache hatte. Und eine Blutuntersuchung, wohl um auszuschließen, dass er irgendwas genommen hat oder ihm etwas verabreicht wurde.« Tonio schloss die Augen und atmete tief. »Bis Donnerstag soll er freigegeben werden. Ich werde Pater Lorenzo fragen, ob die Trauerfeier am Freitag stattfinden kann.«

»An diesem Wochenende ist doch dieses Schutzpatronfest mit dem Eselwettlauf. Wollt ihr da unter diesen Umständen mitmachen?«

»Darüber habe ich auch nachgedacht. Aber Matteo meint, er kann die Leute in seinem Quartiere jetzt nicht hängen lassen. So kurz vor dem Fest finden die keinen anderen.« Er seufzte. »Nicht dass mir jetzt nach Feiern zumute wäre.«

Er tat mir leid, wie er dasaß, so verloren und traurig. Ich

konnte seinen Schmerz fast körperlich fühlen. Ich wusste genau, wie schlimm es war, einen lieben Menschen an das Meer zu verlieren, und fühlte mich Tonio in diesem Augenblick so nah wie noch nie.

»Würdest du mir einen Gefallen tun?«

Plötzlich lag wieder seine Hand auf meiner Schulter. Ich versteifte mich und vergaß fast zu atmen. »Was denn?«, hauchte ich.

»Würdest du zur Beerdigung kommen? Sie ist in der Chiesa in Porto. Du weißt schon, die Kirche gleich am Hafen, ein Stück die Straße rauf.«

Ich weiß nicht, womit ich gerechnet hatte, aber damit ganz bestimmt nicht.

»Warum? Ich kannte ihn doch gar nicht.«

»Es ist doch egal, ob du ihn kanntest. Viele aus dem Ort werden kommen, obwohl sie ihn nicht wirklich kannten. Sie tun es aus Loyalität zu unserer Schule.«

»Aber ich gehöre gar nicht hierher«, widersprach ich erneut. »Ich bin nur ein Gast auf dieser Insel.«

Ich weiß nicht, warum ich mich so sträubte. Vielleicht wollte ich etwas aus ihm herauslocken. Vielleicht wollte ich einfach hören, dass ich ihm wichtig war.

»Ich würde mich freuen. Ruben hatte keine Angehörigen, seine Familie waren wir. Sieh es doch einfach als Freundschaftsdienst.«

Freundschaft? Ja, was hatte ich eigentlich erwartet? Da hatte ich den Beweis: Er sah in unserer Beziehung zueinander nichts als eine Freundschaft. Gut, dass wir das geklärt hatten.

Plötzlich hielt ich seine Nähe kaum noch aus. Ich war enttäuscht, und trotzdem fühlte ich mich wie elektrisiert in seiner Gegenwart. Wie zufällig rückte ich ein Stück von ihm ab, indem ich so tat, als würde ich irgendetwas in meiner Tasche suchen, die auf der anderen Seite neben mir stand. Ich fand ein Taschentuch. Ja, ein Taschentuch war immer gut.

Während ich vorgab, mich zu schnäuzen, schielte ich unauffällig zu ihm hinüber. Er sah müde aus. Übernächtigt und traurig. Ich hätte ihn gern getröstet, weil mir der Tod seines

Kollegen leidtat, aber ich war so enttäuscht, dass mir einfach nicht die richtigen Worte einfielen. Ich hatte überhaupt keine Ahnung, wie ich mich jetzt verhalten sollte. Am besten wäre es wohl, so schnell wie möglich zu verschwinden.

20
Tonio

Es war das erste Mal seit sehr langer Zeit, dass ich die Chiesa dei Santi Lorenzo e Mamiliano in Porto betrat. Sofort fühlte ich mich zurückversetzt in die Nacht, in der Filippo gestorben war. Ich hatte Decken und Schlafsäcke für die Schiffbrüchigen gebracht und bei Pater Lorenzo meinen Zorn herausgeschrien. Den Zorn, der stellvertretend für meine unendliche Trauer und den Schmerz stand, den ich noch immer nicht ungefiltert zeigen konnte. Mein Freund Filippo, erst vierunddreißig Jahre alt, in den kalten Tiefen des winterlichen Meeres, diese Vorstellung war mehr, als ich ertragen konnte. Damals hatte ich einen guten Freund an das Meer verloren. Und heute, sieben Jahre später, erneut. Es war, als würde mich die Vergangenheit einholen.

Das Sonnenlicht fiel durch die hohen Buntglasfenster und tauchte die beiden Marmorengel, die den Altar flankierten, in ein fast überirdisches Licht. Ich versuchte, mir einzureden, dass es Ruben und auch Filippo jetzt gut ginge, dass sie in einer besseren Welt als unserer waren. Aber es fiel mir schwer, an diese bessere Welt zu glauben. Natürlich war ich Katholik. Ich war Katholik, weil meine Eltern mich hatten taufen lassen, weil jeder auf dieser Insel Katholik war. Aber dass ich brav meine Kirchensteuer zahlte, war nicht gleichbedeutend damit, dass ich Trost in der Religion fand. Ich fand nur Trost im Gespräch mit Menschen. Und Pater Lorenzo war ein guter Zuhörer.

Nina war überstürzt aufgebrochen, hatte irgendwas von einem Termin in Sachen Suche nach Karsten gesagt und dass sie dringend losmüsse. Es war Siesta, alle Geschäfte und Büros hatten geschlossen, ich glaubte ihr nicht. Ich glaubte eher, dass sie Reißaus nahm.

Enttäuscht hatte ich ihr nachgestarrt, als sie wie gehetzt über den Strand zur Straße lief. Sah, wie ihr Pferdeschwanz wippte und der Sand unter ihren nackten Füßen aufspritzte, und fühlte mich plötzlich hundert Jahre alt.

Ich hatte bemerkt, wie sie sich plötzlich verschloss, als ich sie um den Freundschaftsdienst gebeten hatte, zu Rubens Beerdigung zu kommen. Hatte sie eine andere Begründung erwartet, oder bildete ich mir das nur ein? Ich hätte ihr doch einfach sagen können, dass sie mehr für mich war als nur eine lose Urlaubsbekanntschaft. Das Problem war, dass ich es einfach nicht sagen konnte. Wahrscheinlich weil mir irgendetwas daran Angst machte. Weil ich ein elender Feigling war.

Pater Lorenzo empfing mich mit offenen Armen, als wäre ich gestern zum letzten Mal hier gewesen.

»Ich habe es schon gehört, mein Sohn. Matteo hat es mir heute Morgen erzählt, gleich nachdem er es erfahren hatte. Es tut mir sehr leid um euren Freund.«

»Wir können die Trauerfeier erst für den Freitag ansetzen«, sagte ich. »Die Polizei hat mir zugesichert, dass der Leichnam bis dahin freigegeben wird.« Das Wort »Leichnam« blieb mir fast im Hals stecken. Wie konnte es sein, dass Ruben gestern um diese Zeit noch ein warmherziger lebendiger Mensch gewesen war und jetzt nichts als ein totes Stück Fleisch?

»Am Freitag, ist gut, ich werde alles vorbereiten. Aber du bist sicherlich nicht nur wegen der Trauerfeier hier, sonst hättest du auch anrufen können«, sagte er und traf damit den Nagel auf den Kopf, wie mir selbst gerade erst klar wurde. Ich brauchte jemanden zum Reden, und Clemenza war in diesem Fall nicht die Richtige.

»Es gibt viele Dinge, die mir durch den Kopf gehen, Vater«, erwiderte ich.

»Willst du mir davon erzählen?«

Pater Lorenzo setzte sich in eine Bankreihe vor dem Altar und bedeutete mir, ebenfalls Platz zu nehmen.

Ich begann bei den polizeilichen Ermittlungen in Rubens Unfalltod, kam auf die völlig aus der Spur geratene Cinque, um die ich mir große Sorgen machte, und landete schließlich bei Nina und der Aussichtslosigkeit einer Zukunft mit ihr.

»Warum glaubst du, dass es aussichtslos ist?«, fragte Pater Lorenzo.

»Sie ist auf die Insel gekommen, um nach ihrem Mann zu

suchen. Er soll auf dem Kreuzfahrtschiff gewesen sein und sich seitdem hier verstecken. Zuerst galt er als vermisst, ein halbes Jahr später wurde er für tot erklärt. Aber plötzlich, nach sieben Jahren, bekam sie einen anonymen Brief, in dem stand, dass er noch leben würde und hier auf Giglio wäre.«

Pater Lorenzo runzelte die Stirn. »Glaubst du an diese Geschichte?«

»Ehrlich gesagt nein, nicht wirklich. Ich glaube eher, dass Nina nicht loslassen kann und sich deshalb etwas vormacht.«

»Dann musst du ihr helfen loszulassen«, sagte Pater Lorenzo. »Man muss immer zuerst loslassen, bevor man sich wieder binden kann.«

»Wie soll das funktionieren?«, fragte ich frustriert. »Wo ich es doch selbst nicht kann. Weder das Binden noch das Loslassen.«

»Dann sollst du das jetzt eben lernen«, sagte Pater Lorenzo. »Das Leben geht manchmal sehr steinige Wege, um uns die Lektionen beizubringen, die wir begreifen müssen.«

Das hätte jetzt auch von Clemenza kommen können.

»Und welche Lektion, meinst du, sollte ich lernen?«

Pater Lorenzo lächelte. »Als ob du das nicht selbst wüsstest. Die Lektion der wahren Liebe natürlich. Und mit wahrer Liebe meine ich nicht die körperliche, die du zweifellos schon trefflich beherrschst.«

Für einen Pfarrer war er ganz schön direkt in diesen Dingen.

Die Liebe. Ich hatte dieses Wort immer belächelt. In der Ehe meiner Eltern waren im besten Fall Teller, im schlimmsten Fall Messer geflogen. Ich glaube, ich konnte schon als Kleinkind eher »Stronzo« als »Mamma« sagen. In meinen frühesten Erinnerungen liege ich zusammengekrümmt in meinem Bett, das Laken über den Kopf gezogen. Ich wollte verschwinden von dieser Welt und dachte, es klappt vielleicht, wenn ich aufhöre zu atmen. Aber das wollte mir einfach nicht gelingen. So hielt ich die Luft an, bis mir der Schweiß ausbrach und die Ohren summten, während draußen Geschirr zerschlagen wurde.

Die Ehe meiner Eltern scheiterte, als ich gerade zehn war. Sie zerbrach an mangelnder Achtung voreinander, aus der am Ende Hass geworden war. Meine Mutter starb zwei Jahre nach der Trennung an Krebs, und ich zog zu meinem Vater und seiner neuen Frau, die beide nichts mit mir anfangen konnten und sich nahtlos weiterstritten. Mein Vater hatte sich nicht geändert. Da er nach wie vor jemanden brauchte, an dem er seine Aggressionen abreagieren konnte, und seine neue Frau wieder schwanger war, musste ich als Prügelknabe herhalten. Mit zwölf Jahren schlägt man noch nicht zurück. Mit zwölf Jahren schwört man, schnell erwachsen zu werden und sich irgendwann zu rächen, und sei es, indem man sich nie wieder zu Hause blicken lässt. Mit zwölf verkriecht man sich auch nicht mehr unter der Bettdecke, wie ich es als Vorschulkind getan hatte. Man ist alt genug, um einen Tauchschein zu machen und seine Zuflucht unter dem Meeresspiegel zu finden.

Es klingt vielleicht pathetisch, aber das Tauchen hat mir damals das Leben gerettet. Ich tauchte ein in eine Welt, in der alles still und friedlich war, weit weg von Streit und häuslicher Gewalt. Es wurde für mich mehr als ein Hobby. Es wurde eine Notwendigkeit, um nicht verrückt zu werden.

Ich hatte schon als Kind gelernt, mein Herz nicht an Menschen zu hängen. Liebe war für mich etwas Gefährliches. Ungefähr so gefährlich wie für Nina das Meer. Und jetzt holte sie mich ein, die verdammte Liebe.

Die Kirchturmuhr schlug viermal zur vollen Stunde. Abrupt stand ich auf.

»Ich muss los und Matteo ablösen. Er muss für eine Vernehmung zur Polizei nach Orbetello und die nächste Fähre schaffen. Tut mir leid, dass ich die ganze Zeit nur gejammert und geklagt habe.«

Pater Lorenzo lächelte milde. »Aber dafür bin ich doch da. Man kann nicht immer nur tapfer sein und alles mit sich selbst regeln. Erinnere dich an die letzten Worte Jesu am Kreuz.« Er deutete auf das Kruzifix. »Sogar Gottes Sohn hat in seinen letzten Stunden Schwäche gezeigt und gerufen: ›Mein Gott, mein

Gott, warum hast du mich verlassen?‹ Und wir sind Menschen. Menschen zweifeln. Menschen machen Fehler, nicht nur aus Boshaftigkeit, sondern oft nur aus Angst oder Schwäche. Und manchmal sogar aus Liebe.«

21
Nina

Schon wieder hatte ich die Flucht ergriffen. Ich hielt sie einfach nicht aus, die Nähe dieses Mannes, der mich nach einem siebenjährigen Dornröschenschlaf wieder zum Leben erweckt hatte. Dass ich mich wieder lebendig fühlte, war das Gute an der Sache. Das Grausame war, dass ich unsagbar unter meinen Gefühlen für ihn litt. Zudem lag die Schuld wie ein Joch auf meinen Schultern. Ich hatte nur an mich gedacht und ihn sogar stalken wollen, während er einen Freund und Kollegen an den Tod verloren hatte. Ich schämte mich so, dass ich glaubte, Tonio nie wieder unter die Augen treten zu können.

Urlauber mit Badetaschen zogen an mir vorüber, Kinder mit Schwimmtieren unter dem Arm. Der Inselbus hupte, weil die Müllabfuhr ihm die Straße versperrte. Das Leben ging weiter. Aber nicht für jeden von uns.

»Santa Madre di Dio! Du siehst aus, als hätte dich ein Esel getreten«, empfing mich Clemenza. »Was ist passiert?«

Ich ließ meine Strandtasche auf die Holzdielen fallen, als würde sie Tonnen wiegen, und setzte mich an den Tisch, auf dem ein großer Teller mit Cannoli, einer süßen Spezialität aus Clemenzas sizilianischen Heimat, stand. Aber ich hatte keinen Appetit. Ich hatte das Gefühl, nie wieder in meinem Leben etwas essen zu können.

Clemenza setzte sich neben mich und schaute mich eindringlich an.

»Nun erzähl schon.«

Ich begann stockend von dem Tauchunfall zu erzählen und dass ich Tonio am Strand getroffen hatte, der die ganze Nacht im Krankenhaus gewesen war, bis die Todesnachricht kam. Von meinen Gefühlen zu ihm, meiner tobenden Eifersucht und meiner Stalking-Aktion im »La Margherita« sagte ich kein Wort. Ich wäre vor Scham im Boden versunken.

»Und das nimmt dich so mit?«, fragte Clemenza, als ich geendet hatte. »Ich meine, ein Todesfall ist immer schrecklich, keine Frage. Aber doch eher für die Menschen, die dem Toten nahestanden. Kanntest du diesen Ruben denn?«

Ich schüttelte den Kopf. Clemenza war nicht dumm. Und ich war auch nicht wegen Ruben so am Boden zerstört. Aber das wollte ich ihr nicht erzählen.

»Tonio ist sehr betroffen«, sagte ich, um von mir abzulenken.

»Ja, das kann ich verstehen. Und du bist betroffen, weil Tonio betroffen ist, habe ich recht?«

Ich blieb ihr die Antwort schuldig. Man konnte es drehen und wenden, wie man wollte, Clemenza war mir auf die Schliche gekommen.

»Tonio ist ein guter Mensch«, sagte sie, ohne noch länger auf meine Antwort zu warten. »Er hat mich aufgefangen nach dem Tod meines Jungen und ist so etwas wie ein zweiter Sohn für mich geworden. Ich möchte natürlich, dass er glücklich ist. Aber irgendwie scheint er es sich immer wieder selbst zu verbauen.«

Ha! Da war er beileibe nicht der Einzige.

»Mit dem Tod ist das so eine Sache«, fuhr sie fort. »Er gehört nun mal zum Leben dazu und ist eigentlich auch gar nichts Schlimmes, jedenfalls nicht für den Menschen, der stirbt. Für den ist er eine Erlösung von allen irdischen Problemen. Schlimm ist es für die Menschen, die ihm nahestehen und zurückbleiben müssen. Unser Problem ist das Loslassen. Menschen zu verlieren, die wir lieben, wirft uns aus der Bahn und macht es uns schwer, weiterzuleben.«

Ich nickte und dachte an die sieben Jahre ohne Karsten. Ich war aufgestanden, zur Arbeit gegangen, heimgekommen, hatte gegessen und geschlafen. Ich hatte existiert. Leben war etwas anderes.

Clemenza nahm meine Hand und streichelte sie, als wollte sie ein Kind trösten. »Weißt du, Nina, auch wenn Tonio sich rührend um mich kümmert und ich mir Mühe gebe, tapfer zu sein, so kann ich es doch nicht leugnen: Filippos Tod hat eine alte, verbitterte Frau aus mir gemacht, die nachts in ihr Kissen weint. Er war so ein lebensfroher Junge, der alles für mich tat und Licht in mein Leben brachte. Er stand in der Blüte seiner

Jahre, liebte seinen Beruf und das Leben. Er war mein Augapfel, mein Glück, der Sinn meines Daseins. Und nun ist alles, was mir von ihm geblieben ist, dieser Weihnachtsbaum.«

Ich folgte ihrem Blick zu der Plastiktanne in der Zimmerecke, unter der der Kater auf dem Rücken lag und mit einer bunten Glaskugel spielte.

»Filippo hat ihn immer aufgestellt und mir jedes Jahr beim Schmücken geholfen. Das war unser Ritual, weißt du? Seit er ein ganz kleiner Junge war. Als er dann größer wurde, setzte er jedes Mal den silbernen Engel oben auf die Spitze, weil ich zu klein dafür bin. ›Mamma‹, hat er gesagt, ›du musst nicht auf den Stuhl steigen. Am Ende fällst du runter und brichst dir das Genick. Und dann haben wir kein Weihnachtsfest, sondern eine Trauerfeier.‹ Nun ist er es, um den ich trauere. Und ich habe nicht einmal ein Grab, an dem ich um ihn weinen kann. Das ist verkehrte Welt. Kinder sollten nicht vor ihren Eltern sterben.«

Sie stand auf und trat ans Fenster. Vermutlich sollte ich ihre Tränen nicht sehen. Doch ich hatte den starken Wunsch, sie zu trösten. Also stellte ich mich hinter sie und legte meinen Arm um ihre Schultern.

Draußen dämmerte es, und die alten schmiedeeisernen Laternen flammten auf. Eine Gruppe Jugendlicher zog durch die Gasse. Sie lachten und redeten lautstark durcheinander. Einigen Wortfetzen konnte ich entnehmen, dass sie zum Ristorante »La Porta« an der Piazza Gloriosa wollten. Es gab einen Geburtstag zu feiern. Eine seltsame Wehmut überkam mich. Ein Mal noch so jung sein und das Leben vor sich haben. Vielleicht würde ich diesmal nicht so viele Fehler machen.

»Feiert das Leben, solange ihr es könnt«, sagte Clemenza leise, als hätte sie meine Gedanken erraten. »Verschenkt keinen Tag, den ihr besser genießen könntet. Nutzt eure gemeinsame Zeit, denn sie ist kürzer, als ihr glaubt.«

Sie sagte es nicht, aber ich hatte das untrügliche Gefühl, dass sie von Tonio und mir sprach.

22
Tonio

Die letzten Touristen schüttelten ihre Badelaken aus und packten die Schwimmsachen zusammen, als ich an diesem Abend nach Hause ging. Vom Meer kam ein Wind auf, der die Blätter der Palmen zauste und einen vergessenen Wasserball über den Sand fegte. Der Bagnino klappte die Sonnenschirme zu. Der Tag ging zu Ende. Morgen würde ein neuer beginnen. Ohne Ruben.

Oben in Castello läuteten die Glocken zur Messa serale.

Ich musste an Pater Lorenzo denken. Die Lektion der wahren Liebe sollte ich lernen. Ausgerechnet ich, der das Wort »Liebe« nicht mal aussprechen konnte. Als Kind hatte ich meine Mutter einmal gefragt, warum sie überhaupt noch bei meinem Vater wäre. Warum sie ihn nicht längst verlassen hatte. Sie hatte mich traurig angeschaut und mir übers Haar gestrichen. »Weil ich ihn liebe«, hatte sie gesagt. »Obwohl er trinkt und mich schlägt, liebe ich ihn. Wenn man liebt, muss man es aushalten, verletzt zu werden.«

Deshalb hatte ich schon als Kind beschlossen, niemals zu lieben. Ich wollte nicht verletzt werden. Ich hatte meine Mutter sterben sehen. Nicht nur an Krebs, sondern auch an gebrochenem Herzen.

Natürlich war mir längst klar, dass das ein kindlicher Trugschluss gewesen war. Aber der Verstand war das eine, eingeschliffene Gewohnheiten etwas ganz anderes. Ich war mit meiner unverbindlichen Art bisher gut gefahren und hatte nie einen Grund gehabt, das zu ändern. Deshalb hatte ich keine Übung darin, Gefühle offen zu zeigen. Dieses über Jahre hinweg antrainierte Verhalten konnte ich nicht einfach so ablegen. Ich hatte nicht die geringste Ahnung, wie ich Nina zu verstehen geben sollte, wie wichtig sie mir war.

Was war passiert, dass all meine Prinzipien plötzlich derart auf dem Kopf standen? Nina war in mein Leben getreten. Nicht laut und stürmisch wie ein Orkan, sondern leise und sanft wie eine Sommerbrise. Zunächst hatte sie mich einfach nur gerührt mit ihrer Wasserphobie. Inzwischen hatte ich ihre Stärke kennengelernt, ihre Beharrlichkeit, wenn es darum ging, Ziele zu verfolgen. Das imponierte mir. Ihr Engagement für die Seenotrettung hatte mich stark beeindruckt. Wie sie unermüdlich die Insel ablief, um Unterschriften zu sammeln. Und mich reizte die Herausforderung, ihr das Meer nahezubringen, ihr all die Schönheit zu zeigen, die es bereithielt. Aber das würde Zeit brauchen, die ich vielleicht nicht mehr hatte, wenn ich nicht endlich etwas unternahm.

Nina war mit Sicherheit keine Draufgängerin, eher ein Mauerblümchen, das jung geheiratet und in ihrem Leben nur diesen einen Mann gehabt hatte. Es hatte etwas Rührendes, wie ungeübt sie im Flirten war, als hätte sie Angst, einen Schritt zu weit zu gehen. Noch vor ein paar Wochen hätte ich das einfach als Herausforderung gesehen, weiterzubaggern; inzwischen hatte ich begriffen, dass ich bei Nina andere Wege einschlagen musste.

Ich muss dringend an meiner Kommunikation arbeiten, dachte ich, als ich meine Wohnungstür aufschloss, von der mich ein handtellergroßer Sticker von Mr. Bean angrinste. Matteo hatte ihn mir vor Jahren einmal an das Türblatt geklebt, damit ich auch in volltrunkenem Zustand mein Zuhause finden würde. Okay, ich gebe zu, ich war damals nach seiner Geburtstagsfeier einmal, aber wirklich nur ein einziges Mal, fast bei Signora Moretti eingebrochen, die eine Treppe tiefer wohnte. Beim Eindrücken von Türen war ich spitze, auch oder besser gesagt ganz besonders, wenn der Schlüssel nicht passte. Signora Moretti hatte im richtigen Moment die Tür aufgerissen und einen Schreikrampf bekommen, als ich ihr schwungvoll in die Arme fiel. So etwas wollte sie nie wieder erleben, hatte sie gesagt. Und ich offen gestanden auch nicht.

In meiner kleinen Junggesellenbude war es still wie in einem Grab. Wer sollte mich auch empfangen, meine Zierfische konnten nicht reden. Ich machte Licht, blinzelte einen Moment in meine Zafferano-Lampe, bis meine Augen sich an die Helligkeit gewöhnt hatten, und ging zum Aquarium, in dem zwei Corydoras und drei Skalare geduldig ihre Runden zogen. Ich nahm die Dose mit Fischfutter aus dem Regal, die mir als Buchstütze diente, und gab eine Prise davon ins Wasser. Vineta war zuerst an der Oberfläche, sie war mit Abstand die Verfressenste von allen.

Atlantis, Mu und Rungholt folgten. Nur Lemuria ließ sich nicht beeindrucken und drückte unverdrossen ihr Gesicht an die Scheibe, als wollte sie mich begrüßen.

»Ciao, Lemuria«, sagte ich. »Gar keinen Hunger heute?«

Sie schaute mich aus großen, runden Fischaugen an. Dass Fische nicht antworten konnten, war manchmal auch von Vorteil. Eigentlich waren sie die idealen Gesprächspartner. Ich kniete mich auf meinen meerblauen Flokati, sodass ich mit der Fischdame auf Augenhöhe war, und nahm sie fest ins Visier.

»Ich liebe dich, Lemuria«, sagte ich und spürte dem Geschmack der Worte nach. Sie fühlten sich noch ein wenig sperrig an. Auch ein wenig albern natürlich, schließlich redete ich mit einem Fisch. Aber das würde sich mit der Zeit schon legen.

»Ich liebe dich«, versuchte ich es noch einmal, diesmal etwas lauter und mit mehr Nachdruck. »Guck nicht so blöd, ich bin es nicht gewohnt, darüber zu sprechen, und ich weiß auch, dass es kitschig klingt, aber ich liebe dich, verdammt noch mal.«

So ging das nicht. Fluchen war bei Liebeserklärungen streng verboten. Ich bekam meine Quittung augenblicklich. Lemuria strafte mich mit sofortiger Nichtachtung und wandte sich dem Futter zu. Ich machte noch einen halbherzigen Versuch, die Aufmerksamkeit Vinetas zu gewinnen, aber ihr Abendmahl interessierte sie deutlich mehr als meine Avancen. Ich konnte auch unmöglich zwei verschiedenen Frauen, die noch dazu im selben Aquarium lebten, so kurz hintereinander meine Liebe erklären. Das gehörte sich einfach nicht.

Ich holte mir ein Bier aus dem Kühlschrank, schaltete den Fernseher ein und zappte durch die Kanäle. Bei »Casablanca« blieb ich hängen. Humphrey Bogart prostete Ingrid Bergman zu und sagte: »Schau mir in die Augen, Kleines.« Ich seufzte. Nie im Leben würde ich so etwas Schwülstiges über die Lippen bringen. Aber das war vielleicht auch was für Fortgeschrittene.

Ich würde morgen einfach mit den Fischen weiterüben. Für den ersten Versuch war das doch heute ganz okay gewesen. Fische waren als Übungsobjekt für Liebeserklärungen gar nicht so übel. Sie waren nicht nur stumm, sondern sie konnten auch nicht lachen.

Am Donnerstag kam die Polizei zu uns in die Schule. Das Ergebnis der Untersuchung von Rubens Tarierweste sei gekommen und habe ergeben, dass sie völlig in Ordnung war. An einem defekten oder verklemmten Ventil hätte es jedenfalls nicht gelegen.

Wir waren wie vor den Kopf geschlagen. Hatte Cinque recht gehabt? Hatte Ruben wirklich Selbstmord begangen? Und wenn ja, warum?

Ich saß mit Matteo an ihrem Schreibtisch, während sie in meinem Büro von den Polizisten vernommen wurde.

»Wenn ihr nichts Überzeugendes einfällt, was mich entlastet«, sagte Matteo düster, »stehe ich unter Mordverdacht, das ist ja wohl klar.«

»Mordverdacht? Spinnst du?«, fuhr ich ihn an. »Wie kommst du denn darauf?«

»Ich war schließlich mit ihm zusammen unten. Dass sich jemand auf so eine bekloppte Art absichtlich selbst umbringt, glaubt ja wohl kein Mensch.«

Besorgt betrachtete ich meinen Freund. Er kaute auf seiner Unterlippe, und feine Schweißperlen standen auf seiner Stirn. Über seinem Kopf schwang Cinques Schwertfisch im Luftzug des Deckenventilators langsam hin und her.

»Aber dass du ihn auf so eine bekloppte Art umbringst, ist ja wohl auch nicht sehr wahrscheinlich«, gab ich zurück. »Und überhaupt, was soll denn dein Motiv sein?«

Matteo zuckte die Schultern. »Frag mich was Leichteres. Ich habe Angst, Tonio.«

Ich hatte die letzten Tage an kaum etwas anderes gedacht als an die Frage, wie das alles zusammenpasste. Cinques aufbrausendes Verhalten in letzter Zeit, der Streit mit Ruben und der Tauchunfall. Oder der Selbstmord. Allmählich hielt ich es selbst für möglich. Daran, dass Matteo etwas mit der Sache zu tun haben könnte, glaubte ich allerdings keine Sekunde.

Meine Bürotür ging auf, und die beiden Polizisten kamen heraus. Ich hatte das Gefühl, dass Matteo neben mir förmlich zusammenschrumpfte.

»Ich denke, es wird Sie interessieren, dass die Sektion keine weiteren Erkenntnisse gebracht hat, die Blutuntersuchung war negativ. Wir gehen in der Tat von einem Suizid aus«, sagte einer der beiden. »Zugegebenermaßen eine ungewöhnliche Art, sich das Leben zu nehmen, aber nach der Aussage Ihrer Kollegin und vor dem Hintergrund unserer Ermittlungen recht gut nachvollziehbar.« Der andere nickte zu jedem seiner Worte.

Matteo und ich sahen uns an. In seinem Gesicht sah ich neben einem großen Fragezeichen nichts als Erleichterung. Was hatte Cinque denen bloß erzählt?

Die Polizisten verabschiedeten sich, nachdem sie uns versichert hatten, dass der Leichnam nun freigegeben würde, und ließen uns allein.

»Mensch, Tonio, ich bin völlig fertig. Brauchst du jetzt auch einen Schnaps? Ich hab noch ’ne angebrochene Flasche von meinem Umtrunk mit Nina im Schrank.«

Ich stutzte. Dann nahm ich meinen Freund gründlich ins Visier.

»Umtrunk mit Nina? Gibt es da etwas, das du vergessen hast, mir zu erzählen?«

Matteo biss sich auf die Lippen und bekam rote Ohren. »Sie hatte mich gebeten, dir nicht zu sagen, dass sie hier war. Tut mir leid. Im Überschwang der Erleichterung hab ich mich jetzt verplappert.«

»Wieso war Nina hier und wann überhaupt?« Mein Herzschlag war binnen Sekunden auf die doppelte Frequenz gestiegen.

»Am Tag von Rubens Unfall. Beziehungsweise … seines Selbstmords. Sie hatte wohl den Rettungshubschrauber gesehen und wollte wissen, was passiert war.« Er blinzelte mich an. »Ich hatte den Eindruck, sie bebte vor Angst, dass es dich erwischt haben könnte. Als ich ihr gesagt habe, dass nicht du, sondern

Ruben verunglückt war, sank sie jedenfalls vor Erleichterung förmlich in sich zusammen und brauchte einen Schnaps. Da hab ich uns einen Kurzen eingeschenkt. Also gut, zwei. Weißt ja, auf einer Flosse kann man nicht stehen. Willst du jetzt einen Amaro oder nicht?«

Ich glaubte mich verhört zu haben. Nina hatte sich um mich gesorgt und war extra deshalb hergekommen? Und das nur Stunden, nachdem sie von Cinque so unsanft hinauskomplimentiert worden war und ich geglaubt hatte, sie würde nie wieder einen Fuß in unsere Schule setzen! So unglaublich es sich anhörte, ich wusste, dass Matteo nicht flunkerte. Es war nicht angebracht angesichts des Freitods eines Kollegen, aber was ich gerade fühlte, war reines Glück. Es war ein sagenhaftes Gefühl, aber ich durfte es mir natürlich nicht anmerken lassen.

»Wieso hast du denn Schnaps in der Schule?«, fragte ich stattdessen mit gespielter Strenge. »Dir ist doch klar, dass Alkohol und Tauchen …«

»Jaaaa, natürlich ist mir das klar«, unterbrach er mich schnell, während er mir einschenkte. »Er war auch nicht zum Trinken gedacht.«

»Wozu dann? Zum Desinfizieren von Haifischbissen?«

»Nein, als Geschenk. Ich war an dem Abend zu einer Geburtstagsfeier eingeladen und hatte die Flasche hier nur zwischengeparkt. Nach der Hiobsbotschaft mit Ruben hatte sich das mit dem Geburtstag sowieso erledigt, da konnte ich die Pulle genauso gut aufmachen. Ich bin an dem Tag ja nicht mehr tauchen gegangen.«

»Schon gut, schon gut. Und heute gehen wir auch nicht mehr tauchen.« Ich hob mein Glas. »Salute.«

»Salute! Auf dich und Nina.«

Ich verzieh ihm das dümmliche Grinsen. Ich hätte in diesem Moment jedem wirklich alles verziehen. Nina hatte sich um mich gesorgt. Das Leben war schön.

Der Amaro beruhigte meinen nervösen Magen augenblicklich.

»Was meinten die mit ›vor dem Hintergrund unserer Ermittlungen‹?«, überlegte ich laut.

Matteo zuckte die Schultern. »Vielleicht meinen sie damit die Vernehmungen, die sie mit uns allen geführt haben.«

»Glaub ich nicht. Der Bulle sagte ja weiter ›und der Aussage Ihrer Kollegin‹, also muss er mit den Ermittlungen was anderes gemeint haben.«

»Ach, ist doch jetzt auch egal«, winkte Matteo ab. »Die lassen sich bei ihrer Arbeit eh nicht in die Karten gucken. Schieb lieber die Flasche rüber, ich brauch noch einen.«

Aber ich konnte diese überraschende Wendung nicht einfach so abhaken. Irgendetwas stimmte da nicht.

»Was kann Cinque denen nur erzählt haben?«, sinnierte ich, als ich uns nachschenkte. »Dass die den Fall so schnell als Selbstmord ablegen, hätte ich nie gedacht.«

»Ich habe keinen Schimmer, aber du kannst sie ja selbst fragen.« Er deutete mit dem Kopf zu meiner Bürotür, aus der gerade unsere völlig verheulte Kollegin kam.

»Komm her und trink einen Amaro mit uns«, rief ich ihr zu. »Danach wird es dir besser gehen.«

»Mir wird es nie wieder besser gehen«, schniefte sie.

»Nein, das glaubst du jetzt nur, aber die Zeit heilt alle Wunden.« Diese Floskel war natürlich eine glatte Lüge. Die Zeit heilte nicht, sie klebte lediglich ein Pflaster auf die Verletzung, nur um es bei der nächsten Gelegenheit schmerzhaft wieder herunterzureißen, aber diese Wahrheit wollte ich Cinque jetzt nicht zumuten. Ich legte den Arm um sie, mit der anderen Hand schenkte ich ihr ein Glas ein. »Erzähl, wie du das gemacht hast.«

»Wie ich was gemacht habe?« Cinque nippte am Amaro und verzog das Gesicht.

»Du musst ihn schnell trinken, auf ex!«, wies Matteo sie an.

Sie kippte den Schnaps herunter und schüttelte sich.

»Besser?«, fragte ich.

Sie nickte.

»So, und jetzt raus mit der Sprache. Was hast du denen erzählt?«

Cinque hob die Schultern. »Dasselbe, was ich dir gesagt habe. Dass es kein Unfall, sondern Selbstmord war. Weil wir uns gestritten haben.«

»Und das haben die einfach so geglaubt?« Matteo glaubte es jedenfalls nicht, das sah ich ihm deutlich an.

Cinque nickte, schaute uns aber nicht an dabei, sondern studierte angestrengt das Flaschenetikett.

»Weshalb habt ihr euch denn gestritten?«, fragte ich.

»Ist das jetzt noch ein Verhör, oder was? Davon hab ich genug für heute!« Cinque sprang auf, griff nach ihrer Tasche und stürzte hinaus.

Erschrocken von ihrer Reaktion starrten wir ihr nach. Jetzt waren wir so schlau wie vorher.

»Warum hat sie ihn geohrfeigt?«, überlegte ich laut.

»Oh, wenn Cinque richtig in Fahrt ist, gehört da nicht viel dazu. Wenn du sie an einem schlechten Tag erwischst, reicht es ja schon, wenn du ihre Ablage durcheinanderbringst.«

»Oder einen Nummer-5-Witz auf ihre Kosten reißt«, sagte ich und kippte meinen Schnaps.

»Exakt. Das erklärt aber nicht, dass sie auch uns gegenüber so grantig ist.« Matteo drehte die Flasche zu, was ich mit leisem Bedauern registrierte. Heute war ein Tag, an dem ich mich gern betrunken hätte, zumal kein Tauchgang mehr auf dem Programm stand. Wir hatten die Schule wegen des Trauerfalls für den Rest der Woche geschlossen. Aber Matteo war wie immer der Vernünftigere von uns beiden.

»Ich muss für die Beerdigung noch Rubens Lied aufnehmen«, sagte er. »Und du solltest das Foto von ihm rahmen, für die Trauerfeier. Wir können hier nicht länger rumhängen, morgen haben wir einen harten Tag vor uns.«

23
Nina

Am nächsten Tag hielt ich mich fern von Campese. Ich musste endlich zur Ruhe kommen. Das würde nicht funktionieren, wenn ich Tonio ständig über den Weg lief. Stattdessen streifte ich durch Porto, sammelte Unterschriften für meine Petition und verglich sie routinemäßig – und ergebnislos – mit der Handschrift in meinem anonymen Brief. Castello hatte ich bereits abgearbeitet. Hier wohnten überwiegend alte Leute, die ich eigentlich ausschließen konnte. Campese war noch offen, dort wiederum gab es überwiegend Touristen, aber das war nicht der wirkliche Grund, warum ich mich fern von diesem Ferienort hielt.

Die Beerdigung und Tonios Bitte, daran teilzunehmen, beschäftigten mich immer noch. Er würde sich freuen, hatte er gesagt. Aber warum? Ich wurde einfach nicht schlau aus ihm. Fast hätte ich den Eindruck gehabt, dass ich ihm wirklich wichtig war, aber dann hatte er es zum reinen Freundschaftsdienst relativiert. Was hatte ich mir da auch eingebildet? Schließlich würde diese Circe auch da sein. Ich würde mich nur selbst quälen, wenn ich die beiden zusammen sah, und womöglich wieder nach Zeichen und Hinweisen suchen, aus denen ich auf das Verhältnis der beiden schließen konnte. Dabei sollte mir das eigentlich egal sein. Ich schämte mich immer noch so sehr für den Abend mit dem Fernglas im »La Margherita«, dass ich so etwas auf gar keinen Fall wiederholen wollte.

Am Donnerstagabend wusste ich immer noch nicht, was ich tun sollte. Ich entschied mich alle paar Minuten für das Gegenteil von dem, was ich gerade noch vorgehabt hatte. Nach dem Essen half ich Clemenza, die Küche aufzuräumen, und ging früh ins Bett, unter dem Vorwand, müde zu sein. Doch ich grübelte bis nach Mitternacht. Irgendwann fiel ich in einen unruhigen Schlaf.

Am Freitagmorgen war ich so schlau wie am Abend zuvor. Aber jetzt drängte die Zeit. Clemenza hatte sich bereits in ihrem schwarzen Seidenkleid auf den Weg gemacht, nachdem sie eine Stunde lang auf mich eingeredet hatte wie auf ein krankes Pferd. Aus irgendeinem Grund liebte sie Trauerfeiern und Beerdigungen und konnte es offenbar gar nicht erwarten, in die Kirche zu kommen, wollte aber nicht ohne mich gehen. Ich hatte mich standhaft geweigert, und sie war schließlich doch allein aufgebrochen.

Ich hockte mich zu Filippo, der auf den Treppenstufen vor dem Haus eine Eidechse anknurrte.

»Sag mir, was ich tun soll, mein Freund«, bat ich ihn, aber natürlich antwortete er nicht. Er war voll und ganz auf seine potenzielle Beute konzentriert.

Einen Augenblick lang zog ich in Erwägung, das Ouija-Brett zu Hilfe zu nehmen, verwarf es dann aber wieder als unsinnig. Wenn ich schon über so etwas nachdachte, stand es wirklich schlimm um mich.

Ich entschied mich für ein Orakel mit Filippo. Wenn er die Eidechse in den nächsten dreißig Sekunden erwischte, würde ich gehen. Wenn nicht, blieb ich zu Hause. Ich richtete mein Augenmerk auf das Zifferblatt meiner Armbanduhr.

Filippo schnappte sich die Echse nach achtundzwanzig Sekunden, als ich schon Hoffnung hatte, ich würde drum herumkommen.

Seufzend schlüpfte ich in das dunkelste Kleid, das ich dabeihatte, zog die schwarzen Ballerinas an und machte mich auf den Weg zur Piazza Gloriosa, wo ich auf dem Wochenmarkt einen Strauß weißer Chrysanthemen kaufte. Als der Bus endlich kam, war klar, dass ich zu spät kommen würde, ich musste mich irgendwie in die Kirche schleichen, um die Feierlichkeiten nicht zu stören. Aber das Orakel hatte gesprochen, die Entscheidung war gefallen, jetzt konnte ich keinen Rückzieher mehr machen.

Schon von Weitem hörte ich die Orgelmusik. Die Trauerfeier hatte also bereits begonnen. Während ich noch die Treppe hinaufhastete, verstummte die Orgel plötzlich, und als ich mich durch einen schmalen Spalt des Portals in die Kirche schob, hatte der Pfarrer schon mit seiner Rede begonnen. So konnte man das Quietschen der Tür deutlich hören. Zum Glück schaute sich niemand um. Ich trat leise an das Ende des Mittelgangs und wartete darauf, dass meine Augen sich vom gleißenden Sonnenlicht an das Halbdunkel der Kirche gewöhnten.

Nach und nach nahm ich neben dem von Kerzen erleuchteten Altar auch den Sarg aus poliertem dunklem Holz wahr und den Pfarrer, der Pater Lorenzo sein musste. Ich ließ meinen Blick über die Trauergäste schweifen und entdeckte Tonio, der am Mittelgang saß, neben einer Frau mit langem schwarzem Haar. Ihr Gesicht konnte ich nicht erkennen, weil sie mir den Rücken zuwandte, aber mir war natürlich klar, wer das war. Tonio hatte den Arm um ihre Schultern gelegt, und sie schmiegte sich an ihn.

Plötzlich kam ich mir sehr einsam und verloren vor, wie ich dastand mit meinem weißen Chrysanthemenstrauß zwischen all den Fremden. Wie bestellt und nicht abgeholt. Clemenza saß in der dritten Reihe, neben Pepe, in der Mitte der Kirchenbank. Ich wäre gar nicht zu ihr durchgekommen, selbst wenn noch ein Platz frei gewesen wäre.

Und Tonio, der einzige andere, den ich näher kannte, war voll und ganz damit beschäftigt, seine Kollegin zu trösten. Jetzt wischte er ihr mit seinem Taschentuch die Tränen vom Gesicht, sie presste den Kopf an seine Schulter, und er streichelte ihr Haar. Das war zu viel.

Ich konnte nicht mehr hinschauen und wandte den Blick ab. Fokussierte stattdessen die Kerzen auf dem Altar und das große gerahmte Porträtfoto des Verstorbenen, den ich jetzt zum ersten Mal sah. Er wirkte so unbekümmert und lebendig und lag jetzt tot in dieser Kiste. Plötzlich hatte ich das Gefühl, als würde sich mir der Magen umdrehen.

Ich stürzte zur Tür. Im Laufen riss ich den Holzständer mit den Prospekten und Ansichtskarten der Kirche um, der mit einem lauten Poltern zu Boden fiel, aber ich ließ ihn liegen und rannte hinaus. Die Kirchentür schlug krachend hinter mir zu, und ein Schwarm Möwen flog auf, die vor der Kirche ihr Gefieder geputzt hatten. Von der Sonne geblendet stolperte ich die Kirchentreppe hinunter und folgte den Möwen zum Hafen. Ich wollte einfach nur weg von hier.

24
Tonio

Die Kirche war über und über mit Blumen geschmückt, und die Orgel spielte leise, sodass ich einen Augenblick lang das Gefühl hatte, ich käme zu einer Hochzeit und nicht zu einer Trauerfeier. Wäre da vorn nicht der Sarg gewesen. Es war ein schöner Sarg aus dunklem Mahagoni, auf dem ein Bukett weißer Lilien befestigt war. Der Gedanke, dass Ruben da drin liegen sollte, schnürte mir die Kehle zu.

Auf dem Altar, zwischen zwei Reihen hoher Kerzen, stand ein großer Bilderrahmen, aus dem mich Ruben anschaute. Ruben, als er noch gelebt hatte. Es war ein Foto vom letzten Sommerfest der Tauchschule vor nicht einmal sechs Wochen, auf dem er mit strahlenden Augen in die Kamera lachte.

Die Kirchenbänke waren schon gut gefüllt. Ich erkannte einige Freunde aus Campese, unter anderem den Wirt von »Zio Meino« und Leute von der Pizzeria. Clemenza saß neben Pepe mitten in der Menge. Ich nickte ihnen im Vorbeigehen zu.

Matteo winkte uns heran. Neben ihm am Rand zum Mittelgang waren noch zwei Plätze frei. Ich ließ Cinque den Vortritt und nahm den Platz ganz außen. Von hier aus hatte ich einen unverstellten Blick auf den Sarg und das Foto. Konfrontationstherapie, dachte ich unwillkürlich. Schau es dir an und begreife, dass er tot ist.

Die Tür wurde geschlossen, Orgelmusik brandete auf, und als wäre ein Startschuss gefallen, begann Cinque an meiner Seite zu weinen. Ich legte tröstend den Arm um sie und gab ihr ein Päckchen Taschentücher in der Hoffnung, dass es reichen würde.

Pater Lorenzo war schon mitten in seiner Predigt, als die Kirchentür quietschte und ein Streifen Licht in den Mittelgang fiel. Da war wohl noch ein Nachzügler gekommen. Ich dachte kurz daran, mich umzudrehen, um zu schauen, wer es war, empfand es aber dann als pietätlos.

Als es in der Nähe des Eingangs plötzlich laut krachte,

fuhr ich dann doch herum, wie nahezu alle anderen Gäste der Trauerfeier auch. Der Ständer mit den Kirchenprospekten und Ansichtskarten im Eingangsbereich war umgefallen, und ich sah gerade noch Ninas Rücken und ihren Hinterkopf, bevor das Portal hinter ihr zuschlug.

Die kurze Freude darüber, dass sie doch gekommen war, wurde schnell abgelöst von der Frage, warum sie so plötzlich wieder flüchtete. Was hatte sie gesehen? Wie ich Cinque im Arm hielt. Ihr die Tränen abwischte und sie tröstete. Verdammt! War sie deswegen abgehauen?

Es fiel mir schwer, mich auf den Rest der Trauerfeier zu konzentrieren. Ein Teil von mir wäre ihr am liebsten gefolgt, der andere wollte nicht mitten in Rubens Totenmesse einfach davonlaufen. Aber als wir danach am Portal standen und die Trauergäste uns kondolierten, flüsterte ich Cinque eine Entschuldigung ins Ohr und versprach ihr, später auf dem Friedhof wieder zu ihnen zu stoßen.

Ein Blick auf die Uhr sagte mir, dass seit Ninas Flucht noch kein Bus wieder nach Castello gefahren war. Sie musste also noch im Ort sein. Ich schaute mich um, aber natürlich war sie nirgends zu sehen. Also lief ich los, um sie zu suchen.

Ich fand sie am Hafen, auf der Mole, wo sie vor der Gedenktafel mit den Namen der Toten vom Schiffsunglück stand, so reglos wie die Madonna auf der Mauer über ihr. Es schien, als ob sie betete. Als ich näher kam, sah ich, dass sie unterhalb der Tafel einen Blumenstrauß abgelegt hatte. Ich stellte mich neben sie.

»Sind die Blumen nicht für Ruben bestimmt?«, fragte ich.

»Das waren sie«, antwortete Nina, den Blick weiter starr geradeaus gerichtet. Sie schien keineswegs verwundert zu sein, dass ich hier war. Ob sie darauf gewartet hatte, dass ich ihr folgte?

»Wieso liegen sie dann hier und nicht in der Kirche, wo sie sein sollten? Wenn sie für ihn bestimmt sind, gehören sie auf seinen Sarg.«

Nina verharrte weiterhin völlig reglos, und als sie sprach, bewegten sich nur ihre Lippen.

»In diesem Sarg liegt nicht Ruben.«

Eine Ohrfeige hätte mich nicht heftiger treffen können. Hatte sie jetzt völlig den Verstand verloren?

»Was soll das heißen?«, fragte ich und erkannte meine eigene Stimme nicht mehr.

»Das, was ich sagte. In diesem Sarg gibt es keinen Ruben van Gent.«

Ich horchte auf. Woher kannte Nina Rubens Nachnamen? Ich hatte ihn ihr gegenüber nie erwähnt.

»Sprich nicht in Rätseln. Erklär mir das bitte.«

Endlich sah sie mich an. In ihren Augen standen Tränen.

»Du hast dir nie all diese Namen durchgelesen, oder?«, fragte sie statt einer Antwort und wies auf die Gedenktafel vor uns an der Mauer.

Ich hob die Schultern. »Nicht wirklich, nein. Man schaut drauf, wenn man vorbeigeht, liest aber eigentlich immer nur die erste Zeile. Jedenfalls wenn man nicht länger innehält, weil man Angehörige unter den Opfern hat.«

»Ja, das verstehe ich. Ich habe auch nur bis zu Karstens Namen gelesen, vielleicht auch, weil gleich danach der Name von Sabine kommt. Die Namen darunter habe ich mir auf jeden Fall nicht mehr angeschaut. Was ein schweres Versäumnis war.« Sie ging auf die Tafel zu und strich mit dem Zeigefinger über die eingravierten Buchstaben in der vorletzten Reihe.

»Ruben van Gent«, las ich fassungslos.

Einige Sekunden lang starrte ich Nina nur an und versuchte, meine Gedanken zu sortieren.

»Aber wenn Ruben van Gent ein Opfer des Schiffsunglücks war«, stammelte ich schließlich, »für wen halten wir dann diese Trauerfeier ab?«

Nina lächelte matt.

»Wenn der Mann im Sarg derselbe ist wie der Mann auf dem Foto, das auf dem Altar steht«, sagte sie leise, »dann hat die letzten sieben Jahre nicht Ruben van Gent für dich gearbeitet, sondern Karsten. Mein Mann.«

25
Nina

»Ich hatte keine Ahnung«, flüsterte Tonio nach einer gefühlten Ewigkeit, die wir uns einfach nur angestarrt hatten. Er sah völlig verstört aus.

Ich beobachtete ihn genau, versuchte jede Regung in seinem Gesicht zu deuten. Konnte ich ihm wirklich vertrauen, oder spielte er mir etwas vor? Als ich vorhin dieses Foto auf dem Altar gesehen hatte, waren mir die Knie so weich geworden, dass ich getaumelt war und den Postkartenständer umgeworfen hatte. Dass meine wackeligen Beine mich überhaupt aus der Kirche hinaus und bis zum Hafen getragen hatten, schien mir wie ein Wunder. Der Drang abzuhauen war wahrscheinlich noch größer gewesen als der Schock.

Ich weiß nicht, wie lange ich vor der Gedenktafel gestanden und diesen Namen angestarrt hatte. Es hatte gedauert, bis die ganze Wahrheit mit allen Konsequenzen bei mir angekommen war. Karsten hatte die ganze Zeit für Tonio gearbeitet! Und Tonio hatte gewusst, dass ich ihn suche. Was wurde da gespielt? Kam der anonyme Brief vielleicht sogar aus der Tauchschule?

»Es fällt mir schwer zu glauben, dass du es nicht gewusst hast«, sagte ich schließlich. »Du willst mir wirklich sagen, dass Karsten sieben Jahre lang für dich gearbeitet hat, ohne dass du seine wahre Identität kanntest? Gerade du, der immer getönt hat, so lange könne sich niemand auf dieser kleinen Insel verstecken, ohne irgendwann aufzufallen?«

»Ich verstehe es doch selbst nicht!«, gab Tonio zurück. »Wirklich, Nina, ich wäre nicht im Traum darauf gekommen. Er hat mir damals einen niederländischen Pass vorgelegt. Der war alt und abgegriffen und das Foto verblasst, aber so sehen schließlich viele Pässe aus. Das Bild hat ihm vielleicht nur vage ähnlich gesehen, aber das ist doch bei mindestens der Hälfte aller Passbilder so. Er hat gesagt, er sei ein Aussteiger, wolle auf der Insel bleiben und suche einen Job.«

Aussteiger, aha. Na, wenigstens hatte er damit nicht gelogen.

»Ich hab keinen Verdacht geschöpft, es bestand ja auch kein Grund dazu«, beteuerte Tonio. »Ich konnte einen deutschen und einen niederländischen Akzent noch nie voneinander unterscheiden. Also hab ich ihm eine der Wohnungen der Tauchschule vermietet, wo wir normalerweise die Schüler unterbringen. Keine Ahnung, ob er sich überhaupt jemals angemeldet hat. Wahrscheinlich nicht.«

»Du meinst, er hat sich nie ausweisen müssen?« Ich war deutsche Bürokratie gewohnt und fand es schwer vorstellbar, dass der falsche Pass nicht irgendjemandem aufgefallen war.«

Tonio zuckte die Schultern. »Er ist ja von der Insel niemals runtergekommen. Genau genommen hielt er sich fast nur in Campese auf. Und ich Idiot dachte, er ist einfach so ein Einzelgänger, der am liebsten für sich ist.«

Na ja, das war er ja eigentlich auch. Karsten konnte sehr gut mit sich allein auskommen, solange er genügend Gelegenheit zum Tauchen hatte. Eigentlich war das hier das optimale Leben für ihn gewesen.

»Aber dieser Name! Hat denn nie jemand gemerkt, dass der Name eines eurer Tauchlehrer an dieser Tafel steht?«

»Die meisten kennen seinen Nachnamen gar nicht. Für die Schüler ist er einfach nur Ruben. Wir reden uns hier alle nur mit Vornamen an, Schüler wie Lehrer. Für die Kollegen der anderen Tauchschulen ist er der ›Flying Dutchman‹. Du weißt schon, das verwunschene Schiff aus ›Fluch der Karibik‹, das unter die Wasseroberfläche tauchen kann. Ich weiß nicht, ob sie überhaupt einen anderen Namen für ihn kennen.«

Ich dachte nach. Was er sagte, klang plausibel. Jedenfalls für mich, die ihm unbedingt glauben wollte. Für Karsten dürfte es nicht schwer gewesen sein, an einen falschen Pass zu kommen. Bei der Havarie des Kreuzfahrtschiffes war Chaos ausgebrochen. Alles war drunter und drüber gegangen, als die Menschen zu den Rettungsbooten stürzten. Geldbeutel und Papiere waren liegen gelassen worden oder verloren gegangen. Karsten musste den Pass in die Finger bekommen und seine Chance ergriffen haben, auf der Insel ein neues Leben zu beginnen.

»Warum hat er das getan?«, fragte Tonio. »Ich verstehe das einfach nicht.«

»Er hatte mich betrogen. Und er wusste, dass ich das herausfinden würde, weil Sabine ja unter den Opfern war. Ich glaube, er hat sich einfach zu sehr geschämt. Wahrscheinlich liebte er mich nicht mehr genug. Es war eine gute Gelegenheit, mich ohne böses Blut zu verlassen.« Ich schaute Tonio in die Augen, weil immer noch Zweifel in mir nagten. »Ich kann das kaum glauben. Du hast es wirklich all die Jahre nicht gewusst?«

»Nein, ich hatte nicht den Schimmer einer Ahnung! Nina, das musst du mir glauben, bitte!«

Ich wollte ihm glauben. Ach, wie gern wollte ich ihm glauben.

»Bitte erzähl es niemandem«, flüsterte ich. »Auch wenn Karsten mich schamlos belogen hat, möchte ich nicht, dass er jetzt in aller Augen als Betrüger dasteht.«

Er versprach es mir. Und ich beschloss, ihm zu vertrauen.

Karsten wurde auf dem kleinen Friedhof außerhalb der Stadtmauern von Giglio Castello beigesetzt. Ich hätte mir für diesen Anlass einen Regentag gewünscht, aber wie zum Hohn brannte die Septembersonne von einem wolkenlosen Himmel, und die Sicht war so klar, dass man von hier oben über die Inseln Pianosa und Montecristo bis nach Korsika schauen konnte. Im Norden erhob sich der mit Pinien aufgeforstete Poggio delle Serre, auf dem der Vaccarecce, der Leuchtturm der Verliebten, thronte. Auch wenn Karsten ihn nicht mehr sehen konnte, ihn nie wieder sehen würde, war diese Aussichtslage ein würdiger Platz als letzte Ruhestätte. Sein geliebtes Meer umgab ihn von allen Seiten.

Ich war etwas später gekommen und stand abseits im Schatten der Urnenwand, zusammen mit Clemenza, die nicht von meiner Seite wich. Tonio und Matteo hatten Circe in ihre Mitte genommen und mir den Rücken zugewandt. Jetzt stellten sie sein Foto auf die Grabplatte. Das große, gerahmte aus der Kirche, das mich so aus der Fassung gebracht hatte. Das mir klargemacht hatte, dass Karsten unter falschem Namen in einer Tauchschule der Insel gearbeitet hatte und ein Kollege von Tonio gewesen war. Später war mir noch eingefallen, dass ich ihm sogar schon begegnet war: an dem Abend am Strand, als ich ihn nur im Gegenlicht gesehen und deshalb nicht erkannt hatte. Und sogar noch ein weiteres Mal, zuvor am Torre von Campese. Er war es tatsächlich gewesen, der Mann auf dem Segelboot, der, als sich unsere Blicke trafen, schnell in der Kajüte verschwunden war. Die vermeintliche Tätowierung auf seiner rechten Schulter war kein Tattoo gewesen, wie mir Tonio auf dem Weg zum Friedhof erklärt hatte, sondern ein dunkelblaues Kinesiologie-Tape in Form eines Kraken. Karsten hatte sich wohl bei irgendeinem Tauchgang die Schulter verzogen.

Die Erkenntnis, dass er wusste, dass ich auf der Insel war, und sich fortan vor mir versteckt hatte, war schmerzhaft. Aber was hatte ich erwartet? Dass er mit offenen Armen auf mich zukam und freudig rief: »Nina, da bist du ja endlich! Wie schön, dich zu sehen!« Ich war einfach zu blöd.

Aus der Ferne beobachtete ich, wie Matteo sein Handy herausholte und es an eine Box anschloss. Gleich darauf hörte ich karibische Klänge aus einem alten Kinderfilm. Ich erkannte »Unter dem Meer« aus »Arielle, die Meerjungfrau«. Das fröhliche Lied der Krabbe Sebastian mochte für Fremde zu diesem Anlass unpassend wirken, aber für Karsten war es genau das Richtige. Spätestens jetzt hätte ich ohne jeden Zweifel gewusst, wem diese Beerdigung galt.

»Under the sea, under the sea
Darling it's better down where it's wetter
Take it from me …«

Schlagartig war die Erinnerung da. Ich war wieder in der Küche unserer WG in Florenz, als er mich bei den Händen fasste, im Kreis herumschwenkte und dieses Lied dabei sang, um mir das Meer schmackhaft zu machen.

»Up on the shore they work all day
Out in the sun they slave away
While we devoting full time to floating under the sea.«

Es begann in Italien, und es endete in Italien, und wie im Zeitraffer zogen die Bilder längst vergangener Tage an meinem geistigen Auge vorbei: die Università degli Studi in Florenz, die WG in der Via della Colonna, die unverwüstliche Cafetiere, die nur Karsten bedienen konnte, die Netzhängematte in seinem Zimmer und unser erster verunglückter Sex darin. Unsere einsame Hochzeit in der Kirche Santa Trinita. Damals hing mein Himmel voller Geigen. Niemals, nicht einmal in meinen schlimmsten Träumen, hätte ich geglaubt, dass es so enden würde.

Dass ich heute nicht an seinem Grab stand, sondern im Schatten der Urnenwand, war bezeichnend für die Distanz, die sich unbemerkt in unsere Ehe geschlichen hatte. Dennoch tat mir das Herz weh, und in meinen Augen brannten die Tränen. Ja, ich trauerte um Karsten. Nicht um den Karsten, der er im Laufe der Jahre geworden war, sondern um den jungen Karsten, in den ich mich damals verliebt, der mich auf Händen getragen hatte, als alles noch leicht und unbeschwert schien.

Aber diesen Karsten gab es nicht mehr. Nicht erst seit ein paar Tagen, sondern schon seit vielen Jahren nicht mehr. Er hatte sich bereits während unserer Ehe unauffällig davongemacht und sich ein zweites Leben aufgebaut, ohne dass ich ihm auf die Spur gekommen war. Ich hatte es einfach nicht wissen wollen, aber jetzt wurde mir endgültig klar, dass der Mann, den ich geliebt hatte, ein Wunschbild gewesen war. Vielleicht war er in unserer Zeit in Florenz wirklich in mich verliebt gewesen. Wahrscheinlich hatte er auch geglaubt, mit meiner Phobie leben und sie tolerieren zu können. Dass er es nicht geschafft hatte, konnte ich ihm nicht verübeln. Es mit einem harten Brocken wie mir aufzunehmen war kein Kinderspiel.

In diesem Augenblick, auf dem Friedhof hoch in den Bergen Giglios, war ich bereit, ihm zu vergeben. Ich empfand keinen Hass mehr, nur noch Mitleid, dass sein Leben auf diese tragische Art zu Ende gegangen war. Doch für mich war er schon vor vielen Jahren gestorben, und heute schaffte ich es endlich, das auch zu begreifen.

Am Tag nach der Beerdigung stand ich unschlüssig vor meinem Bett, auf dem mein aufgeklappter Koffer lag. Eigentlich konnte ich jetzt nach Hause fahren. Karsten war tot und begraben, ich hatte mit ihm abgeschlossen, Mission erledigt. Nicht einmal Anna konnte mir jetzt irgendwelche Unterlassungssünden vorwerfen.

Andererseits wusste ich noch immer nicht, wer den anonymen Brief geschrieben hatte, und das ließ mir keine Ruhe. Keine Ahnung, ob ich es jemals herausfinden würde, aber auf meiner Liste der Einwohner, die für meine Petition in Frage kamen, war noch fast ein Drittel der Adressen offen.

Wenn ich wissen wollte, wer für diesen Brief verantwortlich war, und vor allen Dingen, warum und mit welcher Absicht, musste ich wohl noch ein Weilchen hier ausharren.

Aber das war nicht der einzige Grund, weshalb ich zögerte, nach Hause zu fahren. Mir wurde klar, dass ich die Sonnenuntergänge am Strand von Campese vermissen würde. Ich hatte mich inzwischen bis ganz vorn an den Saum des Wassers gewagt, und es machte mir nichts mehr aus, wenn das Meer meine Füße berührte. Wenn ich ganz tief in mich hineinhörte, empfand ich von Zeit zu Zeit sogar den irrsinnigen Wunsch, einmal in diesem Meer zu baden. »Das ist komplett verrückt«, sagte die alte Nina in meinem Kopf. Doch die neue Nina wusste es besser. Sie hatte die Chance erkannt, auf dieser Insel geheilt zu werden.

Ich klappte den leeren Koffer zu und schob ihn wieder unter das Bett.

Fußgetrappel und Stimmengewirr weckten mich am Sonntagmorgen. In der Gasse unter meinem Fenster pilgerten die Gigliesi zur Chiesa di San Pietro Apostolo, wo die Messfeier zu Ehren des Schutzpatrons von Castello stattfinden sollte. An Schlaf war nicht mehr zu denken, also stand ich auf, duschte und zog mich an, während ich hörte, wie Clemenza in der Küche das Frühstück richtete. Unwiderstehlicher Kaffeeduft drang in meine Nase, in den sich das Aroma frisch gebackener Cornetti mischte.

»Schade, zur Messfeier werden wir es nicht mehr schaffen«, sagte Clemenza, als sie einen Kaffeepott, groß wie eine Kinderbadewanne, vor mich hinstellte. »Aber die Prozession können wir auch vom Fenster aus sehen.«

Ich rechnete es ihr hoch an, dass sie auf die Messe verzichtete, um mir Frühstück zu machen. Sie nahm ihre Pflichten als Zimmerwirtin wirklich ernst.

»Den Palio dürfen wir uns jedenfalls nicht entgehen lassen«, redete sie weiter. »Wenn du nicht mitkommst, werde ich dir das nie verzeihen.«

Ich seufzte. Es gab keine vernünftigen Gründe, mit denen ich mich hätte herausreden können. Ich hätte sagen können, dass gestern mein Mann beerdigt worden war, aber sie hatte keine Ahnung von Rubens wirklicher Identität und sollte es auch nicht wissen.

»Es ist ja noch jede Menge Zeit«, bremste ich ihre Begeisterung und schmierte mir Marmelade aufs Hörnchen. »Ich dachte, der Palio findet erst am Nachmittag statt.«

»Ja, aber ich muss mich bis dahin ja auch noch schön machen. Schließlich will ich heute Abend bei der Quadriglia mittanzen.« Als ich sie überrascht anschaute, fuhr sie fort:

»Das ist Tradition, weißt du? Zuerst gibt es einen offiziellen Tanz mit ausgesuchten Paaren, die das richtig gut können, aber wenn die fertig sind, spielt die Kapelle weiter, und dann tanzen alle, Alt und Jung. Es ist ein Riesenspaß.«

Wenn die Kapelle so spielte wie die, die ich jetzt gerade hörte, würde das wirklich spaßig werden, denn sie traf die Töne allenfalls nach dem Zufallsprinzip. Clemenza sprang auf und eilte zum Fenster.

»Sie kommen.« Sie winkte mich herbei und rückte ein Stück zur Seite. »Das musst du dir anschauen!«

Ich kannte derartige Prozessionen aus meinen Jahren in Florenz. Meistens trug ein halbes Dutzend kräftiger Männer die lebensgroße Statue eines Heiligen durch die Gassen, gefolgt von weihwasserversprengenden Kirchendienern in Messgewändern und einer Schar frommer Bürger mit Kerzen in den Händen. Im schlimmsten Fall – und das hier war der allerschlimmste –

wurde das Ganze von einer Blaskapelle angeführt. Doch hier suchte ich vergeblich nach der Heiligenstatue. Irgendetwas schleppten sie zwar auf einem Podest durch die Gasse, aber ich konnte nicht erkennen, was es war.

»Was tragen die denn da vor sich her?« Es sah aus wie ein silberner Unterarm, aber das konnte doch wohl nicht sein?

»Das ist der Arm des heiligen Mamiliano«, klärte Clemenza mich auf. »Seine Elle, in Silber gegossen, die wertvollste Reliquie der Insel.«

»Der Arm?«, rief ich erstaunt. »Wieso nur der Arm?« War den Gigliesi der ganze Mamiliano zu schwer zum Tragen?

»Mehr haben wir nicht«, seufzte Clemenza. »Sein Leichnam wurde zwar nach seinem Tod von dem Kloster auf Montecristo hierhergebracht. Aber die Gigliesi hatten nicht sehr lange Freude daran. Wenig später, in einer mondlosen Nacht, kamen die Elbaner und Genovesen übers Meer und wollten ihn stehlen. Es gab eine riesige Keilerei, und dabei wurde der Tote in mehrere Teile zerrissen. Madonna, was für eine Tragödie! Uns blieb nur der rechte Unterarm. Aber der wird seitdem auf der ganzen Insel verehrt.«

Ich sah Clemenza prüfend von der Seite an, ob sie mich vielleicht verkohlen wollte, aber sie schaute todernst aus dem Fenster, wo sich die Kapelle glücklicherweise immer weiter in Richtung Piazza entfernte.

Nun gut, man trug hier also einen Unterarm durch die Gassen. Diese Insel war wirklich mit nichts zu vergleichen.

Am Nachmittag marschierte ich mit Clemenza zur Piazza Gloriosa. Sie hatte ihren fülligen Körper wieder in ihr schwarzes Seidenkleid gezwängt, eine gehäkelte Stola übergeworfen und ihre Gesundheitsschuhe gegen andere Gesundheitsschuhe getauscht, die sie allerdings Tanzschuhe nannte. Es war ihr offenbar tatsächlich ernst mit der Quadriglia.

Gegenüber der Gelateria hatte man eine Bühne aufgebaut, auf der ein rotgesichtiger Mann mit Kugelbauch ein Mikrofon testete und dabei wiederholt eine Rückkopplung auslöste. Entlang der Straße, die sich um die Piazza zog, waren Barrieren aufgestellt worden, hinter denen sich unzählige Menschen drängten. Es schien, als hätte sich die ganze Insel auf dem kleinen Platz versammelt. Ich versteckte mich im Schatten des Monumento ai Caduti, von wo aus ich gut sehen konnte, aber nicht gut gesehen wurde, und schaute mich um. Aus den Fenstern der umliegenden Häuser hingen Menschentrauben. Kinder schwenkten Papierfähnchen in den Farben der jeweiligen Ortsteile Castellos. Die Tische vor der Gelateria waren voll besetzt, und über unseren Köpfen spannten sich vor einem tiefblauen Himmel die unvermeidlichen bunten Wimpelketten.

Gott behüte, jetzt fing die Kapelle wieder an zu spielen. Es war nur eine geringfügige Verbesserung zur Rückkopplung des Rednermikrofons. Was tat ich eigentlich hier? Na ja, ich würde diesen Tag irgendwie überstehen. Um Clemenza einen Gefallen zu tun, war ich bereit, Opfer zu bringen.

Ich sah Tonio, Matteo und Circe, als die Reiter mit Esel und Compagno auf den Platz kamen. Circe hielt sich dicht hinter Tonio, der den Esel zog, und sprach mit Matteo, als sie ihm irgendeinen Glücksbringer an das blaue Shirt in der Farbe des Ortsteils Cisterna steckte. Ich versuchte mich hinter Clemenza zu verstecken, die vor mir stand, was nicht einfach war, denn sie war viel kleiner als ich. Verdammt, ich fühlte mich schon wieder wie eine Stalkerin.

Die Esel samt Reiter wurden jetzt an die Startlinie bugsiert. Das gestaltete sich nicht ganz einfach, weil die Tiere offenbar nicht wirklich begriffen, warum sie dahin sollten. Vielleicht weigerten sie sich aber auch nur, noch näher zur Blaskapelle zu gehen. Der rotgesichtige Mann plärrte irgendetwas in sein Mikro, was ich nicht verstand, weil die Lautsprecher übersteuerten. Der Esel des Ortsteils Rocca scheute, und der Compagno versuchte, ihn mit einer Karotte zu beruhigen.

Zum Glück verstummte jetzt die Musik, und auch das Gemurmel um mich herum erstarb. Der ganze Platz schien den Atem anzuhalten.

Dann erscholl der Startschuss. Die Esel liefen los. Alle bis auf den Esel aus Cisterna mit dem blauen Reiter. Tonio zog aus Leibeskräften, aber der Esel stemmte störrisch seine Hufe in den Boden. Tonio wechselte die Strategie und sprang zum anderen Ende des Esels. Jetzt versuchte er, von hinten anzuschieben, mit demselben Ergebnis. Verdammt. Die Tauchschule hatte in diesen Tagen nicht gerade eine Glückssträhne. Aus dem Augenwinkel sah ich, wie Clemenza die Hände faltete und die Augen zum Himmel drehte. Sie murmelte etwas, das ich in dem Lärm der Anfeuerungsrufe nicht verstand; ich nahm aber an, dass sie entweder den heiligen Mamiliano oder aber Filippo um Hilfe anrief.

Ob es an ihrem Gebet lag oder daran, dass die Blaskapelle wieder zu spielen begann, jedenfalls rannte der Esel aus Cisterna so plötzlich los, dass Matteo um ein Haar von seinem Rücken gefallen wäre. Tonio sprintete hinterher, konnte ihn aber nicht einholen. Das Tier war zweifellos durchgegangen. Es überholte Centro und schließlich auch Rocca, während Matteo auf seinem Rücken lag und mit den Beinen den Bauch und mit den Armen den Hals umklammerte. Der Esel aus Casamatta, der bisher in Führung gelegen hatte, schaute verdutzt, als sein Kollege aus Cisterna an ihm vorbeischoss, warf seinen Reiter ab und ging ebenfalls durch. Vergeblich versuchten Compagno und Reiter, ihn wieder einzufangen, Casamatta ging als Erster ins Ziel, allerdings unbemannt. Zweiter wurde der Cisterna-Esel, an dessen rechter Flanke ein völlig erschöpfter Matteo hing, aber Reiter und Esel waren noch eine Einheit, und das war die Hauptsache. Cisterna hatte gewonnen.

In der Fankurve der Bewohner von Cisterna brach ein unglaublicher Jubel aus. Blaue Fähnchen flogen in die Luft. Matteo wurde in die Höhe gehoben und auf kräftigen Schultern eine Runde um den Platz getragen. Ich musste lachen und blinzelte ein paar Tränen der Rührung weg. Doch das Lachen erstarb mir auf den Lippen, als ich sah, wie Circe Tonio umarmte und er sie lachend herumwirbelte. Vielleicht freuten sie sich nur über Matteos Sieg. Vielleicht aber auch nicht nur.

Als sich die Menschenmenge auflöste, verlor ich die drei aus den Augen. Womöglich hatten sie das Fest schon wieder verlassen. Mir konnte das nur recht sein. Der Anblick von Tonio zusammen mit dieser wunderschönen Frau schnitt mir ins Herz. Ich beschloss, Clemenza ein Eis auszugeben. In der Schlange vor der Gelateria hatte die Traurigkeit mich wieder fest im Griff. Das Rennen war vorbei, und Tonio war weg. Eigentlich konnte ich jetzt nach Hause gehen, um in Ruhe zu heulen.

Doch ich hatte die Rechnung ohne Clemenza gemacht. Welcher Teufel hatte mich nur geritten, als ich heute Vormittag zugestimmt hatte, bis zur Quadriglia zu bleiben?

Zu meinem großen Glück war die Kapelle am Abend eine andere. Das war auch dringend nötig. Anderenfalls wären die Tänzer Gefahr gelaufen, bestenfalls aus dem Takt zu geraten und schlimmstenfalls ihre Beine zu verknoten. Ich gönnte mir eine zweite Portion Eis und reihte mich mit meiner Waffeltüte neben Clemenza in den Kreis der Zuschauer ein. Bewundernd schaute ich den Tänzern zu. Diese Quadriglia war hoch kompliziert und folgte einer strengen Choreografie. Zweifelnd schielte ich zu Clemenza hinüber. Bei allem Vertrauen in ihre Fähigkeiten auf dem Tanzboden, aber ob sie das hier wirklich draufhatte?

Sie schien meine Gedanken zu erraten. »Schau nicht so, nachher ist es viel ungezwungener.«

Und so war es auch. Zum Abschluss des offiziellen Teils gab es noch einen Walzer, dann strömten die Menschen auf die Piazza, bildeten einen Kreis, und als der Platz nicht für alle ausreichte, in dem Kreis noch einen Kreis. Alle fassten sich an den Händen, Greise neben Kindern, Eltern neben Jugendlichen. Hier gab es keine Trennung der Generationen, wie ich es aus Deutschland kannte. Selbst Siebzehnjährigen, die gerade noch auf ihren Mofas abgehangen hatten, schien es nicht im Mindesten peinlich zu sein, gemeinsam mit ihren Eltern und Großeltern alte Traditionen zu pflegen.

»Darf ich die Dame zum Tanz bitten?«

Erschrocken fuhr ich herum. Aber nicht ich war gemeint, sondern Clemenza. Hinter uns stand Pepe vom Alimentari in Porto. Clemenza machte einen Knicks, aus dem sie nur schwer wieder hochkam, und folgte Pepe auf den Platz.

Es war mehr ein Augen- als ein Ohrenschmaus, aber es war herrlich, dieser Fröhlichkeit und Leidenschaft zuzuschauen. Auf diesem Platz wurde die pure Lebensfreude gefeiert, der Zusammenhalt der Familie und das Glück, an einem der schönsten Orte Italiens leben zu dürfen.

Ich wusste, wessen Hand auf meiner Schulter lag, noch bevor ich die dazugehörige Stimme hörte.

»Nina! Wie geht es dir? Hast du dich von dem Schock erholt?«

Mir wurde heiß bis unter die Haarwurzeln. Ich hatte nicht mehr mit Tonio gerechnet und gar nicht mehr auf meine Umgebung geachtet. Da stand er plötzlich vor mir mit diesem tiefblauen Blick. Meine Vernunft und alle guten Vorsätze schmolzen dahin wie Stracciatella und Amarena in meiner Eiswaffel.

»Es ist vorbei«, sagte ich. »Ich glaube, ich brauchte nur die Gewissheit, dass Karsten wirklich tot ist, um mit ihm abschließen zu können. So gesehen geht es mir ganz gut. Das Leben geht weiter.«

Wohin war eigentlich Circe verschwunden? Ich reckte den Hals und schaute mich um, konnte sie aber nirgends entdecken.

»Suchst du jemanden?«

»Sind deine Kollegen nicht mehr da? Ich wollte nur Hallo sagen.« Nicht für alles Geld der Welt wäre ich Circe freiwillig noch einmal gegenübergetreten, aber irgendwie musste ich meine suchenden Blicke ja erklären.

»Matteo versorgt den armen Esel, der hat sich völlig verausgabt. Also der Esel. Na ja, Matteo eigentlich auch. Und ich erst, ich musste dem Vieh schließlich hinterherrennen. Circe ist schon gegangen, glaube ich. Ihr ist heute nicht so nach Feiern zumute.«

»Und dir? Ist dir denn nach Feiern zumute?«

Er schaute mich prüfend an, schien zu überlegen.

»Nein, nicht wirklich. Aber es ist schön, dich wiederzusehen. Wenn es dir wieder besser geht, könnte ich doch wenigstens einmal mit dir tanzen. Wie du schon sagtest: Das Leben geht weiter. Kommst du?«

Ich zögerte. Genau betrachtet war Tanzen doch etwas völlig Harmloses. Wenn man nicht hoffnungslos verliebt war und sich vorgenommen hatte, Abstand zum Objekt der Begierde zu halten, jedenfalls. Aber wer wusste das hier schon? Es war so verlockend: Tonio noch einmal so nahe sein, dass ich für ein paar Minuten vergessen konnte, wie aussichtslos alles war. Nur noch ein einziges, allerletztes Mal.

»Aber ich kann doch gar nicht Quadriglia tanzen!«, wagte ich noch ein halbherziges Veto, das eigentlich nur dazu diente, mich vor mir selbst zu rechtfertigen.

»Das muss man auch nicht können. Schau einfach, wie es die anderen machen. Sogar kleine Kinder tanzen hier mit.«

Tonio zog mich auf den Platz. Ehe ich mich's versah, hatten wir uns in den äußeren Kreis eingereiht, und ich stolperte, eine Hand in Tonios, die andere in der einer dicken Marktfrau, den anderen hinterher.

»Wann wird denn die Richtung gewechselt?«, keuchte ich.

»Nach zwölf Takten, glaube ich.«

»Zwölf Takte ab wann?«

»Na, ab dem letzten Richtungswechsel.«

»Sehr hilfreich. Und vor wie vielen Takten war der?«

»Keine Ahnung, das merken wir schon, wenn's so weit ist.«

Ich musste lachen, ich konnte nicht anders. Es war, als würde das Tanzen mich von Ballast befreien und die Knoten in meiner Seele lösen.

Der Abend senkte sich über den Platz, auf dem getanzt und gesungen wurde. Aus der einen Tanzrunde wurden zwei, dann drei; das Völkchen, das einen abgerissenen Unterarm verehrte, verstand es zu feiern. Plötzlich wurde der Kreis durchbrochen und Tonio jäh von mir weggezogen.

»Dass du dich nicht schämst! So kurz nach dem Tod eines Freundes und Kollegen zu tanzen und zu singen!«

Ich erstarrte. Circes schwarze Augen funkelten zornig, ihre Wangen glühten. Das machte sie fast noch schöner, als sie ohnehin schon war.

Wenn jemand noch verblüffter war als ich, dann war es Tonio. Er schien einen Moment lang stumm vor Schreck, dann versuchte er es mit Schadensbegrenzung. »Beruhig dich erst mal, ich bin sicher, Ruben hätte es so gewollt.«

»Was Ruben gewollt hätte, kannst du doch überhaupt nicht wissen!«, schrie sie. »Ganz sicher hätte er nicht gewollt, dass du dich an dieses … dieses Weib ranmachst.« Ein verächtlicher Blick aus kohlschwarzen Augen streifte mich.

»Cinque, jetzt krieg dich wieder ein! Und entschuldige dich bei Nina. Und was meinst du überhaupt mit ›ranmachen‹? Wir haben doch nur getanzt.«

Cinque? Tonio war offenbar völlig neben der Spur, wenn er diese griechische Rachegöttin mit einer Zahl anstelle ihres Namens ansprach, aber vielleicht nummerierte er seine Eroberungen ja durch und Circe war die fünfte in diesem Jahr. Oder in diesem Monat? Ich wusste nicht, was mich rasender machte: die Enttäuschung, dass diese Frau schon wieder einen schönen Moment mit Tonio ruinierte, oder der Zorn darüber, wie er jetzt vor ihr kuschte.

»Entschuldigen soll ich mich?« Jetzt ließ sie von Tonio ab und trat so dicht an mich heran, dass ich ihr Parfum und den Wein in ihrem Atem riechen konnte. »Bei der? Die uns allen nur Unglück gebracht hat?«

»Was redest du denn da? Irgendwann ist meine Geduld mit dir auch mal am Ende. Meine Samthandschuhe sind schon reif für die Altkleidersammlung.« Tonio fasste Circe an den Oberarmen und wollte sie von mir wegziehen, aber sie riss sich los und drehte sich wieder zu mir.

»Verschwinde von dieser Insel!«, schrie sie mich an. »Du gehörst nicht hierher! Seit du gekommen bist, passieren schlimme Sachen. Du bist eine Hexe. Verschwinde endlich!«

Mit den letzten Worten brach sie in Tränen aus, wandte sich ab und rannte davon.

Tonio blickte ihr nach, und einen Augenblick lang sah es so aus, als würde er ihr folgen wollen. Doch dann drehte er sich wieder zu mir.

»Nina, es tut mir so leid.«

Ich war noch immer so fassungslos, dass ich nach Atem rang. »Was tut dir leid? Dass du mit mir getanzt hast? Dass du mich anbaggerst, seit ich die Insel betreten habe, obwohl da offenbar jemand ältere Rechte hat?«

»Ältere Rechte? Nina, du verstehst das komplett falsch!«

»Richtig. Ich habe alles völlig falsch verstanden. Weil ich ja so eine Idiotin bin!«

»Du bist keine Idiotin!«

»Oh doch! Wenn Dummheit schwimmen könnte, wäre meine Wasserphobie längst Vergangenheit.« Ich war plötzlich kraftlos vor Schmerz und Enttäuschung. Ich wollte weg hier, mir eine dicke Decke über den Kopf ziehen und für die nächsten Wochen von dieser Welt verschwinden.

»Nina, wir reden später in Ruhe darüber. Jetzt muss ich erst mal Circe suchen. Sie ist völlig außer sich. Ich habe Angst, dass sie sich etwas antut.«

Dass er sich so um sie sorgte, zeigte mir, wie nahe sich die beiden standen. Dass ich auch völlig außer mir war, schien ihn wesentlich weniger zu beschäftigen.

»Geh nur. Wir müssen nicht mehr reden, es ist ja alles gesagt. Geh schon!«, schrie ich ihn an, weil ich bereits die Hitze hinter meinen Augen spürte und wusste, dass ich die Tränen nicht mehr lange zurückhalten konnte.

Er legte eine Hand auf meine Schulter, ich schlug sie weg und wandte mich ab. Als ich mich kurz darauf noch einmal umdrehte, war Tonio verschwunden.

»Madonna! Dieser Tanz war zu viel für eine alte Frau wie mich.« Wie aus dem Boden gestampft stand plötzlich Clemenza hinter mir. Ihre Augen glänzten, die Wangen waren gerötet, und ihr Haar hatte sich aus dem Knoten gelöst. Die Quadriglia war zu Ende, und alle sammelten sich wieder in einem Pulk auf der Piazza und schauten zur Rocca hinüber, als würde dort gleich der heilige Mamiliano höchstpersönlich erscheinen. In diesem Moment schossen farbige Feuerbälle und goldene Dolden in den Himmel. Feuerwerksraketen zischten durch die Nacht und explodierten in leuchtenden Blumen und Sternen.

»Che bello!«, hauchte Clemenza. Sie hatte den Kopf in den Nacken gelegt und schaute mit offenem Mund zur Rocca hinüber, was mir Gelegenheit gab, mir unbemerkt die Tränen vom Gesicht zu wischen.

Wir blieben stehen, bis die letzte Rakete abgeschossen und die letzte Leuchtkugel erloschen war.

Das ist das Ende, dachte ich. Und damit meinte ich nicht nur das Ende des Festes.

Spät in der Nacht, als Clemenza in der Küche stand und mir einen Baldriantee kochte, saß ich mit Filippo auf dem Schoß im Salotto auf dem Sofa und starrte vor mich hin. Ich wusste nicht, wie viel Clemenza von der Szene mitbekommen hatte, sie hatte die Sache mit keinem Wort kommentiert, mir aber den ganzen Heimweg über den Rücken getätschelt und mir mit ihrem gestärkten Spitzentaschentuch die Tränen vom Gesicht getupft, von denen mir gar nicht klar war, dass ich sie weinte. In meinen Ohren tönten noch immer Circes Worte: »Du bist eine Hexe, verschwinde endlich!« Meinte sie damit, dass ich Tonio verzaubert hatte? Oder machte sie mich pauschal für alles Übel der Welt verantwortlich, weil sie eine Schuldige für ihr Unglück brauchte? Im Grunde war es egal.

»Weißt du was, Filippo?«, flüsterte ich und streichelte sein Fell. »Wenn du wirklich in diesem Katzenkörper steckst, dann solltest du deinem Freund Tonio mal gehörig die Leviten lesen. Piss ihm auf die Schuhe! Der ist nämlich keinen Deut besser als andere Kerle.«

26
Tonio

Die Nacht nach San Mamiliano war in Sachen Schlaf nicht sonderlich ergiebig gewesen. Ich hatte Cinque am Bus nach Campese eingeholt, wo sie zitternd an der Haltestelle stand. Ich legte ihr meine Jacke um die Schultern, aber sie streifte sie zornig ab und warf sie zu Boden. Wenn sie lieber fror, als meine Jacke anzunehmen, war sie wirklich sauer auf mich. »Sie ist eine Hexe«, hatte sie nur immer wieder gemurmelt. »Sie verhext euch alle.«

Ich hatte darauf verzichtet, Cinque zu erklären, dass ich sehr wohl in der Lage gewesen war, selbst zu entscheiden, ob ich Nina bei der Suche nach ihrem Mann helfen wollte. Dazu brauchte es keine zweifelhaften Zauberkräfte. Auch die Tatsache, dass wir ihn gefunden hatten und wie wir dahintergekommen waren, dass es sich bei Ruben um Karsten handelte, verschwieg ich ihr. Das hätte das Fass wahrscheinlich zum Überlaufen gebracht, außerdem hatte ich Nina versprochen, mit niemandem darüber zu reden. So hatte ich in vollem Bewusstsein zugelassen, dass auf dem Grabstein, unter dem Karsten Hoffmann ruhte, der Name Ruben van Gent stand. Dem Toten war es vermutlich egal. Karsten Hoffmann hatte sein Geheimnis buchstäblich mit ins Grab genommen. Wenn ich es lüften wollte, würde Nina kein Wort mehr mit mir sprechen.

»Warum tust du das, Cinque«, fragte ich sie stattdessen. »Warum kannst du mir diesen harmlosen Tanz mit Nina nicht gönnen? Dein Auftritt war völlig überzogen. Machst du das wirklich nur um Rubens Andenken willen? Warum bist du so unausstehlich und raubst uns allen den letzten Nerv?«

Sie antwortete nicht. Knetete nur ihre Finger und starrte auf die Spitzen ihrer Pumps, von denen ich mich fragte, wie sie auf dem holprigen Pflaster damit überhaupt laufen konnte.

»Du hast ihn geliebt, oder?« Der Verdacht war in den letzten Tagen ganz allmählich in mir aufgekommen, weil sie so unglaublich heftig auf seinen Tod reagiert hatte. Das würde auch die Ohrfeige und ihre Schuldgefühle erklären. Auch seine Verstörtheit in den letzten Tagen vor seinem Tod war ein Indiz, dass die beiden sich vielleicht näherstanden, als mir bislang aufgefallen war. Ich hätte Cinque gern gefragt, ob sie wusste, wer Ruben wirklich gewesen war. Aber das konnte ich nicht, ohne es ihr gleichzeitig zu verraten, falls sie es nicht wusste.

»Willst du es mir nicht sagen? Jetzt ist es doch eh egal.«

Cinque hob den Kopf und schaute mich traurig an. Als sie gerade den Mund öffnete und ich glaubte, sie würde anfangen zu reden, bremste der Bus vor uns. Die Türen gingen auf, und der Moment war vorbei.

Der nächste Tag war ein Montag und außerplanmäßiger Clemenza-Tag. Ich war am Wochenende wegen der Trauerfeier und der Vorbereitung des Palio nicht zum Einkaufen gekommen und wollte stattdessen heute zum Festland rüberfahren. Anschließend, so hatte ich Clemenza versprochen, würde ich endlich ihr klemmendes Türschloss reparieren.

Als die Glocken von San Pietro neun Mal läuteten, stand ich bei Clemenza auf der Matte, offiziell, um die Einkaufsliste abzuholen, inoffiziell, um mit Nina zu reden. Da ich noch immer keine Handynummer von ihr hatte, musste ich zwangsläufig persönlich vorsprechen, aber das war sicher sowieso besser, dabei konnte sie wenigstens nicht auflegen. Ich musste mich für Cinque entschuldigen und ihr versichern, dass zwischen ihr und mir nichts lief, auch wenn Nina mir gestern unmissverständlich klargemacht hatte, dass sie keinen Wert auf irgendwelche Erklärungen legte.

Die Haustür stand offen, wie so oft, da Filippo es sich auf der Schwelle gemütlich gemacht hatte. Ich stieg über den Kater, der überhaupt keine Notiz davon nahm, sondern einfach weiterdöste.

Als ich den Salotto betrat, war Nina gerade dabei, den Weihnachtsbaum wiederherzurichten, der deutliche Gebrauchsspuren des Katers aufwies. Sie wandte mir den Rücken zu. Clemenza kam aus der Küche und sprang mir in den Weg. Sie fuhr sich mit der Faust über den Hals und zog sie dann ruckartig hoch über ihren Kopf, als wollte sie eine Schlinge zuziehen. Das sah schon mal nicht sehr ermutigend aus. Ich musste es trotzdem versuchen.

»Nina, wir müssen reden«, begann ich.

»Es ist doch alles gesagt«, antwortete sie, ohne sich umzudrehen. Ihre Stimme klang belegt.

»Nein, ist es nicht. Ich fürchte, du hast da etwas falsch verstanden. Cinque – also Circe und ich, wir sind nur Freunde. Gute Freunde, zugegeben, aber da läuft nichts.«

Jetzt drehte sie sich um und sah mich traurig an. Ihre Augen waren rot unterlaufen, sie hatte wohl auch nicht allzu viel Schlaf abbekommen.

»Das soll ich dir glauben? Nach dieser Eifersuchtsszene, die sie gestern hingelegt hat? Und nicht nur gestern! Denk an unsere erste Begegnung in der Tauchschule, als sie mich quasi rausgeschmissen hat. Tonio, glaub mir, ich erkenne eine eifersüchtige Frau, wenn ich sie sehe.«

»Nina, ich weiß nicht, was sie hat. Aber ich versuche das gerade rauszufinden. Ich kann jedenfalls beschwören, dass es keine Eifersucht ist.« Ich ging zwei Schritte auf sie zu, aber sie wich zurück. Beinahe hätte sie die Plastiktanne umgerissen. Ich schluckte und blieb stehen.

»Wie du willst. Ich bleibe, wo ich bin, aber hör mich an. Ich möchte mich für sie entschuldigen. Und ich möchte dich öfter sehen. Ganz egal, wie Circe darüber denkt.«

Nina sah mich lange schweigend an. Als würde sie überlegen, ob sie mir trauen konnte. Ich konnte förmlich sehen, wie Glauben und Unglauben in ihr kämpften. Für einen Moment meinte ich, einen Hoffnungsschimmer in ihren Augen zu sehen, doch dann stand dort sofort wieder die Angst, verletzt zu werden.

»Tonio, sei vernünftig.« Ninas Stimme war fast nur ein Flüstern. »Wir haben doch überhaupt keine Chance. Wenn ich hier fertig bin, werde ich nach Deutschland zurückgehen und vielleicht nie mehr wiederkommen. Und solange ich noch hier bin« – sie schluckte – »werde ich ihr nicht ausweichen können. Sie hasst mich. Und sie würde uns immer wieder in die Quere kommen und mich anfeinden, sobald wir uns über den Weg laufen. Circe und ich, das funktioniert einfach nicht. Diese Insel ist zu klein für uns beide.«

Ich konnte sie verstehen. Bei Gott, ich konnte sie wirklich verstehen. Ich war traurig und so wütend auf Cinque, dass ich sie in Stücke hätte reißen können.

»Du willst also tatsächlich aufgeben?«, wagte ich einen letzten Versuch. »So kenne ich dich gar nicht. Die Nina, die ich kenne, gibt nicht auf. Sie verfolgt das, was sie will, mit aller Beharrlichkeit. Hindernisse, die sich ihr in den Weg stellen? Pah! Kein Grund für Nina, aufzugeben. Sie hat es übers Meer geschafft, sie kämpft gegen ihre Ängste an, und sie zieht die Suche nach einem geheimnisvollen Briefschreiber unbeirrt durch. Und jetzt will sie einfach das Handtuch werfen. Kapier ich nicht!«

»Wenn etwas aussichtslos ist, lohnt das Kämpfen aber nicht«, sagte sie und wich meinem Blick aus. »Und jetzt geh, Tonio, bitte.«

Ich hörte an ihrer Stimme, dass sie gleich anfangen würde zu weinen, und sah ein, dass es besser war, jetzt aufzuhören. Ich würde es später wieder versuchen. Wenn Nina nicht kämpfen wollte, musste ich es eben tun.

»Ciao, Nina«, sagte ich. »Wir reden ein andermal weiter. So schnell wirst du mich nicht los.«

Sie hatte sich wieder zur Tanne umgedreht, befestigte einen silbernen Stern an einem der Zweige und antwortete nicht.

Ich schaute zu Clemenza, die an der Anrichte stand und so tat, als würde sie die Madonna abstauben. Sie verdrehte die Augen und hob ratlos die Arme. Dann griff sie in ihre Schürze und reichte mir den Einkaufszettel.

Ich schob ihn in die Hosentasche und warf ihr zum Abschied eine Kusshand zu. Vorsichtig stieg ich über Filippo, der noch immer auf der Schwelle lag, und ging zur Piazza Gloriosa, wo ich die Ducati geparkt hatte. Mit dem Bus hätte ich die Fähre um neun Uhr vierzig im Leben nicht geschafft, deshalb war mein Gewissen heute halbwegs ruhig.

Ich erreichte die Fähre mit Müh und Not. Als ich mich

an Deck auf einer der weißen Bänke niederließ, holte ich den Zettel aus der Tasche und überflog, was Clemenza mir aufgeschrieben hatte. Es war eine ungewöhnlich lange Liste, aber als ich genauer hinschaute, sah ich, dass nicht nur Einkäufe aufgelistet waren. Unter »Mele«, »Pomodori«, »Ricotta« und »Cantucci« stand in Clemenzas altmodischer steiler Schrift:

»Sie liebt dich, du Trottel! Versau es nicht!«

27
Nina

Mein Vorhaben, Tonio aus dem Weg zu gehen, gestaltete sich schwieriger als erhofft, denn am Morgen nach dem katastrophalen Schutzheiligenfest servierte mir Clemenza mit dem Frühstück eine Hiobsbotschaft.

»Tonio kommt gleich vorbei und holt die Einkaufsliste ab«, flötete sie. »Soll er dir vielleicht irgendwas vom Festland mitbringen?«

Ja, einen stabilen Strick, dachte ich. Wieso kam er überhaupt heute? Es war doch Montag. Natürlich, an dem ereignisreichen Wochenende hatte er das Einkaufen nicht geschafft. Ich hätte gleich daran denken und im Bett bleiben sollen.

Kaum hatte Clemenza den Tisch abgeräumt und war mit dem Tablett in der Küche verschwunden, stand er auch schon vor der Tür. Ich gab mich beschäftigt und brachte den Weihnachtsbaum in Ordnung, den Filippo nach seiner morgendlichen Kratzorgie ziemlich ramponiert zurückgelassen hatte. Ich war froh, dass ich ihm den Rücken zuwenden und mich mit dem Baum beschäftigen konnte, so konnte ich Gelassenheit vortäuschen, auch wenn mein Atem flatterte und mein Herz mir fast den Brustkorb zerschlug.

Ich hatte ja damit gerechnet, dass er sich für das Verhalten dieser Frau entschuldigen würde, aber dass er beteuerte, nie etwas mit ihr gehabt zu haben, brachte mich vollends aus der Fassung. Für einen Augenblick flammte Hoffnung in mir auf, doch ich wagte nicht, mich zu freuen. Was, wenn er log? Oder selbst wenn er die Wahrheit sagte, so war Circes Wahrheit offensichtlich eine andere. Würde er ihren Avancen auf Dauer widerstehen können? Ich hatte ja bei der Trauerfeier gesehen, wie zugetan er ihr war. Sie war um so vieles schöner als ich. Jünger und temperamentvoller. Sie hatte keine Wasserphobie, konnte schwimmen und vielleicht sogar tauchen. Gegen diese Frau hatte ich doch überhaupt keine Chance!

Auch wenn Tonio es jetzt ehrlich meinte, solange er mit ihr

zusammenarbeitete, würde ich mir seiner nie wirklich sicher sein. Karsten hatte es schließlich auch einmal ernst gemeint. Und wie lange hatte es gedauert, bis er seine Sekretärin attraktiver fand als mich?

Als mir die Tränen kamen, bat ich Tonio zu gehen. Es wäre zu peinlich gewesen, in seiner Gegenwart zu weinen. Zum Glück tat er mir den Gefallen.

Ich nahm den nächsten Bus nach Porto und begann wieder damit, Unterschriften für meine Petition zu sammeln. Ich musste mich ranhalten. Wenn ich wirklich bei allen Einwohnern der Insel klingeln wollte, wäre ich bis Weihnachten beschäftigt. Ich würde unbezahlten Urlaub einreichen und auf meine Ersparnisse zurückgreifen müssen.

Nina, du bist von einer fixen Idee besessen, sagte ich mir, aber ich konnte es nicht ändern. Ich glaubte, nie wieder Ruhe zu finden, wenn ich die Intrige hinter dieser Sache nicht aufdecken würde. Außerdem brauchte ich eine Aufgabe, um nicht ständig über Tonio nachdenken zu müssen.

Da Karsten offenbar eher selten aus Campese herausgekommen war, war es wohl am wahrscheinlichsten, dass die Person, die den anonymen Brief geschrieben hatte, auch dort wohnte. Es musste jemand sein, der ihn gekannt oder der sich sogar in seinem Umfeld bewegt hatte. Aber um ihn zu finden, musste ich dort beginnen, wo Karsten gewohnt und gearbeitet hatte. Allerdings fühlte ich mich heute so gar nicht in der Lage, irgendjemandem aus der Tauschschule über den Weg zu laufen.

Ich entschied, Campese ein wenig aufzuschieben und heute noch die letzten Anlaufstellen in Porto zu erledigen. Einige Geschäfte am Hafen standen noch auf meiner Liste. Das gefiel mir wesentlich besser als der Ausflug über den Berg. Ich mochte diesen quirligen Hafenort mit seinen bunten Häuserfassaden, den schaukelnden Fischerbooten und knatternden Mofas und Apes. Mittags konnte ich im »La Margherita« essen und damit vermeiden, Tonio zu begegnen. Ich musste nur aufpassen, dass ich ihm nicht in die Arme lief, wenn er mit Clemenzas Einkäufen vom Festland zurückkam, doch inzwischen wusste ich, welche Fähre er meistens nahm.

Ich war früh dran, und die Geschäfte am Hafen lagen mit ihren heruntergelassenen Türgittern noch in tiefem Schlaf, also beschloss ich, einen kleinen Spaziergang über die Molo di Levante zu machen. Inzwischen machte es mir nichts mehr aus, dem Wasser so nahe zu kommen. Doch nicht die Konfrontation mit dem Wasser war heute mein Ziel, sondern die bronzene Gedenktafel, über der die schneeweiße Madonna auf der Mauer stand und aufs Meer hinausschaute, genau dort hinüber, wo bis vor fünf Jahren noch das Wrack des Kreuzfahrtschiffs gelegen hatte. Ich wollte einen kurzen Moment innehalten und Karstens gedenken, dem sieben Jahre nach dem Unglück das Meer nun doch noch zum Schicksal geworden war.

Anna hatte ich einen Brief geschrieben, in dem ich ihr die ganze verrückte Geschichte geschildert hatte. Schreiben war mir schon immer leichtergefallen als Reden, auch weil es mir half, meine Gedanken zu ordnen. Tonio hatte ich allerdings mit keinem Wort erwähnt. Irgendetwas in mir weigerte sich, sich damit auseinanderzusetzen.

Die Mole lag verlassen da. Außer mir waren nur ein paar Möwen unterwegs, die nach Essbarem suchten. Der Wind wehte den Geruch von Tang und Meerestieren herüber, einige Fischer kehrten mit ihrem Fang zur Insel zurück. Ich hielt das Gesicht in die Brise und atmete tief ein und aus. Wie hatte ich das Meer jemals hassen können? Ich fühlte, wie ich zur Ruhe kam. Es war ein Moment der Versöhnung mit dem Wasser, mit dem ich mein Leben lang auf Kriegsfuß gestanden hatte.

Zum wiederholten Mal las ich die Namen auf der Gedenktafel, wobei ich den von Sabine zu ignorieren versuchte. Der Anblick von Karstens Namen schnitt mir immer noch ins Herz. Der von Ruben van Gent, der weiter unten stand, ebenfalls. Karsten hatte versucht, sich auf Kosten dieses Mannes ein neues Leben zu ergaunern, aber er war damit auf Dauer nicht glücklich geworden.

Langsam schlenderte ich zurück, zog meine Petition aus der Tasche und begann mit der Unterschriftensammlung.

Am späten Vormittag saß ich auf einer Bank in der Nähe des Fähranlegers, auf den gerade die »Toremar« zusteuerte, und ruhte meine Füße aus, während ich die neuen Unterschriften von der Petition mit der Handschrift auf meinem anonymen Brief verglich. Aber auch diesmal war keine dabei, die der gesuchten nur im Entferntesten ähnelte.

Als ich einmal kurz aufschaute, sah ich, wie eine Frau mit langem schwarzem Haar auf die Hafenmole zulief. Ich schirmte die Augen mit der Hand gegen die Sonne ab und schaute genauer hin. Kein Zweifel, das war sie. Sie trug einen kleinen Blumenstrauß und irgendetwas Rotes in der Hand, das ich von hier aus nicht erkennen konnte. Was wollte sie hier um diese Zeit? Hätte sie nicht in der Tauchschule sein müssen? Oder wollte sie etwa Tonio vom Hafen abholen?

Ich schaute auf meine Armbanduhr. Nein, es war noch zu früh, er kam normalerweise erst mit der nächsten Fähre. Seinetwegen war sie also offenbar nicht hier.

Ich beobachtete, wie Circe auf die Mole hinausging, und verlor sie aus den Augen, als sich die Autofähre in mein Blickfeld schob, anlegte und mir die Sicht auf sie verdeckte. Ich sprang auf und lief die Via Umberto I entlang in Richtung des Sarazenenturms. Geduckt wie eine Detektivin huschte ich an dem Ticketschalter der »Toremar« vorbei, suchte Deckung hinter ein paar Autos, die gegenüber der »Bar Monti« parkten. Doch durch die Krümmung der Mole konnte ich Circe nicht mehr sehen.

Aber ich konnte warten. Ich fand einen Platz im Außenbereich der Bar, von wo aus ich die Mole im Blick hatte, aber selbst durch eine Kübelpalme gut versteckt war. Ich studierte die Karte, die ich mir – clever, wie ich war – vor das Gesicht hielt, schielte aber alle paar Sekunden darüber hinweg, um den Augenblick nicht zu verpassen, wenn Circe zurückkam.

Die Zeit verstrich. Die Fähre zum Festland hatte längst wieder abgelegt, der Kellner war gekommen und wieder gegangen, um mir eine Bruschetta und ein Glas Wasser zu bringen. Ich hatte gleich gezahlt, um im Ernstfall sofort verschwinden zu können. Doch ich konnte in aller Ruhe aufessen und mein Wasser austrinken. Was machte diese Frau nur so lange da draußen?

Als sie schließlich zurückkam, waren ihre Hände leer. Was immer sie dabeigehabt hatte, musste sie dort gelassen haben. Ich duckte mich hinter die Palme und überlegte, was es am Ende der Mole außer der Gedenktafel und der Madonna noch gab. Natürlich, jetzt fiel es mir ein, ganz vorn an der Spitze lag die Anlegestelle des Tauchzentrums Diving Isola del Giglio. Enzo hatte ja mit seinen weißen Lilien auch da vorn auf sein Tauchboot gewartet. Vielleicht hatte Circe dort nur etwas abgegeben und sich mit den Kollegen verplaudert. Ich sah ihr nach, bis sie im Gewirr der Gassen verschwunden war.

Eigentlich hätte ich jetzt ganz entspannt ins »La Margherita« gehen und dort nach der Vorspeise in der »Bar Monti« den Hauptgang einnehmen können, doch irgendetwas zog mich noch einmal hinaus auf die Mole. Vielleicht würde ich herausfinden, wo Circe die Blumen gelassen hatte. Im besten Fall bei einem Kollegen des Tauchzentrums, der heute Geburtstag feierte. Dann konnte ich den ganzen Tag lang davon träumen, dass sie mit ihm – und nicht mit Tonio – liiert war.

Schon etwa zwanzig Meter vor der Gedenktafel sah ich, dass etwas auf dem Boden stand, was vorhin noch nicht da gewesen war. Als ich näher kam, erkannte ich ein rotes Grablicht und daneben den Blumenstrauß in einer schlichten Glasvase.

Sie hat Ruben Blumen gebracht, war mein erster Gedanke. Der zweite war: Aber wenn sie Ruben Blumen bringen wollte, würde sie zum Friedhof gehen. Sie glaubt, dass er dort begraben liegt, sein Name steht ja auch auf dem Grabstein.

Beim dritten Gedanken begannen meine Knie zu zittern. Nein, auch hier auf der Gedenktafel stand der Name Ruben van Gent. Aber wenn Circe wusste, dass Ruben van Gent bei dem Schiffsunglück ertrunken war, dann wusste sie natürlich auch, dass ihr Kollege in der Tauchschule nicht Ruben van Gent gewesen sein konnte.

Von hier aus war es nur noch ein winziger Schritt zu der Schlussfolgerung, dass Circe Bescheid wusste. Ihr musste klar sein, dass Ruben eigentlich Karsten gewesen war – aber woher wusste sie das? Ich war mit Tonio übereingekommen, niemandem davon zu erzählen. Verdammt sollte er sein, er hatte die

Klappe nicht halten können und ihr unser Geheimnis verraten! Wenn das zwischen den beiden wirklich nur eine Freundschaft war, dann musste sie wirklich sehr intim sein.

Einen Augenblick lang war ich wie gelähmt und starrte das Grablicht und die Blumen an, bis mir schlecht wurde. Der scharfe Schmerz darüber, dass Tonio mein Vertrauen missbraucht hatte, schlug in schäumende Wut um, weil ich so blöd gewesen war, ihm zu glauben. Ich beschloss, dass ich dringend hier wegmusste, und marschierte los. Ich brauchte einen Drink, ungeachtet der Tageszeit.

Von meinem Zorn getrieben lief ich mit riesigen Schritten über die Molo di Levante, ohne nach links oder rechts zu schauen. Ich hastete wie blind über den Asphalt, vorbei an der »Toremar«, die gerade angelegt hatte und ihre Bugklappe öffnete. Als ich auf die Via Umberto I einbog, prallte ich gegen einen gigantischen Pappkarton voller Lebensmittel, den jemand auf Brusthöhe vor sich trug. Ich erstarrte. Tonio!

Ich war so aus der Spur gewesen, dass ich überhaupt nicht bedacht hatte, dass er mit dieser Fähre kommen musste. Aber gut, dann konnte ich meinen Dampf gleich an Ort und Stelle ablassen.

Tonio war nicht weniger überrascht als ich.

»Nina? Wo kommst du denn plötzlich her?«

Ich schnappte nach Luft und rang um Fassung. Dennoch bebte meine Stimme, als ich anfing zu reden.

»Ich komme gerade von der Gedenktafel an der Mole, wo deine Circe vorhin ein Grablicht und Blumen abgestellt hat! Für Ruben … oder besser gesagt für Karsten.« Ich hielt inne, um ihm Zeit zu geben, den Zusammenhang zu kapieren, doch da er es offensichtlich nicht tat oder nicht wollte, redete ich weiter. »Wenn sie weiß, dass Ruben van Gents Name auf dieser Tafel steht, dann weiß sie auch, dass der vor sieben Jahren ertrunken ist und euer Ruben seine Identität geklaut hat!«

Einen Augenblick lang starrte Tonio mich fassungslos an. Dann versuchte er es mit Schadensbegrenzung.

»Nina, beruhige dich! Erst mal ist sie nicht *meine* Circe. Und zweitens …«

»Verschon mich mit deinen Ausreden! Wir waren uns einig, dass es unser Geheimnis bleiben würde. Stattdessen hattest du nichts Eiligeres zu tun, als es ihr zu erzählen. Du bist so ein – so ein …« Mir fiel in meiner Rage das italienische Wort für »Arschloch« nicht gleich ein. Dann hatte ich es. »So ein … *stronzo*!«

»Ich habe ihr kein Wort davon erzählt«, zischte Tonio und schaute sich um, weil schon ein paar Leute stehen blieben. »Das habe ich dir doch versprochen.«

»Oh, natürlich hast du das versprochen«, zischte ich zurück. »Deswegen bist du ja so ein Arschloch!«

»Bitte, Nina, wir können gern über alles reden, aber nicht hier.«

»Reden, ja? Willst du mich wieder einwickeln, wie es dir schon so oft gelungen ist?«

»Nina, bitte!« Er machte einen Schritt auf mich zu, doch das war das Letzte, was ich ertragen konnte. Ich stieß ihn von mir. Er wankte, der Karton in seinen Armen geriet in Schieflage, und die Einkäufe ergossen sich auf die Straße. Äpfel und Tomaten rollten davon, eine Tüte Cantucci zerplatzte, und eine Schar Möwen stürzte sich freudig auf das unerwartete Festmahl. Ein kleiner Junge schnappte sich einen Apfel vom Boden, sagte strahlend »Grazie!« und rannte davon. Irgendjemand applaudierte und schrie: »Brava! Brava!«

Inzwischen waren wir zu einer Art Hafenattraktion geworden. Passanten waren stehen geblieben und bildeten einen Kreis um uns. Es störte mich nicht, ich tobte ungebremst weiter.

Tonio hingegen stand wie in Stein gegossen vor mir. Er war so fassungslos, dass sein Mund offen stand. Ich bückte mich, nahm eine Tomate, die vor meinen Füßen lag, und drückte sie ihm hinein. Jetzt sah er aus wie ein Spanferkel auf der Servierplatte. Der Saft tropfte auf sein helles T-Shirt, und ich musste an den Tag auf der Fähre denken, als wir uns kennengelernt hatten. Vermutlich hatte er irgendein Tomaten-Karma.

Unfähig zu reden, presste er den halb leeren Karton an seine Brust, als müsste er die restlichen Einkäufe vor meiner Zerstörungswut retten. Ein Mann löste sich aus der Menge der herumstehenden Gaffer und schoss ein Handyfoto. Ich hoffte, es war ein Journalist und das Bild würde morgen die Titelseiten aller Zeitungen zieren.

Endlich halbwegs zufrieden betrachtete ich mein Werk. Den immer noch schockstarren Tonio mit der Tomate im Mund und dem bekleckerten T-Shirt, die zermatschten Lebensmittel zu seinen Füßen und die Möwen, die ihn umsegelten und sich um die letzten Mandelkekse stritten. Ich fand, das war ein gutes letztes Bild. So konnte ich ihn in Erinnerung behalten. Ich ließ ihn einfach stehen, bahnte mir einen Weg durch die Menschen und lief zum »La Margherita«, meinem Aperitif entgegen.

Unterwegs fiel mir auf, dass ich plötzlich richtig wütend werden konnte. Man konnte auch sagen: Ich hatte wieder in vollen Zügen angefangen zu leben. Kein wirklich glückliches Leben, aber immerhin ein Anfang.

28
Tonio

Ich war in meinem ganzen Leben noch nie so blamiert worden. Und ich hatte in meinem ganzen Leben noch nie so als Idiot dagestanden. Ich wollte gar nicht daran denken, in wie vielen Urlaubsalben ich fortan verewigt sein würde. Wahrscheinlich mit der Bildunterschrift: »*Lo stronzo* – die Attraktion von Giglio Porto«.

Bei Nina hatte ich es jetzt wohl endgültig verschissen. Sei's drum! Vielleicht sollte ich sie mir wirklich aus dem Kopf schlagen. Noch so eine Furie konnte ich in meinem Leben echt nicht brauchen. Meine Nerven hingen ohnehin schon in Fetzen. Das Ding mit der Tomate war der Gipfel gewesen. Die Frau war paranoid! Woher sollte ich denn wissen, warum Cinque Blumen zu dieser Gedenktafel gebracht hatte? Vielleicht wollte sie einfach der Opfer gedenken.

Glaubte ich das wirklich? Nein, natürlich nicht.

Ich konnte es drehen und wenden, wie ich wollte: Das Schlimmste an der ganzen Geschichte war nicht die Blamage vor den Leuten am Hafen, sondern die Erkenntnis, dass Cinque Rubens wahre Identität kennen musste und Nina glaubte, ich hätte das verbockt. Vermutlich stimmte also mein Verdacht, dass Ruben und Cinque sich näherstanden, als mir bisher klar gewesen war. Aber wenn sie es wusste, wieso hatte sie dann nicht Karsten, sondern einem fremden Holländer Blumen gebracht? Warum war sie nicht direkt an das Grab auf dem Friedhof bei Castello gegangen? Ich würde diese Frau nie durchschauen. Ich sollte überhaupt am besten damit aufhören, Frauen verstehen zu wollen. Man sah ja, was dabei herauskam: Man wurde auf offener Straße zum Gespött der Leute gemacht. Ich würde in meinem ganzen Leben keine Tomate mehr essen können, ohne dass die Wut in mir hochkochte.

Nachdem ich die Straße notdürftig von meinen Einkäufen gesäubert und alles in der Mülltonne entsorgt hatte, machte ich mich auf den Weg zu Pepes Alimentari, wo ich jetzt ein zweites Mal einkaufen musste. Unterwegs dachte ich erneut darüber nach, was Cinque mit dieser Aktion bezweckt hatte, aber ich kam zu keinem Ergebnis. Es blieb mir ein Rätsel, nur eines war klar: Cinque wusste Bescheid.

Ich musste mit ihr reden. Gestern Abend am Bus war sie drauf und dran gewesen, den Mund aufzumachen, hatte es sich dann aber wohl wieder anders überlegt. Auf der Fahrt runter nach Campese hatte ich kein Wort mehr aus ihr herausbekommen. Sie hatte sich von mir abgewandt, ihr Gesicht an die Fensterscheibe gepresst und so getan, als wäre ich überhaupt nicht da. Heute würde sie mir nicht mehr so leicht davonkommen, notfalls müsste ich eben den Chef raushängen lassen. Ich musste wissen, was hier gespielt wurde. Ich würde jetzt Clemenza ihre Einkäufe bringen, einen Happen essen und ihr klemmendes Türschloss reparieren. Dann würde ich nach Campese runterfahren und mir Cinque vorknöpfen. Und gnade ihr Gott, wenn sie wieder versuchen sollte, mir auszuweichen!

Pepe hatte gerade sein Türgitter für die Siesta heruntergelassen, aber ich war noch voll auf Adrenalin und rüttelte so heftig daran, dass ich es fast aus dem Rahmen riss. Immerhin kam er zur Tür und zeigte mir durch die Glasscheibe zuerst den Vogel und dann die Uhr. Ich faltete die Hände und setzte eine flehende Miene auf, bis er mich schließlich doch noch reinließ. Als ich ging, gab ich ihm ein großzügiges Trinkgeld und dachte frustriert, dass ich mir die Fahrt aufs Festland heute wirklich hätte sparen können. Bei einem Einkauf auf der Insel hätte ich diesmal weniger Geld in den Sand gesetzt, und die Szene im Hafen wäre nie passiert.

Ich kam mit mehr als einer Stunde Verspätung bei Clemenza an. Sie stand schon in der Tür und schlug bei meinem Anblick die Hände über dem Kopf zusammen.

»Dio mio, Tonio, wie siehst du denn aus? Und wieso kommst du so spät? Ich habe das Essen schon dreimal aufgewärmt, und nun sind mir die Ravioli zerfallen!«

Nichts war mir gerade so egal wie das Mittagessen. Natürlich hatte ich während der Busfahrt genügend Zeit gehabt, mir zu überlegen, was ich Clemenza erzählen würde. Die Wahrheit kam nicht in Frage, denn sie würde nach dem Grund für den Streit mit Nina fragen, und dann müsste ich ihr das Geheimnis verraten, das außer mir und Nina nur noch Cinque kannte. Und ich würde mit aller Macht dafür sorgen, dass es sonst niemand erfuhr. Schon gar nicht Clemenza, die hinter vorgehaltener Hand auch »La Gazzetta di Castello« genannt wurde, eine Regionalzeitung, die in Person von Clemenza allwöchentlich auf dem Markt an der Piazza Gloriosa erschien.

Ein weiterer Grund war, dass sie mir erst vor wenigen Stunden den Ratschlag gegeben hatte, es »nicht zu versauen«. Ich konnte ihr unmöglich gestehen, dass ich das mit dem »Versauen« ganz sauber hingekriegt hatte.

»Ich bin am Hafen über einen Poller gestolpert und mitsamt dem Einkaufskarton auf die Straße gefallen«, log ich also. »Die Tomaten waren hinüber, wie du siehst«, ich wies auf mein T-Shirt, »und die Eier und der Mascarpone auch. Die Cantucci haben sich die Möwen schmecken lassen. Es hat auch noch ein paar andere Sachen erwischt. Also musste ich noch mal zu Pepe, um einiges neu zu kaufen.«

Clemenza schüttelte den Kopf über so viel Dummheit. Auch wenn sie es nicht aussprach, sie hielt mich für einen Komplettversager, so viel war klar.

»Ich habe dir doch schon tausendmal gesagt, du sollst Tragetaschen nehmen und nicht diesen Pappkarton! Da kannst du ja gar nicht drüberschauen. Ist doch kein Wunder, wenn du damit hinfällst.«

»Deinen Wocheneinkauf hält doch keine Papiertragetasche aus, Clemenza!«, widersprach ich. »Die reißen, wenn ich da so viel reinpacke.«

»Ich hab noch ein paar sehr stabile Plastiktragetaschen aus guten alten Zeiten gebunkert.« Clemenza zwinkerte mir verschwörerisch zu. »Die kannst du nächstes Mal gerne mitnehmen.«

»Plastiktüten sind nicht gut für die Umwelt. Und mittlerweile verboten. Zu Recht.« Diese Diskussion hatten wir schon so oft geführt.

»Und der Karton ist nicht gut für deine Sicherheit! Du siehst ja, was dabei rauskommt. Was nützt dir die Umwelt, wenn du dir das Genick für sie brichst? Und was nützt es der Umwelt, wenn du sie mit zermatschten Eiern und Mascarpone beschmierst? Nun setz dich endlich und iss etwas, Junge. Zur Strafe gibt es zerfallene Ravioli. Und zum Trost Zabaione als Nachtisch.«

»Clemenza, du bist die Beste!« Das meinte ich tatsächlich so. Sie war die einzige Frau in meinem Leben, die mich im Augenblick nicht an den Rand des Nervenzusammenbruchs brachte.

29
Nina

Nach zwei Martini-Cocktails im »La Margherita« hatte ich mich wieder halbwegs im Griff. Ich hatte es sogar fertiggebracht, eine halbe Pizza al tonno zu essen. Den Rest ließ ich mir einpacken, man wusste ja nie, wann man wieder etwas zwischen die Zähne bekam, wenn man Clemenzas Haus heute großräumig umgehen musste. Tonio wollte nach dem Essen noch das klemmende Schloss in der Haustür reparieren, und ich hatte keine Ahnung, wie lange er bleiben würde. Wie ich ihn kannte, würde er womöglich sogar auf mich warten, um mich wieder rumzukriegen und sich zu rehabilitieren. Und ich hatte einfach keine Tomaten mehr zur Hand.

Auch wenn ich mich dagegen sträubte, musste ich mir eingestehen, dass er mir schon ein bisschen leidtat. Ich hatte selbst gar nicht mehr gewusst, was für eine Furie in mir steckte, aber es hatte mir unglaublich gutgetan, endlich einmal alles herauszulassen, nachdem ich bisher meinen Ärger meist demütig hinuntergeschluckt hatte. Mag sein, dass es eine Überreaktion war, denn wenn ich jetzt, mit zwei Martini intus, noch mal an unsere Begegnung am Hafen zurückdachte, hatte er doch ganz schön erschüttert ausgesehen, als ich ihm gesagt hatte, dass Circe Bescheid wusste. War es möglich, dass es ihn tatsächlich überrascht hatte? Oder war das wieder nur Wunschdenken der blöden verliebten Nina, die sich im Nachhinein alles schönreden wollte?

Diese Fragen würden mich bis in alle Ewigkeit verfolgen, wenn ich – wie ich mir vorhin vorgenommen hatte – nie wieder ein Wort mit ihm reden wollte.

Ich musste nachdenken. Das konnte ich schon immer am allerbesten auf einem langen Spaziergang. Ich wollte bereits seit einer kleinen Ewigkeit die Wanderwege der Insel erkunden, war aber wegen der Suche nach Karsten und der Unterschriftensammlung für die Petition noch nicht dazu gekommen. Jetzt hatte ich einen guten Grund, damit anzufangen. Also fuhr ich mit dem Bus nach Castello, wo die meisten der Wanderwege ihren Anfang nahmen.

Von der Piazza Gloriosa aus ging ich die Via Santa Maria bis zum südlichen Ortsende hinunter und bog in eine Seitenstraße ein, die aussah, als ob sie in den Wald führte. Ich kam am Quellbrunnen und den alten Waschstellen vorbei, wo ich meine Wasserflasche nachfüllte, denn die Septembersonne gab heute wieder ihr Bestes. In der Hoffnung, auf einen beschilderten Wanderweg zu stoßen, lief ich weiter. Am Ende eines kleinen Wohngebiets hatte ich Glück. Schon von Weitem sah ich das Holzschild mit der rot-weißen Wegmarkierung, auf dem die Nummer 17 stand. Die ins Holz geschnitzten Buchstaben daneben erkannte ich erst, als ich näher kam, und blieb wie angewurzelt stehen. Der Weg führte nach Campese.

Na großartig! Da wollte ich ja nun gerade nicht hin. Aber wer sagte denn, dass ich den Weg bis zum Ende gehen musste? Ich würde einfach irgendwann umkehren, wenn ich genug hatte.

Der Pfad hatte es in sich, von einem Spaziergang konnte hier keine Rede sein. Er war steinig, von Wurzeln durchzogen und führte durch Weinterrassen und Olivenhaine bergab. Während ich darauf achtete, wohin ich meine Füße setzte, und ab und zu stehen blieb, um die Aussicht zu genießen, überlegte ich, was Anna mir in dieser Situation raten würde. Eigentlich musste ich nicht lange nachdenken. »Gib ihm eine Chance, sich zu erklären«, würde sie sagen. »Dann kannst du immer noch entscheiden, ob du ihm glaubst oder nicht. Am allerbesten wäre es natürlich, wenn du auch mit Circe sprechen würdest. Vielleicht sagt sie dir ja, woher sie von Rubens wahrer Identität weiß. Wer nicht fragt, kann auch keine Antwort bekommen. Versuch einfach ganz normal mit ihr zu reden.«

Ganz normal? Anna hatte ja keine Ahnung. Mit dieser Circe konnte man nicht normal umgehen! Und bei Tonio hinderten mich meine verdammten Gefühle daran, normal mit ihm zu reden, ohne rot zu werden oder irgendwelchen Unfug von mir zu geben. Außerdem rechnete ich fest damit, dass Circe mir ohnehin nicht die Wahrheit sagen würde. Diese Frau hasste mich. Warum sollte sie ausgerechnet dieses Mal vernünftig mit mir reden wollen?

»Du suchst schon wieder Gründe, um auszuweichen«, schalt Anna in meinem Kopf. »Circe ist die Einzige, die dir wirklich zuverlässig sagen kann, woher sie von Karstens Geheimnis weiß. Gib zu, du willst sie fragen, traust dich aber nicht. Wenn du dich nicht überwindest, wirst du nie erfahren, ob Tonio dich belogen hat oder nicht.«

Das klang ja alles sehr vernünftig. Aber nein. Nein, das würde ich nicht über mich bringen.

»Gib dir einen Ruck!«, drängte die mentale Anna jetzt. »Es zu versuchen ist immer noch besser, als die Hände in den Schoß zu legen und zu jammern, wie schlecht es das Schicksal mit dir meint.« Damit hatte sie zweifellos recht, aber meinem Mut half sie damit auch nicht auf die Sprünge.

Am Valle del Molino machte ich Rast im Schatten einiger kleiner Gebäude, die aus groben Natursteinen geschichtet waren. Ich setzte mich auf einen Felsbrocken, aß ein Stück Pizza, trank einen Schluck Wasser und kämpfte mit meinem inneren Schweinehund. Inzwischen war ich sicher, dass Circe der Schlüssel zu dem Rätsel war, das ich zu lösen versuchte. Keine Ahnung, wie, aber irgendwie hing sie da mit drin. Ich musste wirklich dringend mit ihr reden, aber ich würde doch niemals die richtigen Worte finden.

»Such wenigstens danach!«, forderte Anna in den Tiefen meines Hirns. Nicht mal hier, auf dieser Insel am Ende der Welt, war ich vor ihr sicher.

Liebe Circe, oder soll ich Cinque zu dir sagen? Verrate mir bitte die Wahrheit. Du kannst auch Tonio haben. Nimm ihn und werde glücklich. Ich gebe auf. Eine gegen fünf hat einfach keine Chance.

Wie verrückt war das denn bitte? Nein, das widerstrebte mir total. Außerdem würde ich damit zugeben, dass mir etwas an Tonio lag. Kam überhaupt nicht in Frage.

Hör mal, Circe, du verstehst das alles komplett falsch. Ich will überhaupt nichts von Tonio! Bei dem Fest haben wir wirk-

lich nur miteinander getanzt, mehr war nie zwischen uns. Alles, was ich wollte, war, meinen Mann zu finden, und du kanntest ihn ja offenbar. Sag mir, woher!

Das war zwar gelogen, aber damit würde ich immerhin mein Gesicht wahren. Und wer sagte eigentlich, dass ich immer bei der Wahrheit bleiben musste? Eine kleine Lüge konnte manchmal der beste Selbstschutz sein. Mit ein bisschen Glück konnte ich mich vielleicht sogar selbst überzeugen, dass Tonio mir piepegal war.

Ja, so würde ich es machen. Falls ich jemals den Mut dazu fände.

Ich war tief in Gedanken, als ich in einen schattigen Laubwald eintauchte. Der Weg wurde jetzt eben, das Laufen fiel leichter, und ich merkte gar nicht, wie weit ich mich schon von Castello entfernt hatte. Erst als ich die Glocken von San Pietro Apostolo von fern zur Messa serale läuten hörte, war mir klar, dass es allmählich Zeit wurde, umzukehren.

Als ich aus dem Wald trat, empfing mich eine böse Überraschung. Ich hatte mich über die angenehme Kühle unter den dichten Baumkronen gefreut und das Rascheln der Blätter kaum bemerkt, das Zeichen dafür, dass der Wind auffrischte. Jetzt sah ich ein Unwetter vom Meer auf die Küste zukommen, schneller, als mir lieb war. Der Wind peitschte die Wellen bereits so, dass sie in schäumender Gischt an den Strand schlugen, und über den Himmel trieben in rasendem Tempo dunkle Wolken. Ich blickte hinauf zum Dorf, das im Schutz seiner Mauern so einladend aussah und unerreichbar schien. Zurück nach Castello war es jetzt nicht nur weiter als hinunter nach Campese, sondern der Weg führte auch steil bergauf und würde mich bei diesem starken Wind komplett überfordern.

In meinem Kopf überstürzten sich die Gedanken. Wenn ich jetzt nach Campese hinunterging und Unterschlupf in der Tauchschule fände, konnte ich einfach die Wahrheit sagen, ohne mein Gesicht zu verlieren. Dass ich nämlich gekommen war, um vor dem Unwetter Schutz zu suchen. Vielleicht würde ich dann ganz von selbst die richtigen Worte finden, um die Situation mit Circe zu klären. Ich fischte die dünne Strickjacke aus meinem Rucksack, weil es schon empfindlich kalt war, und schlüpfte hinein. Dann begann ich mit dem Abstieg.

Ich war noch nicht weit gekommen, als der Regen losbrach. Der Wind zerrte an meinen Haaren und schlug sie mir ins Gesicht. Der Weg wurde immer steiler und rutschiger, und einen Teil davon legte ich unfreiwillig im Sitzen zurück. Ich verfluchte meine Idee mit dem Denkspaziergang und fragte mich, ob es das Schicksal war, das mich zwang zu handeln, indem es mich an einen Ort schickte, den ich um jeden Preis meiden wollte. Clemenza, die nicht an Zufälle glaubte, wäre jedenfalls überzeugt davon.

Als die ersten Häuser von Campese in Sicht kamen, war ich bis auf die Haut durchnässt. Der peitschende Wind tat ein Übriges, ich würde mir mit Sicherheit den Tod holen. Tropfnass und schlammverschmiert kam ich an der Tauchschule an.

Die Tür war offen, und Matteo stand draußen, genauso nass wie ich. Er starrte blicklos aufs Meer. Sein Gesicht schimmerte kalkweiß in der Dämmerung.

»Was ist passiert?«, schrie ich gegen den Sturm.

»Circe ist mit meinem Boot rausgefahren.«

»Bei dem Wetter? Will sie sich umbringen?«

»Davon gehe ich aus.«

Ich hatte eine Floskel benutzt, doch Matteo hatte sie wörtlich genommen und mir damit klargemacht, dass das hier bitterer Ernst war.

»Wo ist Tonio?«

»Er will sie zurückholen.« Matteo zeigte zum Ufer, wo Tonio gerade versuchte, den Außenbordmotor eines Schlauchbootes anzulassen.

Einen Augenblick lang war ich wie gelähmt. Was er da vorhatte, war glatter Selbstmord. Er trug nicht einmal seine Tauchausrüstung! Wenn er mit dem Boot kenterte, hätte er keine Chance.

Wie gehetzt rannte ich auf das Meer zu. Verfluchte den nassen Sand, der meine Füße festhielt wie Lehm und mich nicht vorwärtskommen ließ. Die kurze Strecke bis zum Wasser dehnte sich ins Endlose. Ich verlor einen meiner Schuhe und rannte trotzdem weiter. Fiel hin, raffte mich auf, kroch die letzten Meter und stemmte mich in dem Moment wieder hoch, als der Motor ansprang und Tonio gegen meterhohe Wellen aufs tosende Meer hinausfuhr. Ich schrie ihm nach, während mir Gischt ins Gesicht spritzte, schrie seinen Namen, wieder und immer wieder, doch er hörte mich nicht. Er würde sterben in dieser Hölle der sturmgepeitschten Wellen, er würde untergehen wie mein Vater mit seiner Bohrinsel und nie mehr zurückkommen.

Salzwasser lief mir aus den Haaren in die Augen, oder waren es Tränen, die darin brannten? Der Horizont verschwamm vor meinem Blick, und als ich mir mit zitternden Händen das Wasser vom Gesicht gewischt hatte, konnte ich Tonio nicht mehr sehen. Vor mir lag nur noch schwarzes, tosendes Wasser.

Als hätte ein Hypnotiseur mit dem Finger geschnippt, kam ich plötzlich zu mir und bemerkte, dass ich bis zur Brust im dunklen Meer stand und eine riesige Welle auf mich zukam. In Panik wollte ich mich wegdrehen, als sie schon über mir zusammenschlug und mich von den Füßen riss. Die Welt wurde still, als ich von einer gewaltigen Kraft hinunter in die tobenden Fluten gezogen wurde. Ich schluckte salziges Wasser, und einen flüchtigen Moment lang dachte ich, dass Sterben vielleicht gar nicht so schlimm war. Ein Déjà-vu aus meiner Kindheit blitzte in mir auf: Es war, als wäre ich noch einmal sieben Jahre alt und stürzte im Schwimmunterricht auf den Grund des Beckens zu. Doch hier fanden meine Füße den Boden wieder, und ich tauchte auf.

Das Erste, was ich sah, war Matteo, der auf mich zuwatete.

»Nina! Bist du völlig wahnsinnig geworden!«

»Hier ist doch jeder wahnsinnig! Warum sollte ich eine Ausnahme sein!«, schrie ich hysterisch zurück.

Er zog mich an Land, wo ich erschöpft in den Sand fiel, setzte sich neben mich und legte mir seine Jacke um die Schultern.

»Er muss zurückkommen«, heulte ich mit klappernden

Zähnen, »lieber Gott, bitte, ich tue alles, wenn er nur zurückkommt.«

»Ich weiß schon lange, dass du ihn liebst«, sagte Matteo. »Aber wir können jetzt wirklich nur beten.«

30
Tonio

Endlich sprang der verdammte Motor an. Das Boot fuhr gleich frontal in eine hohe Welle hinein, und Wasser schwappte ins Innere, aber ich war sowieso schon nass bis auf die Knochen. Als ich mich kurz umsah, weil ich meinte, ein Rufen gehört zu haben, glaubte ich zu sehen, wie Nina auf das Meer zulief. Aber das konnte nur ein Trugbild sein. Nina lief nicht ins Wasser, nicht bei Sonnenschein und schon gar nicht bei diesem Wetter.

Ich richtete den Blick wieder aufs Meer, schaute angestrengt in die Richtung, in der Matteos Boot mit Cinque verschwunden war. Ich hatte es aus den Augen verloren, weil der verdammte Außenborder nicht gleich angesprungen war, fuhr auf Verdacht geradeaus und hoffte einfach, sie wiederzufinden. Lebend zu finden.

Als ich vorhin von Clemenza zurückkam, nachdem ich ihr Türschloss repariert hatte, war mir Matteo kreidebleich an der Tür entgegengekommen.

»Was ist los?«, fragte ich. Es sah nach einer Katastrophe aus.

»Mein Boot ist weg«, sagte er. »Und Cinque auch.«

Er reichte mir einen Zettel, der achtlos aus einem Ringbuch gerissen worden war. Ich erkannte Cinques Handschrift: »Tut mir leid, Matteo, ich habe dein Boot genommen. Es ist das Einzige, für das ich einen Schlüssel habe.«

»Ich hab es ihr vor ein paar Tagen geliehen, weißt du noch? Und habe vergessen, den Schlüssel zurückzuverlangen, weil ich es seitdem nicht mehr gebraucht habe.«

»Wie lange ist sie schon weg?«, stieß ich hervor.

Matteo zuckte hilflos die Schultern. »Noch nicht lang. Als der Regen stärker wurde, war ich draußen, um unseren Sonnenschirm und die Klappstühle reinzuholen. Da hab ich sie in Richtung Hafen laufen sehen. Ich dachte, sie geht nach Hause, und hab ihr noch zugewunken. Ich bin wieder rein und wollte mir einen Kaffee machen. Da habe ich gerade die Nachricht gefunden, weil Cinque sie unter meine Tasse geklemmt hatte.

Was will sie bei dem Wetter mit meinem Boot? Glaubst du, dass sie …?«

»So wie sie die letzten Tage drauf war, würde ich das jedenfalls nicht ausschließen.« Mir blieb keine Zeit, lange darüber nachzudenken. Ich holte den Schlüssel für ein Schlauchboot der Schule aus meinem Büro und rannte los.

Und hier hockte ich nun, in einem Boot voller Wasser, ohne Neopren, ohne Flossen, ohne Tauchgerät, und murmelte zum ersten Mal seit vielen Jahren ein Gebet. Ich war nass bis auf die Knochen, der Wind riss mir fast die Haare vom Kopf, und ich wunderte mich, dass ich die Kälte kaum spürte, aber ich war wie betäubt. Wenn Cinque etwas passierte, so kurz nach Ruben, das würde ich nicht aushalten.

Hätte ich damit rechnen müssen, dass sie sich etwas antat? Sie war immer schon theatralisch gewesen, immer mit den Gefühlen am Anschlag, egal ob in Glück oder Verzweiflung. Die letzten Tage seit der Beerdigung war sie nur noch ein Schatten ihrer selbst. Aber ich war so mit meiner Arbeit beschäftigt und mit meinen Gedanken bei Nina gewesen, dass ich nicht weiter darauf eingegangen war. Ich hatte tatsächlich gedacht, das wird schon wieder, sie macht eben gerade eine schwierige Phase durch und wird darüber hinwegkommen.

Inzwischen war es stockfinster, weil die dunklen Wolken die Sonne verdeckten, die eh gleich untergehen würde. Mir taten bereits die Augen weh vor Anstrengung, mit der ich unablässig das Meer absuchte. Plötzlich glaubte ich, etwas zu sehen.

War das ein Boot dort vorn, oder spielte mir meine Phantasie einen Streich? Ich verfluchte mich, keine Lampe eingesteckt zu haben, aber es war alles so schnell gegangen. Da fiel mir mein Handy ein, das in meiner Jackentasche steckte. Ich tastete danach und wählte mit klammen Fingern die Taschenlampenfunktion. Dann hielt ich es aufs Wasser und suchte wie mit dem Leuchtfeuer eines Leuchtturms das Meer ab.

Ich hatte mich nicht getäuscht. Nicht weit vor mir schaukelte Matteos Boot auf den Wellen.

Cinque stand am Bug wie eine Galionsfigur. Als ich näher kam, streckte sie in einer abwehrenden Geste die Hände aus. Sie waren mit irgendetwas zusammengebunden. Panisch schnappte ich nach Luft.

»Geh weg, Tonio!«, rief sie. »Verschwinde!«

Dann ließ sie sich fallen.

Ich warf das Handy unter den Sitz und streifte hektisch Jacke und Schuhe ab, während ich die Stelle auf dem Wasser fixierte, an der sie verschwunden war. Dann richtete ich mich schwankend auf und sprang.

Es war kalt. Und es war dunkel. Zum ersten Mal in meinem Leben tauchte ich am Abend ohne Lampe. Und ohne jede Tauchausrüstung. Es fühlte sich an, als wenn ich schon im Jenseits wäre. Nichts als Stille und undurchdringliche Dunkelheit. Plötzlich verstand ich, warum Nina Angst vor dem Wasser hatte. Ich erfuhr es gerade am eigenen Leib.

Bemüht, mir die ungefähre Position des Boots zu merken, schwamm ich weiter. Ich hatte vergessen, wie anstrengend das Schwimmen ohne Flossen war. Orientierungslos kämpfte ich mich durch die dunklen Fluten. Die Luft wurde knapp, und ich tauchte auf, um einzuatmen. Ein kurzer Blick nach hinten. Das Boot war noch da.

Wieder tauchte ich ab. Was, wenn ich sie nicht fand? Ich versuchte, die Verzweiflung und die Mutlosigkeit niederzuringen. Wenn ich jetzt in Panik geriet, war alles verloren.

Als ich schon glaubte, wieder auftauchen zu müssen, weil ich sonst ersticken würde, streifte etwas meinen Arm. Ich griff danach und bekam einen Ärmel zu fassen. Nahm die zweite Hand zu Hilfe und ertastete dichtes, langes Haar. Ich zog daran ohne Rücksicht darauf, dass ich Cinque wehtun könnte, kämpfte wie um mein Leben, und als ich sie endlich sicher im Griff hatte, schwamm ich mit ihrem widerstandslosen Körper nach oben. Obwohl ich alle Kräfte mobilisierte, glaubte ich einen schrecklichen Augenblick lang, es nicht zu schaffen. Der Drang einzuatmen wurde übermächtig, der Meeresspiegel schien kilometerweit entfernt, und die ungewohnte Last in meinem Arm zog mich immer wieder nach unten. In diesem Moment hätte ich alles für eine Tarierweste gegeben.

Nach einer gefühlten Ewigkeit durchbrach ich völlig erschöpft mit ihr die Oberfläche. Die Luft schoss schmerzhaft in meine Lunge, und für einige Sekunden wurde mir schwarz vor Augen. Ich hob Cinques Kopf aus dem Wasser und blickte mich suchend nach einem der beiden Boote um. Das Schlauchboot schaukelte etwa zehn Meter entfernt auf den Wellen. Matteos Boot konnte ich nicht mehr sehen.

Mit der Kraft der Verzweiflung schwamm ich mit Cinque im Schlepptau zum Schlauchboot. Immer wieder rollten Wellen über uns hinweg, ich schluckte Wasser, hustete und betete bei allem, was mir heilig war, dass ich Cinque nicht verlieren würde.

Fast noch schwieriger, als mit ihr durch die Wellen zu schwimmen, war es, sie ins Boot zu hieven. Das Wasser schien sie festzuhalten, und die nasse Kleidung machte sie schwerer, als sie eigentlich war. Als ich es endlich geschafft hatte, fiel ich auf den Rücken und nahm zwei tiefe Atemzüge. Dann rappelte ich mich auf und sah nach ihr.

Sie bewegte sich nicht. Mit meinem Tauchermesser durchschnitt ich die Kabelbinder, mit denen sie ihre Hände und Füße gefesselt hatte, sie wollte offenbar ganz auf Nummer sicher gehen. »Sorry, Cinque«, flüsterte ich, »da hast du die Rechnung ohne den guten alten Tonio gemacht. Glaub bloß nicht, dass ich dich sterben lasse!«

Ich schrie ihren Namen, klopfte ihr gegen die Wange, doch sie reagierte nicht. Ich legte meine Finger an ihren Hals, aber sie waren so taub von der Kälte, dass ich keinen Puls spüren konnte. Ich rieb sie aneinander, um wieder Gefühl darin zu bekommen, und ließ den Motor an. Das Ufer näherte sich viel zu langsam, schließlich erkannte ich Matteo, der wie ein Lotse mit den Armen in der Luft ruderte. Etwas abseits von ihm stand noch jemand – war das tatsächlich Nina? War sie wirklich ins Wasser gerannt, meinetwegen? Unter anderen Umständen wäre ich glücklich gewesen, so glücklich, dass ich ihr derart wichtig war, so glücklich, dass sie dafür ihre Angst vor dem Meer überwunden hatte. Aber in diesem Moment fehlte mir die Kraft zum Glücklichsein, denn vor mir lag Cinque und rührte sich nicht.

Als ich nach einer gefühlten Ewigkeit das Ufer erreichte, lief Matteo ins Wasser, um mir zu helfen, das Boot an Land zu ziehen. Mit letzter Kraft hob ich Cinque heraus und legte sie in den Sand. Alles, was jetzt noch zählte, war, sie ins Leben zurückzuholen.

»Ich hab schon den Notarzt gerufen«, keuchte Matteo. »Sie müssten gleich da sein.«

Ich nickte nur, weil Sprechen meine Kraft vergeudet hätte, und riss Cinque die nassen Sachen vom Leib. Überprüfte ihren Mundraum und überstreckte ihren Kopf, um sie beatmen zu können. Aus dem Augenwinkel sah ich, dass Nina noch da war, aber ich konnte jetzt nicht nach ihr schauen, musste mich aufs Zählen konzentrieren. Fünfzehnmal drücken, zweimal beatmen. Matteo war zur Straße gelaufen, um nach dem Notarzt Ausschau zu halten. Hier waren nur noch Cinque und ich. Und Nina.

Fünfzehn und zwei. Fünfzehn und zwei. Fünfzehn und zwei …

Meine Arme schmerzten, und ich war schon völlig außer Atem, als Matteo schließlich zurückkam.

»Sie schicken einen Hubschrauber!«, rief er. »Soll ich dich ablösen?«

Ich nickte und richtete mich auf, während Matteo übernahm. Nina hatte sich abgewandt und lief in Richtung Straße. Ich wollte gerade nach ihr rufen, als Matteo plötzlich einen Schrei ausstieß: »Ich habe Puls!«

Oh Gott, oh wunderbare gnädige Jungfrau Maria, ich danke dir! Ich kniete mich wieder in den Sand, um Cinques Kopf zu halten und ihn zur Seite zu drehen, als sie begann, Wasser auszuhusten. Matteo sah mich mit strahlenden Augen an.

»Nummer 5 lebt!«, schrie er, und wir beide brachen in albernes, hysterisches Gelächter aus.

Dann ging alles sehr schnell. Das Geräusch von Hubschrauberrotoren, Männer in roten Overalls, ein Notarzt, der Einwegelektroden für ein EKG auf Cinques Körper klebte, ihr eine Infusion legte, zwei Sanitäter, die sie schließlich auf eine Trage hoben und in den Helikopter schoben. Der Arzt drängte mich, mitzufliegen. Ich sei unterkühlt und zudem völlig erschöpft. Wir sollten lieber kein unnötiges Risiko eingehen. Ob ich bereit wäre, eine Nacht zur Beobachtung im Krankenhaus zu verbringen? Ich hatte keine Argumente, mich zu wehren.

Als sich der Hubschrauber langsam in den Himmel erhob, sah ich Nina am Straßenrand stehen. Sie hatte sich in den Schatten einer Palme zurückgezogen, aber ich sah sie im Scheinwerferlicht des Helikopters, dessen Rotoren die Palmwedel zausten. Am liebsten hätte ich mich wieder abgeseilt und wäre zu ihr gelaufen. Ich sehnte mich danach, ihr zu sagen, dass ich Cinque mochte, dass ich sie unterstützen und ihr helfen wollte, aber dass ich sie nicht liebte. Ich wollte Nina klarmachen, dass sie die einzige Frau war, für die ich mich wirklich interessierte. Ich wollte ihr den Spruch in meiner Schreibtischplatte zeigen, den ich meiner aktuellen Gefühlslage angepasst hatte und der mir vor Kurzem noch peinlich gewesen war. Ich wollte ihr sagen, dass sie sich vor mir nicht mehr verstellen musste, dass ich Bescheid wusste, denn wer trotz einer heftigen Wasserphobie für einen anderen Menschen in ein vom Sturm gepeitschtes Meer läuft, dem kann dieser Mensch nicht egal sein. Alles das sollte sie wissen. Auch dass ich sie liebte. Die Worte brannten mir auf der Zunge, und vielleicht war ich jetzt endlich fähig, sie auszusprechen.

31
Nina

Als der Rettungshubschrauber in den dunklen Nachthimmel stieg, wollte ich am liebsten sterben. Ich war sicher, dass Tonio mich gesehen hatte, spätestens als er zum Strand zurückgekommen war. Vielleicht sogar schon, als er ablegte und ich ihm völlig kopflos ins Wasser gefolgt war. Was musste er von mir gedacht haben? Dass er bei diesem Unwetter hinaus aufs Meer fuhr und sich in Lebensgefahr begab, war doch der beste Beweis dafür, wie viel ihm an dieser Frau lag. So einen Irrsinn wagte man nur, wenn ein Mensch in Gefahr war, den man liebte.

Ich selbst war ja gerade zu einem ähnlichen Irrsinn fähig gewesen. Wäre ich jemals für Karsten bei Sturm und Regen ins Meer gelaufen? Die Antwort lautete: Nein. Nicht einmal bei Schönwetter. Ich konnte noch immer nicht glauben, dass ich das überhaupt getan hatte. Und ich wollte auch nicht mehr darüber nachdenken, warum ich es getan hatte und was es bedeutete.

Nach und nach kehrte Leben in meinen Körper zurück, und ich fühlte die Kälte bis auf die Knochen. Alles, was ich außerdem noch fühlen konnte, waren Traurigkeit und Scham. Was würde Tonio jetzt von mir halten, nachdem ich ihm wie eine Idiotin nachgerannt war?

Wofür ich mich aber am allermeisten schämte, war, dass ich einen Augenblick lang gehofft hatte, Circe würde sterben. Dass ich mir gewünscht hatte, die Wiederbelebungsversuche würden erfolglos bleiben. Es hatte nur eine Sekunde gedauert, aber der Gedanke war da gewesen, bevor ich mich völlig schockiert zur Ordnung rief. Wie weit war es mit mir gekommen, wenn die niedersten Instinkte in mir aufbrachen?

Ich schob es auf die Ausnahmesituation. Ich hatte panische Angst um Tonio gehabt.

Als die Lichter des Helikopters hinter dem Berg verschwanden, war Matteo zu mir gekommen. Jetzt führte er mich zur

Tauchschule zurück, um trockene Kleidung für mich zu suchen.

Nach einer ausgiebigen warmen Dusche kehrten allmählich meine Lebensgeister zurück. Ich saß an Circes Schreibtisch – ausgerechnet – und schlürfte heißen Kräutertee, während über mir der Schwertfisch schwebte. Matteo hatte mich trotz meines Protestes in eine goldglänzende Rettungsdecke gewickelt, mit der ich vermutlich aussah wie ein Weihnachtsgeschenk, es fehlte nur noch die Schleife um meinem Bauch. Aber Tonio würde mich ja zum Glück nicht so sehen.

Matteo kam mit der Flasche Ramazzotti zu mir.

»Es ist nur noch ein kleiner Rest da, aber den solltest du trinken. Dann wird es dir besser gehen.«

Ich glaubte nicht daran, dass ein simpler Amaro es schaffen würde, dass ich mich besser fühlte, hatte aber keine Kraft zu widersprechen und kippte den Schnaps hinunter. Wenigstens war mir jetzt wieder warm.

»Wenn deine Haare trocken sind, bringe ich dich nach Hause.« Matteo warf die leere Flasche in den Papierkorb und schob ihn unter den Schreibtisch.

»Das musst du nicht«, sagte ich. »Ich bin doch schon groß.«

Er lächelte. »Mach ich gerne.«

»Sag aber bitte Clemenza nichts davon, wie bescheuert ich mich heute verhalten habe. Sie soll sich keine Sorgen machen.«

»Ehrenwort«, sagte Matteo ernst und hob zwei Finger hoch. »Wie es aussieht, ist ja alles noch mal gut gegangen. Wir sollten der Madonna danken, dass sie beide noch leben.«

Ich nickte matt. Dass ich Circe insgeheim den Tod gewünscht hatte, würde ich so schnell wie möglich verdrängen. Ich musste daran denken, wie Karsten sich während des Studiums einmal selbst bestraft hatte, weil er von einem Dozenten, der ihn durch eine Klausur fallen ließ, eine Voodoo-Puppe gebastelt und sie mit Nadeln durchstochen hatte. Er hatte das am nächsten Tag schwer bereut und daraufhin freiwillig eine Woche lang vor dem Palazzo Vecchio den Touristenmüll eingesammelt. Ob es ihm geholfen hatte, sich besser zu fühlen, wusste ich nicht. Er hatte es mir nie verraten, und ich hatte nie gefragt. Ich hatte das mit der Selbstbestrafung einfach für eine seiner Marotten gehalten. Ich war sicher, dass ich mich kein Stück besser fühlen würde, wenn ich eine Woche lang den Strand von Campese vom Müll säubern würde. Da müsste schon etwas Härteres her. Etwas, das richtig wehtun würde.

Womit könnte ich mich bestrafen? Am schwersten würde es mir wohl fallen, auf meine Tagträume zu verzichten, denen ich mich entgegen aller Vernunft immer noch hingab. Ich beschloss, mir Tonio ein für alle Mal aus dem Kopf zu schlagen. Ich würde mich ihm gegenüber freundlich und höflich verhalten und mir ab sofort keine Gedanken mehr gestatten, in denen er die Hauptrolle spielte. Nein, nicht mal eine Nebenrolle! Keine vagen Hoffnungen würde ich mir mehr erlauben. Wenn wir uns künftig trafen, würde ich mich einfach wie eine gute Bekannte verhalten, die nie etwas anderes von ihm gewollt hatte als seine Hilfe bei der Suche nach ihrem Ehemann. Das war im Moment die härteste Strafe, die ich mir vorstellen konnte. Wenn ich das lange genug durchzog, würde nicht nur ich selbst allmählich daran glauben, sondern auch Tonio wäre irgendwann sicher, dass die Nina, die an diesem entsetzlichen Abend, an dem er seine Circe aus den Sturmfluten gerettet hatte, seinetwegen ins Meer rannte, nichts als eine Halluzination gewesen war.

32
Tonio

Cinque kam in die Notaufnahme des Ospedale San Giovanni di Dio in Orbetello, und ich fühlte mich, als wäre ich in eine Zeitschleife geraten. Ich saß in demselben Warteraum, in dem ich vor Kurzem noch gemeinsam mit ihr gesessen hatte, starrte auf dieselben hässlichen Kunstdrucke an der Wand, trank denselben widerlichen Kaffee. Die Überprüfung meiner Vitalfunktionen hatte ich schnell hinter mich gebracht, ich war nur etwas unterkühlt, ansonsten war alles in Ordnung mit mir. Mit meinem Körper jedenfalls. Mein Hirn hätte dringend mindestens eine Woche Urlaub gebraucht. Immer wieder spielte es die Ereignisse der letzten Stunden durch.

Erst jetzt wurde mir klar, in welche Gefahr ich mich selbst gebracht hatte. Aber die Angst um Cinque hatte jeden vernünftigen Gedanken verdrängt. Um ein Haar wäre es schiefgegangen. Mir schlotterten jetzt noch die Knie, wenn ich daran dachte, wie knapp sie dem Tod entkommen war. Hätte ich nicht so ein wahnsinniges Glück gehabt und sie in dem dunklen Wasser zu fassen bekommen, hätten wir innerhalb kürzester Zeit einen weiteren Tod zu beklagen gehabt.

Ich wagte nicht daran zu denken, was passiert wäre, wenn ich sie nicht mehr erwischt hätte. Vermutlich hätte ich bis zur völligen Erschöpfung weitergesucht, wäre immer wieder nach ihr getaucht, bis ich selbst keine Kraft mehr gehabt, es nicht mehr ins Boot zurückgeschafft hätte. Ich musste aufhören, darüber nachzudenken, sonst würde ich verrückt werden.

Diesmal war es eine junge Ärztin, die zu mir kam. Sie sah – der Madonna sei Dank – optimistisch aus und lächelte mich an.

»Wir sind jetzt mit den neurologischen Untersuchungen durch. Es sind keine gravierenden Folgeschäden zu erwarten. Das hat sie Ihnen zu verdanken, Sie sind verdammt schnell gewesen. Und natürlich war es ein Glücksfall, dass ihr Körper durch Wasser und Wind schon unterkühlt war, die Hypothermie hat uns zusätzlich Zeit verschafft.«

»Es kam mir wie eine Ewigkeit vor«, seufzte ich. Vor Erleichterung begannen meine Beine zu zittern. Sosehr ich die Kälte immer gehasst hatte, heute hatte sie Cinque vor Schlimmerem bewahrt.

»Ja, das Zeitempfinden ist sehr subjektiv. In solchen Situationen ganz besonders. Sie wird vielleicht noch eine Zeit lang Gedächtnislücken und Konzentrationsprobleme haben, aber die Chancen stehen gut, dass sie wieder ganz die Alte wird. Wir haben ihr etwas zur Beruhigung gegeben und werden sie noch einige Tage zur Beobachtung hierbehalten. Sie sollte auch einige Gespräche mit einer Psychologin führen, wenn sie so weit ist.«

»Ich weiß nicht, wie ich Ihnen danken soll.«

»Danken wir der Madonna und Ihrem beherzten Eingreifen.«

Ich kann mich nicht erinnern, welche Dankesworte ich noch stammelte, ich weiß nur noch, dass ich den Wunsch hatte, dieser Frau um den Hals zu fallen. Ich hätte sie in diesem Moment küssen und in meinem Testament als Alleinerbin einsetzen können. Sie brachte mich zu einem Einzelzimmer, wo ich die Nacht verbringen konnte, bevor ich morgen zurück auf die Insel fahren würde. Ich fiel sofort in einen tiefen, traumlosen Schlaf.

Am nächsten Morgen durfte ich für ein paar Minuten zu Cinque. Sie lag mit geschlossenen Augen reglos im Bett und schien noch zu schlafen. Ich zog mir den Besucherstuhl heran und setzte mich, nahm ihre Hand und streichelte sie, bemüht, die Kanüle nicht zu berühren. Doch sie reagierte nicht.

»Das darfst du nie wieder tun, hörst du?«, sagte ich leise. Ich wollte sie nicht wecken, aber vielleicht konnte ich ja ihr Unterbewusstsein erreichen. »Du bist nicht schuld an Rubens Tod, das hat dieser Idiot ganz allein zu verantworten. Hör bitte auf, dir Vorwürfe zu machen. Worüber auch immer ihr gestritten habt, ich denke, dass du gute Gründe dafür hattest.«

Ein leichtes Blinzeln, fast nicht wahrnehmbar – oder hatte ich es mir eingebildet?

Als ich ihr Gesicht genauer betrachtete, war es wieder vollkommen reglos. Nein, sie schlief. Ihr Brustkorb hob und senkte sich in regelmäßigen Abständen. Gott, war das schön, sie atmen zu sehen!

Ich verließ das Krankenhaus und kaufte im Hafen von Porto Santo Stefano eine Flasche Prosecco, bevor ich an Bord der Fähre ging. Wir würden heute mit Sicherheit nicht tauchen gehen, da konnten wir auch ein bisschen feiern.

Während der Überfahrt gestattete ich mir einen Tagtraum von Nina. Unsere erste Begegnung hier auf der »Toremar«. Wie ich mich um sie bemüht hatte und dabei, wie beim Himmel-und-Hölle-Spiel, von einem Fettnapf zum nächsten gehüpft war. Es war erst vor ein paar Wochen gewesen, aber es kam mir vor wie ein halbes Leben.

Nach dem Anlegen in Porto führte mich mein erster Weg zur Kirche, um eine Kerze als Dank für Cinques Überleben anzuzünden und ein paar Worte mit Pater Lorenzo zu wechseln. Bis ich schließlich bei der Tauchschule ankam, war Mittag schon vorbei.

Matteo hatte abgeschlossen. Vermutlich war er etwas essen gegangen. Ich ging in mein Büro, um den Prosecco in dem Minikühlschrank, den ich dort deponiert hatte, kalt zu stellen.

Als ich an meinem Arbeitsplatz vorbeikam, stutzte ich.

Da lag ein Zettel auf meinem Schreibtisch. Ich erkannte Cinques schwungvolle Handschrift und las die Überschrift: *»Scusatemi«* – vergebt mir.

Ein Abschiedsbrief? Sie hatte mir einen Abschiedsbrief hinterlassen? Hastig las ich weiter.

»Ich kann und will ohne Ruben nicht weiterleben …«

Also doch! Wie im Fieber überflog ich ihre Zeilen. Es war ein Bekenntnis ihrer Liebe zu Ruben, nein, zu Karsten. Ein Geständnis ihrer Beziehung, die schon lange andauerte, ohne dass wir alle es bemerkt hatten. Wie hatte ich nur so blind sein können? In der Rückschau schien jetzt alles so logisch und nachvollziehbar. Nicht nur Cinques gereizte Stimmung, sondern auch Rubens depressives Verhalten ergab plötzlich einen Sinn.

Wie ein Blitz traf mich die Erkenntnis, dass ich Nina mit diesem Brief beweisen könnte, dass zwischen Cinque und mir nie etwas gewesen war. Aber nach allem, was noch darin stand, konnte ich ihn ihr auf keinen Fall zeigen. Jedenfalls jetzt noch nicht.

Ich kam nicht dazu, weiter darüber nachzudenken, weil mein Handy klingelte. Ich legte Cinques Brief in meine Schreibtischschublade und ging ran.

»Ciao, Tonio, Federico hier.«

»Ciao, Federico! Wie geht es euch? Liegt ihr immer noch vor Lampedusa?«

»Nein. Nein, wir liegen nicht mehr vor Lampedusa. Deshalb rufe ich an.«

»Sie haben euch anlegen lassen? Wie wunderbar, herzlichen Glückwunsch!«

»Leider nein, sie haben uns nicht in den Hafen gelassen. Aber wir konnten auch nicht länger die Hände in den Schoß legen. Die Situation auf dem Schiff war nicht mehr tragbar. Gestern sind wieder zwei ins Wasser gesprungen. Wir haben sie zurückgeholt. Eine der Frauen weint die ganze Zeit. Sie hat ein kleines Kind, das nur noch apathisch vor sich hin starrt und nichts mehr essen will. Andere drohen mit Selbstmord. Die lassen uns hier verrecken. Denen ist scheißegal, was aus den Menschen wird. Ich musste etwas unternehmen.«

»Ja, aber – was denn? Wo seid ihr überhaupt?«

»Wir sind …« Federico stockte. »Reg dich bitte nicht auf, Tonio, ich weiß, das kommt jetzt überfallartig, aber wir sind auf dem Weg zu euch.«

Ich schnappte nach Luft. Ein Seenotrettungsschiff auf dem Weg nach Giglio? Ich hatte mich doch bestimmt verhört.

»Habe ich dich richtig verstanden?«, fragte ich nach. »Ihr seid unterwegs hierher? Nach Giglio?«

»Ich wusste keine andere Lösung mehr. Da hab ich mich erinnert, wie gastfreundlich die Menschen auf unserer Insel waren, als damals das Kreuzfahrtschiff vor unserem Hafen auf Grund lief. Wie rührend sie sich um die Schiffbrüchigen gekümmert haben. Jetzt können die Gigliesi beweisen, dass sie die Goldmedaille für bürgerliche Verdienste zu Recht bekommen haben.«

»Aber das ist doch etwas ganz anderes«, wandte ich ein. Ich fühlte mich von den geballten Ereignissen gerade etwas überfordert. »Nicht alle auf dieser Insel sind den Flüchtlingen wohlgesonnen. Es gibt einige, besonders von den Alten, die mit der Lega sympathisieren –«

»Es ist eine Notlage«, unterbrach mich Federico. »Genauso wie damals. Und es sind Menschen, genauso wie damals. Sie tragen weder Smokings noch Abendkleider, aber sie werden sterben, wenn wir nichts tun.«

Ich atmete tief durch und wischte mir den Schweiß von der Stirn.

»Wie viele seid ihr?«

»Achtundzwanzig Geflüchtete aus Nigeria und acht Besatzungsmitglieder.«

»Wann kommt ihr an?«

»Ich denke, heute im Laufe des Abends. Wir sind schon seit gestern in den Morgenstunden unterwegs. Die alte Lady ist leider nicht besonders schnell, die macht nur knapp zehn Knoten. Tut mir leid, dass ich so spät anrufe.«

»Ich bin ja schon froh, dass du überhaupt anrufst und nicht plötzlich mit fünfunddreißig Leuten vor meiner Tür stehst. Wo wollt ihr anlegen?«

»Jedenfalls nicht in Porto. Der Hafen ist nachts dicht, und ich kenne weder den neuen Hafenmeister noch weiß ich, wie die Küstenwache drauf ist. Aber ihr habt doch Liegeplätze in Campese, wo es keine Küstenwache gibt. Ich dachte, wir könnten vielleicht von hinten reinkommen –«

»Ich kümmere mich drum. Auch um etwas zu essen und sauberes Bettzeug. Die Decken bei euch an Bord müssen ja schon zum Himmel stinken. Es dürften auch schon einige Ferienwohnungen leer stehen, ich schau mal, was ich in den Agenturen bewegen kann, irgendwo müsst ihr ja alle schlafen.«

Ich konnte den Stein, der Federico vom Herzen fiel, bis hierher hören.

»Danke, Tonio! Ich wusste, dass ich mich auf dich verlassen kann.«

Ich legte auf, griff nach meiner Jacke und rannte zur Tür. Die Klinke schon in der Hand fiel mir ein, dass ich erst mal nachdenken sollte. Also setzte ich mich wieder hin und zwang mich, eine Checkliste zu machen. Ich listete alle Agenturen in Campese auf, die Ferienwohnungen vermieteten. Davon setzte ich zunächst die in Klammern, von denen ich glaubte, dass sie afrikanische Flüchtlinge nicht mit offenen Armen empfangen würden. Die Agentur von Pino Bianchi kringelte ich ein. Pino war ein alter Schulfreund, von dem ich sicher war, dass er mir helfen würde. Zu ihm würde ich zuerst gehen. Ich kippte meinen kalt gewordenen Kaffee auf ex und lief los.

Ich hatte mich nicht getäuscht. Pino hörte mir mit offenem Mund und tellergroßen Augen zu und war sofort Feuer und Flamme. Ich glaube, er hielt das alles für ein großes Abenteuer, und für Abenteuer war er schon immer schnell zu haben gewesen.

»Tonio, natürlich werde ich helfen! Es ist Nachsaison, die Hälfte meiner Wohnungen steht leer. Wir werden schon genug Betten zusammenbekommen. Nur die Laken und die Bezüge für die Kissen werden nicht reichen. Die müssen unsere Gäste in der Regel selbst mitbringen. Und ich nehme an, die haben deine Leute nicht dabei, oder?«

Trotz der angespannten Lage musste ich lachen. »Nein, die haben meine Leute mit Sicherheit nicht dabei. Aber ich werde welche auftreiben.« Matteos Familie würde sicher gern helfen. Und wenn ich dann schon mal in Castello war, würde ich auch Clemenza um Hilfe bitten. Ich hatte nicht viel Hoffnung, aber Wunder geschahen ja immer wieder.

In diesem Fall erwartete mich allerdings kein Wunder, als ich Clemenza die Neuigkeit eröffnete. Nach Cinques guter Prognose und Pinos Hilfsbereitschaft hatte ich mein Glück für heute wahrscheinlich schon etwas überstrapaziert. Sie benahm sich, als hätte ich sie aufgefordert, nackt auf der Piazza Gloriosa zu tanzen, während Nina mich nur ungläubig anstarrte.

Bestimmt hätte sie nicht gedacht, dass unsere Bereitschaft zu helfen so schnell auf eine harte Probe gestellt werden würde. Unterschriften für eine Petition zu sammeln war das eine, mehr als zwei Dutzend Flüchtlinge illegal an Land zu lassen und ihnen eine Unterkunft zu geben natürlich etwas ganz anderes.

»Wieso kommst du mit dieser Bitte zu mir, wo du die Antwort doch schon kennst?«, sagte Clemenza gepresst. »Und wie kommst du überhaupt dazu, sie hier anlegen zu lassen? Die Regierung hat ganz sicher gute Gründe dafür, das unter Strafe zu stellen!«

»Filippo hätte dasselbe getan«, versuchte ich sie an ihrem wunden Punkt zu kratzen.

»Filippo! Filippo!« Sie warf mit einer theatralischen Geste die Hände in die Luft. »Filippo war ein dummer, leichtsinniger Junge. Nicht in allen Dingen. Aber in diesen Dingen ganz bestimmt!«

»Filippo war kein Junge, er war Mitte dreißig«, gab ich zurück.

»Ach, ihr seid doch alle Jungs! Ihr spielt Samariter, ohne die Konsequenzen zu bedenken. Hast du es nicht in der Zeitung gelesen, was der Senat beschlossen hat? Die haben die Strafen noch verschärft. Bis zu einer Million Euro und bis zu zehn Jahren Haft stehen jetzt auf Beihilfe zur unerlaubten Einreise. Wenn du das riskieren willst, werde ich dich nicht aufhalten. Aber ich spiele dabei nicht mit!«

»Clemenza«, versuchte ich noch einmal an ihre Vernunft zu appellieren. »Das ist doch kein Spiel! Es ist bitterer Ernst. Hier geht es um Menschenleben! Sie können nicht bis ans Ende ihrer Tage auf dem Meer bleiben.«

»Dann sollen sie dorthin zurück, wo sie hergekommen sind.«

»Das können sie nicht. Dort herrschen Gewalt und Hungersnot. Wäre das nicht der Fall, hätten sie niemals ihre Heimat verlassen.«

Die ganze Zeit stand Nina stumm und starr in der Küchentür. Sie sah aus, als wagte sie nicht einmal zu atmen. Wahrscheinlich war sie in einem fürchterlichen Dilemma. Ihre Hilfsbereitschaft war sicher vorhanden. Aber sich mit ihrer Zimmerwirtin anzulegen, traute sie sich offenbar nicht. Ich gebe zu, dass ich enttäuscht war. Aber was hatte ich auch erwartet? Sie hatte doch selbst zugegeben, dass sie die Unterschriften gesammelt hatte, um sie mit dem Brief vergleichen zu können. War das ganze Gerede mit dem Helfenwollen vielleicht nur ein Lippenbekenntnis gewesen?

Aber um Nina ging es jetzt nicht. Ich hatte anderes zu erledigen.

»Bitte, Clemenza. Du hast doch ein großes Herz. Es geht doch nur um ein paar Laken, die ich dir höchstpersönlich wieder waschen werde.«

»Es geht nicht um die Laken. Es geht ums Prinzip!«, fauchte sie.

»Du hast recht. Es geht nicht um die Laken. Es geht auch nicht um die Flüchtlinge. Es geht um Federico, richtig?«

Clemenza zuckte zusammen. Einige Sekunden lang schaute sie mich nur grimmig an. Dann ließ sie sich auf einen Stuhl am Esstisch fallen und sagte kein Wort mehr.

Ich begriff, dass ich hier nichts mehr ausrichten konnte.

»Ich habe keine Zeit, mich länger mit dir zu streiten«, sagte ich schließlich. »Ich muss noch Essen und andere Dinge besorgen.«

»Dann will ich dich nicht aufhalten«, brummte Clemenza und wandte sich ab, um ihren verdammten Kater zu kraulen.

»Erstick doch an deinen verdrängten Gefühlen«, konnte ich mir nicht verkneifen zu sagen, bevor ich die Tür hinter mir zuwarf.

Ich bekam ein paar Decken und Laken von Matteos Mutter, Cinques Familie stiftete Brot und Obst, ein paar Wolldecken und einen Schlafsack, der zwar schon etwas mottenzerfressen war, aber durchaus noch seinen Dienst tat. Ich lieh mir noch ein paar Packungen Spaghetti und geschälte Tomaten aus der Küche von »Zio Meino« – Spaghetti al pomodoro würde ich gerade noch hinbekommen. Als ich alles zur Tauchschule gebracht hatte, nahm ich mein Fernglas und lief zurück zum Strand. Es war schon fast dunkel und empfindlich kalt geworden. Ich setzte mich in den Sand, schlug meinen Kragen hoch, hielt Fernglas und Handy im Schoß und wartete.

33
Nina

Wie festgenagelt hatte ich in Clemenzas Küchentür gestanden, während zwischen den beiden der Krieg tobte. So hatte ich sie noch nie zusammen erlebt. Wie gern wäre ich eingeschritten, hätte Partei ergriffen, aber Tonios Ton und Clemenzas Starrsinn machten mir Angst. Sosehr ich es wollte, ich konnte mich nicht rühren. Ich musste ausgesehen haben wie ein Reh im Scheinwerferlicht.

Jetzt war Tonio weg, und ich fühlte mich schlecht. Ich war voller Bewunderung, wie vehement er seinen Standpunkt gegenüber der Frau verteidigt hatte, die so etwas wie eine Mutter für ihn war. Die Mutter, die er nicht mehr hatte und schrecklich vermissen musste. Ich wusste, wie nahe er Clemenza stand. Und trotzdem hatte er ihr seine Werte klargemacht und nahm ihre Missbilligung – ja mehr noch, ihre Ablehnung – in Kauf. Dass mein guter Vorsatz, ab jetzt nur noch ein freundschaftliches Verhältnis zu ihm zu pflegen, so schnell auf die Probe gestellt werden würde, hätte ich nicht erwartet.

Ich hätte etwas tun sollen. Ich hätte ihn unterstützen sollen. Nun war es zu spät, noch irgendetwas zu ändern.

War es das wirklich? War es tatsächlich zu spät für eine Geste der Solidarität? Eigentlich nicht. Ich konnte das Ruder immer noch herumreißen.

Entschlossen marschierte ich in mein Zimmer und nahm die Wolldecke mit den Decklaken und mein Kissen vom Bett. Decke und Laken stopfte ich in eine große Tragetasche von Coop, die ich im Kleiderschrank gefunden hatte. Tonio würde mir hoffentlich verzeihen, dass sie aus Plastik war. Das Kissen klemmte ich mir unter den Arm.

Als ich zurück in den Salotto kam, trat mir Clemenza in den Weg. »Wo willst du damit hin?«

»Ich werde es Tonio bringen«, sagte ich mit fester Stimme. »Ich brauche es nicht. Die Nächte sind noch warm genug.«

Clemenza blieb vor Überraschung der Mund offen stehen. Bevor sie noch etwas sagen konnte, war ich zur Tür hinaus.

Die Tauchschule lag im Dunkeln, die Tür war verschlossen, auf Klopfen und Klingeln kam keine Reaktion. Waren Tonio und Matteo noch unterwegs, um irgendwelche Dinge zu besorgen? Oder waren sie schon am Hafen, um das Schiff in Empfang zu nehmen? Tonio hatte nicht gesagt, wo es anlegen würde. In Porto vielleicht? Ich hatte auch keine Ahnung, wann überhaupt. Plötzlich fand ich meine Idee, ihm meine Decken zu bringen, unglaublich naiv. Wahrscheinlich würde er es als genau das erkennen, was es vermutlich auch war: ein Versuch, seine Sympathie und Aufmerksamkeit zu bekommen und Farbe zu bekennen, was ich mich vorhin, als es wichtig gewesen wäre, ihn zu unterstützen, nicht getraut hatte.

Der Wind frischte auf und trieb dunkle Wolken vor den Mond. Es wurde kalt, ich hatte in meinem Eifer vergessen, eine Jacke mitzunehmen. Von wegen die Nächte waren noch warm genug. Der gestrige Sturm hatte wohl einen Wetterwechsel eingeleitet.

Mein Magen knurrte vernehmlich. Durch Tonios überraschenden Besuch und den Streit mit Clemenza hatten wir noch nicht zu Abend gegessen. Es konnte noch Stunden dauern, bis hier jemand auftauchte; Tonio hatte, was die Ankunft der Flüchtlinge betraf, nur von heute Abend gesprochen. Ich überlegte gerade, ob ich die Decken einfach vor die Tür legen und verschwinden sollte, als ich die Positionslichter eines Schiffes auf den Hafen zusteuern sah. Es näherte sich der Kaimauer des kleinen Hafenbeckens und legte schließlich an. Ich konnte auf diese Entfernung in der Dunkelheit nicht viel erkennen und bedauerte, Clemenzas Fernglas nicht dabeizuhaben. Aber ich war mir fast sicher, dass es das Schiff war, von dem Tonio gesprochen hatte.

Plötzlich bekam ich kalte Füße. Sollte ich abhauen oder bleiben? Abhauen wäre feige. Bleiben könnte peinlich werden. *Hi, Tonio, hier ist dein Groupie mit Decke und Kissen, tut mir leid, dass ich vorhin so feige war, aber ich will alles wiedergutmachen.*

Eine Windböe blies mir die Haare ins Gesicht. Verdammt, war das kalt geworden. Mir fiel ein, dass ich ja eine Decke mitgenommen hatte, und ich legte sie mir um die Schultern. Augenblicklich wurde mir wärmer.

Angestrengt starrte ich in die Dunkelheit. Ich konnte von hier aus nur Schatten erkennen, aber es waren mindestens zwei Dutzend Menschen, die dort vom Schiff kletterten. Das mussten sie sein.

Über drei Wochen auf dem Meer, auf engstem Raum, mit rationierten Mahlzeiten und ohne Hoffnung, jemals das Festland zu erreichen, wie musste sich das anfühlen? Ich konnte es mir nur schwer vorstellen. Dass unter diesen Umständen vielen die Nerven durchgingen, war verständlich. Und dass Federico in dieser Notlage die Initiative ergriffen hatte, auch.

Jetzt kamen sie den Strand entlang und steuerten auf die Tauchschule zu. Etwa dreißig Erwachsene und ein Kind, das noch immer die orangefarbene Schwimmweste trug. Sie näherten sich nur langsam, bestimmt waren sie erschöpft. Ich hätte mich immer noch in den Schatten der Hauswand zurückziehen und verschwinden können. Doch ich stand da wie festgewachsen und konnte mich nicht rühren. In dem Moment, als ich Tonio und Matteo an der Spitze der Gruppe erkannte, war mir klar, dass sie mich auch sehen konnten und dass es zu spät zum Abhauen war.

34
Tonio

Ich saß seit mehr als einer Stunde am Strand, als der Anruf endlich kam:

»Ciao, Tonio. Wir fahren gleich in die Bucht ein. Wenn du draußen bist, schau mal zum Faraglione, dort müsstest du uns jeden Moment sehen.«

Ich stand auf und hob das Fernglas an die Augen. Nach kurzer Zeit tauchten die Positionslichter hinter dem Felsen auf.

»Ich hab euch auf dem Schirm«, sagte ich. »Wie ist der Tiefgang von eurem Schlepper?«

»Aktuell drei Meter.«

»Gut, dann ankert außerhalb des Hafenbeckens. Dort ist das Wasser tief genug. Wir können eine Planke rüber zur Steinmole legen. Ich komme gleich hin.«

An der Brücke zum Torre traf ich Matteo. Er hatte eine elektrische Herdplatte unter den Arm geklemmt und trug einen großen Kochtopf in jeder Hand. Irgendwie erinnerte er mich an einen fahrenden Händler.

»Sind sie das?«, fragte er und wies auf das Schiff, das sich dem Hafen näherte.

Ich nickte. »Was hast du erreicht?«

»Ich hab die Doppelkochplatte und Töpfe organisiert. Nonna Carlotta hat mir noch ein paar Wolldecken in die Hand gedrückt, die hab ich schon mal auf die Ferienwohnungen verteilt. Ich bin nicht sicher, ob wir jetzt genug davon haben, notfalls müssen sich zwei eine teilen.«

»Ich glaube, die Leute werden dermaßen froh sein, festen Boden unter den Füßen zu haben, dass sie ansonsten nicht sehr anspruchsvoll sind.«

Inzwischen war der Schlepper so nahe, dass ich Federico am Bug erkennen konnte. Es war schön, ihn nach so langer Zeit wiederzusehen. Er war hagerer geworden und braun gebrannt. Der Dreitagebart war auch neu, aber er stand ihm. Er grüßte uns von Weitem mit dem Victoryzeichen, bevor er souverän den Anker zu Wasser ließ.

Ich balancierte auf den unebenen Steinen bis zum Ende der Mole, damit er mir die Leine zuwerfen konnte. Ich brauchte zwei oder drei Versuche, bis ich sie fing, so sehr zitterten meine Hände vor Aufregung. So etwas erlebte man schließlich nicht alle Tage. Endlich hatte ich sie erwischt, und Matteo half mir, das Schiff zu vertäuen.

An Bord brandete Applaus auf. Die Passagiere warfen ihre Schwimmwesten in die Luft und fielen sich in die Arme. Einige lachten, andere weinten, manche taten beides gleichzeitig. Nach nervenaufreibenden Wochen auf dem Meer hatte ihre Odyssee ein Ende gefunden. Vorerst jedenfalls, denn ewig hierbleiben konnten sie ja auch nicht.

Einem nach dem anderen halfen wir über die Laufplanke an Land. Eine Frau fiel mir weinend um den Hals. Als eine andere mir ihr Kind reichte, einen kleinen Jungen, der vertrauensvoll seine dünnen Ärmchen um meinen Hals schlang, hatte ich selbst mit Tränen zu kämpfen. Als schließlich alle an Land waren und wir gemeinsam zur Tauchschule gingen, wusste ich, dass ich das einzig Richtige getan hatte. Mochte Clemenza schimpfen, wie sie wollte. Sie würde sich schon wieder beruhigen. Bis dahin musste ich notfalls eben auch samstags zu »Zio Meino« essen gehen. Das war ein geringer Preis für das unbeschreibliche Gefühl, Menschen in Not geholfen zu haben.

Ich führte sie den Strand entlang, dicht am Wasser, weil das Gehen im tiefen Sand für die geschwächten Menschen zu anstrengend war. Als wir schon kurz vor der Tauchschule waren, sah ich, dass jemand vor der Tür wartete. Als ich näher kam, erkannte ich Nina. Ich war so überrascht, dass ich abrupt stehen blieb und Matteo, der hinter mir ging, in mich hineinlief.

»Nina? Was machst du denn hier?«

»Ich bring euch meine Decke und ein Kissen. Ich glaube, ihr braucht das heute nötiger als ich. Tut mir leid, dass ich vorhin so sprachlos war. Ich hätte dich unterstützen sollen.«

Jetzt war es an mir, sprachlos zu sein. Sie hatte sich tatsächlich über Clemenza hinweggesetzt und opferte ihr Bettzeug. Es war nicht nur die Geste der Hilfsbereitschaft, zu der sie vorhin nicht fähig gewesen war, sie ergriff damit auch klar Partei für mich und meine Entscheidung.

»Du musst dich doch nicht entschuldigen«, stammelte ich schließlich. »Und du hättest das auch nicht tun müssen. Nicht dass ich mich nicht wahnsinnig darüber freuen würde, aber wie willst du denn heute Nacht schlafen?«

Sie zuckte gleichmütig die Schultern. »Ach, Clemenza hat bestimmt noch etwas im Schrank, und ich wette, sie hat es längst aufgezogen, wenn ich zurückkomme.«

Ich musste lachen. Ja, sie kannte ihre Zimmerwirtin inzwischen recht gut.

»Ich wollte mich eigentlich auch für etwas ganz anderes entschuldigen.« Nina kaute auf ihrer Unterlippe und umklammerte die Tüte mit der Bettwäsche, als müsste sie sich an etwas festhalten. »Es tut mir leid, dass ich dich am Hafen so vorgeführt habe. Egal, ob du es Circe verraten hast oder nicht, ich hätte dich nicht so lächerlich machen dürfen. Ich hab total überreagiert.«

Sie sah wirklich zerknirscht aus. Wenn ich ehrlich war, hatte ich ihr längst verziehen, spätestens als sie für mich ins Meer gelaufen war.

»Geschenkt. Das Aufsehen war gar nicht so groß. Ich hab's nicht mal auf die Titelseite der ›Oggi‹ geschafft.«

»Wahrscheinlich hatten die schon Redaktionsschluss«, sagte Nina todernst. »Vielleicht klappt's ja nächste Woche.«

»Hoffentlich. Ich brauch eh mal ein neues Poster für meine Bürotür.«

Ich schaffte es tatsächlich, ihr ein Lächeln zu entlocken, was mich ermutigte, weiterzusprechen.

»Ich habe Cinque nichts verraten, wirklich nicht. Und wir sind auch kein Paar.« Ich brachte es nicht über mich, ihr zu sagen, dass Cinque in Karsten verliebt gewesen war. Nicht hier, vor all den Menschen.

»Das spielt doch keine Rolle. Ich wollte mich nur entschuldigen.« Jetzt sah sie wieder traurig aus. Offenbar glaubte sie mir immer noch nicht.

»Nur für den Fall, dass du etwas wiedergutmachen willst: Wir wollten uns gleich etwas kochen. Du könntest mir ein bisschen helfen, ich bin nicht so geübt darin, genießbare Mahlzeiten zuzubereiten. Dann kannst du auch gleich mit uns essen.«

Einen Augenblick lang dachte ich, sie würde meine versteckte Einladung zum Essen annehmen. Aber sie lehnte ab.

»Nein. Nein, danke. Ich muss zurück nach Castello. Ich mache mir Sorgen um Clemenza. Sie ist so ... so ...« Sie zögerte.

»Starrköpfig?«, half ich aus, und wir mussten beide lachen.

»Ja, das auch. Aber vor allen Dingen ist sie verletzt. Ich glaube, sie fühlt sich von dir verraten.«

»Ja«, seufzte ich. »Aber das gilt genauso für mich.«

Sie schaute mich prüfend an und schien nach den richtigen Worten zu suchen.

»Es ist noch nicht allzu lange her, da hast du mich um Nachsicht mit ihr gebeten«, sagte sie schließlich. »Du hast gesagt, ihre Haltung sei verständlich bei dem, was sie durchgemacht hat. Gilt das heute nicht mehr?«

»Wenn es hart auf hart kommt, muss man persönliche Verletzungen auch mal hintenanstellen und über seinen Schatten springen«, sagte ich. »Aber sie ist wohl zu alt und zu verbittert, um sich noch zu ändern.«

Eine Weile schwiegen wir, und ich spürte die Blicke von gut zwei Dutzend Nigerianern in meinem Rücken. Sie hatten mit Sicherheit kein Wort verstanden, schienen aber nicht mal zu atmen, so still verhielten sie sich.

»Ich fand es sehr mutig, was du heute getan hast«, brach Nina schließlich das Schweigen. »Und noch viel mutiger fand ich, was du gestern Abend gemacht hast. Mutig und auch ziemlich verrückt. Nein, leichtsinnig trifft es wohl besser.«

Ich zucke die Schultern. »So bin ich halt.«

»Das bist du nicht, sonst wärst du nicht Tauchlehrer. Du kannst Gefahren einschätzen. Matteo war vernünftig und ist an Land geblieben. Du hättest dabei draufgehen können, das muss dir doch klar gewesen sein.«

»Ach, ich hänge nicht so an meinem bisschen Leben.« Ich sagte es leichthin, um nicht zu zeigen, wie sehr es mich freute, dass sie sich um mich gesorgt hatte.

»Wie geht es ihr?«

Sie erkundigte sich tatsächlich nach Cinque? Ich konnte meine Überraschung kaum verbergen.

»Es wird wieder. Sie hat großes Glück gehabt.«

»Sie hat *dich* gehabt. Das war ihr großes Glück. Sie muss dir sehr viel bedeuten, wenn du so eine waghalsige Aktion für sie auf dich nimmst. Du hast gestern immerhin für sie dein Leben riskiert.«

»Ja, wir sind sehr gute Freunde. Aber ich hätte das genauso auch für jeden anderen getan.«

Ich sah, dass sie mir nicht glaubte. Aber es war nicht die Zeit und nicht der Ort, sie vom Gegenteil zu überzeugen. Vielleicht hätte ich besser sagen sollen: »Ich hätte es auch für dich getan«, aber so etwas fällt einem immer erst ein, wenn es zu spät ist.

»Jetzt bring endlich die Leute ins Warme«, sagte Nina schließlich. »Der Kleine zittert ja schon vor Kälte.«

»Ja. Ja, natürlich.« Ich fingerte den Schlüssel aus meiner Hosentasche. »Und du willst wirklich nicht zum Essen bleiben? Es gibt Spaghetti mit Tomatensoße.«

Ihre Mundwinkel zuckten. »Du magst Tomaten, oder?«

Oh Mann, das würde ich bis ans Ende meiner Tage nicht wieder loswerden!

»Ja, am liebsten am Stück. Leider hab ich jetzt nur passierte, aber die verteilen sich besser auf dem Shirt.« Ich versuchte es ein allerletztes Mal. »Du siehst aus, als ob du Hunger hättest. Und ich könnte wirklich Hilfe brauchen, damit die Pasta nicht völlig ungenießbar wird.«

Sie schüttelte den Kopf und drückte mir ihre Bettwäsche in den Arm.

»Man kann bei Spaghetti mit Tomatensoße nicht allzu viel falsch machen. Es sei denn, dir fällt der Salznapf in den Kochtopf. Halt ihn einfach gut fest. Ich bin sicher, das kriegst du auch ohne mich hin. Mach's gut, Tonio.«

Sie nickte Matteo zu und strich dem kleinen Jungen über den Kopf, der sich an sie geschmiegt hatte. Dann lief sie mit schnellen Schritten in Richtung Bushaltestelle davon.

Mach's gut, Tonio. Das klang irgendwie so endgültig. Plötzlich hatte ich furchtbare Angst, sie nie wiederzusehen.

35
Nina

Es war mir so schwergefallen, Tonios Einladung zum Essen auszuschlagen. Nicht des Essens wegen, das wäre mit Sicherheit keine kulinarische Meisterleistung geworden, aber ich wäre in den wenigen Minuten, die wir miteinander gesprochen hatten, beinahe wieder schwach geworden, und mein guter Vorsatz, nur noch freundschaftlichen Umgang mit ihm zu pflegen, war gefährlich ins Wanken geraten. Es hatte mich unglaubliche Anstrengung gekostet, mich locker und ungezwungen zu geben, und als ich mich überwunden hatte, mich nach Circe zu erkundigen, waren mir die Worte kaum über die Lippen gekommen. Als er seine Einladung zum Essen wiederholte, hatten meine Knie angefangen zu zittern. Lange hätte ich nicht mehr standgehalten. Also war ich wieder mal geflüchtet. Das konnte ich inzwischen wirklich gut.

Als ich zurück nach Castello kam, saß Clemenza am Küchentisch und starrte Löcher in die Luft. Filippo hatte es sich auf dem Küchenschrank gemütlich gemacht und sondierte die Lage aus schmalen Augenschlitzen. Vielleicht fixierte er aber auch nur die Fliege, die über die Wachstuchtischdecke kroch, und überlegte, ob es sich lohnen würde, für sie seinen Aussichtspunkt zu verlassen.

»Guten Abend, Clemenza.« Ich setzte mich ihr gegenüber, aber sie schien überhaupt keine Notiz von mir zu nehmen.

Angestrengt überlegte ich, wie ich sie zum Reden bringen konnte. Die Frau war hartnäckig und sicher fähig, mich tagelang zu ignorieren und kein Wort mit mir zu sprechen. Allein der Gedanke daran ließ mich schaudern. Hatte ich vorhin noch Hunger gehabt, so war mein Magen jetzt wie zugeschnürt. Meine Seele jedoch schrie nach Alkohol.

»Könnte ich vielleicht ein Glas von deinem köstlichen Vino haben?« Ich setzte auf ihre Fürsorge und Gastfreundschaft. Wenn das nicht mehr funktionierte, dann war wirklich alles zu spät.

»Hol dir die Flasche.« Sie wies mit dem Kopf Richtung Küchenschrank. Dann verfiel sie wieder in Schweigen.

Filippo beäugte mich misstrauisch, als ich den Ansonaco aus dem Schrank nahm. War der Kater jetzt auch schon sauer auf mich? Ich holte einen Korkenzieher und zwei Gläser und stellte alles auf den Tisch.

»Willst du auch eins?«

Ich erhielt keine Antwort mehr. Also gut, das konnte ich auch. Ich öffnete die Flasche und schenkte uns beiden ein. Dann setzte ich mich wieder und schwieg gemeinsam mit meiner Zimmerwirtin vor mich hin, während Filippo hoch über unseren Köpfen Wache hielt.

Ich nippte an meinem Wein, die Küchenuhr tickte die Sekunden weg, die Minuten, ohne dass etwas geschah. Wenn mir nicht schnell etwas einfiel, würden wir Weihnachten noch hier sitzen. Doch mein Kopf war wie leer gefegt. Eine bleierne Müdigkeit machte sich in mir breit. Vielleicht war es auch die Resignation.

Aber nein, Resignation kam überhaupt nicht in Frage. Ich musste sie zum Reden bringen, ganz egal, wie. Dann würde sich alles andere schon finden.

Ich dachte an meinen ersten Tag auf der Insel, als sie mich mit offenen Armen und ihrem breiten, herzlichen Lachen empfangen, umsorgt und verwöhnt hatte. War das wirklich dieselbe Frau, die jetzt schmallippig, die Arme fest vor der Brust verschränkt, verschlossen wie eine Auster an ihrem Küchentisch saß und verbissen auf die Wachstuchdecke starrte?

»Ich habe heute den zweiten Sohn verloren«, hatte sie gesagt, nachdem Tonio gegangen war. Und seitdem saß sie vermutlich hier und starrte vor sich hin.

»Es tut mir leid, dass ich deine Bettsachen genommen habe«, sagte ich schließlich. »Es muss dir wie ein Verrat vorgekommen sein, der es sicher auch war. Aber manchmal zwingt einen das Leben dazu, Farbe zu bekennen.«

»Und du hast dich zu Tonio bekannt«, knurrte Clemenza.

»Nein, ich habe mich dazu bekannt, Menschen zu helfen, die Hilfe brauchen. Wenn du glaubst, dass sie nichts Gutes bringen, nur weil sie übers Meer gekommen sind, muss ich dir sagen: Du machst es dir zu einfach.«

Clemenza schüttelte den Kopf, sagte aber nichts.

»Ich habe selbst viele, viele Jahre lang geglaubt, dass das Meer mir nur Unglück bringt. Dass es töten und alles verschlingen möchte, was ich liebe. Erst hier auf der Insel habe ich begriffen, dass ich mich geirrt habe. Sicher kann das Meer auch töten und verschlingen, aber es kann sehr viel mehr als das. Ich habe durch seine Schuld nur zu viele Verluste erlitten, um diese andere Seite überhaupt wahrnehmen zu können. Das Meer kann wunderschön sein, glatt wie ein Spiegel und völlig ungefährlich. Am schönsten ist es bei Sonnenuntergang, wenn sich diese golden glänzende Spur vom Horizont bis zum Strand erstreckt. Das war eine ganz neue Erfahrung für mich.«

Clemenza grunzte irgendetwas Unverständliches, aber ich merkte, dass ich ihre Aufmerksamkeit hatte. Ich nahm einen Schluck von ihrem köstlichen Vino und fuhr fort.

»Ich glaube, mit den Menschen verhält es sich ganz ähnlich. Auch mit denen, die übers Meer kommen. Sicher, es gibt die einen, die rauben, plündern und töten, das will ich ja gar nicht bestreiten. Die hat es schon immer gegeben, in jedem Land der Welt. Aber ihnen stehen ungleich viel mehr gute Menschen gegenüber, die unser Leben sehr bereichern können. Es gibt immer solche und solche. Dabei ist es völlig irrelevant, welche Hautfarbe sie haben. Man darf sie nicht verurteilen, bevor man überhaupt weiß, wer sie sind.«

Clemenza hob den Kopf, starrte aber trotzig an mir vorbei.

»Darum geht es doch gar nicht«, schleuderte sie mir schließlich entgegen. »Du hast ja keine Ahnung!«

Na, wenigstens sprach sie jetzt wieder. Das musste ich ausnutzen. »Dann erklär es mir«, bat ich sie.

»Da gibt es nichts zu erklären«, sagte sie und schnappte wieder zu.

Der Kater sprang vom Schrank und trottete zu seinem Zengarten. Eine gefühlte Ewigkeit lang hörte ich nur das Ticken der Wanduhr und das leise Scharren Filippos, der seine Hinterlassenschaften im Katzenklo vergrub.

Als es plötzlich an der Tür schellte, fuhren wir zusammen. Filippo schoss wie ein Blitz quer durchs Wohnzimmer und versteckte sich unter dem Sofa. Wer konnte das sein um diese Zeit? Außer Tonio kam kaum jemand zu Besuch, und der klingelte nicht und war außerdem heute schon da gewesen.

»Wer ist da?«, fragte Clemenza barsch.

»Ich bin es, Clemenza, Federico. Lass mich rein, bitte.«

Clemenza saß da wie vom Donner gerührt. Sie sah aus, als hätte sie eher mit dem Engel der Verkündung gerechnet als mit Federico.

Sekunden verstrichen, in denen sich überhaupt nichts tat. Ich hielt den Atem an. Dann klingelte Federico erneut.

»Es wird Zeit, dass wir reden. So kann es doch nicht weitergehen«, hörte ich seine heisere Stimme durch die geschlossene Tür.

Clemenza war inzwischen aufgestanden, stand aber reglos da wie Lots Frau beim Anblick von Sodom.

»Ich werde so lange klingeln, bis du aufmachst!«, kam es von draußen.

Clemenza ging einen Schritt auf die Tür zu, blieb aber erneut stehen.

»Und wenn ich die ganze Nacht hier verbringe. Mal sehen, wer zuerst nachgibt.«

Clemenza schaute zur Wanduhr und entschied wohl, dass die Nacht noch zu lang war, um sie sich um die Ohren zu schlagen. Sie schlurfte zur Tür, als hätte sie an jedem Fuß eine Kette mit einer Eisenkugel, und öffnete.

»Du kommst spät«, sagte sie, und es hörte sich an, als würde sie damit nicht nur die Uhrzeit meinen.

»Ja, ich hätte das schon vor sieben Jahren tun sollen, ich weiß. Aber damals konnte ich dir nicht unter die Augen treten. Ich hoffe, du verstehst das.«

Clemenza ließ ihn herein und schloss die Tür hinter ihm. »Du hättest am nächsten Tag kommen können. Oder von mir aus auch eine Woche später. Tonio war ja schließlich auch da.«

»Tonio war nicht dort unten in dem Schiff. Er hat nicht erlebt, was ich erlebt habe. Er war unterwegs zur Tauchschule, um Rettungsdecken und Schuhe zu holen, und hatte ein gutes Alibi. Ihm konntest du ja keine Schuld geben.«

Clemenza antwortete nicht, zog aber für Federico einen Stuhl an den Tisch und stellte noch ein Glas hin. Ihr Mund war nur noch ein schmaler Strich.

»Hast du nie daran gedacht, dass nicht nur du deinen Sohn verloren hast?«, fragte Federico, als er sich setzte. »Ich habe mit ihm einen meiner besten Freunde verloren, den ich wie meinen kleinen Bruder liebte.«

»Du hättest ihn in dieser Nacht nicht abholen sollen. Wärst du nicht gekommen und hättest erzählt, was vor dem Hafen passiert ist, würde er heute noch leben.«

»Gott allein weiß, wie sehr ich das immer noch bereue«, sagte Federico. »Aber er war erwachsen und hat seine eigene Entscheidung getroffen. Du hättest ihn nicht zurückhalten können.«

»Er hätte die Entscheidung nicht treffen müssen, wenn du nicht gekommen wärst, begreifst du das denn nicht?« Clemenza schossen die Tränen in die Augen. »Er lag schon auf seinem Bett und hat mit Kopfhörern Musik gehört. Er hätte überhaupt nichts davon gewusst und es erst am nächsten Morgen erfahren, als alles vorbei war. Wenn du nur nicht gekommen wärst!«

Federico schluckte und drehte sein immer noch leeres Glas in den Händen. »Es war am nächsten Morgen noch längst nicht vorbei«, sagte er. »Du weißt, wie lange sie nach Überlebenden gesucht haben.«

»Ja, aber da waren die Bergungstrupps da. Man hätte euch nicht mehr gebraucht.«

»Wir wollten einfach helfen, ist das denn so schwer zu verstehen? Was dann passiert ist, konnte doch niemand ahnen. Ich wäre am liebsten mit ihm gestorben in dieser Hölle da unten. Danach musste ich meinen eigenen Weg finden, um weiterleben zu können.«

»Wegzulaufen und zur Seenotrettung zu gehen war doch keine Lösung! Nur eine Ausflucht für dich, um mir nicht mehr unter die Augen treten zu müssen. Du kannst noch so viele

Schwarze aus dem Wasser ziehen, Filippo machst du damit nicht wieder lebendig!«

Ich schaute schockiert von einem zum anderen. Am liebsten hätte ich mich in Luft aufgelöst. Ich überlegte, ob ich nicht unauffällig in meinem Zimmer verschwinden sollte. Aber dann siegte meine Neugier. Ich wollte wissen, wie es weiterging. Weder Federico noch Clemenza schienen mich überhaupt wahrzunehmen.

»Du hast recht mit allem, was du sagst«, sagte Federico leise. »Aber ich möchte dir auch etwas erzählen, damit du mich wenigstens ein bisschen verstehst. Kann ich bitte einen Schluck Wein haben? Ich glaube, damit kommen mir die Worte besser über die Lippen.«

Wortlos schenkte Clemenza ihm ein und stellte die Flasche neben sein Glas.

Federico nahm einen großen Schluck und wischte sich mit dem Handrücken über den Mund. Dann begann er zu erzählen.

36
Federico

Ich war schon auf dem Weg ins Bad an diesem Abend im Januar, als das Telefon klingelte. Es war Gigi vom Tauchzentrum in Porto. Er war völlig durch den Wind und redete unverständliches Zeug von einer Havarie und einem Kreuzfahrtschiff und unserer Hafeneinfahrt. Ich musste zweimal nachfragen, bevor ich begriff, was er mir sagen wollte. Ich stand da, in einer Hand das Telefon, in der anderen meine Zahnbürste, und konnte mich nicht rühren. Gigi musste schlecht geträumt haben. Ein sinkendes Kreuzfahrtschiff vor unserer kleinen Insel, das klang nach einem billigen Katastrophenfilm. Er redete von Menschen, die in Panik ins eiskalte Wasser sprangen, weil sie keinen Platz mehr in einem Rettungsboot bekommen hatten, halb erfrorenen Passagieren, die in ihren Schwimmwesten auf dem Meer trieben und es nicht aus dem Sog des Schiffes schafften. Tröpfchenweise sickerte in mein Hirn, dass er keinen Unsinn erzählte. Er war ja vor Ort, er sah das Ganze gerade mit eigenen Augen.

»Hier herrscht totales Chaos«, rief er. »Die Carabinieri und die Küstenwache sind völlig überfordert. Sie haben wohl noch Rettungskräfte vom Festland angefordert, aber bis die hier sind, ist es vielleicht schon zu spät. Die Menschen sterben im eisigen Meer. Wir gehen jetzt ins Wasser und holen die Leute da raus. Wenn ihr helfen wollt, kommt her.«

Ich warf Telefon und Zahnbürste aufs Bett und stieg wieder in meine Hose, die ich gerade erst ausgezogen hatte. Mit fliegenden Händen packte ich die Tauchausrüstung und schwang mich auf meine Piaggio. Zuerst klingelte ich Tonio raus. Er hatte schon geschlafen – oder das getan, was er schlafen nannte; den Namen des Mädchens, mit dem er damals gerade das Bett teilte, habe ich vergessen. Ich sehe ihn heute noch vor mir, wie er splitternackt in der Tür stand, die Haare standen wirr von seinem Kopf ab, und die Kinnlade fiel ihm runter, als ich erzählte, was ich von Gigi gehört hatte. Er rannte fast das Mädchen um, das hinter ihm aufgetaucht war und sich verschämt ein Laken vor den Körper hielt. Keine zwei Minuten später kam er angezogen zurück.

»Fahr schon mal los«, sagte ich. »Ich hole noch schnell Filippo ab. Er will bestimmt dabei sein.«

Ich täuschte mich nicht. Filippo war sofort Feuer und Flamme. Natürlich war es für uns auch ein Abenteuer, das will ich gar nicht bestreiten. Hier bot sich die Möglichkeit, Heldentaten zu vollbringen. Aber ich war besonnen genug, ihn zu warnen, sich nicht in Lebensgefahr zu bringen. Irgendwie fühlte ich mich immer noch für ihn verantwortlich, obwohl wir beide längst erwachsen waren. Für mich war er immer noch der leichtsinnige kleine Bursche, der auf die höchsten Bäume kletterte, ohne vorher darüber nachzudenken, wie er da wieder runterkommen würde.

Der Fährhafen unserer kleinen Insel war nicht wiederzuerkennen. Ich glaube, so viele Menschen hatte ich hier noch nie auf einem Haufen gesehen. Überall standen sie dicht gedrängt. Viele davon in Rettungswesten, unter denen sie Smokings und Abendkleider trugen. Einige lagen sich weinend in den Armen, andere starrten wie im Schock einfach nur vor sich hin. Nur eines war allen gemeinsam: Sie zitterten vor Kälte.

Tonio drängte an uns vorbei und rief uns zu, er würde zurück nach Campese fahren, um die Rettungsdecken aus der Tauchschule zu holen. Da hätten wir auch gleich dran denken können. Hatten wir nicht. Es war nicht das Einzige, was in dieser Nacht nicht optimal lief.

Draußen am Felsen hinter dem grünen Leuchtturm lag der weiße Koloss auf der Seite, beleuchtet vom Flutlicht eines über ihm kreisenden Hubschraubers. Davor im schwarzen Wasser trieben orange Punkte: Rettungswesten.

Wir trafen auf den Wirt von »Da Ruggero«, der sein Restaurant direkt hier am Hafen hatte und heißen Tee in Pappbechern ausschenkte. Die Köche vom »La Margherita« hatten in aller Eile eine Fischsuppe gekocht. Die Bewohner von Porto liefen zwischen den Schiffbrüchigen umher und verteilten Decken und Schuhe. Schuhe? Erst jetzt fiel mir auf, dass viele von ihnen barfuß waren. Sie hätten ohne Schuhe in die Rettungsboote steigen müssen, sagte mir ein Mann. Ich rief Tonio, der schon wieder unterwegs nach Campese war, auf seinem Telefonino an. »Bring Schuhe mit«, sagte ich. »Alle, die du auftreiben kannst. Ja, alle Größen.«

Sosehr wir auch suchten, einen verantwortlichen Einsatzleiter fanden wir nicht. »Meldet euch bei der Küstenwache«, hatte Gigi mir geraten, und das taten wir jetzt auch. In dem kargen Büro am Torre del Saraceno herrschte helle Aufregung. Alle hingen entweder am Telefon oder an den Funkgeräten und redeten durcheinander, dass man sein eigenes Wort nicht verstehen konnte.

Rodolfo von den Carabinieri der Insel platzte zur Tür herein. Wunderbar, ihn kannte ich gut, ich war mit ihm zur Schule gegangen.

»Ciao, Rodolfo, wir wollen helfen, was können wir tun?«

Er fuhr überrascht zu mir herum, klopfte mir zur Begrüßung auf die Schulter.

»Habt ihr Ausrüstung dabei? Gut. Ihr könnt helfen, die Schiffbrüchigen aus dem Wasser zu ziehen. Die vom Tauchzentrum sind auch schon dabei. Und einige Taucher der Küstenwache. Offenbar haben nicht alle Schwimmwesten an, in diesem Eiswasser kann man sich ohne nicht lange oben halten. Aber eins muss klar sein: Ihr taucht nur zu zweit. Ihr trennt euch nicht. Und was ihr tut, tut ihr auf eigene Gefahr.«

»Schon klar, wir machen das ja nicht zum ersten Mal.« Das war Filippo, ein bisschen großspurig wie immer.

»Oh doch, das macht ihr mit Sicherheit zum ersten Mal«, erwiderte Rodolfo. »Menschen im Winter von einem sinkenden Kreuzfahrtschiff zu retten ist etwas anderes, als Tauchschülern im Sommer die Unterwasserwelt von Campese zu zeigen. Bringt euch nicht in Gefahr. Und geht unter keinen Umständen auf das Schiff. Wir wissen nicht, wie stabil es ist, es läuft noch immer Wasser rein.«

Wir nickten. Wir hatten bei unserer Ausbildung zum Tauchlehrer schon seit dem Rescue-Diver-Kurs das Lebenretten bis zum Erbrechen geübt und kannten die Regeln. Niemanden unnötig gefährden, vor allem sich selbst nicht, das war uns im Laufe der Jahre in Fleisch und Blut übergegangen. Aber in einer Situation wie dieser waren wir in der Tat noch nie gewesen. Ich hoffte, dass Filippo der Ernst der Lage klar war. Ich wusste von seiner Faszination für das Wracktauchen, wir waren erst im vergangenen Sommer an Elbas Südwestküste zur »Elviscott« getaucht, dem Wrack eines alten Frachtschiffs, das in den siebziger Jahren vor Elba gesunken war und dort in sechzehn Metern Tiefe auf dem Meeresgrund lag. Filippo war voller Begeisterung durch den Schornstein ins Innere geschwommen, hatte die Räume erkundet und unzählige Fotos gemacht. Aber das hier war nicht die »Elviscott«; ein Kreuzfahrtschiff von diesen Dimensionen war eine ganz andere Hausnummer.

»Du hast gehört, was er gesagt hat. Keine Experimente. Bleib einfach dicht bei mir«, wies ich ihn an.

Filippo verdrehte die Augen. »Du bist nicht der Einzige, der älter geworden ist. Auch wenn man es dir mehr ansieht als mir«, frotzelte er. »Und jetzt lass uns keine Zeit mehr verlieren, die Leute da draußen brauchen uns.«

Wir legten unsere Ausrüstung an, dann bahnten wir uns einen Weg durch die Menschenmenge und liefen über die Molo di Ponente bis zum grünen Leuchtturm, wo die Schlauchboote der Küstenwache lagen.

Das Wasser war entsetzlich kalt. Natürlich hatte keiner von uns an den Trockentauchanzug gedacht, auf den man im Winter nicht verzichten sollte; in der Eile hatten wir zu den gewohnten Nasstauchanzügen gegriffen. Nun stockte mir der Atem in der eisigen Kälte des Wassers. Wie musste es erst den Passagieren gehen, die in ihrer Abendgarderobe diesen Temperaturen schon viel länger ausgesetzt waren?

Filippo war dicht bei mir, wie er es versprochen hatte, und gemeinsam schwammen wir hinüber, wo der Kreuzfahrtriese auf der Seite lag, als hätte er sich schlafen gelegt. Wir entdeckten eine ältere Frau mit Rettungsweste, die dicht an der Bordwand des Schiffes trieb. Sie rief uns etwas zu, was wir nicht verstanden. Ich weiß nicht mehr, ob es eine fremde Sprache oder ihre Stimme schon so schwach war, jedenfalls wurde uns klar, dass sie nicht schwimmen konnte und nicht aus dem Sog des Schiffes herauskam. Gemeinsam gelang es uns, sie ans Ufer zu bringen. Sie fiel mir weinend um den Hals, und noch während die Sanitäter sie auf die Trage hoben, hielt sie meine Hände und murmelte Dankesworte. Ich sah Filippos strahlende Augen, als er ein kleines Mädchen in eine Rettungsdecke wickelte, das ohne ihn zweifellos ertrunken wäre. Ja, es war ein verdammt gutes Gefühl, Leben zu retten.

Wir überließen die Menschen den Rettungskräften vom Croce Rossa und machten weiter. Diesmal suchten wir nach Passagieren, die ohne Schwimmweste ins Wasser gesprungen waren. Es gelang uns, zwei junge Männer an Land zu bringen, die bereits das Bewusstsein verloren hatten. Ob die Sanitäter die beiden wiederbeleben konnten, habe ich nie erfahren.

Als wir das dritte Mal runtergingen, wollten wir nach weiteren Opfern suchen, die durch den Sog des Wassers am Schiff festgehalten wurden. Über uns schaukelten die gelben Bäuche der Rettungsboote an der Oberfläche. Wir tauchten langsam nahe am Rumpf des Schiffes vorbei. Es war in einer Ansiedlung von riesigen Steckmuscheln auf Grund gelaufen, die hier aus dem Meeresboden ragten und im Licht unserer Tauchlampen aussahen wie Grabsteine auf einem gespenstischen Unterwasserfriedhof. Der Schiffsrumpf neigte sich über sie, und die schwarzen Kabinenfenster starrten uns wie tote Augen an. Filippo schwamm zu einem der großen Panoramafenster, hinter dem sich vermutlich eines der Restaurants befand, hielt seine Lampe an die Scheibe und presste das Gesicht dagegen. Dann drehte er sich zu mir um und schwenkte die Lampe horizontal hin und her, um mich auf etwas aufmerksam zu machen. Er winkte mich heran und zeigte mit zwei Fingern der anderen Hand auf seine Augen, was in Tauchersprache so viel hieß wie: »Schau dir das an!«

Ich folgte ihm und hielt meine Lampe ebenfalls an das Fenster. Ich konnte nur Schatten sehen, die an den Fenstern vorbeiglitten. Schwammen dort Menschen herum? Auch wenn es schwerfiel, sie ihrem Schicksal zu überlassen, wir durften da nicht rein, auf keinen Fall. Eigensicherung stand auch beim

Rettungstauchen an allererster Stelle. Möglicherweise waren es auch bloß Tischdecken und andere Gegenstände, die vom Sog des eindringenden Wassers im Kreis herumgewirbelt wurden. Nur auf einen vagen Verdacht hin durften wir uns keinesfalls in Gefahr bringen.

Filippo zeigte in Richtung des Decks und bedeutete mir zu folgen. Ich hob in einer vehementen Bewegung die ausgestreckte Hand – ein scharfes »Stopp! Hierbleiben!« – und kreuzte dann die Arme mit zur Faust geballten Händen vor der Brust, was Gefahr bedeutete. Mit Erfolg, wie es schien, denn er gab mir zögerlich das Okay-Zeichen und blieb an meiner Seite, auch wenn er bestimmt nicht glücklich dabei war. Ich wandte mich wieder dem Fenster zu, um mehr zu erkennen, was allerdings völlig sinnlos war, wenn wir ohnehin nicht reingehen konnten. Ich bereue bis heute, dass ich Filippo nicht im Auge behalten habe, denn als ich mich wenig später erneut nach ihm umdrehte, war er nicht mehr da. Panisch hob ich den Kopf, leuchtete in das dunkle Wasser über mir und glaubte, über der Reling des Restaurantdecks ein paar Taucherflossen verschwinden zu sehen. Wut und Angst pressten mir das Herz zusammen. Dieser leichtsinnige Kindskopf! Ich würde ihm die Ohren lang ziehen, sobald wir wieder an Land waren.

Innerlich fluchend folgte ich ihm. Vergessen war das Versprechen, das ich dem Carabiniere gegeben hatte, ich konnte jetzt auf keinen Fall meinen Tauchpartner im Stich lassen. Ich sprach ein stummes Gebet und folgte Filippo über die Reling in den Innenraum des Geisterschiffes.

Es war finster wie im Grab. Im Licht meiner Tauchlampe konnte ich nur wenige Meter weit sehen. Ich hielt mich an einem der Heizungsrohre fest, um von der Strömung nicht mitgerissen zu werden, denn das Deck war zu einem reißenden Fluss geworden. Gepäckstücke und Sitzkissen trieben an mir vorüber und verschwanden in einem offen stehenden Fahrstuhlschacht, in den unaufhörlich Wasser strömte. Panisch kämpfte ich gegen den Gedanken an, dass es Filippo dort hinuntergespült haben könnte. Nein, er war jung und kräftig und hatte mit dem Sog des Wassers rechnen müssen. Aber wo war er, verdammt noch mal?

Ich hangelte mich an den Rohren entlang, wich einem vorbeitreibenden Kinderwagen aus und kämpfte mich bis zu der Schiebetür mit der Aufschrift »Ristorante Roma«, die einen Spalt offen stand. Ich war sicher, dieser Saal war sein Ziel gewesen. Darauf bedacht, nicht mit den Flossen oder der Pressluftflasche hängen zu bleiben, schob ich mich hindurch.

Hier drinnen war die Strömung weniger stark, aber doch noch zu spüren. Ich hob die Tauchlampe, um nach Filippo zu suchen, und erstarrte. Es waren tatsächlich Menschen, die hier durch den Raum trieben, fünf an der Zahl. Zwischen Tischdecken, Servietten und Flaschen schwammen sie im Kreis durch den riesigen Saal, als würden sie miteinander Quadriglia tanzen. Die Krawatten der Männer schwebten unter ihrem Kinn, sodass sie wie riesige rausgestreckte Zungen wirkten. Eine junge Frau in einem hellen Abendkleid trieb dicht an mir vorüber. An ihrem starren Blick sah ich, dass ihr, genauso wie den anderen hier, nicht mehr zu helfen war. Es war so surreal und beklemmend, dass mir übel wurde.

Ich wandte mich ab, um weiter nach Filippo zu suchen. Ich leuchtete in jede Ecke, hinter die Vorhänge, unter die Bar, unter jeden der am Boden festgeschraubten Tische. Doch ich fand nichts als Müll und zerknüllte Tischdecken, die sich in den Tischbeinen verfangen hatten. Es war ein Bild der Verwüstung. Unvorstellbar, dass vor wenigen Stunden hier noch Sekt und Kaviarhäppchen serviert worden waren. Ebenso unvorstellbar war, dass auf diesem Schiff vor wenigen Stunden noch mehr als viertausend Menschen gegessen, getrunken und das Leben gefeiert hatten.

Die Zeit spielte gegen mich. Von Minute zu Minute schlug mein Herz panischer. Ich durchsuchte die Küche, in der Geschirr und Kochtöpfe über meinem Kopf schwebten, als befände ich mich in einem gottverdammten Raumschiff. Der Impuls, nach Filippo zu rufen, war übermächtig, aber das ging unter Wasser natürlich nicht. Ich suchte das ganze Deck ab, wo mir ein auf mich zutreibender zusammengeklappter Rollstuhl, den ich zu spät sah und dem ich nicht mehr ausweichen konnte, beinahe die Flasche vom Rücken riss. Ich suchte, bis die Batterie meiner Lampe zu schwach wurde und die Atemluft zur Neige ging. Filippo blieb verschwunden.

Restlos erschöpft erreichte ich das Land und erstattete der Küstenwache Bericht. Inzwischen war ein professionelles Rettungsteam vom Festland eingetroffen, das noch einmal hinunterging, um nach Filippo zu suchen. Tonio war dazugekommen und tauchte auch zum Schiff, musste aber draußen bleiben. Ich hielt die Hoffnung bis zum Schluss auf kleiner Flamme, versuchte einen Deal mit Gott zu schließen, und wenn der mich nicht erhörte, dann notfalls auch mit dem Teufel. Ich versprach ihm zehn Jahre meines Lebens für Filippos wohlbehaltene Rückkehr, ich versprach Filippo selbst im Stillen, nicht mit ihm zu schimpfen, ja, ich versprach ihm meinen neuen Trockentauchanzug, wenn er nur heil aus dieser Sache herauskommen würde. Aber alles war vergeblich. Sie kamen ohne ihn zurück.

Ich tat in dieser Nacht kein Auge mehr zu. Allein der Küstenwache zu gestehen, dass ich meinen Partner verloren hatte, war über meine Kräfte gegangen. In dieser Situation auch noch Clemenza gegenüberzutreten, hätte ich nicht mehr geschafft.

Als ich nach Hause kam, dämmerte es schon. Im Flur lagen meine Schlafsachen herum, die ich mir in aller Eile abgestreift hatte. In meinem Schlafzimmer brannte noch Licht, und ich sah Telefon und Zahnbürste auf dem Bett liegen. Als ich sie in einem anderen Leben dort hingeworfen hatte, war noch alles gut gewesen. Filippo hatte zu Hause in seinem Zimmer gelegen und Musik gehört. Eine eiserne Faust presste mein Herz zusammen. Ich sank auf die Knie und hörte ein lautes Stöhnen, von dem ich erst nach und nach begriff, dass es aus meinem Mund drang.

Als ich später wach auf meiner Matratze lag und die Decke anstarrte, beschloss ich fortzugehen. Alles auf dieser Insel würde mich an Filippo und mein Versagen erinnern. Die Plätze, auf denen wir »Calcio« und »Räuber und Gendarm« gespielt hatten, die Bäume, auf die wir geklettert waren, die Straßen, die wir mit unseren Mopeds unsicher gemacht, und die Strände, an denen wir den Mädchen hinterhergepfiffen und unsere Wetten mit dem Arschgeweih abgeschlossen hatten. Von dem Hafenbecken, vor dem er gestorben war, gar nicht zu reden. Ich konnte es nicht mehr ertragen.

Am nächsten Morgen packte ich einen Seesack und heuerte bei Mediterranea Saving Humans an. Ich wusste, dass mir das meinen Freund und kleinen Bruder nicht zurückbringen würde. Aber es würde vielleicht einen winzigen Teil meiner Schuld tilgen.

37
Nina

Während Federico von dieser furchtbaren Nacht im Januar vor sieben Jahren berichtete, hatte ich kaum zu atmen gewagt. Nur hin und wieder hatte ich aus dem Augenwinkel Clemenza beobachtet. Zu Anfang war ihre Miene steinern gewesen, doch mit der Zeit kam sie mehr und mehr in Bewegung. Als er von seinen gruseligen Erlebnissen auf dem Schiffswrack erzählte, hatte ihre Unterlippe gezittert, und bei der verzweifelten Suche nach Filippo waren ihr Tränen über das Gesicht gelaufen. Nachdem Federico geendet hatte, schluckte sie nur, sagte aber nichts. Da ergriff Federico das Wort.

»Ich habe mich entschieden, Giglio anzulaufen, weil diese Menschen endlich an Land mussten und weil ich die Gastlichkeit und Hilfsbereitschaft auf dieser Insel damals selbst erlebt habe«, sagte er. »Aber das war nicht der einzige Grund, warum ich gerade hierher zurückgekommen bin. Der andere war, dass ich endlich mit dir reden musste. Es hat lange gedauert, aber ich habe begriffen, dass man so viele Leben retten kann, wie man will, sie sind keine Wiedergutmachung für das eine Leben, das man hätte retten sollen. Ich habe versagt, Clemenza, und ich habe dich nie um Verzeihung gebeten. Ja, ich habe dir nicht einmal gesagt, wie leid es mir tut. Ich wollte einfach nur weg, so schnell wie möglich alles hinter mir lassen, diese furchtbare Nacht vergessen, in der es mir nicht gelungen ist, Filippo nach Hause zu bringen. Ich kann es auch heute noch nicht wirklich in Worte fassen, wie sehr ich bedaure, ihn damals mitgenommen zu haben, und ich verstehe, wenn du mir das nicht verzeihen kannst. Ich bitte dich nur, übertrage deine Verbitterung und deinen Groll nicht auf diese armen Menschen, die vor Krieg und Verfolgung aus ihrer Heimat geflohen sind. Sie können nichts dafür, dass sie überleben durften und Filippo nicht. Wenn du unbedingt eine Adresse für deinen Zorn und deine Trauer brauchst, dann bist du bei mir richtig. Alles andere ist nur eine Projektion, und wenn du ehrlich zu dir selbst bist, weißt du das auch.«

Sie saßen sich gegenüber und schauten sich zum ersten Mal an diesem Abend wirklich an. Genau genommen zum ersten Mal seit sieben Jahren. Clemenza studierte Federico so aufmerksam, als wollte sie jede Falte und jedes graue Haar zählen, das seitdem dazugekommen war. Noch immer war sie stumm. Der Einzige, der in der letzten Viertelstunde geredet hatte, war Federico gewesen.

Ich glaube, die beiden hatten völlig vergessen, dass ich auch noch da war. Es war an der Zeit, dass ich sie daran erinnerte. Ich räusperte mich und legte meine Hand auf Clemenzas Arm.

»Dein Vorname bedeutet ›Gnade‹«, sagte ich leise. »Du glaubst doch nicht an Zufälle.«

Sie wandte mir ihr Gesicht zu, und ich sah den Schmerz vieler Jahrzehnte in ihren Augen. Ich stellte mir Clemenza als kleines Mädchen vor, das zuerst den Tod des Vaters und wenig später den der Mutter verwinden musste, dann aus der vertrauten Umgebung, ihrer Heimat, gerissen wurde, um auf dieser Insel zu leben. Sie hatte sich als junge Frau eine neue Familie geschaffen, hatte Mann und Sohn gehabt, nur um einen nach dem anderen wieder zu verlieren. Es war eigentlich ein Wunder, dass das Leben sie nicht noch viel verbitterter gemacht hatte. So wütend ich vor wenigen Stunden noch auf sie gewesen war, inzwischen empfand ich nur noch Mitleid.

»Wo ist Tonio jetzt eigentlich?«, fragte sie schließlich mit belegter Stimme.

Federico räusperte sich. »Als ich ihn zuletzt gesehen habe, war er in der Tauchschule und wollte für uns alle Essen kochen.«

Clemenza stemmte sich am Tisch hoch, durchquerte die Küche und öffnete die Tür zur Speisekammer.

»Tonio? Der mag ja vieles können, aber vom Kochen versteht er ungefähr so viel wie ich vom Tiefseetauchen!«, sagte sie verächtlich. Sie nahm ihren monströsen Einkaufskorb vom Regal und legte Rigatoni, geschälte Tomaten, Auberginen und Knoblauch hinein. Dann nahm sie zwei Großpackungen Ricotta aus dem Kühlschrank. Auf einmal war sie wieder ganz die Alte.

»Was machst du denn da?«, fragte ich.

»Wonach sieht es denn aus? Komm schon, worauf wartet ihr noch? Der Bus geht in zehn Minuten.« Sie zwängte sich in ihre Schuhe und nahm die Jacke vom Haken, während ich allmählich begriff, dass sie allen Ernstes zur Tauchschule wollte.

»Lass mich den tragen, der ist zu schwer für dich«, sagte Federico und griff nach dem Korb.

Clemenza schaute mich an, und ich glaubte, ein kleines Lächeln auf ihrem Gesicht zu sehen. »Dann wollen wir mal«, sagte sie. »Ich hoffe, eure Freunde mögen Pasta alla Norma!«

Es war bereits später Abend, als wir in der Tauchschule ankamen. Da es hier keine Küche gab – zur großen Freude von »Zio Meino« und »Tonys Pizzeria« –, hatte Matteo kurzerhand eine elektrische Kochplatte von zu Hause angeschleppt. Clemenza bekam fast einen Herzanfall.

»Auf diesem Puppenherd soll ich für fünfunddreißig Leute kochen? Habt ihr Zabaione im Kopf? Wie soll ich das machen? Gibt es wenigstens Töpfe?«

Auch an die hatte Matteo gedacht. Sie waren allerdings so groß, dass sie ein gutes Stück über die Kochplatten hinausragten.

»Va bene. Ich koche zuerst den Sugo und später die Pasta. Wenn die Pasta fertig ist, müssen wir sie irgendwie warm stellen, bis ich den Sugo wieder aufgewärmt habe, verstanden?«

Wir nickten ergeben. Alle hatten widerstandslos Clemenza als Küchenchefin akzeptiert.

Wir richteten eine provisorische Feldküche in Tonios Büro ein. Dazu räumte ich seinen Schreibtisch frei, und mein Blick fiel auf einen Spruch, der in die Tischplatte geritzt war. »Solange dein Herz schlägt, liebe!« Es war wie ein unerwarteter Dolchstoß. Frustriert stellte ich die Kochplatten darauf.

Nachdem Tonio sich auf die Suche nach einem noch geöffneten Restaurant gemacht hatte, um Geschirr zu organisieren, wies Clemenza mich an, die Auberginen zu schneiden, kümmerte sich selbst um die Tomaten und den Knoblauch und machte sich schließlich daran, die Ricottapackungen zu öffnen. Ich hörte sie fluchen.

»Ich krieg den Ricotta nicht auf. Gibt es hier irgendwo eine Schere?«

Suchend sah ich mich um. Draußen lag keine. Aber Tonio hatte doch bestimmt eine in seiner Schreibtischschublade. Mein Zögern dauerte nur kurz an. Besondere Umstände erfordern besondere Maßnahmen. Ich zog an der Schublade. Sie war nicht abgeschlossen.

Auf den ersten Blick sah ich keine Schere, dafür einen Briefbogen mit der Überschrift *»Scusatemi«* – vergebt mir. Ich wollte gar nicht weiterlesen, meine Augen taten es von ganz allein.

Zuerst suchte ich nach der Unterschrift. Es war nur ein Buchstabe: ein »S«.

Verwirrt hielt ich inne und schaute genauer. Nein, es war gar kein Buchstabe, es war eine etwas zu rund geratene »5«.

»Cinque«, flüsterte ich und erinnerte mich. Das war Tonios Name für sie.

Ich kann und will ohne Ruben nicht mehr weiterleben. Eigentlich sollte ich ihn jetzt Karsten nennen, denn er ist in Wahrheit Ninas Mann, wegen dem sie auf die Insel gekommen ist. Hätte sie es bloß nie getan, dann würde er wahrscheinlich noch leben.
Ich habe ihn geliebt und hatte bis zu diesem gottverdammten Tag, als du mir sagtest, dass seine Frau ihn suchen würde, keine Ahnung von ihr gehabt. Zwar kannte ich seine wahre Identität, weil ich einmal über seinen deutschen Personalausweis gestolpert bin, aber dass er noch verheiratet war, hat er mir nie erzählt. Und als du mir sagtest, dass seine Frau gekommen war, um ihn zu suchen, war ich so in Rage, dass ich ihm eine riesige Szene machte. Er hielt sich auch nicht gerade zurück und brüllte mich an, dass er mit meinem Temperament – nein, er nannte es Unbeherrschtheit – auf Dauer nicht zurechtkommen würde. Er hätte keine Nerven für eine Cholerikerin wie mich. Dagegen war er schwer beeindruckt, dass seine Frau

nach so langer Zeit noch nach ihm suchen würde. Dass sie dafür sogar ihre Panik vor dem Meer besiegt hatte.
Das erste Mal sah er sie dann am Hafen von Campese. Wir waren während der Siesta mit Matteos »La Sirenetta« auf dem Wasser gewesen. Karsten leinte gerade im Hafen das Boot an, während ich die Kajüte aufräumte. Sie saß auf der Brücke zum Torre, und sie muss ihn auch gesehen haben, denn sie schaute in seine Richtung. So hat er es mir zumindest erzählt, als er zu mir in die Kajüte kam. Er verging fast vor Scham, weil er sie betrogen und sich einfach abgesetzt hatte. Und das Schlimmste war, dass er auf einmal davon redete, dass er alles bereuen und am liebsten zu ihr zurückkehren würde. Plötzlich musste ich mich fragen, ob er mich jemals wirklich geliebt hatte oder ob er mich nur unter Kontrolle haben wollte, damit ich sein Geheimnis nicht verrate. Ich war so unglaublich wütend auf ihn, mehr aber noch auf seine Frau. Hätte sie nicht einfach in ihrem blöden Deutschland bleiben und uns in Ruhe lassen können?
Kurz darauf sah er sie wieder, am Strand, als er mit Matteo und der Gruppe zum Nachttauchen rausfuhr. Auch da schaute sie in seine Richtung, ohne etwas zu sagen oder zu tun. Wie ein Geist, der ihn verfolgt. Er wusste nicht, was er davon halten sollte, wagte aber auch nicht, sie anzusprechen. Ich fühlte aber, dass er in Gedanken viel mehr bei ihr war als bei mir. Und mir wurde klar, dass ich ihn verlieren würde. So oder so.

Ich konnte mich nicht mehr auf den Beinen halten und sank auf den Schreibtischstuhl. Dieser Brief stellte alles auf den Kopf, wovon ich Wochen – nein Jahre – fest überzeugt gewesen war. Wenigstens in einem Punkt hatte ich recht: Circe war wirklich eifersüchtig auf mich gewesen. Allerdings nicht wegen Tonio – sondern wegen Karsten! Tonio hatte mir also tatsächlich die Wahrheit gesagt. Er hatte nie etwas mit Circe gehabt. Und ihr Verhalten war für ihn in der Tat rätselhaft gewesen.

Am meisten erschütterte mich jedoch, dass Karsten offenbar zu mir zurückwollte. Dass meine Entschlossenheit, nach ihm zu suchen, und der Kampf gegen meine Phobie ihn so beeindruckt haben mussten, dass ich wieder attraktiv für ihn geworden war. Er hätte mir – obwohl Circe ihm quasi zu Füßen gelegen hatte – vor dieser strahlenden Schönheit tatsächlich den Vorzug gegeben? Ich konnte es kaum glauben, aber warum hätte sie das erfinden sollen? Ich musste das alles erst mal sacken lassen. Als der Raum aufgehört hatte, sich vor meinen Augen zu drehen, las ich den Brief zu Ende.

Du hast mich tausendmal gefragt, was mit mir los ist, warum ich so unglücklich bin in letzter Zeit – nein, du nanntest es biestig, aggressiv und unausstehlich. Nun, einige werden traurig und andere kompensieren das mit Wut und Aggression, weil Wut und Aggression einem Kraft verleihen.
Du wolltest wissen, warum ich sicher bin, dass er sich selbst getötet hat. Er hatte schon immer depressive Phasen gehabt. Ich hatte nie ganz verstanden, warum er so niedergeschlagen war, er sprach nie darüber. Aber jetzt, seit ich von seiner Vergangenheit weiß, ist mir klar, dass er schon lange bereute, was er getan hatte. Er war ein zu anständiger Mensch, zu korrekt, um mit dieser Lüge noch länger leben zu können. Als dann seine Frau auf die Insel kam, wusste er nicht mehr ein noch aus vor Scham und Selbstvorwürfen. Und dann spielte sie mit ihm Katz und Maus, tauchte plötzlich auf, um ihn nur anzustarren. Er wählte den Tod, weil sie ihn zermürbte in ihrem Bedürfnis nach Rache und weil er das alles nicht mehr aushalten konnte. Du hast mich tausendmal gefragt, und heute bekommst du die Antwort. Ruben hat alles mit in den Tod genommen, wofür es sich für mich zu leben lohnte. Jetzt soll er auch mich mitnehmen. Lebt wohl und verzeiht mir. S

PS: In dem Umschlag unter deiner Schreibtischunterlage ist Geld für ein neues Boot für Matteo. Er wird es wahrscheinlich nicht heil zurückbekommen, und ich weiß, er hat nicht genug für ein neues. Grüß ihn von mir und sag ihm, dass es mir leidtut.

»Was ist los, Nina? Du bist ja weiß wie ein Mozzarella! Hast du eine Schere gefunden?«

Clemenza stand plötzlich hinter mir. Ich schüttelte nur den Kopf und reichte ihr den Brief.

Während sie ihn las, blätterte mein Hirn die letzten Wochen durch. Ich hatte inzwischen begriffen, dass ich Karsten zweimal gesehen hatte, ohne ihn zu erkennen, aber nicht daran gedacht, dass er mich beide Male erkannt haben könnte. Er hatte mich vom Boot aus gesehen an dem Tag, als ich zum ersten Mal am Strand von Campese gewesen war. Er hatte mich auch an dem Abend gesehen, als ich mit Tonio am Strand gesessen hatte. Im Gegensatz zu mir hatte er gewusst, wer ich war, als ich in seine Richtung schaute. Er hatte die Sonne im Rücken gehabt. Und er glaubte, dass ich ihn auch gesehen hatte. Dass ich ihn im Gegenlicht des Sonnenuntergangs gar nicht erkannt hatte, darauf war er nicht gekommen. Ich mochte mir gar nicht vorstellen, was in ihm vorgegangen war.

Circe hatte recht gehabt. Ich hätte nie auf die Insel kommen dürfen. Ich war schuld, dass Karsten nicht mehr lebte. Er hatte keinen Ausweg mehr gesehen und sich auf die denkbar grausamste Art und Weise das Leben genommen. Nicht nur, damit alle glaubten, es sei ein Unfall gewesen. Ich kannte ihn. Er hatte es vor allem getan, um sich zu bestrafen.

Clemenza legte den Brief zur Seite und sah mich prüfend an.

»Ich weiß, was du glaubst, Nina. Aber an so etwas darfst du nicht denken!« Sie beugte sich zu mir herunter und legte mir beschwörend die Hände auf die Schultern. »Gib dir nicht die Schuld, denn du kannst nichts für seine Entscheidung.«

»Es wäre nicht passiert, wenn ich nicht auf die Insel gekommen wäre«, sagte ich tonlos. »Er hätte mit Circe ein glückliches Leben als Tauchlehrer geführt, an einem der schönsten Orte der Welt. Er hätte es verdient gehabt, denn mit mir ist er auf Dauer nicht glücklich geworden. Weil ich einfach nicht fähig war, sein Leben und seine Leidenschaft zu teilen. Jetzt habe ich einen Menschen in den Tod geschickt und einen anderen ins Unglück gestürzt. Und du sagst, ich sei nicht schuld?«

Clemenza warf verzweifelt die Hände in die Luft. »Was hast du nur für eine verquere Vorstellung von Schuld und Sünde? Das ist falsch, Nina. Du hast auch das Recht, glücklich zu sein! Und dein Karsten ist ganz allein für sein Schicksal verantwortlich. So wie er ganz allein entschieden hat, dich zu betrügen, dieses Schiff zu betreten und diese Kreuzfahrt zu machen. So wie er ganz allein entschieden hat, nicht nach Hause zurückzukehren, sondern auf der Insel zu bleiben und sich der nächsten Frau zuzuwenden. So führte eins zum anderen. Dieses Grab hat er sich selbst geschaufelt.«

Ich sah Clemenza zweifelnd an. Die gute Seele war offenbar selbst voll und ganz überzeugt von dem, was sie sagte. Aber sie schaffte es nicht, mir meine Schuldgefühle zu nehmen.

38
Tonio

Nina so unerwartet wiederzusehen, nachdem ich kurze Zeit zuvor noch so hoffnungslos gewesen war, löste einen Adrenalinschub in mir aus. Ich kam gerade aus der Tür, um in einem der umliegenden Restaurants Geschirr auszuleihen, nachdem wir festgestellt hatten, dass wir rund vierzig Leute nicht aus zwei Kochtöpfen essen lassen konnten. Und plötzlich stand sie vor mir wie eine Fata Morgana. Ich musste sie berühren, um mich zu überzeugen, dass sie echt war. Als hinter ihr noch Clemenza aus dem Dunkel trat, Seite an Seite mit Federico, war meine Überraschung komplett.

»Wir haben Essen mitgebracht«, sagte sie, als wäre nie etwas zwischen uns vorgefallen, und ich hütete mich, sie darauf anzusprechen. »Ich möchte gar nicht wissen, was du da gekocht hast. Wirf es weg und lass mich das machen!«

Sie schob sich an mir vorbei und zwängte sich mit ihrem großen Einkaufskorb durch die Tür. Nachdem ich ihr lange genug mit offenem Mund nachgestarrt hatte, wandte ich mich wieder zu Nina um.

»Wie hast du das bloß angestellt?«

Sie lächelte. »Eigentlich war es Federico. Die zwei hatten da wohl etwas zu klären. Ich musste gar nicht viel tun.«

Ich schaute meinen Freund fragend an, und er nickte. Er hatte vorhin nur zu mir gesagt, dass er noch einmal wegmüsste, aber nicht, was er vorhatte. Ich hatte geglaubt, dass er noch etwas von seinem Schiff holen wollte, stattdessen war er zu Clemenza gefahren, um mit ihr Frieden zu schließen. Mir wurde ganz warm ums Herz.

»Es ist ja auch völlig egal, wer von euch beiden es geschafft hat, Hauptsache, ihr seid hier. Ich geh nur mal eben schnell zu ›Zio Meino‹, um Teller zu holen. Geht rein und lauft mir bloß nicht wieder weg!«

Als ich zur Straße ging, hatte ich das Gefühl zu schweben.

Nina war freiwillig zu mir zurückgekommen, und Clemenza

hatte eine wunderbare Wandlung durchlaufen. Sie hatte mit Federico ihren Frieden gemacht. Ich musste mich kneifen, um mich davon zu überzeugen, dass ich das alles wirklich nicht träumte.

Meine Freunde bei »Zio Meino« waren ein wenig erstaunt, dass ich schon wieder auf der Matte stand, nachdem ich mir am Nachmittag erst Lebensmittel bei ihnen geborgt hatte, aber der Wirt räumte gutmütig seine Schränke für mich aus.

»Wenn du noch etwas brauchen solltest, überleg es dir schnell«, sagte er. »Wir schließen in einer halben Stunde.«

War es schon so spät? Da ich normalerweise nur mittags essen ging, vergaß ich immer wieder, dass die Restaurants außerhalb der Hochsaison früher Feierabend machten.

Als ich zurück zur Schule kam, nahm Clemenza mich zur Seite.

»Hör mal, Tonio, es ist etwas Dummes passiert.«

Erschrocken schaute ich sie an. Sie sah ernsthaft besorgt aus. Dass mein Hochgefühl von so kurzer Dauer sein würde, hatte ich nicht erwartet. »Was ist los?«

»Wir haben in deinem Büro nach einer Schere gesucht, um den Ricotta aufzuschneiden, man braucht ja Bärenkräfte, um diese neuen Verpackungen aufzureißen, das habe ich nicht geschafft, du weißt schon, diese großen blauen Packungen mit der roten Schrift, die du mir immer vom Coop auf dem Festland mitbringst –«

»Ich weiß, was du meinst, Clemenza, komm auf den Punkt!« Diese Frau trieb mich schon wieder in den Wahnsinn.

»Also haben wir eine Schere gesucht, und Nina hat in deinem Schreibtisch nachgesehen, in dieser Schublade, sie hat wirklich nur nach einer Schere gesucht, aber da hat sie den Brief gefunden, von dieser Frau, mit der du immer zusammen warst, capisci?«

Heilige Muttergottes, auch das noch!

»Clemenza, versteh doch endlich, ich war nie mit dieser Frau zusammen, sie ist nichts weiter als meine Kollegin und eine gute Freundin!«

»Ja, ja, das wissen wir ja nun auch. Aber das ändert nichts

daran, dass Nina sich jetzt die Schuld für alles gibt. Auch die Schuld am Tod von diesem … diesem«, sie rang nach dem richtigen Wort, »diesem *Cretino*, der zu dämlich zum Tauchen war oder sich warum auch immer selbst umgebracht hat!«

Ich versuchte zu rekapitulieren, was Cinque geschrieben hatte. Natürlich, sie hatte alle Verantwortung auf Nina abgewälzt, die Verantwortung für Karstens Tod und sogar die für ihren eigenen Suizidversuch, der eine Folge von Karstens Tod war. Ich hatte noch daran gedacht, dass ich Nina diesen Brief niemals zeigen sollte. Und jetzt hatte sie ihn gefunden. Ich hätte ihn viel gründlicher verstecken müssen. Oder noch besser, verbrennen oder aufessen oder beides. Was war ich nur für ein Idiot!

»Wo ist sie jetzt?«

»Sie rührt den Sugo, zusammen mit zwei afrikanischen Frauen, die ihr ihre ganze Lebensgeschichte erzählen, so kommt es mir jedenfalls vor, ich kann ja kein Englisch, aber du kannst jetzt nicht mit ihr reden.«

»Schon verstanden. Aber wann denn dann?«

Clemenza breitete die Arme aus. »Was fragst du mich das? Sprich in aller Ruhe mit ihr, wenn ihr mal allein seid. Heute Abend ist kein guter Zeitpunkt dafür.«

Mit Nina allein sein, davon konnte ich nur noch träumen. Ich sah sie ja kaum noch, ohne dass mindestens zwei Dutzend andere um uns herumstanden. Aber ich würde einen Weg finden, sie einmal ganz allein zu erwischen.

Clemenzas Pasta war göttlich. Trotz provisorisch aufgebauter Feldküche und minimalster Topfkapazitäten hatte sie sich wieder einmal selbst übertroffen. Die Geflüchteten langten tüchtig zu. Und mir wurde das Herz weit, als ich sah, wie Clemenza sich darüber freute.

Die Flüchtlinge kamen aus verschiedenen Teilen Nigerias und hatten sich in einem Auffanglager im Transitland Libyen kennengelernt. Ihre Erlebnisse und die Wochen auf dem Meer hatten sie zusammengeschweißt.

Immer wieder sprachen sie von Tayo, dem Jungen, den

Boko Haram entführt hatte, um ihn als Selbstmordattentäter zu missbrauchen. Wie durch ein Wunder war ihm die Flucht gelungen. Sein Vater hatte ihn schließlich nach Tripolis in Sicherheit gebracht, wie er glaubte. Hatte für seine Überfahrt nach Europa gezahlt. Was der Junge im libyschen Schleuserlager durchgemacht hatte, würden wir nie erfahren. Denn als sie schon viel zu lange vor Lampedusa lagen, hatte er, dessen Name »Geboren zum Glücklichsein« bedeutete, sein Glück ein zweites Mal herausgefordert. Und diesmal war er dabei ertrunken.

Zwei junge Männer fielen mir auf, die selbst beim Essen die Hände ineinander verschränkt hatten. Muhammad und Osaretin waren ein Paar, was in dem Land, aus dem sie kamen, lebensgefährlich war. Davor bewahrte sie auch ihre Herkunft aus der oberen Mittelschicht nicht.

»Wir hatten so großes Glück, von diesen großartigen Menschen gerettet zu werden.« Osaretin nickte hinüber zu Federico und seinem Team, die sich an Clemenzas Essensausgabe gerade Nachschlag holten. »Nach dem Scharia-Strafrecht wären wir zu Tode gesteinigt worden.«

Ich hörte noch viele Geschichten an diesem Abend. Von Familien, die zurückgeblieben waren. Die jahrelang gespart hatten, um ihren Söhnen ein besseres Leben in Europa zu ermöglichen. Ein junger Mann namens Noam machte sich Sorgen um seine Schwester, die ein anderes Boot zur Flucht genommen hatte. Er hatte seit Wochen nichts von ihr gehört, wusste nicht, ob sie noch lebte, und betete jeden Tag, dass sie so viel Glück gehabt hatte wie er und er sie noch einmal wiedersehen würde. Kio hatte eine kranke Mutter zurückgelassen und hoffte, bald Arbeit zu finden, um Geld nach Hause schicken zu können. Andere vermissten bereits ihre Eltern und Geschwister und hofften, sie irgendwann nachkommen lassen zu dürfen. Angesichts all dieser Sorgen war es verwunderlich, wie groß auch die Hoffnung und die Zuversicht an diesem Abend waren. Wenn ich es bis zu diesem Moment noch nicht verstanden hatte, begriff ich es jetzt: Solange es Menschen gab, die bereit waren zu helfen, gab es auch für diejenigen, die Hilfe brauchten, Grund zur Hoffnung auf ein besseres Leben. Es war nicht nur das Meer, das die Völker voneinander trennte, es waren vor allem die Grenzen in unseren Köpfen. Und es war an uns, diese Grenzen einzureißen.

39
Nina

Es dauerte bis weit nach Mitternacht, bis gekocht, gegessen und abgespült war. Wir hatten lange zusammengesessen und geredet, und viele Schicksale der Menschen, die über das Meer gekommen waren, hatten mich tief berührt. Viel zu lange war ich um mein eigenes Elend gekreist.

Als ich schließlich auf die Uhr schaute, erschrak ich. Wir hatten den letzten Bus nach Castello verpasst. Wenn wir nicht mitten in der Nacht noch eine Bergtour unternehmen wollten, würden wir wohl oder übel in Campese übernachten müssen. Matteo hatte zwar seinen Fiat ein paar Straßen weiter geparkt, aber inzwischen zu viel getrunken, um noch fahren zu können. Glücklicherweise hatten Tonio und Matteo inzwischen die Schlüssel für einige leer stehende Ferienwohnungen organisiert und boten uns an, in einer davon zu übernachten. Und so bezogen wir gemeinsam mit Folasade, Mariam und ihrem kleinen Jungen eine Zwei-Zimmer-Wohnung am Strand. Ich hatte schon befürchtet, dass Clemenza ihr Veto einlegen würde, aber sie war zu meiner großen Überraschung sofort einverstanden.

Als Matteo uns die Tür aufschloss, merkte ich, wie erschöpft ich war. Ich fühlte mich von Circes Abschiedsbrief und den damit verbundenen Schuldgefühlen noch so überrollt, dass ich kaum darauf achtete, wie rührend sich Clemenza um den kleinen Danjuma kümmerte, wie sie mit ausladenden Gesten mit den beiden Frauen kommunizierte ungeachtet der Tatsache, dass diese von ihrem Italienisch vermutlich kein Wort verstanden. Noch gestern um diese Zeit hätte sie vermutlich beim Leben ihres Katers geschworen, lieber wie Diogenes in einem Fass zu hausen, als eine Wohnung mit Afrikanern zu teilen. Wieder einmal konnte ich erleben, welche befreiende Kraft Vergebung haben konnte. Clemenza hatte nicht nur sich selbst aus der Opferrolle befreit, sondern auch ihre Vorurteile losgelassen, die sie all die Jahre kultiviert hatte.

Ich redete noch lange mit den beiden Frauen, während Clemenza Danjuma schlafen legte. Mariam, die Mutter des Kleinen, war aus einer Zwangsehe ausgebrochen und vor einem Mann davongelaufen, den sie nicht liebte und der sie deswegen regelmäßig schlug. Sie hatte ihm das Geld für die Reise gestohlen und war mit ihrem kleinen Sohn bei Nacht und Nebel nach Libyen geflohen. Dort war sie im Flüchtlingslager mehrfach vergewaltigt worden und glaubte nun, wieder schwanger zu sein.

»Als alleinstehende Frau mit zwei Kindern hat man in Nigeria keine Chance«, sagte sie und strich geistesabwesend über ihren Bauch. »In Europa kann ich arbeiten und meinen Kindern eine Zukunft geben.«

Folasade, die jüngere der beiden Frauen, war an Menschenhändler geraten, nachdem ihre Eltern sie Bekannten der Familie überlassen hatten in dem guten Glauben, sie würden ihr Arbeit und eine bessere Zukunft verschaffen. Sie landete in Benin-City auf dem Straßenstrich. Nach zwei Jahren gelang ihr die Flucht zurück zu ihrer Familie, doch die wollte sie nicht mehr.

»In ihren Augen war ich beschmutzt«, sagte sie traurig. »Ich war etwas, wofür eine ehrbare Familie sich schämen musste. Sie haben mir Geld gegeben und mich fortgeschickt. Ich dachte, in Europa würde ich neu anfangen können. Da weiß ja niemand von meiner Vergangenheit. Na ja, du jetzt schon. Aber du erzählst es hoffentlich niemandem weiter.«

Die Nacht war kurz, und die Betten hingen durch, wie es italienische Touristenbetten nun einmal tun. Nach wenigen Stunden Schlaf war ich wie gerädert.

Es war noch vor neun Uhr, und Clemenza richtete gerade ihre mit unzähligen Haarnadeln gespickte kunstvolle Hochsteckfrisur, als es an der Tür klopfte und eine fröhliche Stimme »Room service« rief. Gleich darauf balancierte Matteo einen großen Karton mit Kaffeepulver, Orangensaft, Panini und Marmelade durch die Tür.

Ich saß müde am Tisch und hatte den Kopf in die Hände gestützt, weil ich glaubte, dass er nie und nimmer von allein auf meinem Hals halten würde. Am Abend war ich abgelenkt gewesen, doch in der Nacht waren die Schuldgefühle zurückgekommen.

Matteo hatte mich mitfühlend angesehen und mir ein Panino geschmiert, während Clemenza den Kaffee kochte. Ich hätte gern geholfen, war aber unfähig, mich vom Stuhl zu erheben.

Jetzt kaute ich bereits seit einer Viertelstunde an derselben Brötchenhälfte und schaute Clemenza zu, wie sie mit dem kleinen Danjuma spielte. Ein winziger Teil in meinem Inneren freute sich darüber, aber alles war überlagert von dem erdrückenden Gefühl der Schuld und der Traurigkeit.

»Was ist los mit dir, Nina?«, hörte ich Matteos Stimme dicht an meinem Ohr. »Du siehst aus, als würdest du gleich zum Schafott geführt werden.«

»Ich bin nur müde und irgendwie verkatert«, antwortete ich lahm.

»Dann wird dir guttun, was ich mit dir vorhabe!« Sein Ton war an Fröhlichkeit nicht zu überbieten. »Der Himmel ist klar, heute soll es wieder warm werden. Hol deine Badesachen, ich bringe dir jetzt bei, wie man ordentlich schwimmt.«

Ich glaubte, mich verhört zu haben.

»Matteo, das …«, stammelte ich, »… das wird nicht funktionieren. Ich war zum letzten Mal in einem Schwimmbad, als ich sieben war.«

»Dann wird es Zeit! Komm schon, Nina, du hast fast bis zum Hals im stürmischen Meer gestanden und nicht mit der Wimper gezuckt. Wie lange willst du dir noch einreden, dass du es nicht schaffst?«

Im stürmischen Meer? Ja, aber damals war ich nicht Herrin meiner Sinne gewesen.

»Ich kann das nicht!«

»Und ob du das kannst. Du musst nur die verdammte Angst loslassen. Außerdem bin ich ja da. Ich rette dich, wenn etwas passiert. Aber was soll denn passieren in dem seichten Wasser von Pertuso? Das Meer ist doch ganz ruhig.«

Plötzlich fühlte ich Clemenzas Hand auf meiner Schulter.

»Erinnere dich, was du zu mir gesagt hast. Das Meer ist nicht böse, hast du gesagt. Es kann glatt wie ein Spiegel und völlig ungefährlich sein. Man muss nur seine Vorurteile überwinden oder so ähnlich.«

Ich gab auf. Sie hatte mich mit meinen eigenen Waffen geschlagen.

»Mein Bikini ist oben in Castello«, wagte ich einen letzten Versuch, mich aus der Sache herauszuwinden. Doch ich hatte noch nicht ganz zu Ende gesprochen, als Clemenza schon ihren Hausschlüssel vor meiner Nase schwenkte.

»Also gut«, kapitulierte ich. »Aber wehe, du lachst mich aus!«

»Gute Lehrer lachen ihre Schüler niemals aus«, sagte Matteo. »Und ich bin ein guter Lehrer. Frag Tonio.«

Das musste ich nicht mehr tun, er hatte es mir ja bereits gesagt, an dem Tag am Strand, an dem ich noch nicht im Traum daran gedacht hätte, wenige Wochen später in diesem Meer schwimmen zu lernen.

Am selben Tag noch begannen also meine Schwimmstunden. Ich war sehr froh, dass Tonio mich bei meinen ersten linkischen Versuchen nicht sehen konnte. Matteo hatte mir versichert, dass er nach Porto gefahren war und lange genug wegbleiben würde. Er wollte die Küstenwache von unserem unerwarteten Besuch informieren, bevor sie selbst dahinterkommen würde. Dann wollten er und Federico den Nigerianern bei ihren Asylanträgen helfen.

Das Wasser war seicht und das Meer ruhig, so ruhig wie Matteos Stimme. Er versprach mir, dass wir nur so weit gehen würden, wie ich auch stehen konnte. Die Flashbacks zu der siebenjährigen Nina blieben natürlich nicht aus. Aber mit Matteos Hilfe gelang es mir, das kleine Mädchen, das ich einmal gewesen war, an der Hand zu nehmen und ihm zu versichern, dass es keinen Grund gab, Todesangst zu haben.

Am Ende der Woche konnte ich nicht nur sicher schwimmen, sondern hatte auch meine Angst vor dem Wasser so gut wie verloren. Vor dem Wasser im Uferbereich jedenfalls. Was das offene Meer betraf, wollte ich mich noch nicht festlegen.

»Ich wusste, dass du das schaffst«, sagte Matteo stolz. »Und das muss gefeiert werden. Unsere nigerianischen Freunde wollten sowieso feiern, dass sie endlich festen Boden unter den Füßen haben. Federico will feiern, dass unser Innenminister abgelöst wurde. Ich finde, das kann man alles in einem Abwasch erledigen, oder?«

Wir schichteten ein Lagerfeuer am Pertuso, dem freien Strandabschnitt am äußersten südwestlichen Ende der Bucht, den man vom Hauptstrand aus nur auf einem schmalen Weg über einen bewaldeten Hügel erreichen konnte. Es war dieselbe kleine, abgelegene Sandbucht, in der Matteo mir das Schwimmen beigebracht hatte. Clemenza hatte einen riesigen Henkelkorb voller Cannoli gebacken. Federico und Matteo hatten zusammen mit den Nigerianern Stöcke geschnitzt, an denen wir Brot und Fische grillen wollten. Tonio war zum Alimentari gefahren, um Getränke zu holen. Heute Abend wollten wir das Leben feiern, die Freiheit, den Frieden und – ja, die Liebe, die hätte noch gefehlt.

Mein Herz war noch immer schwer, und hätte Clemenza nicht gedroht, mir den Hintern zu versohlen, sollte ich zu Hause bleiben, dann hätte ich es getan.

Den ganzen Tag über war es bedeckt gewesen, und es hatte fast so ausgesehen, als wenn die Feier ins Wasser fallen würde, doch gegen Abend riss der Himmel auf. Im Licht der untergehenden Sonne kletterten wir den schmalen Pfad über den Hügel zur Bucht hinüber. Clemenza, für die dieser Weg zu beschwerlich war, wurde von Tonio im Boot chauffiert, mit dem er den Proviant brachte. Als das Lagerfeuer aufloderte, erhob sich der Vollmond über dem Horizont wie ein leuchtender Lampion, der die Bucht in ein silbernes Licht tauchte. Wir saßen im Sand, und Matteo holte seine Gitarre und stimmte gemeinsam mit den Gigliesi Lieder von der Insel an. Clemenza saß in einem Liegestuhl, den Tonio eigens für sie mitgebracht hatte, und summte leise dazu. Sie sah aus, als wäre sie mit sich und der Welt im Einklang.

Stockbrot und Unmengen von Fischen wurden gegrillt, Trauben, Birnen und Passionsfrüchte herumgereicht. Alle schienen glücklich zu sein, obwohl sie fern der Heimat waren, aber sie konnten auf Freiheit und Frieden hoffen. Ich wünschte, ich hätte ebenso empfinden können.

Ich war so in Gedanken versunken, dass ich nicht bemerkt hatte, dass Federico auf einmal neben mir saß. Erst als er mich ansprach, blickte ich auf.

»Du siehst traurig aus, Nina, dabei sind alle anderen so fröhlich. Sogar diejenigen, die sich nach ihrer Heimat sehnen. Was ist los?«

Ich konnte nur mit den Schultern zucken. Beim ersten gesprochenen Wort hätte ich losgeheult.

»Du musst es mir natürlich nicht erzählen. Aber manchmal hilft es, mit jemandem zu reden, der nicht in die Sache verwickelt ist.«

Ich schaute ihn überrascht an. Dann begriff ich, dass er glaubte, ich wäre wegen Tonio derart neben der Spur. Er wollte zwischen uns vermitteln, dieser Schelm! Das konnte ich so nicht stehen lassen. Was machte es schon, wenn ich ihm die Wahrheit sagte? Er würde in wenigen Tagen schon wieder vor der libyschen Küste kreuzen. Also erzählte ich ihm die ganze Geschichte in Kurzform.

Er hörte zu, ohne mich ein einziges Mal zu unterbrechen. Als ich geendet hatte, pfiff er durch die Zähne.

»Das ist starker Tobak. Aber du gibst dir doch jetzt nicht die Schuld an seinem Selbstmord?«

Ich zuckte wieder nur die Schultern, und er nahm das offenbar für ein Ja.

»Es ist nicht deine Schuld, Nina. Du trägst keine Verantwortung für seine Entscheidungen!«

»Wäre ich nicht auf die Insel gekommen, würde er noch leben«, würgte ich hervor. Es war mein Mantra seit Tagen, das mir von morgens bis abends im Kopf herumspukte.

Federico schüttelte den Kopf. »Nina, hier spricht jemand, der viele Jahre die Schuld für sich gepachtet hatte. Du kannst mich also ruhig als Experten auf diesem Gebiet betrachten.«

Ich nickte. Das war wohl nicht von der Hand zu weisen.

»Mein Einsatz bei der Seenotrettung war ein Versuch, diese

Schuld abzutragen. Das hat nicht funktioniert, man kann nicht ein Menschenleben – auch nicht Hunderte davon – gegen ein anderes aufwiegen. Es war im Gegenteil so, dass ich bei meiner Arbeit für die Mediterranea immer wieder mit Schuld und Verantwortung konfrontiert wurde. Als sei es mein verdammtes Karma, eine Lektion, die ich in diesem Leben zu lernen habe. Man kann eben vor sich selbst nicht weglaufen, nicht mal, wenn man seine Heimat verlässt. Aber dass Schuldgefühle für Entscheidungen, die andere für sich treffen, Unfug sind, habe ich erst wieder vor wenigen Tagen durch die Sache mit Tayo erfahren.«

»Tayo war der Junge, der heimlich ins Wasser gesprungen ist, um nach Lampedusa rüberzuschwimmen, oder?«

Federico nickte. »Ich wusste, was er vorhatte, und habe versucht, es ihm auszureden. Habe ihm erklärt, wie weit zwölf Seemeilen sind und dass er es nicht schaffen würde. Mehr konnte ich nicht tun, außer ihn vielleicht in Ketten zu legen. Er zeigte sich auch scheinbar einsichtig. Tja, er hat es aber trotzdem getan. Die Küstenwache hat ihn tot aus dem Wasser gezogen. Wäre ich vorausschauender gewesen und hätte besser aufgepasst, würde Tayo noch leben. Ich war verantwortlich für die Menschen an Bord. Trotzdem hat sich einer umgebracht, und das nicht einmal absichtlich. Er wollte nur in die Freiheit, die ich ihm nicht geben konnte.«

Er schwieg, und ich lauschte seinen Worten nach. Es war nur ein schwacher Trost, dass auch andere mit Schuldgefühlen zu kämpfen hatten, aber ich konnte wieder ein wenig leichter atmen.

»Ich musste mir auch erst klarmachen, dass es allein seine Entscheidung war, dieses Risiko einzugehen«, fuhr Federico fort. »Ich hätte ihn nicht daran hindern können, es sei denn, ich hätte keine Minute mehr geschlafen und ihn rund um die Uhr bewacht. Man kann nicht alle Möglichkeiten voraussehen, die passieren können. Ich hatte meine Pflicht getan und ihn gewarnt. Genauso wie ich das damals auch bei Filippo gemacht hatte. Und als ich das erst mal verstanden hatte, wurde mir klar, dass auch Filippo seine Entscheidung selbst getroffen hatte und ich nicht für seinen Tod verantwortlich war. Da wusste ich, dass ich herkommen und mit Clemenza reden musste, denn jetzt konnte ich es endlich.«

»Ich muss das alles erst mal sacken lassen«, sagte ich. »So schnell kapiert mein Gewissen nicht, dass es sich nicht schuldig fühlen soll.«

»Nimm dir die Zeit, die du brauchst.« Federico zwinkerte mir zu. »Bei mir hat es sieben Jahre gedauert. Mach dir nur das eine klar: Wenn wir uns für alles schuldig fühlen, wofür andere sich entscheiden, machen wir uns kaputt. Damit tun wir uns keinen Gefallen und den Menschen, die uns lieben, auch nicht.«

»Wer liebt mich schon?«, murmelte ich.

Federico schaute überrascht auf. »Das weißt du nicht?«

Ich schüttelte nur stumm den Kopf, aber mein Herz begann plötzlich zu rasen, als würde es schon mehr wissen als mein Hirn.

»Ich glaube, da musst du gar nicht so weit gucken.« Er schaute zum Meer. Ich folgte seinem Blick und entdeckte Tonio, der Circe gerade aus dem Schlauchboot half. Ich hatte gar nicht mitbekommen, dass er noch mal rübergefahren war. Gemeinsam hoben sie einen Getränkekasten aus dem Boot und trugen ihn an den Strand. Dann kamen sie auf uns zu. Unwillkürlich zog ich den Kopf ein. Wie ich Konfrontationen hasste, und diese ganz besonders. Die Schuld, die mir Federico gerade ein wenig von den Schultern genommen hatte, würde gleich wieder mit voller Kraft über mich hereinbrechen.

Da standen sie schon vor uns.

»Ihr habt doch sicher noch zwei Plätze frei?« Ohne eine Antwort abzuwarten, ließ Tonio sich in den Sand fallen. Circe hockte sich neben mich, und ich fühlte, wie ich ganz steif wurde. Unsere Begegnung beim Fest des heiligen Mamiliano spulte sich im Zeitraffer vor meinem geistigen Auge ab.

Verschwinde von dieser Insel! Du gehörst nicht hierher! Seit du gekommen bist, passieren schlimme Sachen.

Doch diesmal klang ihre Stimme völlig anders.

»Ciao, Nina. Ich möchte mich entschuldigen«, sagte sie.

»Was?« Ich war so verblüfft, dass mir nichts anderes einfiel.

Stattdessen hörte ich alles andere überdeutlich. Das Rauschen des Meeres, das Knistern des Feuers, den Gesang der Männer, bevor Circe weitersprach.

»Ich hatte in der Klinik viel Zeit zum Nachdenken. Und mir ist klar geworden, dass dich keine Schuld trifft. Wenn überhaupt jemand schuldig ist, außer Ruben selbst, dann bin ich es.«

Ich wollte etwas sagen, brachte aber keinen Ton heraus.

»Du hast es ja in dem Brief an Tonio gelesen: Ich hatte bis vor Kurzem keine Ahnung gehabt, dass ich ein Verhältnis mit einem verheirateten Mann hatte. Als ich das von Tonio erfahren habe, wurde mir so vieles klar, was ich vorher an Ruben nicht verstanden habe. Ich möchte dir etwas erklären, aber dazu muss ich ein wenig ausholen.«

Ich glaube, ich habe sie nur verdattert angestarrt. Mein Mund war plötzlich ganz trocken, und ich griff nach der nächstbesten Flasche, die neben mir stand.

»Tonio hat mich gestern gefragt, warum wir unsere Beziehung vor allen geheim gehalten haben, Ruben und ich, und ich habe ihm von meiner Familie erzählt. Von meinen konservativen Eltern, für die Sex vor der Ehe oder sogar Empfängnisverhütung eine Todsünde sind. Ich hab ja nicht zufällig elf Geschwister. In ihren Augen wäre ich eine Schlampe gewesen. Es sei denn, ich hätte Ruben geheiratet.« Sie hielt inne und schaute an mir vorbei aufs Meer hinaus. Ich konnte verstehen, dass es ihr schwerfiel, mich anzusehen.

»Natürlich habe ich ihn zur Hochzeit gedrängt. Und er hat mir gesagt, dass das ohne ein Ehefähigkeitszeugnis, oder wie das heißt, nicht geht. Dass er dafür eine Geburtsurkunde braucht, die er nicht hat. Er hätte seine wirkliche Identität aufdecken müssen, und das könne er nicht. Als ich seinen deutschen Ausweis gefunden hatte, hab ich ihn natürlich gefragt, warum er unter falschem Namen hier ist, und er hat irgendwas Vages von Zeugenschutzprogramm erzählt. Also habe ich es aufgegeben, ihn mit dem Heiraten zu nerven, und mich damit abgefunden, in aller Augen eine alte Jungfer zu bleiben, die zeitlebens ein heimliches Verhältnis hat.«

Zeugenschutzprogramm! So kreativ hätte ich Karsten gar nicht eingeschätzt. Na ja, er hatte ja genug Zeit gehabt, sich eine Geschichte auszudenken.

»Ich habe erst von Tonio den wirklichen Grund erfahren, warum er mich nicht heiraten konnte: weil er in Deutschland schon verheiratet war. Von wegen Zeugenschutzprogramm! Und dass du auch noch gekommen warst, um ihn zu suchen, setzte allem die Krone auf. Ich war eifersüchtig, wütend und verletzt und habe ihm eine Szene gemacht. Ich habe ihn gefragt, woher er den falschen Pass wirklich hatte. Da hat er mir das mit dem Ertrunkenen vom Kreuzfahrtschiff gesagt. Deshalb hab ich ihm die Ohrfeige gegeben. Und ihn zu einer Entscheidung gedrängt, natürlich in der Hoffnung, dass sie zu meinen Gunsten ausfallen würde. Aber er ließ sich nicht erpressen. Wenn es hart auf hart gekommen wäre, hätte er sich für dich entschieden. Ich glaube, ich habe ihn immer schon mehr geliebt als er mich.«

Karsten hätte sich also für mich entschieden. Ich konnte es noch immer nicht fassen. Wie konnte er überhaupt so sicher sein, dass ich gekommen war, um ihn nach Hause zu holen? Ich hätte genauso gut eine Beretta aus der Strandtasche ziehen und ihm das Licht ausblasen können, wenn die Sonne mich nicht so geblendet hätte. Doch da wurde mir klar, dass er es keinesfalls gewusst hatte. Sonst hätte er sich mir einfach zu erkennen geben können. Stattdessen hatte er sich vor mir versteckt. Er war völlig handlungsunfähig gewesen, schachmatt sozusagen. Er hatte keinen Ausweg mehr gesehen. Rachemission erfüllt. Doch ohne jede Genugtuung.

»Wäre ich nicht gekommen, wäre das alles nicht passiert«, hob ich wieder mit meinem Mantra an.

»Mag sein, aber er hätte es vielleicht nicht getan, wenn ich nicht den letzten Anstoß dazu gegeben hätte.« Circe verstummte, biss sich auf die Lippen und schien zu zögern. Ich hielt den Atem an.

»Da ist noch etwas, das ich nicht in den Brief geschrieben habe, weil ich mich einfach zu sehr dafür schäme. Wenn ich so richtig außer mir bin, mache ich manchmal Dinge, ohne die Konsequenzen zu bedenken. Und ich war so wütend wie nie in meinem Leben, das kannst du mir glauben. Da habe ich einen großen Fehler gemacht. Ich habe es Tonio vorhin schon gestanden, und er meinte, ich müsse es dir auch sagen, damit du dir keine Vorwürfe mehr machst. Also … es ist wirklich schwer, das alles noch mal zu erzählen.«

Warum kam sie nicht einfach auf den Punkt? Meine Handflächen kribbelten, und mir wurde fast schwarz vor Augen, so lange hielt ich bereits die Luft an.

»Ich habe ihn gehasst für seinen Verrat«, sprach Circe schließlich weiter. »Und ich wollte Rache, so richtige schmerzhafte Rache. Wenn ich ihn nicht haben konnte, solltest du ihn auch nicht bekommen. Also habe ich die Polizei angerufen und verraten, dass er seit Jahren unter falschem Namen mit einem falschen Pass auf der Insel lebt. Ich hatte recherchiert und erfahren, dass man dafür sogar ins Gefängnis kommen kann. Nach seiner Haftstrafe wärst du wieder zurück in Deutschland gewesen. Aber ich hätte auf ihn gewartet.«

Ich muss sie so fassungslos angestarrt haben, dass sie verzweifelt das Gesicht verzog.

»Ich sagte ja, ich war außer mir vor Wut. Ich wusste überhaupt nicht, was ich tat. Darum habe ich ihn, ohne mit der Wimper zu zucken, ans Messer geliefert. Und weil die Polizei das alles wusste, war für sie später auch nachvollziehbar, dass es Selbstmord war. Jedenfalls haben sie gesagt, ich muss eine schriftliche Anzeige aufgeben, und haben mir das Formular geschickt. Ich hab das tatsächlich ausgefüllt, unterschrieben und zurückgeschickt. Und das habe ich Ruben dann auch noch erzählt. Ich glaube, das hat ihm den Rest gegeben. Wenige Stunden später hat er sich umgebracht.« Sie verbarg das Gesicht in ihren Händen.

»War das der Brief, den du an deinem freien Tag aus der Tauchschule geholt hast?«, fragte Tonio.

Circe nickte. »Du hast ja keine Ahnung, wie panisch ich war, dass ihr die Anschrift gelesen haben könntet. Ich hätte nicht gewusst, wie ich hätte erklären sollen, wieso ich der Polizei schreibe.«

Tonio strich ihr tröstend übers Haar.

»Du bist unglaublich, Cinque. Aber reiß nicht die ganze Schuld an dich. Er war es, der deinen Verrat überhaupt erst möglich gemacht hat, indem er diese falsche Identität angenommen hat. Es war überhaupt ein Wunder, dass er in so vielen Jahren auf dieser kleinen Insel nicht enttarnt worden ist. Dass ihn alle tatsächlich für den Holländer gehalten haben, der er gar nicht war. Er hatte sieben Jahre lang die Angst im Nacken, dass alles ans Licht kommt. Irgendwann hätte es ihn sowieso erwischt, und ich glaube, das wusste er auch.«

Dass ich einmal so tiefes Mitleid für diese Frau empfinden könnte, hätte ich nicht gedacht. Ich hätte Circe gern getröstet, aber ich fand keine Worte, die das geschafft hätten.

»Karsten ist begraben, und die Ermittlungen sind eingestellt«, sagte ich irgendwann. »Wir müssen jetzt schauen, wie wir ohne ihn weiterleben. Und mit dieser Schuld.« Ich begriff, dass wir etwas teilten, sie und ich. Die Schuldgefühle, für Karstens Tod verantwortlich zu sein. Aber wir konnten uns gegenseitig auch vergeben. Plötzlich war da etwas, das uns verband. Und es war so etwas wie ein Friedensvertrag.

»Verrate mir noch eins«, sagte Tonio an Circe gewandt. »Wieso hast du die Blumen und die Kerze nicht zu Karstens wirklichem Grab auf dem Friedhof in Castello gebracht, wenn du doch wusstest, dass der Ruben van Gent, der auf der Gedenktafel steht, nicht der ist, für den wir ihn gehalten haben?«

Eine gute Frage. Das hatte ich noch gar nicht bedacht.

»Ich hatte das Gefühl, mich bei ihm entschuldigen zu müssen«, sagte Circe leise. »Ich denke auch, dass Karsten sich ihm gegenüber schuldig gefühlt hat. Wir hatten ihn für unsere Zwecke missbraucht, Karsten hatte seine Identität gestohlen, und ich hatte ihn damit erpresst, ihn zu verraten. Ich glaube nicht, dass dem wirklichen Ruben das gefallen hätte. Die Blumen auf der Mole, das war meine Art, ihn um Verzeihung zu bitten, bevor ich selbst sterben wollte.«

»Ach Cinque«, seufzte Tonio und nahm sie in den Arm. Und diesmal verspürte ich keine Eifersucht. Nicht das geringste bisschen.

Trotz allem war ich erleichtert, als sie aufstand. Noch immer hielt ich ihre Gegenwart nur schwer aus. Jetzt musste ich das alles erst einmal verarbeiten. Wenn die Polizei wirklich von Karstens Identitätsbetrug wusste und er deshalb keinen Ausweg mehr gesehen hatte, entlastete das mein Gewissen erheblich. Dennoch hatte ich ihn mit meinem Besuch auf der Insel in die Enge getrieben, auch wenn mir das nicht bewusst gewesen war. Mit dieser Schuld musste ich leben.

»Ich bin ja nicht zum Feiern gekommen«, sagte Circe. »Ich wollte nur kurz mit dir reden und die Sache aus der Welt schaffen, und jetzt gehe ich wieder nach Hause. Ich bin so entsetzlich müde.«

»Ich bringe dich heim«, bot sich Federico an und stand ebenfalls auf. Den flüchtigen Seitenblick zu Tonio hätte ich fast nicht bemerkt. Dieser nutzte die Gelegenheit, um ein Stück näher an mich heranzurücken. Ein ziemlich großes Stück. Genau genommen saß er mir fast auf dem Schoß.

Oh Mann, als ob Cinque noch nicht gereicht hätte! Sie war wohl nur die Vorgruppe gewesen zu dem Konzert, das jetzt folgte.

Hilfesuchend schaute ich mich nach Clemenza um. Doch die thronte still in ihrem Liegestuhl und strich dem kleinen Jungen, der auf ihrem Schoß eingeschlafen war, über die Haare.

40
Tonio

Cinques Geständnis hatte mir die Sprache verschlagen. Dass sie Karsten bei der Polizei angezeigt hatte, war schwer zu verdauen. Aber als sie sich dann bereit erklärt hatte, mit zum Strand zu kommen, um mit Nina zu sprechen, stieg sie in meiner Achtung.

»Ich weiß wirklich zu schätzen, dass du das für mich tust«, sagte ich, aber sie winkte nur ab.

»Ich tue es vor allem für mich selbst.«

Ich konnte sie nur verständnislos anstarren.

»Karsten ist schon seit mehr als einer Woche begraben«, hatte sie gesagt. »Wenn Nina jetzt immer noch auf der Insel ist, dann nicht wegen ihm. Sondern wegen dir. Sie wird bleiben. Und das heißt, wir werden uns zwangsläufig öfter über den Weg laufen. So wie unser Verhältnis gerade ist, wird das schwierig werden.«

Wie sie das sagte, klang es, als wäre sie absolut sicher, dass Nina bleiben würde. Manchmal sahen gute Freunde klarer als man selbst. Mir wurde plötzlich ganz warm vor Glück. Aber ich begriff, dass es auch für mich an der Zeit war, einen Schritt auf Nina zuzugehen und sie endlich davon zu überzeugen, wie viel mir an ihr lag. Wenn ich noch länger auf eine Gelegenheit wartete, bei der ich allein mit ihr war, würde das in diesem Leben wahrscheinlich nichts mehr werden.

Auch Federico hatte mich überrascht. Als Cinque sagte, dass sie nach Hause gehen wollte, war er sofort aufgesprungen, um sie zu begleiten, und hatte mich mit Nina allein gelassen. Also jetzt oder nie. Ich rückte ein Stück näher an sie heran und freute mich, dass sie nicht auswich.

»Wenn wir schon mal dabei sind, die Fronten zu klären«, fing ich an, aber sie unterbrach mich und stand auf. Schon glaubte ich, dass sie wieder abhauen wollte.

»Lass uns ein Stück gehen. Es ist so laut hier.« Sie reichte mir die Hand, um mir beim Aufstehen zu helfen.

Wirklich weit gehen konnte man nicht in dieser kleinen Bucht, also liefen wir nach vorn zum Wasser, wo wir stehen blieben, um aufs Meer hinauszuschauen. Am Horizont leuchteten die Positionslichter eines Schiffes, vielleicht war es die Nachtfähre nach Sardinien. Ich überlegte noch, wie ich anfangen sollte, als Nina schon das Wort ergriff.

»Seit diesem Abschiedsbrief hast du das mit Circe und Karsten gewusst. Und du hast mir nichts gesagt.«

Na super. Schon war ich wieder in der Verteidigungsposition.

»Warum nicht?«, bohrte sie nach.

»Ich habe diesen Brief erst am Morgen danach gesehen. Dann hatte ich den ganzen Tag damit zu tun, die Ankunft der Nigerianer vorzubereiten. Und abends hast du den Brief dann selbst gefunden.«

Nina riss einen Schilfhalm ab und drehte ihn sich so fest um den Finger, dass er ihr fast das Blut abschnürte.

»Tut mir leid, dass ich in deinen Sachen gekramt habe. Aber ich habe wirklich nur eine Schere gesucht, Ehrenwort.«

»Schon okay. Ich konnte dir den Brief nicht zeigen. Ich wollte nicht, dass du dich schuldig fühlst. Ich hatte einfach das Gefühl, dass du noch immer an Karsten hängst.«

Nina schüttelte den Kopf. »Jetzt nicht mehr. Es klingt seltsam, aber nachdem ich wusste, dass er wirklich tot ist, hatte ich mit ihm abgeschlossen. Ich habe sieben Jahre lang mit diesem Betrug gelebt, irgendwann in dieser Zeit ist meine Liebe gestorben. Ich habe es nur nicht gemerkt. Als ich in Cinques Brief gelesen habe, dass er am liebsten zu mir zurückgegangen wäre, habe ich mich gefragt, ob ich ihn zurückgenommen hätte. Die ehrliche Antwort war: Nein. Nein, es war einfach zu spät für uns. Nur der Gedanke, für seinen Selbstmord verantwortlich zu sein, der hat mich wirklich fertiggemacht.«

Eine Weile waren einzig das Rauschen des Meeres und das sanfte Plätschern der Wellen zu hören, die in regelmäßigen Abständen an den Strand rollten. Ich versuchte mir die richtigen Worte zurechtzulegen, aber wie immer, wenn es darauf ankam, war mein Kopf wie leer gefegt.

»Mit der Schuld ist es so eine Sache.« Nina wickelte den Schilfhalm wieder ab und warf ihn ins Wasser, wo ihn eine Welle sofort mitnahm. »Ich glaube, da hat jeder sein Päckchen zu tragen. Federico wegen Filippo. Cinque wegen Karsten. Und ich, weil ich ihn unbewusst in die Enge getrieben habe. Ich hätte es aber wahrscheinlich auch bewusst getan. Ich wollte mich einfach an ihm rächen. So gesehen bin ich gar nicht so viel anders als sie. Ich glaube aber, dass man lernen kann, mit Schuldgefühlen zu leben.«

Das waren für mich völlig neue Worte aus ihrem Mund. Ich erlebte eine Nina, die ich noch nicht kannte. Aber sie gefiel mir gut.

»Glaubst du mir jetzt endlich, dass ich nie etwas mit Cinque hatte? Dass wir immer nur gute Freunde waren? Und dass sie das mit Karsten ganz allein rausgefunden hat? Es war nie etwas zwischen uns, es ist nichts, und es wird niemals etwas sein. Ich hätte dir das ja gern schon damals am Hafen gesagt, aber mit einer ganzen Tomate im Mund war das einfach unglaublich schwierig.«

»Tut mir wirklich leid, die Sache mit der Tomate«, sagte Nina kleinlaut, und dann mussten wir beide lachen.

»Geschenkt.« Man konnte mir ja vieles unterstellen, aber nachtragend war ich nicht. »Nina, seit wir uns begegnet sind, warst du alles, was ich wollte. Du bedeutest mir mehr als jede Frau, die ich bisher kannte.«

Puh, so deutlich hatte ich es ihr noch nie gesagt. Dank Vineta und Lemuria, mit denen ich die letzten Tage intensiv geübt hatte, machte ich Fortschritte.

»Ich konnte es nicht glauben.« Ihre Stimme war beinahe ein Flüstern. »Wenn ich mich getäuscht hätte, diesen Schmerz hätte ich nicht ausgehalten.«

»Lieber verschließt du die Augen vor der Wirklichkeit? Nina, nur weil dich dein Mann verraten hat, heißt das nicht, dass das von jetzt an jeder andere auch tut.« Ich sah, dass sie gleich die Fassung verlieren würde und ihr das unglaublich peinlich war, also versuchte ich die Situation zu entschärfen.

»Hey, und ich bin doch wirklich ein guter Fang. Einen

Tauchlehrer wolltest du doch bestimmt schon immer haben. Und dazu noch einen, der in jedes Fettnäpfchen tritt. Ich weiß das, schließlich bist du aus Sorge um mich ins dunkle Meer gelaufen, obwohl du eine Heidenangst vor dem Wasser hattest. Genau so eine mutige Frau habe ich immer gesucht.«

Sie lachte schluchzend auf, und ich bildete mir ein, im Licht des Vollmondes eine Träne in ihrem Augenwinkel zu sehen.

»Tonio, ich weiß nicht, was ich sagen soll.«

»Du musst gar nichts sagen«, erwiderte ich, zog sie in die Arme und küsste sie.

Wir wurden jäh von einer Welle unterbrochen, die kräftiger war als alle anderen und uns bis zu den Knien erwischte. Super, ich hatte wegen der Mücken eine lange Hose angezogen, die mir jetzt klatschnass an den Waden klebte. Als ich mich hinunterbeugte, um sie hochzukrempeln, sah ich, dass das Meer etwas mitgebracht hatte. Eine perfekte Herzmuschel lag zu meinen Füßen. Ich hob sie auf. Sie war weiß mit Ringen von einem kräftigen Rosa und fast halb so groß wie mein Handteller. Ein Zeichen des Universums.

Ich kniete mich vor Nina in den Sand, die Hose war ja jetzt eh hinüber.

»Andere nehmen dazu einen Ring, aber du weißt ja, ich hab's nicht so mit Konventionen.« Ich reichte ihr die Herzmuschel und schloss ihre Hand darum. »Bleib hier, Nina«, bat ich sie. »Die Insel liebt dich, wie du siehst. Fast so sehr wie ich.«

41
Nina

Die Herzmuschel war schöner, als es jeder Ring hätte sein können. Und auch viel wertvoller. Ich maß den Wert der Dinge schon lange nicht mehr daran, wie viel Geld sie gekostet hatten. Für mich hatte sie eine doppelte Bedeutung. Sie war das Geschenk von Tonio, mit dem er mir seine Liebe gestanden hatte. Und außerdem war sie ein Symbol für meine Versöhnung mit dem Meer.

Wir hatten uns wieder zu den anderen gesetzt. Das Feuer war fast heruntergebrannt. Die Nigerianer waren vom Singen nun auch zum Tanzen übergegangen. Ein paar junge Männer versuchten sich im Hip-Hop. Clemenza wippte mit dem Fuß und klatschte im Takt. Ich musste lächeln und konnte es kaum fassen. Sie sah plötzlich zehn Jahre jünger aus.

Tonio hatte den Arm um mich gelegt und ich den Kopf an seine Schulter gelehnt. Es war, als wären alle meine Sorgen und Probleme in wenigen Minuten zu einem Nichts verpufft. Als wären Ketten, die mich wochen-, nein jahrelang eingeschnürt hatten, plötzlich von mir abgefallen. Ich fühlte mich zu Hause, bei diesem Mann, an diesem Strand, auf dieser Insel.

Ich schrak aus meinen Gedanken, als meine Handtasche klingelte. Beinahe hatte ich vergessen, dass ich auch noch ein Handy besaß. Ich zog es heraus, entfernte mich ein Stück von den anderen und nahm das Gespräch an. Es war Anna.

»Nina? Ich habe deinen Brief bekommen und wollte mal nachfragen, wie es dir geht. Das ist ja der helle Wahnsinn, was du da herausgefunden hast. Du musst doch komplett fertig sein!«

»Na ja, natürlich war ich aus der Spur«, antwortete ich, und mir wurde bewusst, dass ich in der Vergangenheit sprach. »Aber jetzt geht es mir gut. Wirklich gut.«

»Das ist wunderbar«, sagte Anna, und dann schwiegen wir beide. Ich schwieg, weil ich ihr nicht von Tonio erzählen wollte, solange er in der Nähe war. Warum sie allerdings schwieg, konnte ich mir nicht erklären.

»Wann kommst du denn nach Hause?«, fragte sie schließlich. »Ich muss da nämlich was mit dir bereden. Oder traust du dich nicht zurück übers Wasser?«

»Wenn du wüsstest«, sagte ich. »Deine Konfrontationstherapie war ein voller Erfolg. Inzwischen habe ich sogar schwimmen gelernt. Also ich schwimme nur dort, wo ich noch stehen kann. Weiter raus traue ich mich noch nicht. Aber ich arbeite daran.«

»Das glaube ich einfach nicht!«, rief Anna. »Du willst mich doch verschaukeln, gib es zu.«

»Nein. Ich habe hier überhaupt eine Menge gelernt. Unter anderem, dass das Wasser gar nicht so böse ist, wie ich immer dachte.«

»Also ein Therapieerfolg auf der ganzen Linie, das grenzt ja an ein Wunder. Und wieso bist du dann noch immer dort? Du hast doch alles erreicht, was du wolltest?«

»Na ja, nicht ganz.« Ich schaute zu Tonio hinüber, der gerade mit Matteo versuchte, ein paar Jugendlichen einen italienischen Schlager beizubringen. »Ich weiß zum Beispiel noch immer nicht, wer den anonymen Brief geschrieben hat und aus welchem Grund. Obwohl ich alles Mögliche versucht habe, um das herauszufinden. Allerdings ohne Erfolg. Aber das will ich unbedingt noch wissen. Ich glaube, das würde mir sonst für den Rest meines Lebens keine Ruhe lassen.«

Erneut Schweigen am anderen Ende. Ich dachte schon, die Verbindung sei abgebrochen, als Anna schließlich weitersprach.

»Kannst du es dir wirklich nicht denken?«

Ich hatte mit vielem gerechnet, aber nicht mit dieser Frage. »Wie meinst du das?«

»Ich wollte dir das eigentlich nicht am Telefon sagen, aber jetzt komm ich nicht mehr dran vorbei. Versprich mir nur bitte, nicht böse zu werden.«

»Was ist los, Anna?«, fragte ich alarmiert.

»Du erinnerst dich doch an die Ansichtskarte, die ich dir gezeigt habe. Von meiner Freundin, die damals einen Segeltörn im toskanischen Archipel gemacht hat.«

Ich schluckte. Nickte, ohne daran zu denken, dass Anna das

gar nicht sehen konnte. Mein Herz begann plötzlich heftig zu schlagen. Welche Verschwörung war hier im Gange?

»Hätte ich dir die Rückseite der Karte gezeigt, hättest du wahrscheinlich ihre Handschrift erkannt.«

»Was sagst du da?«

»Nina, versteh mich, ich konnte das nicht mehr mitansehen. Sieben Jahre lang hast du keine nennenswerten Fortschritte gemacht. Du warst immer noch auf Karsten fixiert, hast jeden Tropfen Wasser gemieden, als könnte er dich umbringen. Ich musste etwas unternehmen.«

»Du warst das?«, rief ich. »Bist du von allen guten Geistern verlassen?«

»Ich habe meine Freundin nur um einen kleinen Gefallen gebeten. Diesen kurzen Brief zu schreiben und auf der Insel einzuwerfen. Nina, glaub mir, ich hatte keine Ahnung, dass Karsten wirklich noch lebt! Ich wollte nur, dass du dich von seinem Tod überzeugst, dich mit dem Ort konfrontierst, wo er gestorben ist, und endlich loslassen kannst.«

»Ich glaube das einfach nicht!«, schrie ich. »Wie konntest du so etwas tun? Ich dachte, wir sind Freundinnen!«

»Eben. Genau deshalb. Du hast in diesen wenigen Wochen enorme Fortschritte gemacht. Überleg doch mal, wo du jetzt wärst, wenn es den Brief nicht gegeben hätte.«

Trotz meiner Wut und Verletztheit hielt ich inne. Ja, wo wäre ich jetzt? Ich würde zu Hause vor dem Fernseher sitzen, über Karstens Tod und seinen Verrat nachgrübeln und jedes Mal zusammenzucken, wenn der Wasserhahn tropfte. Ich schaute hinüber zu den Menschen, die am Strand um das Feuer saßen. Matteo malträtierte wieder seine Gitarre und sang alte Insellieder. »Sono Gigliese e canto«. Ich hatte nicht gewusst, dass er singen konnte und so eine tolle Stimme hatte.

Natürlich war ich froh, hier zu sein. Trotzdem hätte das auch alles entsetzlich schiefgehen können. Anna hatte mich einfach ins sprichwörtliche kalte Wasser geworfen, obwohl ihr klar war, dass ich nicht schwimmen konnte. Dass ich hätte untergehen können. Und ich hatte sie für meine beste Freundin gehalten. Ich war so verletzt, dass ich hätte heulen können.

»Ich kann verstehen, wenn du jetzt sauer bist«, hörte ich Anna am anderen Ende der Leitung. »Nina, sag doch was, bitte!«

Nein, den Gefallen würde ich ihr nicht tun. Ich brachte es einfach nicht über mich. Ohne ein weiteres Wort legte ich auf.

42
Tonio

Inzwischen war es Oktober geworden. Die Ferienwohnungen am Strand von Campese waren wieder frei. Die nigerianischen Flüchtlinge waren weitergereist, nach Frankreich, Deutschland und Belgien, wo man bereit war, sie aufzunehmen. Wie viele von ihnen tatsächlich bleiben durften und ob alle von ihnen ihr Glück in Europa finden würden, blieb ungewiss. Aber sie hatten zumindest eine reelle Chance, die sie in Afrika nicht gehabt hatten.

Federico hatte beschlossen, bis zum Ende der Saison auf der Insel zu bleiben und für Ruben einzuspringen. So würde ich mich erst im nächsten Jahr um einen neuen Mitarbeiter kümmern müssen. Ich war ihm mehr als dankbar dafür, denn Ruben – alias Karsten – fehlte an allen Ecken und Enden.

Nina hatte ihren Job in München aufgegeben, um bis zum Ende der Saison bei »Zio Meino« als Bedienung auszuhelfen. Nebenbei suchten wir nach geeigneten Räumen, in denen sie eine Sprachschule eröffnen konnte. Noch nie hatte mich etwas so glücklich gemacht wie ihre Entscheidung, auf der Insel zu bleiben. Inzwischen trug sie die Herzmuschel an einer Kette um den Hals, so wie andere einen Verlobungsring am Finger tragen. Sie wohnte noch immer bei Clemenza, aber wir schauten uns bereits nach einer Wohnung um, die groß genug für uns beide sein würde.

Nina hatte ihrer Freundin Anna den Verrat, wie sie es nannte, lange nachgetragen. Es hatte sowohl Clemenza wie auch mich viel Zeit und Geduld gekostet, ihr klarzumachen, dass Anna nur das Beste für sie gewollt und es ja schließlich auch erreicht hatte. Clemenza hatte bei dieser Überzeugungsarbeit den Vogel abgeschossen.

»Das Schicksal macht manchmal dumme Dinge«, hatte sie im Brustton der Überzeugung gesagt. »Dazu benutzt es Menschen, die dir nahestehen und auf die du dann sauer bist. Dabei sind sie gar nicht schuld, sondern das verdammte Schicksal, dem jedes Mittel recht ist, um sein Ziel zu erreichen. Wenn du also sauer sein willst, sei sauer auf das Schicksal, nicht auf Anna!«

Ich hatte verstohlen zur Madonnenfigur auf der Anrichte geschielt, überzeugt, dass sie bei diesen blasphemischen Worten in tausend Scherben zerspringen würde. Aber sie war heil geblieben und blickte versonnen wie immer vor sich hin.

Irgendwann hatte Nina Anna tatsächlich angerufen. »Wir müssen reden«, hatte sie zu ihr gesagt. »Nimm eine Woche Urlaub und komm her. Von mir aus auch zwei. Wein ist genug da.«

Jetzt würde Anna nächste Woche hier anreisen. Sicher war ihre Aktion nicht ganz fair gewesen. Aber ich würde mich trotzdem bei ihr bedanken. Sie hatte mir Nina schließlich auf die Insel geschickt.

Dass Matteo Nina das Schwimmen beigebracht hatte, war völlig an mir vorbeigegangen. Die beiden hatten das in aller Heimlichkeit in der abgelegenen Bucht südwestlich des Hauptstrandes gemacht, wo wir auch damals unser Fest gefeiert hatten und wo das Wasser seicht und ruhig war. So fiel ich buchstäblich aus allen Wolken, als mir Nina eines Morgens eröffnete, dass sie tauchen lernen wollte.

Wir saßen beim Frühstück in einem Strandcafé in Campese, aber die Sonne stand noch nicht hoch genug für einen Sonnenstich. Ich musste sie also ernst nehmen.

»Clemenza hat es schließlich auch geschafft, über ihren Schatten zu springen«, hatte sie gesagt und ihr Cornetto in den Cappuccino getunkt. »Die Frau ist über siebzig. Wenn sie das schafft, werde ich das doch wohl auch hinkriegen.«

Und so begann ich, ihr an einem sonnigen Morgen Ende September zunächst das Tauchen vom Strand aus beizubringen. Die Anfänge waren schwierig, weil sie unter Wasser immer wieder die Panik überrollte, aber schon nach ein paar Tagen legte sich ihre Angst. In der Nachsaison waren unsere Tauchkurse nicht mehr voll gebucht, deshalb konnte ich ihr Einzelunterricht geben und mich ganz auf sie konzentrieren. Es dauerte etwas länger, bis sie die Zeit unter der Wasseroberfläche auch genießen konnte, aber als es dann so weit war, dass sie die Angst im Griff hatte, machte sie schnell Fortschritte.

Dann kam der Tag, an dem ich vorschlug, mit dem Boottauchen zu beginnen.

Am Vorabend ihres ersten Tauchgangs vom Boot aus saßen wir in Ninas Lieblingsrestaurant »La Margherita« im Hafen von Porto, tranken ein Glas Wein und schauten zu, wie sich die Dämmerung über das Wasser senkte und die beiden Leuchtfeuer auf den Molen ihre Arbeit aufnahmen. Die Fähre zum Festland legte gerade ab, um die letzten Tagestouristen nach Porto Santo Stefano zu bringen.

»Wir können morgen zum Scoglio del Corvo fahren, der ist gut geeignet für Anfänger«, sagte ich. »Oder wir bleiben in der Bucht und tauchen an den Fördertürmen, vielleicht sehen wir dort Seepferdchen. Oder in der Secca dei Pignocchi, da kannst du auch am Felsen runtergehen. Es ist am Anfang immer gut, wenn man einen festen Orientierungspunkt hat.«

Sie antwortete nicht, malte mit dem Finger Kreise auf die Tischplatte und schien völlig in Gedanken versunken.

»Hast du Angst?«

»Natürlich habe ich Angst. Aber wenn man keine Angst hat, kann man schließlich auch nicht mutig sein, oder?«

Ich musste lächeln. »Es wird nichts passieren. Erstens bin ich bei dir, und zweitens wird es ein guter Tag.«

Sie hob den Kopf und schaute mich verwundert an. »Woher willst du wissen, dass es ein guter Tag wird?«

»Er kann nur gut werden. Morgen ist Filippos Geburtstag. Er wird bei dir sein und dich beschützen.«

Nina schaute aufs Meer, als würde sie überlegen, welchen Tauchplatz wir morgen ansteuern sollten. Sie entschied sich schneller, als ich gedacht hatte.

»Ich möchte zur Scola piccola, wo das Kreuzfahrtschiff auf den Felsen gelaufen ist«, sagte sie, und als ich sie überrascht anschaute, fügte sie hinzu: »Ich möchte Filippo Blumen bringen.«

Allerspätestens in diesem Augenblick wusste ich, dass ich sie aufrichtig liebte.

43
Nina

Es war mein erster Tauchgang vom Boot aus, und ich war heilfroh, dass Tonio bei mir war. Er sollte später die Blumen übernehmen, damit ich die Hände für die Tauchzeichen frei hatte, falls die Panik zuschlagen sollte.

Clemenza hatte mich am Morgen gesegnet und mir einen Hühnergott geschenkt, der mir Glück bringen sollte. Dann hatte sie Filippo – weil er schließlich Geburtstag hatte – ein besonders dickes Stück Panficato in den Napf gelegt.

»Heute ist ein guter Tag«, hatte sie gesagt, nachdem sie mit ihrem Sohn »telefoniert« hatte. »Es wird alles glattgehen.«

Die Sonne streute Silberperlen auf das Wasser, als wir mit dem Schlauchboot aus dem Hafen fuhren. Ich blickte zurück auf das Hafenbecken mit den schaukelnden Fischerbooten und den farbenfrohen Häuserfassaden, das von den beiden Molen mit dem roten und dem grünen Leuchtturm eingerahmt wurde. »Das Tor zum Paradies« hatte Gordon es genannt, und mir fiel auf, wie recht er damit hatte. Der Geruch von Salz und Seetang mischte sich mit dem des Treibstoffs und des großen Straußes weißer Lilien auf meinem Schoß. Ich schloss die Augen und atmete tief durch.

Vom Hafen bis zur Unglücksstelle war es nur ein kurzes Stück, und als Matteo schließlich das Boot anhielt und das Geräusch des Motors erstarb, schlug mein Herz bis zum Hals. Sogar das leichte Schaukeln des Schlauchboots machte mich jetzt nervös. Unter dem Neoprenanzug kribbelte meine Haut, als hätte ich einen Ameisenstaat darin eingesperrt.

Tonio legte mir beruhigend eine Hand auf die Schulter. Er sagte nichts, doch in seinem Blick lag so viel Vertrauen, dass ich ruhiger wurde. Dann gingen wir noch einmal schnell die wichtigsten Tauchzeichen durch.

Als ich schließlich auf dem Rand des Schlauchboots saß, die Tauchmaske auf dem Gesicht und die Pressluftflasche auf dem Rücken, breitete sich plötzlich eine seltsame Gelassenheit in mir aus. Ich würde das hier überleben. Und wenn nicht, dann hatte ich auf dieser Insel zumindest die intensivste Zeit meines Lebens verbracht.

Dann ließ ich mich fallen.

Absolute Stille umfing mich. Die Schreie der Möwen, das Schiffshorn der Autofähre und die Geräusche des Bootsmotors waren verschwunden, als hätte es sie nie gegeben. Ich schwebte in einer Welt der grenzenlosen Ruhe, in der nur das Blubbern meiner Atemluft zu hören war.

Tonio war neben mir und zeigte mir Gorgonien, purpurrote Korallenstämme, und die Fische, die darin lebten. Eine Muräne zog sich zurück, als wir ihre Residenz streiften. Ich sah Langusten, Seesterne, die sich überraschend schnell über den Boden bewegten, und entdeckte den alten, mit Seetang bewachsenen Anker, von dem Enzo gesprochen hatte. Ich wusste, jetzt war es nicht mehr weit.

Dann sah ich ihn. Den kleinen Felsen, der so unscheinbar und harmlos wirkte und doch zweiunddreißig Menschenleben auf dem Gewissen hatte. Ich erkannte ihn an den eisernen Ösen, die an ihm befestigt waren. Man hatte sie gebraucht, um das Felsstück, das bei der Kollision im Rumpf des Schiffes stecken geblieben war, ein Jahr nach dem Unglück wieder an seinem alten Platz zu versenken.

Die Gedenktafel, die an ihm angebracht war, zeigte den Umriss einer spiralförmigen Muschel auf goldenem Grund als Symbol für den Kreislauf des Lebens. Rund um die Muschel waren die Namen der zweiunddreißig Opfer eingraviert. Und in der oberen linken Ecke unter dem Datum des Unglücks nur wenige Wörter in Latein:

Ad sempiternam memoriam

Tonio reichte mir die Blumen, die für Filippo, aber nicht nur für Filippo gedacht waren. Sie waren auch für Karsten alias Ruben, für Tayo, für Gordons Bruder Phil und für Enzos Frau Rosalia. Für alle, die übers Meer gekommen, und diejenigen, die darin gestorben waren. Ich schaute hinüber zur Madonna, die grün gefleckt von Algen ihre Arme zur Wasseroberfläche ausstreckte, und sprach ein stummes Gebet. Dann legte ich die Lilien am Fuß des Felsens nieder und hob den Blick zu der hell schimmernden Scheibe mit der grünen Korona über mir – der Sonne, die man selbst hier unten in den Tiefen des Meeres sehen konnte.

Schlusswort und Dank

Als ich die Insel Giglio vor vielen Jahren als einen meiner Sehnsuchtsorte entdeckte, ahnte ich nicht, dass sie durch das Unglück eines Kreuzfahrtschiffes einmal traurige Berühmtheit erlangen würde. Obwohl ich nicht persönlich betroffen war – ich hatte weder Verwandte noch Freunde unter den Opfern –, war ich zutiefst erschüttert: Mein Paradies war auf eine schreckliche Art und Weise »entweiht« worden.

Wie viele andere Touristen habe auch ich die Insel in den Folgejahren gemieden. Der Anblick des Wracks und der Großbaustelle vor der idyllischen Hafeneinfahrt tat schon auf den Fotos im Internet weh; in natura hätte ich ihn nicht ertragen können. Doch als ich jetzt nach langer Zeit für die Recherchen zu diesem Buch wieder auf die Insel kam, fand ich sie fast genau so vor, wie ich sie in Erinnerung hatte. Nur die Gedenktafel und die Madonna auf der Hafenmole waren neu. Mit diesem Buch habe ich schließlich das Unglück für mich verarbeitet und mir auch einen Traum erfüllt. Denn selten hat mir das Schreiben so viel Freude bereitet wie bei der Geschichte von Nina und Tonio.

Giglio-Kundige mögen mir verzeihen, dass ich aus dramaturgischen Gründen den Fahrplan der Fähren etwas modifiziert und auch den Wochenmarkt auf der Piazza Gloriosa um einen Tag verschoben habe. Mit Ausnahme dieser Kleinigkeiten habe ich mich aber an die realen Gegebenheiten auf der Insel gehalten.

Herzlich danken möchte ich allen, die mir während meiner Arbeit am Manuskript geholfen und mich unterstützt haben:

Zuerst ein großes Dankeschön meiner Agentin Bettina Querfurth. Sie war die Erste, die an dieses Projekt geglaubt und sich engagiert dafür eingesetzt hat. Danke für unser Brainstorming, das meinem Plot den letzten Schliff verpasst hat, und die Geduld beim Ringen um das Exposé.

Den Testlesern der ersten Stunde: Andrea, Steffi, Andreas und Jasmin, die sich durch die erste Manuskriptfassung gequält und mich mit wichtigen Tipps und Hinweisen versorgt haben.

Meiner lieben Kollegin Ute Bareiss, die neben ihrer Autorentätigkeit auch noch Weltenbummlerin, Giglio-Kennerin, Tauchlehrerin und nicht zuletzt Lebensretterin ist. Nicht nur wegen ihrer Reanimationskenntnisse, die sie großzügig mit mir teilte, sondern weil sie verhinderte, dass ich meine Taucher mit reinem Sauerstoff in die Tiefe schickte, wo sie nach sieben Metern mit Sicherheit hopsgegangen wären. Du hast Tonios Tauchschule vor dem Aussterben bewahrt, dafür stehe ich auf ewig in deiner Schuld!

Ich danke Klaus Ulbrich, Leiter der Tauchschule »ScubaFun«, der mich freundlicherweise daran erinnerte, dass man bei einem kaputten Inflatorventil noch einen Schnellablass betätigen kann.

Dem Delia-Facebook-Stammtisch für die Unterstützung bei Recherchen von Poststempeln bis Wegmarkierungszeichen, insbesondere Doris, die extra die Münchner Kirche St. Sylvester besuchte und mich mit Beweisfotos versorgte, um mir zu versichern, dass man dort tatsächlich noch echte Kerzen anzünden darf.

Den »RWB-Mädels« für Zuspruch, Motivation und Trost, wenn ich mal wieder am Verzweifeln war, weil irgendwas nicht so klappte, wie ich mir das vorgestellt hatte.

Brigitte D'Orazio, meiner Recherchehelferin in Italien, die mich mit wertvollen Informationen vom Plastiktütenverbot bis hin zu den auflagenstärksten Klatschzeitschriften versorgte.

Allen Überlebenden der »Costa Concordia«, die ihre Erlebnisse während der Havarie durch Zeitungsartikel, Erfahrungsberichte und ihre privaten Youtube-Videos der Unglücksnacht mit der Öffentlichkeit teilten.

Nicht zuletzt danke ich den Gigliesi für ihre warmherzige Solidarität und Hilfsbereitschaft, die sie den Schiffbrüchigen in dieser Nacht entgegenbrachten. Ebenso den NGOs in der Seenotrettung, insbesondere Sea-Watch und ihren Supportern, die sich selbstlos dafür einsetzen, entgegen allen Widerständen und Gefahren das Sterben im Mittelmeer zu beenden.

Und herzlichen Dank dem Emons Verlag, bei dem die Geschichte von Nina und Tonio, Clemenza und Federico, ein wirkliches Herzensprojekt, schließlich einen sicheren Hafen gefunden hat. Ich danke allen Mitarbeitern, die an dem Projekt beteiligt waren, allen voran meiner Lieblingslektorin Stefanie Rahnfeld; es war mir eine so große Freude, wieder mit Ihnen zusammenzuarbeiten!

Giglio Porto, im Oktober 2020